*Für Trevor,*
*meinen ganz persönlichen*
*schlauen, witzigen, freundlichen Iren.*

KNAUR

*Von Sasha Wasley ist bereits folgender Titel erschienen:*
Outback Dreams. So weit die Liebe reicht

*Über die Autorin:*
Sasha Wasley wurde im australischen Perth geboren. Sie ist Möchtegern-Farmerin und hegt eine große Leidenschaft für Tiere und die Natur. Zusammen mit ihrem Mann und ihren Töchtern lebt sie in einer Weinregion in der Nähe von Perth.

SASHA WASLEY

# OUTBACK KISS

## *Wohin das Herz sich sehnt*

*Roman*

Aus dem australischen Englisch
von Veronika Dünninger

KNAUR

Die australische Originalausgabe erschien 2018
unter dem Titel »True Blue« bei Penguin Random House Australia.

**Besuchen Sie uns im Internet:**
**www.knaur.de**

Papier aus verantwortungsvollen Quellen
FSC® C083411

Deutsche Erstausgabe Mai 2019
Knaur Taschenbuch

First published by Penguin Random House Australia Pty Ltd, Australia.
This edition published by arrangement with
Penguin Random House Australia Pty Ltd.

Redaktion: Sabine Thiele
Covergestaltung: ZERO Werbeagentur, München
Coverabbildung: shutterstock.com
Hintergründe im Innenteil von Shutterstock.com
Satz: Adobe InDesign im Verlag
Druck und Bindung: CPI books GmbH, Leck
ISBN 978-3-426-52361-2

2 4 5 3 1

# Kapitel 1

*Dieser Himmel …*

Die Farbe des Himmels von Kimberley hatte irgendetwas an sich, das jedes Mal einen freudigen Schauer durch Free jagte, wenn sie nach Hause nach Paterson Downs fuhr. Es war ein seltenes, außergewöhnliches Blau. Wie konnte irgendetwas so strahlend, rein und vollkommen sein?

Sie prägte sich den Farbton ein, versuchte, ihn im Kopf abzuspeichern, um ihn später auf der Leinwand nachbilden zu können. Es war ihr nicht ein einziges Mal gelungen, nicht in einem Jahrzehnt des Malens.

Unter ihr verlief der Herne River, dunkelrot umrandet wie ein schmerzerfülltes Auge, das die Welt darüber spiegelte. Free schoss drei Fotos mit ihrem Handy, dann begutachtete sie sie auf dem Display. Zwei waren nicht besonders interessant, aber das dritte hatte einen aufflammenden Sonnenstrahl in dem plätschernden Wasser über einem Felsen eingefangen – ein Stroboskopblitz auf der blauen Oberfläche des Flusses. Free kletterte die Flussböschung hoch und stieg wieder in ihren Wagen. Sie blieb noch ein paar Minuten am Straßenrand sitzen, während sie das Foto auf Instagram hochlud und eine Bildunterschrift tippte.

> Tag 197 meines #Herne365-Projekts. Der Herne River an einem perfekten Tag in Kimberley, mit einem Schuss Sonnenschein. #NoFilter

Sie fuhr zurück auf die Herne River Road. *Oh, dieser Himmel!* Free starrte ihn durch die Windschutzscheibe an, während sie fuhr, verlor sich in seiner riesigen, stillen, wolkenlosen Schönheit über den goldbraunen Schluchten.

Ein anderes Blau weckte ihre Aufmerksamkeit – blaue Lichter, die im Rückspiegel blinkten.

»Ohhh«, stöhnte Free. »Oh, nein.«

Sie sah auf den Tacho, während sie leicht auf die Bremse trat. Siebenundneunzig, und hier waren einhundert erlaubt. Sie war angeschnallt – deshalb war sie schon mal erwischt worden. Nicht weil sie absichtlich das Gesetz missachtete; eher, weil sie den Kopf im Allgemeinen voll mit Dingen hatte, zu denen Anschnallen nicht gehörte. Oder Parken innerhalb der Markierung. Auch dafür war sie schon einmal verwarnt worden.

Free fuhr an den Straßenrand und stellte den Motor ab. Sie hielt es nicht aus, im Wagen sitzen zu bleiben, daher schwang sie die Tür auf und stieg aus. Sie kaute auf ihrer Lippe, während der Polizist aus seinem Fahrzeug stieg. Er trug eine Sonnenbrille, und als er näher kam, sah sie, dass er jung, aber trotzdem riesig war – breitschultrig und sehr, sehr groß. Sie schrumpfte an ihrem kleinen weißen Wagen zusammen.

»Ähm, hi«, rief sie, als er in Hörweite kam.

Er trat schweigend näher, genau auf sie zu, sodass sie den Kopf in den Nacken legen musste, um zu ihm hochzusehen. Ihr Herz hämmerte.

Dann nahm er seine Sonnenbrille ab, und sie sah ein Paar freundliche braune Augen. »Guten Tag, Miss.« Seine Stimme war warm, und Free lehnte sich erleichtert gegen den Wagen.

»Habe ich irgendwas falsch gemacht? Es tut mir so leid.«

»Nicht in dem Sinn. Uns ist nur aufgefallen, dass Ihr Kofferraum halb offen ist. Sie haben dort hinten auf der Straße irgendetwas verloren.«

»Oh, Scheiße! Ich habe im Kofferraum nach meiner Kamera gesucht, um ein Flussfoto für meinen Instagram-Account zu schießen, aber dann ist mir klar geworden, dass ich sie zu Hause gelassen habe, daher musste ich sowieso mein Handy benutzen. Ich mache gerade ein Projekt über den Fluss, ein Bild pro Tag.«

Der Typ beobachtete sie schweigend. *Oh, Gott, ich schwafele.* Free stürzte hinter den Wagen, um nachzusehen. Na klar, der Kofferraum stand halb offen, die Haube schwankte noch immer leicht. Sie drückte sie etwas weiter auf und überprüfte den Inhalt.

»Oh, nein!«

Er stellte sich zu ihr. »Was denn?«

»Der Schleier für den Junggesellinnenabschied. Und – *oh, Gott* – die Trinkhalme sind auch weg.« Sie sah auf. Bei seiner teilnahmsvollen Miene fühlte sie sich gleich besser. »Ach, na ja. Dann werde ich wohl zurückfahren und sie suchen müssen.«

Er musterte sie mit diesen warmen, intelligenten Augen, und ihr Puls schlug einen Takt schneller. Wie konnte es sein, dass ihr dieser Typ in Mount Clair bis jetzt noch nie aufgefallen war? Vielleicht war er aus Roeburke und hierher abgeordnet, oder wie immer man das nannte.

»Brauchen Sie Hilfe?«, fragte er.

Sie lächelte dankbar. »Würden Sie das tun? Ich kann nicht glauben, dass ich den Kofferraum nicht richtig zugemacht habe. Ich bin ein solcher Idiot.«

»So was kommt vor«, meinte er. »Ich habe ein paar Hundert Meter weiter hinten ein paar Sachen herausfliegen sehen. Springen Sie in den Wagen, dann werden wir sehen, ob wir sie finden können.«

»Sie sind eine Wucht, Detective …« Sie sah auf sein Namensschild. »Kelly.«

»Constable.« Er grinste. »Nennen Sie mich einfach Finn.«

»Finn!« Free war entzückt. »Wie der gutmütige irische Riese!«

Sein Lächeln schwand. »Was?«

»Sie wissen schon, die Legende von Finn McCool, dem freundlichen irischen Riesen. Ich habe in Dublin von ihm gehört. Sie sind ein Riese, und Sie scheinen gutmütig …«

Finn schwieg, und Free brach ab, in der Hoffnung, dass sie ihn nicht beleidigt hatte. Sie erreichten den Polizei-Geländewagen, und Finns Beifahrer fuhr sein Fenster herunter.

»Freya Paterson. Ich hätte es mir denken können.«

»Briggsy!« Free sah zwischen Finn und Sean Briggs, der keine Uniform trug, hin und her. »Oh! Bist du auf dem Weg nach Quintilla zu Toms Junggesellenabschied?«

»Ja. Kelly hier ist mein Chauffeur, da ich vorhabe, heute Abend verantwortungsbewusst ein paar Gläser zu trinken.« Briggsy zwinkerte.

»Oh, mein Gott, das ist ja so witzig. Ich habe eben noch ein paar Sachen für Willows Brautabschiedsparty besorgt. Es soll eine Überraschung sein. Willow wollte das eigentlich gar nicht, daher überrumpeln wir sie damit.« Sie setzte sich auf die Rückbank. »Finn hat gesagt, wir könnten rasch nach den Sachen suchen, die ich verloren habe.«

Briggsy verdrehte die Augen. »Du kannst es nicht lassen, was, Kelly? Musst einer Dame in Nöten beistehen. Aber macht schnell. Ich will nicht zu spät kommen.«

Finn wendete den Wagen mit knirschenden Reifen und fuhr die lange, gerade Straße zurück. »Wonach genau suchen wir?«, fragte er.

»Einem weißen Schleier, der an einem silbernen Plastikkrönchen befestigt ist, mit einem *L* für Lernführerschein drauf«, antwortete Free. »Und ein paar Trinkhalmen, die so geformt sind wie …« Sie brach ab, als ihr bewusst wurde, was sie um ein Haar gesagt hätte.

Briggsy warf einen wissenden Blick über die Schulter. »Scherz-Trinkhalme für einen Brautabschied? Ich glaube, ich weiß, wonach wir suchen.«

Free wand sich innerlich, während Finn versuchte, sich das Lächeln zu verbeißen.

Den Schleier fanden sie schnell. Er hatte sich an einem Stacheldrahtzaun verfangen, silbernes Plastik glitzerte im Sonnenschein, und Tüll bauschte sich in der kräftigen Brise. Finn fuhr an die Seite, und Free sprang hinaus, um den Schleier aus den Metallstacheln zu entwirren. Sie inspizierte das Netzgewebe. Ein großes Loch und ein paar Risse.

»Wenigstens ist er am Paterson-Downs-Zaun hängen geblieben«, bemerkte sie, als sie wieder in dem Geländewagen saß. »Das ist doch eigentlich sehr passend. Vielleicht kann ich Willow ja sogar überreden, ihn zu tragen, wenn ich ihr die Geschichte erzählt habe.«

Aber von den Trinkhalmen fehlte jede Spur, und nach ein paar Minuten vergeblicher Suche mussten sie aufgeben.

»Irgendein Lastwagenfahrer wird sie morgen vermutlich an seinem Kühlergrill finden«, bemerkte Finn.

»Oh, großer Gott, bloß nicht«, erwiderte Free. »Ich hoffe, sie sind nicht in dem armen Fluss gelandet. Und ich hoffe, sie werden nicht von einem Kind gefunden! Sie sind wirklich geschmacklos, aber ich wollte Willow zum Lachen bringen.«

»Sag ihr einfach, du hattest ein paar Cops darauf angesetzt, deine Pimmel-Trinkhalme zu finden«, lautete Briggsys Kommentar. »Das dürfte ihr ein Lächeln entlocken.«

Free kicherte. »Danke, Jungs.«

Sie fuhren sie zurück zu ihrem Wagen, und Finn stieg aus und begleitete sie zur Fahrerseite.

»Beeil dich, Kelly!«, rief Briggsy. »Ich verliere hier wertvolle Trinkzeit.«

»Gehst du auch zu Toms Junggesellenabschied?«, fragte Free Finn.

»Nein, ich bin nur der Fahrer.« Er musterte sie. »Und du bist also eine Brautjungfer?«

Auf einmal fühlte sie sich verlegen. Seine Augen – sie waren so wundervoll sanft und freundlich, aber mit einem Funkeln, das deutlich sagte, dass ihm gefiel, was er sah. Und er war so verdammt *groß*.

Sie erinnerte sich, dass sie antworten musste. »Ja, Willow ist meine Schwester.« Sie wies auf die Weite aus Rot und Grün jenseits der Zaunlinie, auf der Rinder als Punkte in der Ferne zu sehen waren. Paterson Downs in der späten Regenzeit. »Das ist unser Zuhause.«

Finns Blick folgte ihrem Zeigefinger, wobei er seine Augen mit einer Hand vor der Sonne schützte. »Wow. Das muss fantastisch sein. Ich bin ein Großstadtjunge, daher weiß ich absolut nichts über das Leben auf einer Farm.«

»Dann wurdest du für eine Weile aufs Land abkommandiert, nehme ich an? Aus Perth?«

Finn nickte.

»Wahrscheinlich kannst du es kaum erwarten, in die Großstadt zurückzukehren.«

Seine Stirn furchte sich. »Warum sagst du das?«

»Na ja, hier ist es irgendwie langweilig, oder?«, antwortete sie. »Die kriminellen Machenschaften in Mount Clair beschränken sich doch sicher hauptsächlich auf Kneipenschlägereien und Trinken in der Öffentlichkeit. In der Großstadt hättest du Morde und organisiertes Verbrechen, Drogendeals, Wirtschaftskriminalität. Das wäre doch bestimmt interessanter, oder? Glamouröser.«

Finns Lippen verzogen sich zu einem Lächeln. »Mount Clair wird von Tag zu Tag interessanter.«

Free musterte ihn eingehend von Kopf bis Fuß. Als ihr Blick zu seinen Augen zurückkehrte, war sein Gesicht gerötet. *Hoppla.*

»Wie lange bist du schon in der Stadt?«, fragte sie, als hätte sie ihn nicht unter die Lupe genommen. »Nicht lange?«

»Seit November.«

»Ah, jetzt ist alles klar.«

»Was ist klar?«, fragte er.

»Na ja, ich bin sicher, du wärst mir in der Stadt aufgefallen, wenn du schon eine Weile hier wärst. Du bist so groß und …« Free brach ab, bevor sie *gutaussehend* sagen konnte, aber dann fiel ihr nichts anderes ein, um ihn zu beschreiben. Das Wort *heiß* schoss ihr durch den Kopf. »Groß.«

Seine Augenbrauen schossen hoch. »Hast du eben gesagt, ich bin groß und *groß?*«

»Na ja, du bist ja auch ziemlich groß.« Sie lächelte tapfer.

Finn platzte mit einem Kichern heraus, das in Anbetracht seiner Größe verblüffend jungenhaft war. Sie fiel mit ein.

»Kelly!«, brüllte Briggsy. »Beweg deinen Arsch zurück hierher!«

»Komme schon, Sarge! Tut mir leid – muss los.« Trotzdem rührte sich Finn nicht vom Fleck. »Vielleicht sehen wir uns bald mal wieder?«

»Ja! Und danke noch mal für deine Hilfe.«

Er sprintete zurück und verschwand in seinem Fahrzeug. Finn winkte, als sie an ihr vorbeifuhren, und Free lenkte ihren Wagen lächelnd wieder auf die Straße. Trotz ihrer ganzen kleinstädtischen Berechenbarkeit ging doch nichts über die Großzügigkeit der Leute in Mount Clair. Sie war beeindruckt von Constable Finn Kelly. Obwohl er noch nicht lange in der Stadt lebte, verstand er die ländliche Freundlichkeit schon jetzt.

Und er war so … groß.

Sie kehrte zur zulässigen Höchstgeschwindigkeit zurück. Die Scherz-Trinkhalme waren kein großer Verlust, und Free konnte ihre Aufregung kaum noch im Zaum halten, während sie die letzten paar Hundert Meter zum Farmhaus fuhr. Sie öffnete die Wagentür. Willow würde so überrascht sein …

Die Fliegentür flog mit einem Knall auf. »Wo bleibst du denn?« Beth kam mit großen Schritten über die Kiesauffahrt auf sie zu. »Alle anderen sind schon da.«

Free stürzte um den Wagen zum Kofferraum und klappte ihn auf. Sie raffte so viele von den Brautabschiedssachen zusammen, wie sie konnte. »Habe ich die Überraschung verpasst?«

»Natürlich hast du sie verpasst.«

»Scheiße. Hat Willow sich gefreut? Ich lag eigentlich gut in der Zeit, aber dann hatte ich auf der Fahrt hierher ein kleines Problem.«

Sie wollte Beth gerade die Geschichte mit den Pimmel-Trinkhalmen erzählen, aber ihre älteste Schwester hatte sich bereits einige Sachen aus dem Kofferraum geschnappt und war auf dem Weg zum Haus. Beth warf einen Blick zurück.

»Du hast den Kofferraum offen gelassen«, rief sie. Free ging noch einmal zurück, um ihn zu schließen.

Im Haus war ihr Vater am Küchentresen damit beschäftigt, Champagnergläser nachzufüllen. Er sah auf, als sie hereinkam.

»Wie geht's meinem Mädchen? Ich habe mir schon Sorgen gemacht!«

»Entschuldige, Dad. Ich musste unbedingt anhalten, um ein Flussfoto zu schießen.«

»Gut so. Dieser Staudamm ist allmählich nicht mehr lustig. Ich habe mich neulich mit Horrie Blackwell unterhalten. Er glaubt, jede Menge tote Fische gesehen zu haben, die in dem Wasser hinter der Baustelle treiben.«

»Oh, nein! Was ist mit ihnen passiert?«

»Wenn ich das wüsste. Es wird dieses Dreckszeug sein, das von dem Staudammbau ins Wasser geleitet wird, würde ich sagen.«

Sie stöhnte auf. »Warum unternimmt denn niemand etwas dagegen? Das muss gestoppt werden.«

»Free!«, zischte Beth, die in diesem Augenblick in die Küche sah. »Kommst du oder was?«

Free stürzte ins Wohnzimmer. Ein paar Frauen aus der Stadt saßen dort mit Willow zusammen. Free sah Kate – die Freundin von Sergeant Sean Briggs – und zwei andere Frauen, die sie dem Gesicht, aber nicht dem Namen nach kannte.

»Free!«

Willow sprang auf und kam auf sie zu, und Free begrüßte sie mit einer innigen Umarmung. Sie lehnte sich zurück, um ihre Schwester zu mustern. Free bewunderte Willows praktisch veranlagte, fleißige Art und diese leicht verletzlichen dunklen Augen.

»Ich kann nicht glauben, dass du und Beth das getan habt.« Willow klang schon jetzt ein bisschen beschwipst. Sie zog Free zu dem Kreis von Frauen im Wohnzimmer, die ihr einen Willkommensgruß zuriefen. »Kennst du Kate, Karlia und Bec?«

Free umarmte alle. Diese Frauen waren in den letzten Monaten zwangsläufig Willows Freundinnen geworden, da sie die Freundinnen von Toms Kumpels waren. Beth schwirrte durchs Zimmer und baute die Spiele und Preise auf, die Free gekauft hatte. Willow schob Free ein Glas Schampus hin, während sie sich zu der Gruppe setzte.

»Ich bin Briggsy begegnet, als er gerade auf dem Weg nach Quintilla war«, berichtete sie Kate.

Diese verdrehte die Augen. »Er wird in fünf Minuten abgefüllt sein und ein rührseliges, liebevolles Häuflein Elend, bis ich ihn später sehe. Hat er jemanden gefunden, der ihn hinfährt?«

»Ja, der neue Constable – Finn.« Free lächelte bei der Erinnerung an diese freundlichen braunen Augen.

Karlia stieß einen Pfiff aus. »Constable Finn Kelly. Der kann mich jederzeit in Handschellen legen und mich hinten in seinen Gefangenentransporter werfen. Du bist Single, Free – du solltest dein Glück versuchen.«

»Ja, gönn dir ein bisschen Spaß mit Finn, Mädchen«, fiel jetzt auch Kate mit ein. »Er ist nicht nur heiß, er ist auch mit Abstand der netteste Typ, dem ich je begegnet bin. Verdammt, wenn ich nicht mit Sean zusammen wäre, würde ich selbst mein Glück versuchen, scheiß auf den Altersunterschied.«

»Ich habe Phoebe gesagt, sie sollte ihn sich angeln«, meinte Karlia.

»Da ist Sean bereits dran«, informierte Kate sie. »Der Kuppler plant jetzt schon seit Wochen, Phoebe und Finn zu verbandeln. Er muss Phoebe nur noch dazu überreden. Nach dem Blind Date mit Tom hat sie Angst vor seinen Kupplerdiensten.«

Beide warfen einen Blick auf Willow. Ihre Wangen waren ein wenig gerötet, aber sie lächelte.

»Ja, die Nummer habe ich Phoebe wohl vermasselt.«

Kate kicherte, sobald sie sah, dass Willow nicht eingeschnappt war. »Ich glaube, es war Tom, der ihr die Nummer vermasselt hat. Es war ziemlich offensichtlich, dass Toms Gedanken an dem Abend überall, nur nicht bei Phoebe waren.« Sie stieß Willows Knie sanft an. »Aber es hat sich doch alles zum Besten gewendet. Und vielleicht wird die arme alte Pheebs mit dem freundlichen Constable Finn ja mehr Glück haben.«

Die Erwähnung von Finns Freundlichkeit erinnerte Free an die Rettung des Schleiers, und sie sprang auf, um ihn von dem Haufen zu holen, an dem Beth sich zu schaffen machte. Sie arrangierte ihn auf Willows Kopf, wobei sie die Stacheldrahtlöcher geschickt verbarg.

»Wie sehe ich aus?« Willow nahm eine sittsame Haltung ein, und Free war verblüfft, wie schön und aufrichtig glücklich ihre Schwester aussah, selbst mit dem albernen *L* an dem Krönchen.

»Umwerfend«, lautete ihr tief empfundenes Urteil. »Beth, komm und sieh dir das an. Sieht Willow nicht umwerfend aus?«

Beth trat an Frees Seite und musterte Willow. »Und ob sie das tut.«

»Weint ihr zwei etwa?«, fragte Willow, deren eigene Augen ebenfalls verräterisch glänzten.

Free weinte tatsächlich. Ebenso wie Beth. Und dann brachen sogar Kate und die anderen Frauen in Tränen aus.

»Oh, Gooott«, stöhnte Willow, während sie sich die Augen wischte. Sie schnappte sich ihr Glas und nahm einen kräftigen Schluck. »Keine Tränen! Bitte!«

»Stellt euch bloß vor, wie es uns bei der eigentlichen Hochzeit gehen wird«, stieß Free hervor.

»Ein Spiel!« Beth wischte sich mit einem Arm die Augen. »Das brauchen wir jetzt.«

Sie scharte die Frauen um sich und versorgte jede mit ihrem eigenen kleinen Papp-Penis, um sie auf das Poster eines schmachtend blickenden männlichen Models zu heften, das sie mit Klebemasse an der Wand befestigt hatte.

Das musste Free Beth lassen. Sie wusste, wie man eine Party rettete.

# Kapitel 2

»Nicht schlecht«, bemerkte Beth, während sie einen Blick in die Küche von Frees Unterkunft in Mount Clair warf. »Sieht jedenfalls sauber aus.« Sie öffnete den Kühlschrank. »Na ja, größtenteils.«

»Sieh dir das an!« Free winkte sie ins zweite Schlafzimmer. »Das hier wird mein Studio sein.«

Beth nickte und warf einen zweifelnden Blick auf den Teppichboden. Auf einmal zuckte sie zusammen und kreischte auf, aber als Free hinzutrat, um zu sehen, was sie so erschreckt hatte, war es nur eine getigerte Katze, die den Flur hinunterschlich.

»Hallo!« Free bückte sich, um ihr den Kopf zu streicheln, und sie schnurrte laut. »Er ist hinreißend. Ich frage mich, wem er gehört.«

»Ein Straßenkater vielleicht.« Beth starrte das Tier leicht angewidert an. »Ich hoffe, er hat keine Flöhe.«

»Er sieht sauber und gut genährt aus. Die Hintertür steht offen, er ist also wohl von selbst hereingekommen.«

Der getigerte Kater war ein Schmuser. Er rieb sich so glückselig an Frees Hand, dass sie ihn auf den Arm nahm und sein Kinn kraulte.

»Wie heißt du denn?«, fragte sie ihn. Der Kater stieß ein Miauen aus, das fast wie ein Wort klang. »Hast du das gehört? Er hat ›Max‹ gesagt!«

»Vielleicht gehört er den Leuten nebenan«, überlegte Beth.

»Möglich. Oder vielleicht gehört er zum Haus dazu. Schließlich ist es vollständig möbliert.« Free grinste.

Beth musterte sie. »Weißt du, du *musst* nicht hier leben. Du könntest bei mir wohnen. Ich habe Platz. Mein Haus ist größer – und hübscher.«

Free setzte den Kater auf dem Boden ab. Wie könnte sie Beth erklären, dass sie in einer staatlichen Unterkunft – in dieser Doppelhaushälfte – und nicht in dem gemütlichen Haus ihrer Schwester in der guten Gegend von Mount Clair leben *wollte?* Die Doppelhaushälfte gehörte zu ihrem Job, war Teil des Künstlerstipendiums an der Highschool, das für Free etwas ganz Besonderes war. Es war der erste richtige, wichtige Job, den sie je gehabt hatte. Beth, die fast seit dem Tag, an dem sie ihr Medizinstudium abgeschlossen hatte, ihre eigene Arztpraxis in der Stadt führte, würde das nicht verstehen.

»Es ist alles unter Dach und Fach.« Free bemühte sich um einen beiläufigen Ton. »Und die Doppelhaushälfte liegt so nah bei der Schule. Ich könnte zu Fuß gehen, wenn ich wollte. Ich werde es eine Zeit lang ausprobieren und sehen, wie es mir gefällt.«

Beth zuckte die Schultern. »Wie du willst. Mein Angebot steht.«

»Danke, Beth.«

Der Kater stieß wieder dieses abgehackte Miauen aus, und Free kicherte. »Es ist so cool, dass er seinen eigenen Namen sagt. Wirst du bleiben, Max?«

Der Kater sprang auf den Teppich und begann, sich zu putzen.

»Ich nehme nicht an, dass er irgendwohin gehen wird«, meinte Beth. »Hoffentlich ist er stubenrein.«

Free war optimistisch. »Katzen sind immer stubenrein. Das ist ihr Instinkt.«

Willow hatte einen Pick-up und zwei Farmhelfer von Paterson Downs organisiert, um Free bei ihrem Einzug zu unterstützen. Beth half, Frees Sachen auszuladen, dann winkten sie den Jungs zum Abschied zu, und Beth begann, einen Karton mit ausrangierten Sachen von Patersons auszupacken.

»Du hast überhaupt kein zusammenpassendes Besteck«, rief sie, während Free einen Karton mit Kunstutensilien in ihr neues Studio schleppte.

»Ja, das ist schrill«, rief Free zurück. »Schick. Die Antiquitätenläden in Perth verlangen ein Vermögen für bunt zusammengewürfeltes Besteck.«

»Ja, aber das ist dann stilvoll. Nicht von IKEA und Kmart.«

Free zuckte innerlich die Schultern. Wer hatte in ihrem Alter denn zusammenpassendes Besteck? Sie kämpfte mit ihrer großen Staffelei, hielt sie mit einem Knie und einer Hand auf, während sie mit der anderen die Schraubenmutter festzog. Als sie ihr neuestes Werk an der Staffelei befestigte, bemerkte sie eine verschmutzte Ecke.

»Mist«, murmelte sie.

Es war noch immer ein bisschen nass. Vermutlich hatte das Bild auf der Fahrt einen Stoß abbekommen. Sie kramte einen Pinsel hervor und kratzte mit dem harten hölzernen Ende wieder Struktur in die Farbe. *Hmm*. Das war nicht ganz richtig. Sie öffnete eine Tube mit Schwarz und eine andere mit gebrannter Umbra und drückte ein paar Kleckse auf ihre Metallpalette, dann arbeitete sie wieder etwas Farbe in die Ecke, bis der Felsen besser aussah. Nicht perfekt, aber besser.

Der Himmel war noch immer falsch. Free trat einen Schritt zurück und betrachtete ihn stirnrunzelnd. Egal, was sie tat, sie konnte dieses spezielle Blau einfach nicht nachbilden. Sie packte Gläser mit Öl und Terpentin aus und drückte einen Klecks himmelblaue Farbe zwischen kleinere Kleckse aller anderen Farben, die sie in die Finger bekommen konnte. Während sie den harten, frischen Geruch von Leinöl einatmete, mischte Free das Blau mit Weiß und Grün, fügte eine Spur Ocker hinzu. Hey, das sah gut aus. Noch mehr Ocker? Ein klein wenig Silber vielleicht? Free probierte die Farbmischung auf der Leinwand aus und trat mit angehaltenem Atem einen Schritt zurück.

*Gott*. Eine Katastrophe.

Sie seufzte und warf den Pinsel in dem Moment in das Terpentinglas, in dem Beth auftauchte. Ihre Schwester blieb abrupt stehen, und ihr Blick wanderte von Frees Staffelei zu dem Kater, der sich noch immer träge auf dem Teppich putzte.

»Im Ernst, Free? Du bist seit einer halben Stunde in deinem neuen Haus, und du hast schon jetzt eine Katze adoptiert und angefangen zu malen?« Beth stellte sich hinter Free, nahm ihre Arme und steuerte sie aus dem Studio. »Eins nach dem anderen, Mädchen. *Auspacken.*«

»Na super.«

»Ich muss los. Ich wollte ja bleiben und helfen, aber meine Vertretung hat gerade angerufen. Er hat einen Notfall und muss früher gehen.«

Free war erleichtert, was ihr prompt einen schuldbewussten Stich versetzte. »Schon gut, Bethie, geh nur. Vielen Dank, dass du mir heute geholfen hast.«

»Wenigstens deine Küche ist fertig, das heißt, du müsstest dir etwas zu essen machen können. Willow hat dir für den Anfang ein paar Dosen und andere Vorräte mitgegeben.«

Free umarmte sie. »Meine Schwestern sind die Besten.«

»Auf dem kleinen Tisch auf der Veranda stehen noch ein paar Sachen. Dein Drucker und noch ein Karton. Vergiss nicht, sie hereinzuholen.«

»Na klar.«

»Als Nächstes solltest du dein Badezimmer in Angriff nehmen«, empfahl ihr Beth, während sie nach ihrer Handtasche griff. Sie warf ihre langen Haare nach hinten, um sich den Lederriemen über die Schulter schlingen zu können, und musterte Free. »Bist du sicher, dass du hier klarkommst?«

»Natürlich! Ich bin in Nepal durch Gebirgsketten gewandert, Beth. Ich bin sicher, ich schaffe meine erste Nacht in Mount Clairs Lehrerunterkunft. Und Max wird mir Gesellschaft leisten.«

Beth murmelte zum Abschied leise irgendetwas von Straßenkatzen und Flohbefall. Free lehnte sich gegen das Geländer, das ihre Veranda von der ihres Nachbarn trennte, und winkte ihr zu, während das »Biest« mit knirschenden Reifen aus der Auffahrt fuhr, und ging dann zurück in ihr Studio. Max begrüßte sie mit einem abgehackten Miauen, und sie kraulte ihm die Ohren, während sie wieder auf den Himmel auf ihrem Gemälde starrte. *Vielleicht ein klein wenig Gelb …*

Die Sonne ging unter, als sie schließlich aus ihrer Versunkenheit wieder zu sich kam. Free streckte sich und stellte ihre Pinsel in das Terpentinglas. Irgendetwas hatte sie gestört. Da war ein Geräusch, wurde ihr bewusst – ein ungewohntes Geräusch, das durch die Wand kam. War das Musik? Ein Radio vielleicht. Es brach für einen Moment ab, dann setzte es wieder ein, lauter und näher diesmal. *Gesang*. Irgendjemand sang genau auf der anderen Seite der Studiowand.

Natürlich – das hier war eine Doppelhaushälfte. Nebenan wohnte sicher ein anderer Lehrer und teilte sich eine Wand mit ihrer Unterkunft. Free nahm ein leeres Glas, schlich durchs Zimmer und hielt es vorsichtig an die Wand. Sie legte ein Ohr an den Glasboden, genau wie sie es in Filmen gesehen hatte, und der Gesang wurde ein klein wenig klarer. Ihr wurde warm ums Herz. Wer immer das war, hatte eine entzückende Stimme, und er sang ein Lied, das sie einmal in Dublin gehört zu haben glaubte. Als sie am Rand des Stadtteils Temple Bar wohnte, war Free einmal in eine einheimische Kneipe geraten, in der Annahme, es sei ein gewöhnliches irisches Großstadtpub. Anfangs war sie unfreundlich empfangen worden, aber nachdem Free ein paar Pints Guinness bestellt und getrunken hatte, taute der Barmann schließlich auf, und sie kamen ins Gespräch. Bald hatte sich die Hälfte der Leute im Pub vorgestellt und bezog sie in ihre Unterhaltung und Lieder mit ein.

Während sie zuhörte und in Erinnerungen schwelgte, wurde ihr ganz warm – die gleiche Wärme, die sie jedes Mal verspürte, wenn sie auf Paterson Downs am Küchentisch saß und mit ihrem Vater Tee trank.

Sie sah lächelnd auf Max hinunter. *Ich glaube, es wird mir hier gefallen.*

»Ihr habt überhaupt keinen Grund, nervös zu sein.«

Die Leiterin des Fachbereichs Kunst der Highschool von Mount Clair hieß Jay Lincoln, eine rundliche kleine Frau mit einem schwarz-grauen Lockenschopf, auf dem ihre Brille ständig saß. Sie hatte wunderschöne große, dunkle Augen.

»Die Zehnt- und Elftklässler *wollen* sich mit Kunst beschäftigen. Sie sind nicht so wie die Schüler in der Unterstufe. Mit einigen von ihnen würdet ihr Schwierigkeiten bekommen.«

Aidan, der andere Künstler, der ein Stipendium für das Mosaikwandprojekt gewonnen hatte, rieb sich seine scharfe Nase. »Bei mir würden sie sich das nicht trauen.«

Jay lächelte höflich, und Free beeilte sich, die Anspannung aufzulockern.

»Hey, wenn ich das Bierzelt beim Viehtrieb-Festival von Mount Clair überlebe, halte ich es auch aus, dass mit Papierkügelchen nach mir geworfen wird«, meinte sie.

Jay lachte schallend auf. »Das berüchtigte Bierzelt! Hört zu, es sind im Grunde gute Kinder. Tatsächlich sind einige von ihnen unglaublich talentiert. Ein paar haben bei örtlichen Ausstellungen und darüber hinaus Preise gewonnen. Und überhaupt, sobald sie die neunte Klasse hinter sich haben, entscheiden sie sich bewusst für Kunst als Wahlfach. Das hier sind die Interessierten.«

»Puh«, sagte Free. »Das trifft sich gut, ich hätte nämlich keine Ahnung, wie ich irgendjemanden ›erziehen‹ sollte.«

Aidan ließ den Blick über das Studio schweifen, das makellos war nach dem Großreinemachen in den Sommerferien. Es war Free noch immer zutiefst vertraut, selbst nach neun Jahren Abwesenheit.

»Dafür sind wir ja sowieso nicht hier«, meinte Aidan. »Wir sind hier, um diese Kinder von unserem Wissen und unseren Fähigkeiten profitieren zu lassen. Wenn sie in meinem Unterricht frech werden, werden sie vor der Tür stehen, bevor sie ›Zeitverschwender‹ sagen können.«

Er lächelte sie an, aber Free empfand ein wenig Mitleid mit Aidan. Er musste auf eine Privatschule in der Großstadt gegangen sein, um ein solch begrenztes Verständnis davon zu haben, wie Teenager in Mount Clair tickten.

»Wenn irgendjemand Ärger macht, dann vielleicht, weil er oder sie persönliche Probleme hat«, wagte sie sich vor. »Probleme zu Hause oder so.«

»Na ja, dann kann er oder sie sich um seine oder ihre Probleme außerhalb meines Studios kümmern«, erklärte Aidan mit noch einem dieser coolen Lächeln.

Sein Selbstbewusstsein war erstaunlich. Jay zeigte auf eine dünne Frau mit kurzen grauen Haaren, die in diesem Moment eine Trocknungsmaschine durchs Klassenzimmer zerrte. »Das hier ist unsere Assistentin Inga, die schon seit Jahren bei uns ist. Sie wird euch mit den Materialien helfen, Ausrüstung organisieren, Sachen lagern und umräumen, Schaukästen aufbauen und was sonst noch so anfällt. Inga!« Sie winkte der Frau zu. »Das hier sind Free Paterson und Aidan Hamilton, unsere beiden Künstlerstipendiaten für das Mosaikwandprojekt.«

Sie tauschten einen Gruß, und Jay führte sie weiter und zeigte auf einen dunklen Türeingang. »Hier drin sind die Keramikmaterialien und der Brennofen.«

Sie führte sie in den Raum und schaltete das Licht ein. Free musterte die Ausstattung. Ein ziemlich großer, recht neuer Brennofen, und in einem kleineren Lagerraum befanden sich in Plastik verpackter Ton sowie Behälter mit Glasurchemikalien.

»Wir unterrichten zwei Sitzungen pro Woche, dazu ein Nachmittagskurs, richtig, Jay?«, erkundigte sich Aidan.

»Ja, zwei Kurse entweder mit den Zehnt- oder den Elftklässlern – ich werde euch jeweils einen Jahrgang zuweisen. Und dann kann einer von euch den Dienstagnachmittag übernehmen und der andere den Donnerstag. Da könnt ihr dann an den Fliesen arbeiten. Die Theorie und die Entwürfe können während der Unterrichtszeit behandelt werden. Das fügt sich gut in den Lehrplan ein. Aber die praktische Arbeit – das Modellieren und Glasieren – eignet sich besser für die Nachmittagskurse.«

»Ja, das klingt gut.« Free ging eine Kiste mit Farben durch. »Hoffentlich sind die Schüler bereit, über die reine Unterrichtszeit hinaus noch länger zu bleiben, damit wir ein paar der eher zeitaufwendigen Arbeiten erledigen können.«

Jay hatte bereits genickt und den Lagerraum wieder verlassen, aber Aidan sah in Frees Richtung. Er beugte sich zu ihr vor und sprach mit leiser Stimme.

»Dir ist aber schon klar, dass unsere Verträge lediglich eine Stunde pro Woche für die Nachmittagskurse vorsehen?«

»Ja, das weiß ich«, antwortete Free. »Aber wenn sie gewillt sind, ein bisschen länger zu bleiben, anstatt auf die Minute pünktlich zu gehen, werden wir viel mehr schaffen. Du weißt doch, wie es ist, wenn man mitten in der Arbeit aufhören muss.«

»Du wirst nur für die eine Stunde bezahlt. Keine Überstunden. Jay hat mir gesagt, dass das Stipendium vollständig für unsere Gehälter und das Material für die Fliesen ausgegeben wird.«

Free lachte. »Ich würde auch keine zusätzliche Bezahlung erwarten.«

Aidan hob die Augenbrauen, und sein Blick glitt über sie, aber er sagte nichts. Free folgte Jay ins Klassenzimmer.

»Morgen wird eine gute Gelegenheit sein, um euch mit der Ausstattung und dem Aufbau der Klassenzimmer vertraut zu machen«, erklärte Jay. »Habt ihr gelesen, was ich euch zu den Lernzielen geschickt habe?« Sie nickten beide. »Perfekt. Für die Lerninhalte bin ich verantwortlich, aber ich würde euch gern möglichst viel von der theoretischen und praktischen Arbeit übertragen. Dafür seid ihr schließlich hier – um euer Fachwissen zu teilen. Ich werde mich morgen mit jedem von euch zusammensetzen, um die Unterrichtspläne für das Quartal durchzugehen.« Jay hielt einen Moment inne. »Am Freitagabend treffen wir uns im Mounties. Das ganze Lehrpersonal. Ihr solltet auch kommen und alle kennenlernen, bevor das Quartal beginnt.«

Free nickte. »Klingt gut.«

Aidan kniff die Lippen zusammen. »Ich werde sehen, ob ich es einrichten kann. Ich nehme an einer Kunstausstellung teil und muss dafür noch an meinem Ausstellungsstück arbeiten. Diese Woche ist schon ziemlich ausgefüllt damit, dass ich heute und morgen hier sein und mich außerdem in meinem Haus einrichten muss.«

Jay schien nicht besonders beeindruckt. Sie lächelte Free warm an.

»Komm morgen gleich nach der Schule mit, wenn wir hier fertig sind. Wir sind ein netter Haufen, wenn man uns kennenlernt.«

»Mache ich«, erwiderte Free.

»Ich habe die Unterrichtspläne jetzt fertig und schicke sie euch dann«, sagte Jay, bevor sie in ihr Büro verschwand.

Free ließ den Blick durchs Klassenzimmer schweifen. Das hier war der Ort, an dem sie die glücklichsten Momente ihrer Highschoolzeit verbracht hatte. Ihr wurde warm ums Herz, während sie die vertrauten tiefen Mulden und laminierten Arbeitsflächen unter den mit Farbe bespritzten Fenstern in sich aufnahm. Draußen bauschten sich weiße Wolken vor dem blauen Himmel. Atemberaubend. Ultramarinblau und ungebrannte Umbra vielleicht? Oder Kadmium …

»Vermutlich sollten wir uns über unsere Unterrichtsstrategien für das Quartal austauschen«, schlug Aidan vor. »Hast du Zeit für einen Kaffee, wenn wir hier fertig sind?«

Free kehrte in die Gegenwart zurück. »Ähm, okay, ja. Aber ich habe eigentlich keine Strategie in dem Sinn. Ich hatte einfach vor, zu tun, was Jay mir gesagt hat.«

Einer seiner Mundwinkel wanderte nach oben. »Vielleicht könnten wir uns dann einfach ein bisschen besser kennenlernen, da wir schließlich das Quartal über zusammenarbeiten werden.«

Free war verwirrt. »Musst du nicht an deinem Beitrag für diese Kunstausstellung arbeiten?«

Aidan lachte leise. »Ich kann mir eine Stunde freinehmen.«

»Oh. Okay, wenn Jay uns hier nicht braucht, konnten wir rasch einen Kaffee trinken gehen. Aber ich muss mir den Lehrplan wirklich gut anschauen. Ich habe Angst, dass ich alles vermasseln werde.«

Beklemmung erfasste Free bei dem Gedanken ans Unterrichten. Sie musterte Aidans Gesicht, um zu sehen, ob er irgendwelche Anzeichen von Nervosität erkennen ließ. *Schwer zu sagen.* Sie war abgelenkt von seiner merkwürdig glatten Haut, den schmalen Lippen und den blassen, hervortretenden Augen. Es war fast, als ob sein brauner Pferdeschwanz sein Gesicht straff spannte. Wenn sie den Pferdeschwanz löste, würde sein Gesicht sich dann zu einer normalen, warmen, freundlichen Miene entspannen? Es juckte sie, es auszuprobieren.

»Klingt, als ob du eindeutig einen Kaffee brauchst«, sagte er mit einem raschen Lächeln. »Du schaffst das schon.«

»Ich hoffe es.«

»Lass uns zu Marcel's Deli fahren, wenn wir hier fertig sind«, schlug er vor. »Ich lade dich auf einen Kaffee ein.«

Free war zu Fuß zur Arbeit gegangen, daher fuhr Aidan mit ihr zu Marcel's, nachdem Jay ihnen gesagt hatte, sie seien für den Tag fertig. Sein Wagen war sauber und brandneu, die Farbe ein dunkles Silber. Er roch teuer.

»Normalerweise gehe ich nicht zu Marcel's«, bemerkte sie.

Aidan blinkte rechts, wartete darauf, dass ein roter, schlammbespritzter Geländewagen vorbeirumpelte. »Warum nicht?«

»Galileo's verwendet Bohnen aus fairem Handel, daher gehe ich meistens dorthin. Ich meine, seit meine Schwester mir beigebracht hat, was das heißt.«

»Der Kaffee bei Marcel's ist ausgezeichnet«, entgegnete er.

»Oh, gut. Und sie verwenden Bohnen aus fairem Handel?«

»Es würde mich wundern, wenn nicht.« Aidan bremste unvermittelt und hupte eine junge Aborigine-Frau an, die mit zwei kleinen Kindern die Straße überquerte. Sie zeigte ihm den Mittelfinger, und Aidan seufzte.

»Einheimische«, murmelte er.

»Fahr besser ein bisschen langsamer«, meinte Free. »Auf der Hauptstraße sind immer viele Fußgänger unterwegs.«

»Unachtsame Fußgänger«, bemerkte er. »In der Großstadt würden sie plattgemacht werden.«

Er bog ein und parkte vor Marcel's Deli.

»Oh, ich glaube, sie schließen gerade«, sagte Free, als sie sah, wie ein junger Mann ein Schild ins Café schleppte.

»Ich kläre das.« Aidan sprang aus dem Wagen und trat auf den Mann zu. Sie unterhielten sich kurz, und dann gab Aidan Free ein Zeichen, auszusteigen.

»Ist noch geöffnet?«, rief sie.

Aidan winkte noch einmal. »Josh macht uns noch einen Kaffee.«

»Seid ihr nicht dabei zu schließen?«, fragte sie den jungen Mann.

Er zuckte die Schultern. »Ist schon okay. Kommt rein.«

»Warum gehen wir nicht einfach zu Galileo's, Aidan?«, drängte Free ihn. »Wenn Josh schließen will, sollten wir ihn nicht aufhalten.«

»Er hat absolut kein Problem damit«, erwiderte Aidan, und seine Stimme war so entschieden, dass Free nicht das Gefühl hatte, etwas dagegen einwenden zu können.

Sie stieg die Stufe hoch und betrat den rosa-braun gestreiften Deli mit den beleuchteten Vitrinen mit Croissants, Quiches und Pasteten.

»Einen Long Black, mit einem Schuss laktosefreier Milch«, rief Aidan Josh zu. Er sah Free fragend an.

»Äh, einen Flat White, bitte.«

»Und eine Auswahl Macarons«, ergänzte Aidan.

Sie setzten sich an einem winzigen Tisch auf harte Holzstühle.

»Also, wo kommst du her?«, fragte Aidan.

»Oh, ich bin ein Farmmädchen!«, antwortete Free. »Meine Familie hat eine Rinderfarm an der Herne River Road. Ich lebe bei meinem Dad und meiner Schwester Willow. Wir sind dabei, auf Biozertifizierung umzustellen.«

Er zog die Augenbrauen hoch. »Wirklich? Und davon kann man leben?«

»Ja, na ja, ich nehme es jedenfalls an.« Free schnitt eine Grimasse. »Ich weiß es eigentlich nicht so genau, aber ich nehme nicht an, dass Dad es Willow tun lassen würde, wenn es finanziell nicht okay wäre.«

Aidan schien das Interesse an dem Thema bereits verloren zu haben. »Ehrlich gesagt, meinte ich deinen künstlerischen Hintergrund.«

»Oh! Das ist nichts Besonderes. Ich habe an der Uni bildende Kunst studiert, und dann war ich ein bisschen auf Reisen. Habe ein paar kurze Kurse bei Keramikmeistern in Italien besucht. Ich mache hauptsächlich Ölgemälde, Kohlezeichnungen und Keramik.« Sie hielt einen Moment inne, in der Hoffnung, nicht anmaßend zu klingen. »Und du?«

»Ich habe an der Notre-Dame bildende Kunst studiert …«

»In Frankreich?«, unterbrach ihn Free aufgeregt.

»An der Universität von Notre-Dame in Perth.«

»Oh … natürlich.«

»Dann habe ich ein Stipendium gewonnen, um ein Kunstwerk für eine Unternehmenszentrale in Perth zu gestalten. Ich hatte zwei Gemeinschaftsausstellungen und eine Einzelausstellung. Ich mache hauptsächlich Skulpturen und abstrakte Werke, und mein bevorzugtes Medium ist Acryl.«

Er schwieg. Free war gedemütigt.

»Wow. Ich hatte noch nie eine Einzelausstellung. Das ist einfach fantastisch. Es ist so schwer, als Künstler erfolgreich zu sein. Ich bin beeindruckt.«

Josh brachte ihnen zwei Kaffees und einen Goldrandteller, der mit Macarons in verschiedenen bunten Farben beladen war.

»Danke!« Sie starrte auf die Gebäckstücke. »Das sieht ja köstlich aus!«

»Findest du immer noch, dass Galileo's besser ist als Marcel's?«, fragte Aidan lächelnd.

Josh sah Free verblüfft an, und sie wollte sich am liebsten unter dem winzigen Tisch verkriechen. »Das habe ich nie gesagt!«, verteidigte sie sich. »Ich habe nur gemeint, dass ich für gewöhnlich dorthin gehe. Aber ich werde eindeutig wieder hierherkommen.« Sie lächelte Josh zu, und er grinste rasch und besänftigt, bevor er sich entfernte.

»Probier mal das violette«, empfahl ihr Aidan.

Free hatte die Hand bereits nach dem Macaron ausgestreckt, das nach Kokos aussah, doch dann zögerte sie.

»Na los«, drängte er sie. »Das sind die besten.«

»Okay.« Sie nahm das runde Gebäckstück und kostete. *Lakritz?* Igitt, sie hasste Lakritz.

»Blaubeere«, erklärte Aidan selbstzufrieden.

»Ähm, das ist Lakritz.«

Er schüttelte den Kopf. »Eindeutig Blaubeere. Ich hatte neulich eins.«

Free war sich nicht sicher, was sie tun sollte. Es war auf jeden Fall Lakritz, aber Aidan war so stur. Und sie konnte das Macaron nicht aufessen – es schmeckte ekelhaft. Sie legte das violette Monstrum hin und wandte ihre Aufmerksamkeit ihrem Kaffee zu, während sie einen sehnsuchtsvollen Blick auf das Exemplar mit Kokosgeschmack warf.

»Eine eigene Ausstellung muss toll gewesen sein«, bemerkte sie.

»Ja. Viel harte Arbeit, aber sie hat sich gelohnt.«

»Hast du viel verkauft? Das ist doch bestimmt das Beste an einer Ausstellung – ein paar Sachen loswerden, um ein bisschen Platz zu schaffen.«

Er zuckte die Schultern. »Ja, ich habe ein paar Stücke verkauft. Aber mich hat eher der öffentliche Auftritt interessiert – du weißt schon, um meine Marke zu entwickeln – als eventuelle Verkäufe. Der Markt ist im Moment sowieso tot, daher ist es wichtiger, in der Kunstwelt präsent zu sein, als Arbeiten zu verkaufen.«

»Du meinst, der Kunstmarkt ist tot?« Frees Stimmung sank ein wenig. Es war schon zu den besten Zeiten schwer genug, mit Kunst Geld machen zu wollen. Sie verdiente einen Hungerlohn mit dem Verkauf ihrer Werke. Ihr war kein Rückgang ihrer Umsätze bei einer örtlichen Galerie oder in ihrem Online-Shop aufgefallen, aber vielleicht hatte Aidan recht.

»Absolut«, erwiderte er. »Hoffentlich wird er jetzt, wo die konservative Regierung wieder an der Macht ist und die Wirtschaft sich erholen kann, wieder anziehen.«

Free war sprachlos.

»Unternehmenskäufer sind meiner Meinung nach die besten«, fuhr er fort. »Sie verstehen, dass Kunst bares Geld wert ist.«

»Ich glaube, ich habe noch nie irgendetwas an ein Unternehmen verkauft«, bemerkte Free. Sie nahm sich unauffällig das Kokosmacaron von dem Teller.

»Sie sind toll«, sagte Aidan und nippte an seinem Kaffee. »Sie zahlen gut, und sie wissen experimentierfreudige Werke zu schätzen.«

»Vielleicht bin ich für den Geschmack von Unternehmen nicht experimentierfreudig genug«, überlegte sie. Sie knabberte an dem Macaron. *Oh ja, das war viel besser!*

»Bist du bei sozialen Netzwerken?«, fragte er. »Wir sollten unsere Kontaktdaten austauschen.«

»Ja, du kannst mich unter ›Free Paterson‹ auf Instagram, Facebook, allen Seiten eigentlich, finden«, antwortete sie. »Oder such einfach nach dem Hashtag *Herne365*.«

Er legte die Stirn in Falten. »Was ist das denn?«

»Das ist ein Projekt, an dem ich arbeite. Ich poste ein Jahr lang jeden Tag ein Foto vom Herne River.«

»Warum?«

Free sprach um einen Mundvoll Kokosmacaron herum. »Ich liebe den Herne.«

»Jeden Tag ein Foto?« Aidan schlürfte seinen Kaffee. »Wird das nicht ein bisschen … eintönig?«

»Gott, nein! Der Fluss ist ständig anders. Es ist verblüffend. Sieh dir meine Fotos an. Du würdest nicht glauben, wie sehr sich der Fluss von Tag zu Tag verändert.«

»Ich werde mal nach dir suchen.« Aidan zückte seine Brieftasche, entnahm ihr eine Karte und reichte sie Free. »Hier sind meine Kontaktdaten, damit wir zusammenarbeiten können oder was auch immer.«

»Danke!«, erwiderte Free. Aidan schien so gewandt. Es war eine Erleichterung zu wissen, dass sie seine Unterstützung hatte. »Erzähl mir von deinem Beitrag zu dieser Kunstausstellung, den du erwähnt hast. Woran genau arbeitest du?«

Free musste sich noch eine ganze Stunde um den armen Barista sorgen, bevor sie endlich loskam. Aidan schlürfte seinen Kaffee langsamer als jeder, dem sie je begegnet war, während er ihr in allen Einzelheiten von seinem neuesten Acrylgemälde auf Leinwand erzählte. Er redete von Sujet und Farbe, Paradigma und Gegenüberstellung. Sie kannte all die Begriffe und Konzepte, aber seine Erklärung verwirrte sie. Er musste superschlau sein.

Free sah sich seine Arbeit im Internet an, und ihr fiel auf, dass er hauptsächlich auf sehr großen Leinwänden arbeitete, mit schreienden Farben und aggressiven Pinselstrichen über einem Hintergrund von Farbspritzern. Sie konnte wenig mit seinen Gemälden anfangen, aber der Typ war offensichtlich erfolgreich. Sie war gespannt darauf, das Endergebnis seines neuesten Werks zu sehen. Vielleicht würde er ja ein paar Farben oder Strukturen von Kimberley einfließen lassen, jetzt, wo er in der Region lebte.

Zu Hause fuhr Free ihren Wagen in die Garage und wuchtete das Rolltor herunter. Beth hatte ihr eingeschärft, hier in der Stadt auf ihre Sicherheit zu achten. Es sei nicht so wie auf Patersons, wo man nie irgendetwas abschließen musste. Der getigerte Kater wartete an der Haustür auf sie. Aufgeregt stieß er mehrere seiner witzigen kleinen Miaulaute aus.

»Hallo, Max«, säuselte sie zur Antwort. »Wenn ich das nächste Mal einkaufen gehe, werde ich ein Katzenklo besorgen, damit du im Haus bleiben kannst, während ich in der Arbeit bin. Dann wird dir nicht so heiß. Komm rein und iss etwas.«

Max nahm ihre Einladung an, und sie stellte ihm einen Napf mit Futter hin. Free verbot es sich, ins Studio zu gehen, in dem Wissen, dass ihr gegenwärtiges Bild sie wieder ablenken würde. Stattdessen schleppte sie ihren Drucker von der Veranda ins Haus und stöpselte ihn ein. Sie wollte den Unterrichtsplan ausdrucken und sicherstellen, dass sie genau wusste, was von ihr erwartet wurde, bevor die Schule nächste Woche begann. Jay hatte ihnen mehrmals versichert, sie müssten sich keine Sorgen wegen des Lerninhalts machen; sie würde sie dabei anleiten. Free und Aidan sollten lediglich den Schülern helfen, bestimmte Fähigkeiten zu entwickeln, und sie mit der Theorie vertraut machen. Ihre Hauptaufgabe bestand darin, das Mosaikprojekt zu leiten. Aber Free machte sich trotzdem Sorgen. Was, wenn sie es vermasselte? Was, wenn sie die Schüler versehentlich ablenkte oder verwirrte? Es könnte ihre Noten beeinträchtigen.

Sie rief die Dokumente auf, die Jay ihr geschickt hatte, und klickte auf »Drucken«. Der Drucker erwachte gehorsam surrend zum Leben, aber bevor er auch nur ein Blatt Papier eingezogen hatte, machte er auf einmal ein ungesundes knirschendes Geräusch und piepste sie an.

»Oh, was ist denn jetzt schon wieder los?« Free hasste technische Probleme und bat normalerweise Willow, sie für sie zu lösen. Sie öffnete die vordere Klappe des Druckers und sah etwas, das sie vor Entsetzen aufstöhnen ließ.

*Schuppen?*

Sie begriff prompt, was passiert sein musste. Da sie ihren Drucker vier Tage draußen auf der Veranda stehen gelassen hatte, war irgendein Reptil hineingekrochen und hatte es sich dort gemütlich gemacht. Free starrte auf die gemusterten Schuppen, für einen Moment wie gelähmt vor Angst. Dann klappte sie den Deckel wieder zu, rannte in die Küche und schnappte sich die Topflappen, die Beth für sie an Haken gehängt hatte. Free wagte kaum zu atmen, während sie den Drucker möglichst weit von sich gestreckt wieder hinaus zum Verandatisch trug. Dann stürzte sie zurück ins Haus und schloss mit einem Schauder hinter sich die Tür. Hoffentlich würde die Schlange ihre neue Behausung bald leid sein und verschwinden. In der Zwischenzeit würde Free einfach ohne Drucker auskommen müssen.

Das entsetzliche Erlebnis brachte Free auf die Idee, dass ein Glas Wein eine gute Idee sein könnte. Sie spülte ein Glas aus, schenkte sich eine großzügige Menge Sauvignon blanc ein und warf ein paar Eiswürfel hinein, bevor sie in ihr Studio ging. Sobald ihre Hände ruhig genug waren, nahm sie einen Pinsel und vertiefte sich in ihre Malerei. Es war die perfekte Art, um sich zu beruhigen. Der Teil mit dem Felsen nahm allmählich Gestalt an. Free drückte noch ein paar Farbkleckse auf ihre Palette und begann mit dem Stück dunkelgrünem Fluss, das sich auf dem Grund der Schlucht um eine Biegung schlängelte.

Als es draußen dunkel wurde, wurde Free bewusst, dass sie Hunger hatte. Sie stellte die Pinsel in das Terpentin, nahm ihr halb volles Weinglas und machte sich auf die Suche nach etwas Essbarem. Sie war seit ein paar Tagen nicht mehr einkaufen gegangen, daher war ihre Vorratskammer in einem erbärmlichen Zustand. Free kochte ein paar Fettuccine und rührte etwas Fertig-Pastasoße darunter. Das dritte Mal Nudeln diese Woche – sie sollte sich ein paar Tiefkühlgerichte besorgen. Ihr fiel ein, dass sie ihr Flussfoto des Tages noch gar nicht gepostet hatte, und jetzt war es zu spät, um ein neues zu machen. Sie sah die Bilder auf ihrem Handy durch und fand eine neuere Aufnahme einer zarten Azurjungfer-Libelle, die auf einem Grashalm saß, das Wasser ein verschwommener dunkler Klecks dahinter.

Eine einsame Azurjungfer auf der Suche nach einem Geliebten an Tag 213 von #Herne365. #HerneRiver #NoFilter,

schrieb sie dazu.

Jemand hatte eines ihrer älteren Fotos geteilt, stellte sie erfreut fest. Noch besser – er unterstrich damit seinen Protest gegen den Umleitungsdamm. Es war ein schöner Gedanke, dass Leute ihre Fotos verwendeten, um das allgemeine Bewusstsein für die Gefahr zu schärfen, die das Staudammprojekt für den wichtigsten Fluss ihrer Region darstellte.

Free kehrte zu ihrem Gemälde zurück. Sie war so vertieft darin, dass sie erst nach elf aufhörte, als ein Donnergrollen sie in die Gegenwart zurückholte. Zweifellos würde gleich ein Gewitter über der Stadt losbrechen. Free stellte die Pinsel beiseite, aber in diesem Augenblick setzte nebenan der Gesang ein. Sie nahm ihr leeres Glas, um an der Wand zu lauschen. Aber das war gar nicht nötig – die Stimme war diesmal lauter. Free lauschte atemlos vor Aufregung und mit flatterndem Herzen.

Abrupte Stille.

Enttäuscht ging Free ins Schlafzimmer. Sie merkte, wie erschöpft sie war. Sie warf ihre Kleider von sich, streifte ein bequemes T-Shirt über und fiel ins Bett. Sie war eben dabei, einzuschlafen, als der Gesang wieder einsetzte. Im Dunkeln hielt Free den Atem an und lauschte.

*Ohh* … The Pogues, »Dirty Old Town«. Free wurde warm ums Herz. Sie erinnerte sich an einen Ausflug in die Nähe von Dublin, um ein Schlachtfeld und einen Grabhügel zu besichtigen, während ein Pogues-Album aus dem blechernen Lautsprecher des Reisebusses dröhnte.

Was für eine entzückende Stimme dieser unbekannte Nachbar hatte. Sie klang echt und schien tief aus seiner Seele zu kommen, auch wenn nicht jeder Ton saß. Sie fragte sich, was für ein Fach er wohl unterrichtete. Bestimmt war er Geschichtslehrer – ein Whisky trinkender älterer Mann mit wilden Augen und dunklen Haaren aus dem Norden Irlands, der in seiner Jugend vielleicht sogar ein Freiheitskämpfer gewesen war. Das Lied endete, und Free seufzte.

Aber er war doch noch nicht fertig. Die sanfte Melodie einer Ballade ertönte, und obwohl sie es nicht kannte, berührte das Lied ihr Herz. Sie verlor sich in den Klängen, während sie immer wieder wegdriftete. Selbst in ihrer etwas seltsamen neuen Umgebung hüllte das Lied sie irgendwie in die Wärme und den Trost eines Zuhauses.

# Kapitel 3

Bis zum Freitagvormittag hatte sich Free in eine fieberhafte Nervosität wegen des Unterrichtsbeginns in der darauffolgenden Woche hineingesteigert. Zu ihrer völligen Verblüffung verließ Aidan die Schule um Mittag und erklärte, er sei bereit. Er lud sie sogar ein, ihm beim Mittagessen Gesellschaft zu leisten, was Free ablehnte. Sie brauchte unbedingt mehr Zeit.

Jay hatte Aidan die Zehnt- und Free die Elftklässler zugewiesen. Vielleicht war das eine Hälfte des Problems. Warum hatte Jay die Elftklässler nicht Aidan gegeben, der eindeutig selbstbewusster war als Free? Die elfte Klasse war ein wichtiges Jahr – nur einen Schritt vor dem schwierigen Abschlussjahr, das die Aufnahmeprüfungen für die Universität beinhaltete, oder zumindest die Mappenvorbereitung für eine höhere Ausbildung. Free würde mit Jay zusammenarbeiten, um sicherzustellen, dass sie den Lehrplan vollständig abdeckten, aber für sie war es trotzdem eine Riesenverantwortung. Während sie auf die Unterrichtspläne starrte, die Jay ihr für die erste Woche gegeben hatte, wurde Free flau im Magen.

*Hör auf, dich verrückt zu machen,* befahl sie sich. Jay würde ihr schon zur Seite stehen. Die Fachbereichsleiterin war verständnisvoll und schlau. Wenn Free die Sache über den Kopf wuchs, würde Jay eingreifen. Free würde eher den Vertrag aufkündigen, als den Schülern durch einen miserablen Unterricht ihre Chancen zu ruinieren.

Um kurz vor drei steckte Jay den Kopf durch die Tür des Lagerraums. »Hey, Free, soll ich dich heute Nachmittag zum Pub mitnehmen?«

»Ja, ich bin heute Morgen zu Fuß gekommen, daher wäre das toll. Danke, Jay.«

»Dann treffen wir uns in fünf Minuten auf dem Parkplatz. Meiner ist der rote Prado.«

Free zog ihren Malkittel aus. Sie hatte die Qualität und Auswahl der Materialien überprüft, daher sah sie vermutlich ein bisschen schmuddelig aus. Sie eilte auf die nächstbeste Toilette und überprüfte ihr Aussehen im Spiegel. Ihre Haare waren nie ganz das, was sie ordentlich nennen würde – goldblonde Strähnen und Locken umrahmten ihr Gesicht, egal, wie streng sie sie zu einem Knoten nach hinten zu binden versuchte. Sie löste sie und rückte ihr schlichtes ärmelloses Top zurecht. Sie hatte es mit einer leichten gehäkelten Strickjacke und einem langen Rock kombiniert, nicht sicher, wie die Kleiderordnung aussah, aber alle anderen Lehrer trugen Shorts, Cargo- oder Caprihosen, daher nahm sich Free vor, es ihnen künftig gleichzutun. Sie stopfte die Strickjacke in ihre Tasche. Sie freute sich auf Drinks im Mounties mit den Kollegen.

Free ging hinaus zum Parkplatz. Die Feuchtigkeit der Regenzeit wärmte nach mehreren Stunden in dem klimatisierten Gebäude ihre nackten Arme. Der Himmel war bleiern, aber es regnete nicht. Sie erreichte den roten Prado und lächelte einem anderen Lehrer zu, der ebenfalls auf Jay wartete. Sie hatte ihn beim Mittagessen gesehen. Er war ein unbeholfen aussehender Mann, vielleicht Anfang dreißig, mit einer beginnenden Glatze und extrem stark behaarten Beinen.

»Hi«, begrüßte sie ihn.

»Kommst du auch mit ins Mounties?«, fragte er.

Free nickte zur Antwort. »Ich bin Free Paterson.«

»Max Drummond.«

»Max!« Free sah den Mann entzückt an. »So heißt mein Kater!«

Er lächelte schüchtern. Er hatte die dichtesten Augenbrauen, die Free je gesehen hatte. Ihre Finger juckte es nach Bleistift und Zeichenblock.

»Was unterrichtest du?«, fragte sie.

»Naturwissenschaft.«

»Oh, ist Mr Caporn noch immer hier?«, fragte Free. »Chemie?«

»Ja«, antwortete Max. »Er ist jetzt seit über dreißig Jahren hier.«

Jay kam über den Parkplatz auf sie zu. »Hinein mit euch!«, rief sie. »Ich brauche dringend ein Glas Wein.«

»Mr Caporn war so geduldig mit mir«, sagte Free zu Max, während sie sich auf die Rückbank setzte. »Ich habe die Formeln nie verstanden.«

»Wie lange ist es her, seit du hier zur Schule gegangen bist, Free?«, erkundigte sich Jay, während sie aus der Parklücke zurückstieß.

»Neun Jahre. Aber es kommt mir vor wie gestern. Ich glaube, ich werde meine Lehrer nie mit dem Vornamen anreden können.«

»Hast du dich gut mit ihnen verstanden?«, wollte Jay wissen.

»Mit manchen schon. Ich glaube, ich hatte irgendwie den Ruf, mich leicht ablenken zu lassen.« Jay und Max lachten. »Im Großen und Ganzen mochte ich die Lehrer. Meine Lieblingslehrerin war Mrs Woodley. Englisch.«

»Hilary ist noch immer hier«, warf Max ein.

»Wie lange arbeitest du eigentlich schon in Mount Clair, Jay?«, fragte Free. »Als ich hier zur Schule ging, hat Mr Tunnidge den Kunstbereich geleitet. Zehntonner haben wir ihn immer genannt.« Sie brach in Panik aus, sobald ihr die Worte über die Lippen kamen. *Gott!* Wie unprofessionell, so etwas zu sagen – und es war ein solch unfreundlicher Spitzname.

Aber Jay kicherte nur. »Ein Schwergewicht war er allerdings. Er war mein Vorgänger, aber er bekam eine Stelle in Perth angeboten. Ich hatte meine Zeit auf dem Land bereits abgeleistet, aber ich habe die Gelegenheit beim Schopf gepackt, Fachbereichsleiterin zu werden. Ich habe meinen Job in Perth aufgegeben, um hier hochzukommen, ohne damit zu rechnen, dass ich mich in den Ort verlieben würde.«

Das konnte Free gut verstehen. »Ist es nicht umwerfend? Der Himmel. Die Farben! Der Fluss. Das gibt es nirgendwo sonst auf diesem Planeten.«

»Oh, ja, auf jeden Fall. Aber ich glaube, ich liebe am meisten die Leute. Alle haben mir das Gefühl gegeben, hier zu Hause zu sein, als ob ich schon immer hier leben würde.«

Max murmelte zustimmend. »Die Schüler sind auch entzückend. Ich liebe einfach diesen bodenständigen Humor und die aufrichtige Freundlichkeit in Mount Clair, auch wenn die Tierwelt ein bisschen gewöhnungsbedürftig ist.«

Free erzählte ihnen die Geschichte von der Schlange in ihrem Drucker, und Jay kreischte mitfühlend auf.

»Könnte ein Gefleckter Python sein«, warf Max mit seiner leisen Stimme ein.

»Ich habe keine Ahnung, was sie ist. Ich hoffe einfach, dass sie verschwindet.«

»Ich bin ein Schlangenfänger.« Er sagte es so leise, dass sie es fast nicht hörte.

»Wirklich? Meinst du, du könntest sie für mich aus dem Drucker holen? Ich wohne in der 17A Marlu Street.«

Er lachte auf, nicht unbedingt einwilligend, aber in diesem Augenblick erreichten sie den Parkplatz des Mount Clair Hotel, daher ließ Free es gut sein. Da Freitagnachmittag war, war das Pub schon jetzt brechend voll und würde sich im Lauf des Abends nur noch mehr füllen.

Jay übernahm die Führung. »Max, finde heraus, wo die anderen sitzen«, befahl sie ihm. »Ich werde die erste Flasche holen. Wein, Free? Oh, ich weiß! Holen wir uns Schampus, um deinen neuen Job zu feiern!«

Free folgte ihr zur Bar, um ihr mit den Gläsern zu helfen. Im Vorbeigehen winkte sie ein paar alten Schulfreundinnen zu. Willows Freundin Kate war da. Sie saß mit Phoebe Challis an der Bar, die Free schon mehrmals getroffen hatte und mochte. Free begrüßte die beiden und umarmte sie. Sie hätte ihnen Jay vorgestellt, aber diese war damit beschäftigt, durch die laute Bar ihre Bestellung zu rufen.

»Du bist mit den Lehrern hier, stimmt's?«, fragte Kate. »Wie läuft es denn so im neuen Job?«

»Gut. Sie sind richtig nett.« Free dämpfte ihre Stimme. »Aber wegen nächster Woche mache ich mir in die Hose.«

Phoebe stieß sie in die Seite. »Warum denn, Free? Du wirst deine Sache toll machen!«

»Neuer-Job-Nervosität.«

Phoebe wollte sich gerade nach Details erkundigen, aber Kate hatte Briggsy und eine Gruppe anderer Typen entdeckt, die in diesem Augenblick das Pub betraten. Sie rief und winkte ihnen zu, und sie kamen herüber. Der große Constable Finn Kelly war bei ihnen. Frees Herz begann prompt, aufgeregt zu hämmern.

»Da ist sie ja!«, sagte Briggsy dröhnend. »Miss Phoebe Challis, die begehrteste junge Dame in Mount Clair!« Phoebe verdrehte die Augen und ließ einen Wangenkuss von Briggsy über sich ergehen.

»Autsch«, rief sie und rieb sich das Gesicht. »Deine Bartstoppeln.«

Finns Blick landete auf Free, und seine Augen leuchteten auf. Verdammt, er war *heiß*, mit seinem großen, kräftigen Körper und glatt rasierten Kinn. Sie lächelte ihm zu, und diese seltsame Schüchternheit überwältigte sie wieder.

»Wie seid ihr ohne die Pimmel-Trinkhalme klargekommen, Free?«, erkundigte sich Briggsy, während er ein Glas von Kate entgegennahm. »War der Brautabschied völlig ruiniert?«

»Wir haben es auch ohne sie problemlos geschafft, etwas zu trinken, danke«, antwortete sie. »Offensichtlich brauchen Mädchen eben doch keine Pimmel.«

Er verschluckte sich fast an seinem Getränk, und Kate und Phoebe johlten vor Lachen. Finn grinste Free an, und ein aufgeregtes Kribbeln durchzuckte sie an allen richtigen Stellen. *Ob ich heute Abend wohl eine Chance bekommen werde, mit ihm zu reden …*

Briggsy fing sich wieder. »Na ja, ich für meinen Teil kann die Hochzeit kaum noch erwarten. Ich werde eine saftige Rede halten.«

Free wurde beunruhigt. »Oh, nein, tu das nicht. Willow wird so leicht verlegen.« Aber Briggsy diskutierte bereits lautstark mit Kate darüber, ob er irgendwelche beschämenden Geschichten über Tom auf Lager hätte, und hörte sie nicht.

»Keine Sorge.« Finn beugte sich zu Free hinunter und meinte leise: »Der Sergeant spuckt gern große Töne, aber er ist eine treue Seele. Wenn es darauf ankommt, würde er niemandem seinen großen Tag verderben.«

Aus dieser Nähe konnte Free seine Augen deutlich sehen, und sie waren so glänzend und faszinierend wie Flusswasser, das über Kieselsteine plätscherte. Sie studierte sie. Sie könnte diese Augen malen. Oder einen kiesigen Fluss. Finn roch auch wunderbar sauber, als hätte er eben geduscht. Ihre Sinne erwachten zum Leben, und ihre Gedanken wanderten zu einem Bild von Finn, wie er aus einer Dusche stieg …

»Hast du Durst?«, brach er den Bann. »Kann ich dir irgendwas bringen?«

»Ich bin mit meinen Leuten hier, und wir holen gerade Getränke.« Sie zeigte in die Richtung, und in diesem Augenblick tauchte Max auf.

»Ich habe den Lehrertisch gefunden«, sagte er mit seiner schüchternen Stimme, so leise, dass Free sich anstrengen musste, um ihn zu verstehen.

»Na dann.« Sie lächelte Finn an. »War toll, dich wiederzusehen.«

Er trat einen Schritt zurück und nickte. »Ganz meinerseits. Schönen Abend noch!«

*Ähm, nein.* Nein, das würde nicht das Ende ihres Zusammentreffens heute Abend sein – nicht wenn Free ein Wort mitzureden hatte. Sie nahm Jay die Sektgläser ab und folgte Max. Sie könnte nach dem ersten Drink zurückgehen und sich zu Briggsys Gruppe setzen und Finn hoffentlich ein bisschen besser kennenlernen.

Die Lehrer saßen im Biergarten, wo Ventilatoren und Luftbefeuchter aufgestellt waren, um für die Hotelgäste für eine angenehme Kühle zu sorgen. Jay schenkte die Getränke ein und stellte Free der Tischrunde vor. Free schoss ein Gruppenselfie mit den Sektflöten und postete es auf ihrem Instagram-Account. Sie sah sich mehrmals nach Finn um, aber die Sicht wurde ihr von ein paar Typen versperrt, die im Eingang des Biergartens standen.

Max' Schüchternheit hatte sich etwas gelegt, und jetzt hörte er nicht mehr auf, von Reptilien und Schlangenfang zu reden. Von Zeit zu Zeit wurde es ein bisschen einschläfernd, und Free versuchte, ein paar andere Themen anzuschneiden, aber er blieb hartnäckig.

»Wer ist denn eigentlich der andere Typ, der ein Stipendium bekommen hat?«, unterbrach ihn schließlich einer der anderen Lehrer, und Free griff das Thema erleichtert auf.

»Aidan? Er konnte heute Abend nicht kommen.«

»Bei ihm bin ich mir nicht sicher«, warf Jay ein.

»Wieso das denn?«, fragte Free.

»Er scheint ein bisschen überheblich«, antwortete Jay. Der Schampus hatte sie offensichtlich entspannt. »Ich meine, warum ist er nicht hier? Zu gut für uns?«

Free hatte auch gedacht, dass er sich mehr Mühe hätte geben sollen, sich einzufügen, aber sie hielt es nicht für fair, in seiner Abwesenheit Vorwürfe zu erheben. »Er hat gesagt, er müsse für eine Kunstausstellung an seinem Stück arbeiten.«

Jay prustete. »An seinem *Stück* arbeiten, ach ja? So könnte man sagen, nehme ich an.«

Die anderen lachten schallend auf. Selbst Free musste lächeln, auch wenn sie sich verpflichtet fühlte, Aidan in Schutz zu nehmen.

»Er ist ein angesehener Künstler«, sagte sie. »Schließlich hat er diesen Job bekommen. Ich meine, mich hat man wahrscheinlich genommen, weil ich von hier bin. Aber Aidan ist nicht von hier. Er ist superqualifiziert. Er hat Kunst an große Unternehmen in der Großstadt verkauft und hatte schon eigene Ausstellungen.«

Jay schnaubte spöttisch. »Seine Ausstellungen wurden von seiner Familie finanziert. Free, dass du von hier bist, war ein Vorteil, aber du hast den Vertrag bekommen, weil du sehr talentiert bist und die Erfahrungen und Fähigkeiten mitbringst, die wir gesucht haben. Außerdem ist in den Bedingungen für das YouthArts-Stipendium festgelegt, dass Künstler unter dreißig bevorzugt werden sollen, um die Zielvorgaben der staatlichen Jugendförderung zu erfüllen. Aber Aidan ist fünfunddreißig.« Sie hielt einen Moment inne. »Du weißt schon, wer seine Mum ist, oder?«

Free sah sie verständnislos an. »Ähm …?«

»Aidan Hamilton. Doch nicht *Amanda* Hamilton, oder?«, fragte Max.

Jay nickte. »Die Frau, der der Buildplex-Konzern gehört.«

Free stöhnte auf. »Nein! Buildplex ist das Unternehmen, das den Herne-River-Staudamm bauen will.«

»Das ist sie. Eine der größten Unternehmerinnen des Bundesstaats. Vielleicht hat Aidan es unerwähnt gelassen, aber die Firma, die einige seiner Kunstwerke für ihre Unternehmenszentrale in Auftrag gegeben hat, ist zufällig Buildplex.«

Free war völlig entgeistert. »Nein. Wirklich?«

»Buildplex tritt hier in der Gegend einigen Leuten auf die Zehen«, warf einer der anderen Lehrer ein. »Es geht nicht nur um das Staudammprojekt. Sie haben auch ein paar Grundstücke und kleinere Geschäfte aufgekauft. Die Leute machen sich zunehmend Sorgen, wie viele Finger sie in der Region noch im Spiel haben.«

Free dachte an Aidans selbstzufriedene Miene, als er ihr von seinen Firmenkunden erzählt hatte. Wie konnte er damit prahlen? Es war oberpeinlich. »Ich lehne den Staudamm entschieden ab«, erklärte sie.

»Du und die halbe Stadt«, sagte Jay. »Gehörst du dieser Anti-Staudamm-Gruppe auf Facebook an?«

»Natürlich! Und ich habe den Newsletter abonniert, und ich unterzeichne und teile alle Petitionen. Vor ein paar Wochen war ich mit meiner Schwester bei einem Protest an der Baustelle.«

Jay zog die Augenbrauen hoch. »Wow, du bist ja wirklich engagiert.«

Ein anderer Lehrer beugte sich vor. »Warum bist du dagegen, Free?«, fragte er. »Ich dachte, dieser Staudamm sollte die einheimische Agrarindustrie retten.«

»Er zerstört den Fluss!«, antwortete sie. »Sie werden den Herne River umleiten, sodass die Farmer riesige Gebiete bewässern und Pflanzen wie Zuckerrohr und Reis anbauen können – Pflanzen mit einem hohen Wasserbedarf.«

»Umweltaktivisten sagen, dass er in den natürlichen Zyklus des Flusses eingreifen wird«, ergänzte Max.

»Das passiert schon jetzt«, bestätigte Free. »Ein Freund meines Dads hat flussabwärts von der Baustelle etliche tote Fische entdeckt.«

»Es ist auf jeden Fall ein umstrittenes Thema.« Jay dämpfte ihre Stimme. »Es besteht der Verdacht, dass das Genehmigungsverfahren nicht ganz sauber war. *Firmeneinflussnahme*.«

Free hatte die Korruptionsgerüchte auch gehört, aber sie wusste keine Details. Sie wartete gespannt.

Aber ein anderer Lehrer schnaubte verächtlich. »Unsinn. Der Staudamm wurde von der Regierung auf der Grundlage des Wasserbedarfs in der Region genehmigt.«

Jay legte den Kopf auf die Seite. »Vielleicht.«

»Hat Amanda Hamilton die Funktionsträger der Handelskammer von Mount Clair nicht auf eine Reise nach Japan geschickt, um ihnen ein ähnliches Projekt zu zeigen?«, fragte Max.

Jay nickte. »Das stimmt. Und mehrere Mitglieder der Kammer sitzen außerdem im Stadtrat oder in der Bezirksverwaltung. Sie haben *behauptet*, der Vergnügungstrip nach Japan sei genehmigt gewesen, da es eine Fortbildungsreise sei – berufliche Weiterentwicklung, mit freundlicher Unterstützung der Amanda-Hamilton-Stiftung. Aber tatsächlich war es eine zweiwöchige All-inclusive-Reise, bei der sie in den besten Hotels wohnten und auf dem teuersten Golfplatz der Welt Golf spielten. Und als sie zurückkamen, haben sie sich mit Feuereifer dafür eingesetzt, dass das Staudammprojekt loslegen konnte.«

»Die Handelskammer ist doch auch an dem Mosaikwandprojekt beteiligt, oder?«, fragte Max.

»Das ist sie«, bestätigte Jay. »Sie hat das Projekt als Touristenattraktion und Aushängeschild für den Ort entschieden befürwortet.«

Max beobachtete sie. »Und du glaubst, Amanda Hamilton könnte Aidan auch den Weg dafür geebnet haben, dass er das Stipendium bekam?«

Jay sah sich um, aber die anderen Lehrer hatten das Interesse verloren. »Ich bin mir nicht sicher. YouthArts hat mich die Bewerber als Erste ansehen lassen, und er war nicht einmal auf meinem *Vielleicht*-Stapel. Und trotzdem wurde er ausgewählt.«

Free war sprachlos vor Entsetzen. Es war schon schlimm genug, dass das Genehmigungsverfahren für den Staudamm eine zwielichtige Sache war – aber jetzt auch noch das Stipendium?

»Wow«, hauchte sie schließlich, »ich dachte, es sei ein ordentliches Auswahlverfahren gewesen.«

Jay zuckte die Schultern. »Vielleicht war es das ja auch. Vielleicht hat er sich die Position ehrlich und anständig verdient … und vielleicht zieht seine Mum in der Stadt viele Strippen, seit ihr Unternehmen die Ausschreibung für ein größeres Bauprojekt im Nordwesten von Westaustralien gewonnen hat.« Jay nippte mit hochgezogenen Augenbrauen an ihrem Wein.

War das die Art, wie so etwas lief? Free dachte über ihr eigenes Stipendium nach. Könnte ihr Vater – oder vielleicht Beth – genügend Einfluss in der Stadt haben, um *ihre* Auswahl durchzusetzen? *Nein, natürlich nicht*. Die Entscheidung war von der YouthArts-Fördermittelstelle des Bundesstaats und der Bezirksverwaltung gemeinsam getroffen worden. Wen würde es kümmern, was ein Farmer oder eine Ärztin aus der Gegend wollten? Mit einem leisen Zweifel erinnerte sie sich, dass Beth Mitglied der Handelskammer war. Ihre Praxis hatte letztes Jahr sogar irgendeinen Handelskammer-Preis gewonnen.

»Ach, na ja, wenigstens haben wir dich, Free«, meinte Jay. »Das war auf jeden Fall eine gute Entscheidung. Du bist nicht zufällig die Tochter eines Buildplex-Managers, oder?«

Sie stieß mit ihrem Glas an Frees, während sie über ihren eigenen Witz kicherte, aber Free war froh, als sich das Gespräch von ihrem und Aidans Stipendium und der Frage, ob dabei alles sauber zugegangen war, abwandte.

Inzwischen hatten sich die Typen vom Eingang des Biergartens entfernt, und Free warf einen Blick zur Bar, um zu sehen, ob Finn noch immer da war – und ertappte ihn dabei, wie er in ihre Richtung sah. Sein wunderschönes Lächeln erhellte prompt sein Gesicht, und Free erwiderte es automatisch. Sie errötete fast nie, aber jetzt stieg ihr die Hitze in die Wangen, in dem Wissen, dass dieser große, kräftige, *heiße* Typ sie ansah. Sie spielte kurz mit ihrem Glas, dann beschloss sie, an die Bar zu gehen, um etwas Wasser zu holen. Sie könnte in Finns Nähe herumstehen und ihm noch ein Lächeln zuwerfen, wenn er in ihre Richtung sah. Vielleicht würden sie wieder ins Gespräch kommen und …

Aber als sie ihren Mut zusammennahm und aufstand, um ihre Mission zu erfüllen, waren Finn, Briggsy und ihre ganze Truppe verschwunden.

*Mist.*

Free wachte auf ihrer Couch auf, der Kater zusammengerollt und schnurrend auf ihrer Brust. Sie hatte Kopfschmerzen und einen trockenen Mund. *Igitt.* Warum hatte sie bloß so viel getrunken? Und das auch noch bei ihrem ersten Abend mit ihren neuen Kollegen.

Sie dachte daran, wie enttäuscht sie gewesen war, dass Finn das Mounties so früh verlassen hatte, doch sie verscheuchte den Gedanken. Das hatte nichts damit zu tun, dass sie sich betrunken hatte.

Trotzdem, nachdem sie bemerkt hatte, dass er gegangen war, hatte sie ein Glas Schampus ein bisschen schneller gekippt, als sie es hätte tun sollen – und das auf nüchternen Magen. Es hatte sie beschwipst gemacht. Beschwipst hieß bei Free offen für Vorschläge, und Jay hatte

Shots vorgeschlagen. Free wusste, dass sie ein Leichtgewicht war, wenn es ums Trinken ging, aber bevor sie die Gelegenheit hatte, sich eines Besseren zu besinnen, standen vor ihr, Jay und zwei anderen jungen Lehrern bereits Schnäpse aufgereiht auf der Bar. Ein paar ihrer Kollegen waren gegen sieben gegangen, aber die Singles und Kinderlosen waren noch geblieben. Der Reptilienliebhaber Max Drummond, der offenbar nicht trank, fuhr gegen elf mit Jays Wagen alle nach Hause. In dem undeutlichen Bewusstsein, dass sie etwas essen sollte, hatte Free eine Schale gebackene Bohnen in die Mikrowelle gestellt und ... das war das Letzte, woran sie sich erinnern konnte.

Der Kater sprang auf den Couchtisch und sah sie betont an. »Max«, miaute er.

Free taumelte hinüber zur Küche, wo die Mikrowelle in regelmäßigen Abständen piepste, um sie zu erinnern, dass ihre gebackenen Bohnen fertig waren. Sie öffnete die Tür, um das höllische Piepsen zu beenden, und hielt den Atem an. Sie wandte den Blick ab, während sie den Inhalt der Schale in den Abfalleimer kippte, aufrichtig besorgt um ihren Magen. Sie steckte eine Scheibe Brot in den Toaster. Toast könnte sie vermutlich verkraften.

Sie gab Max ein bisschen Trockenfutter und ließ ihn hinaus, dann schaltete sie den Fernseher ein und starrte auf einen Musiksender, während ihre Gedanken zu dem vergangenen Abend zurückkehrten. Großer Gott, was, wenn sie sich vor allen anderen blamiert hatte? Aber ihr fiel nichts Schlimmes ein. Jay war auch betrunken gewesen, daher hätte sie sich vermutlich nicht viel gedacht, selbst wenn Free irgendetwas Dummes getan hatte. Sie entspannte sich ein wenig, während sie sich ihren Toast holte, dann setzte sie sich wieder, um ihr Frühstück zu knabbern und etwas Wasser zu schlürfen.

Sie verschüttete fast ihr Getränk, als es neben ihr klingelte. *Was zum Teufel?* Ah – ihre Handtasche hatte sich unter einem Sofakissen versteckt. Sie kramte ihr Handy hervor und sah auf die Anruferanzeige: Beth.

Free bemühte sich um einen fröhlichen Tonfall. »Hi!«

»Guten Morgen.« Beths Stimme war so gefasst wie immer. »Bist du bereit?«

Free dachte verzweifelt nach. »Bereit für …?«

Es folgte eine bedeutungsvolle Pause, und dann der Anflug eines Seufzers. »Hast du heute Morgen deine Nachrichten gelesen? Oder bist du eben erst aufgewacht?«

»Nein, ich bin seit einer Ewigkeit auf.« Free warf einen Blick auf die Uhr: halb elf. »Ich habe heute Morgen noch nicht auf mein Handy gesehen.«

»Es gab ein Brautjungfernkleid-Desaster. Willow hat dem Online-Shop eine Mail geschickt, um zu fragen, wann unsere bestellten Kleider geliefert werden, und eine Antwort von einem Insolvenzverwalter bekommen. Das Geschäft hat Pleite gemacht.«

Free fiel der Toast aus der Hand. »Unsere Kleider?«

»Gibt es nicht mehr«, sagte Beth. »Willows Kleid war von einem anderen Laden, Gott sei Dank, aber unsere kommen nicht. Willow schickt uns schon den ganzen Vormittag Nachrichten. Sie ist auf dem Weg in die Stadt. Wir werden es bei Pizzazz versuchen.«

»Oh, Beth – *Pizzazz?*«

»Ich weiß, aber es sind nur noch ein paar Wochen bis zur Hochzeit«, erwiderte Beth. »Uns gehen allmählich die Optionen aus.«

»Um wie viel Uhr sollen wir uns treffen?«

»In zehn Minuten.«

Free überlegte rasch. Sie konnte sich sicher in ungefähr zehn Minuten anziehen und zur Hauptstraße in der Stadt fahren. »Okay, ich werde da sein.«

»Ich bin schon bei dir, vor dem Haus. Soll ich reinkommen oder im Wagen warten?«

Verdammter Mist. »Komm besser rein.«

Free stürzte auf den Stapel mit frischer Wäsche auf ihrem Couchtisch zu. Wenigstens konnte sie die Tür vollständig angezogen öffnen und so tun, als wäre sie fast bereit. Aber auf einmal stand

Beth im Türrahmen, nachdem sie offenbar selbst hereingekommen war. Hatte Free die Tür nicht abgeschlossen, als sie gestern Abend nach Hause gekommen war? *Hoppla*.

»Guten Morgen, Sonnenschein«, sagte Beth lachend, während Free in aller Eile in ein langes Sommerkleid schlüpfte. »Wenigstens bist du schon aufgestanden.«

Free unterdrückte eine mürrische Miene. »Ich mache, so schnell ich kann.«

Beth sah sich im Zimmer um, nahm Frees Kleider von gestern Abend zur Kenntnis, die auf dem Boden verstreut lagen, und das Toast-und-Wasser-Frühstück auf dem Tisch. Sie sah auf ihr Handy. »Willow ist schon bei Galileo's und bestellt uns Kaffee.«

»Ich bin in zwei Minuten fertig.«

Beth warf ihr einen skeptischen Blick zu und tippte eine Antwort an Willow. »Beeil dich. Ich sage ihr, dass sie einen Detox-Smoothie für dich bestellen soll, okay?«

Free kochte innerlich, während sie ins Bad ging. Zum Teufel mit Beth und ihrer gnadenlosen Kompetenz. Sie wusste immer alles am besten, war immer pünktlich, wusste immer, wenn ihre kleine Schwester Mist gebaut hatte. Free sprühte sich mit etwas Deo ein und band ihre zerzausten Haare rasch zu einem Knoten nach hinten. Sie versuchte, die grauenhaften Dinge zu ignorieren, die der Geschmack von Zahnpasta ihrem Magen antat, während sie sich die Zähne putzte, dann schnappte sie sich eine riesige Sonnenbrille. Bis sie in Sandalen geschlüpft und ins Wohnzimmer zurückgekehrt war, hatte Beth irgendwie die Zeit gefunden, ihre saubere Wäsche zusammenzulegen. Sie lag in ordentlichen Stapeln auf dem Couchtisch.

Die Demütigung brannte wie eine Ohrfeige. »Das hättest du nicht tun müssen. Du musst nicht meine Hausarbeit für mich erledigen.«

Beth zuckte leicht mit den Schultern. »Das macht mir nichts aus. Ich hatte nichts anderes zu tun. Bist du so weit? Gehen wir.«

Es war ein Glück, dass Beth fuhr, denn Free war sich nicht einmal sicher, dass sie schon völlig nüchtern war. Sie trafen Willow in dem Café an der Main Street. Free musterte das besorgte Gesicht ihrer Schwester und umarmte sie.

»Mach dir keine Gedanken wegen dieser Kleidergeschichte«, sagte sie leichthin zu Willow. »Ich bin sicher, wir werden heute etwas Hinreißendes finden.«

Unerwarteterweise musterte Willow sie besorgt. »Geht es dir gut? Du siehst müde aus.«

Beth versuchte ein Lächeln zu unterdrücken. »Free hatte gestern einen großen Abend, stimmt's, Free?«

»Nein! Na ja, ich war im Pub.«

Beth lachte, und Willow entspannte sich. »Schöne Zeit gehabt?«

»Ja. Ich habe die anderen Lehrer ein bisschen besser kennengelernt.«

Ihre Schwestern wollten alles über ihren neuen Job wissen, daher schilderte sie den Ablauf an der Schule und ihre bevorstehende Lehrtätigkeit, während sie ihren Kaffee schlürften. Allmählich fühlte sich Free ein wenig besser, und bis sie ihren Kaffee ausgetrunken hatten, war sie bereit, sich einem Vormittag mit Kleidershoppen zu stellen.

Es gab nur ein einziges Geschäft in Mount Clair, in dem man Abendgarderobe finden könnte, und das war die vierzig Jahre alte Pizzazz-Boutique in der Main Street. Hier hatten die meisten Frauen in Mount Clair mindestens eine Highschool-Ballrobe, ein Kleid für einen Preisverleihungsabend, einen Cocktaildress oder ein Brautjungfern-Outfit gekauft.

Beth seufzte, während sie die Kleider an dem Ständer mit dem Schild *Hochzeiten* durchging. »Nichts in der Farbe, die wir ausgewählt haben. Ich nehme an, Schimmergrau ist von Mount Clair zu viel verlangt«, ergänzte sie leise. Sie zog ein smaragdgrünes Kleid heraus und musterte es kritisch. Es war aus Seide und eng anliegend, mit schmalen Trägern. »Das hier ist nicht schlecht. Das würde auch gut zu den Krawatten der Männer passen. Was meinst du?« Sie sah Willow fragend an.

»Es ist ganz nett«, pflichtete Willow bei. »Aber …«

Beth hatte bereits ein zweites herausgezogen und reichte es Free, damit sie es anprobierte.

»Aber was?«, fragte Free, während sie Beth eine Hand auf den Arm legte, um ihre Schwester davon abzuhalten, sofort auf die Umkleide zuzustürzen.

»Oh, es ist wirklich albern, aber als wir uns damals verlobt haben, hat mir Tom mit einer Hochzeit ›mit allem Drum und Dran‹ gedroht. Er hat gesagt, er wolle Brautjungfern in Rosa, und ich dachte, es wäre witzig, wenn …«

»Oh, mein Gott, *ja!*« Free hüpfte auf und ab. »Das wäre *so cool!*«

Beths Miene war misstrauisch. »Knallrosa oder zartrosa?«

Willow zuckte die Schultern, aber Free suchte den Ständer bereits nach rosa Kleidern ab. Wenn Willow Rosa wollte, dann würde sie das auch bekommen. Tatsächlich hatten sie sie nie gefragt, was sie eigentlich wollte, und Beth hatte die schimmergrauen Brautjungfernkleider in dem Online-Shop ziemlich eigenmächtig ausgewählt. Free drückte Beth das lange grüne wieder in die Hand, als sie ein bauschiges Teil in Babyrosa entdeckte.

»Seht euch das an!« Free riss es heraus. Es hatte einen V-Ausschnitt und war an der Taille schmal geschnitten, mit weichen Chiffonfalten, die bis zu den Knien reichten. Willow war entzückt; Beth entsetzt.

»Davon gibt es nur eines«, beeilte sich Beth zu sagen. »Wir brauchen drei, schon vergessen?«

Free drückte das Kleid Beth in die Hand und wühlte noch eifriger in dem Kleiderständer, aber sie fand in demselben Schnittmuster nur ein fliederfarbenes und ein hellblaues.

»Augenblick, das könnte funktionieren.« Sie befahl Beth, das rosa Kleid an ihren Körper zu halten, und hielt dann das blaue an ihren eigenen. »Und Tanya in dem fliederfarbenen.«

Beth runzelte noch immer die Stirn, aber Willow war begeistert. »Ja! Sie sehen wirklich süß aus zusammen. Und Tom wird sprachlos sein«, ergänzte sie kichernd.

Beth probierte widerstrebend das rosa Kleid an und Free, insgeheim schadenfroh, das blaue. Sie hatte recht – sie passten tatsächlich gut zusammen, und Willow war so begeistert, dass Beth einlenkte, obwohl sie das romantische Chiffonkleid eindeutig hasste. Sie saßen auch wie angegossen, und das fliederfarbene hatte die richtige Größe für Tanya, Willows beste Freundin aus Perth.

»Das ist Schicksal«, erklärte Free.

»Darauf wird man jedes Körnchen roten Staub sehen«, prophezeite Beth, und Free hörte einen säuerlichen Unterton in ihrer Stimme heraus.

»Wen kümmert das denn?« Etwas leiser fügte sie hinzu: »Willow wünscht sich genau so etwas.«

Beth verdrehte ein klein wenig die Augen, aber sie ließ es gut sein. Es war es wert, als Willow am Ende ihres Shoppingtrips Free zum Abschied umarmte und ihr ein *Danke* ins Ohr hauchte.

Nachdem Beth sie zu Hause abgesetzt hatte, überlegte Free hin und her, ob sie malen, bei der Schule vorbeischauen, um sich noch etwas vorzubereiten, oder ein Nickerchen halten sollte. *Ich werde unterrichten,* dachte sie, während sie erneut von einer Welle der Angst erfasst wurde. Sie stellte sich vor, wie ihr erster Kurs am Montag verlaufen würde: Dutzende von Teenagern mit feindseligen Mienen, die zusahen, wie sie in ihrem Stapel mit Papieren wühlte und verzweifelt nach ihrem Plan für die erste Unterrichtsstunde suchte. *Hmm.* Sie sollte eindeutig zur Schule fahren, um sich noch etwas vorzubereiten. Und auf dem Weg dorthin könnte sie ihr Flussfoto des Tages aufnehmen.

Sie kramte den Schlüssel zum Kunstraum der Schule aus ihrer Handtasche, aber ein Klopfen an der Tür unterbrach sie in ihren Aufbruchsvorbereitungen. Free öffnete, und der Mund stand ihr vor Schock offen, als sie Constable Finn Kelly auf ihrer Schwelle stehen sah, wo er Max die Ohren kraulte.

Als er aufsah, war er ebenso verblüfft wie sie. Er trug seine Uniform. Free schnappte panisch nach Luft – *Beth* … *Willow* …

Aber dann breitete sich ein Lächeln auf Finns Gesicht aus. »Free! Du … du wohnst *hier?*«

»Ähm, ja …«

Er war so verdammt *groß*. Und dieser harte, kräftige Körperbau mit den breiten Schultern. Großer Gott, er war atemberaubend heiß, mit seinen Augen, wie ein Fluss in Kimberley – lauter warme Farben, vom Licht marmoriert. Sie zwang sich zu blinzeln.

»Ist alles in Ordnung?«, fragte sie. »Habe ich gegen irgendein Gesetz verstoßen?«

Finn schien sich von der Überraschung zu erholen. »Nein, es ist alles in Ordnung. Es ist kein offizieller Besuch. Um genau zu sein, bin ich gar nicht im Dienst – ich habe meine Schicht eben beendet. Mir ist nur der Drucker aufgefallen.« Er zeigte auf den Verandatisch.

Der Schlangendrucker. Free hatte das Teil seit Donnerstag nicht mehr angerührt. »Ach ja.«

»Rangierst du ihn aus? Das Schreib- und Lesezentrum für Kinder sucht nämlich ständig gebrauchte Computerausrüstung, und wir sammeln unten auf der Wache Spenden für sie. Ich könnte ihn für dich mitnehmen, wenn du willst.«

»Ah, verstehe. Na ja, eigentlich will ich ihn nicht weggeben, er ist nämlich ziemlich gut. Nur dass da eine Schlange drin ist.«

Seine Augenbrauen schossen hoch. »Wie bitte?«

»Eine Schlange.«

Finn starrte auf das Gerät. »In deinem Drucker ist eine *Schlange?*«

Free nickte, während sie auf die Veranda hinaustrat. »Oh, ja. Ich habe ihn nur ein paar Tage draußen stehen lassen, und irgendwie ist trotzdem eine Schlange hineingekommen. Ich habe mir fast in die

Hose gemacht, als ich die Klappe geöffnet und sie dort entdeckt habe.« Sie presste die Hände aneinander und verzog das Gesicht. »Ich habe zu viel Angst davor, ihn zu öffnen und nachzusehen, ob sie noch da ist. Ich werde einfach warten, bis irgendjemand mir das abnehmen kann.«

»Na schön. Die wilde Tierwelt, was?« Finn schüttelte den Kopf. »Sie gelangen einfach überall hinein. Wir haben in der Arbeit eine Beutelratte unterm Dach. Hat mir einen Mordsschrecken eingejagt, wie sie dort oben herumgepoltert ist, als ich eines Abends allein war. Ich dachte, es wäre ein Einbrecher – entweder das, oder es spukt. Und in einem Baum vor der Wache hängen Fledermäuse.«

Free kicherte. »So ist das hier in Kimberley.«

Sie schwiegen. Würde er Anstalten machen zu gehen? Finn trat von einem Fuß auf den anderen und steckte eine Hand in die Hosentasche.

»Hattest du gestern im Pub einen schönen Abend?«

»Ja, es war lustig.« Ihre Hoffnung stieg. »Ich habe einen Job an der Highschool. Die Lehrer wollten etwas trinken gehen, um den Beginn des neuen Schuljahres zu feiern.«

»Oder um ihren Kummer über das Ende der Schulferien zu ertränken?«

Sie lächelte. »Vielleicht. Ich habe ein bisschen zu viel getrunken – aber ich bin nicht gefahren. Max hat uns alle nach Hause gebracht.«

Er schien sie nicht zu verurteilen. »Ich wäre gern noch länger im Mounties geblieben, aber der Sarge hat gesagt, wir müssten gehen. Er hat Anfang der Woche ein paar Barrakudas gefangen und sie bei sich zu Hause für uns auf den Grill geworfen.«

»Nett.« Sie kaute an ihrem Daumennagel. »Willst … willst du reinkommen? Ich kann dir eine Tasse Tee machen.«

Finns Gesicht leuchtete auf, aber er zögerte. »Wenn das okay ist?«

Zur Antwort drückte sie die Fliegentür auf, um ihn hereinzulassen. Er schob sich an ihr vorbei, streifte dabei versehentlich ihren

Arm mit seinem, und Frees Herz begann zu rasen. Alles an diesem Typen war groß, warm und kräftig. Ihr ganzer Körper kribbelte allein von dieser einen, bedeutungslosen Berührung.

Finns Blick fiel auf ihre Umzugskartons. »Noch nicht ganz eingezogen?«

Free versuchte, sich auf seine Worte zu konzentrieren. »Nein, ich bin erst vor ein paar Wochen angekommen. Entschuldige, ich weiß, es ist ein furchtbares Chaos.«

»Ach was. Du hättest mein Haus sehen sollen, als ich eingezogen bin.«

»Ich sollte endlich auspacken, aber ich werde immer wieder abgelenkt.« Sie schaltete den Wasserkocher ein und spülte zwei Becher aus.

»Wovon?«

»Von einem Gemälde, mit dem ich im Moment beschäftigt bin.«

»Du malst?«

»Ja, ich bin Künstlerin – na ja, angehende Künstlerin. Ich habe ein Stipendium an der Schule. Deswegen darf ich in einer staatlichen Doppelhaushälfte leben.«

»Ich habe immer großen Respekt vor künstlerisch veranlagten Leuten. Ich kann nicht mal ein Strichmännchen zeichnen, das wie ein Strichmännchen aussieht.« Finn sah zu, wie sie die Becher abtrocknete. »Darf ich das Gemälde sehen?«

»Oh – ähm, okay. Ja.«

Sie führte Finn in ihr Studio. Es war jedes Mal seltsam, Leuten, die sie nicht sehr gut kannte, ihre Kunst zu zeigen, und Free ließ fast nie jemanden ihre laufenden Arbeiten sehen. Auf halbem Weg den Flur hinunter überlegte sie es sich fast anders – aber das wäre verrückt.

Free drehte die Staffelei zu Finn herum und tat, als würde sie ein paar Pinsel aufräumen, bevor sie sich für seine Reaktion wappnete. Er starrte mit gerunzelter Stirn auf ihr Gemälde. Sie wartete. *Es gefällt ihm nicht.* Sie neigte zu abstrakten Stilen, und manche Leute wussten damit nichts anzufangen. Die Pause zog sich so lange hin, dass sie schließlich einknickte.

»Das ist ein Felsabschnitt am Herne River.«

»Talbot Gorge. Die Schlucht kenne ich«, sagte Finn, den Blick noch immer auf die Leinwand geheftet. »*Wow*. Das ist fantastisch. Das Rot der Felsen und das Grün des Wassers – perfekt.«

Free war sprachlos. Er erkannte Talbot Gorge von ihrem halb fertigen impressionistischen Gemälde?

»Ich weiß, es ist noch nicht fertig, aber die Farbe ist …« Finn beugte sich nah zu dem Gemälde hinunter und wich dann zurück. »Umwerfend. Ich … das Licht. Wie hast du das geschafft, dass es so aussieht? Als ob es von der Leinwand strahlt?«

Free war schon früher von Verehrern überschwänglich gelobt worden, aber das hier war etwas anderes. Finn war wie gebannt. Er ging hin und her, um das Bild aus allen Winkeln zu betrachten, fast als hätte er vergessen, dass sie auch noch da war. Free war bewegt. Dieser Mann hatte irgendetwas zutiefst Aufrichtiges und Echtes an sich. Sie sah zu, wie er ihr Gemälde bewunderte, und sie war sprachlos angesichts der Kraft seiner Reaktion.

»Du bist unglaublich talentiert«, sagte er schließlich. Er sah sie so plötzlich an, dass ihr Herz einen Takt aussetzte.

Free versuchte angestrengt, wieder zu sich zu kommen. »Unsinn. Der Himmel ist völlig falsch, wie üblich.«

Er wandte sich wieder zu dem Gemälde um. »Na ja, mir gefällt es … aber ich weiß, was du meinst. Es ist nicht ganz das richtige Blau.«

»Der Himmel von Mount Clair ist einzigartig. Ich konnte ihn noch nie nachbilden.«

»Es ist ähnlich genug. Eines Tages gelingt dir der richtige Farbton. Aber eigentlich ist es nicht wichtig, denn das hier ist verdammt außergewöhnlich.« Er sah auf den Boden. »Hey, die Hausverwaltung der staatlichen Unterkünfte ist ziemlich nachsichtig, habe ich gehört, aber sie könnten ausflippen, wenn du Farbe und Terpentin auf den ganzen Teppich kleckerst. Vielleicht wäre es keine schlechte Idee, hier drinnen eine Abdeckplane auszulegen.«

Free sah nach unten. Er hatte recht – der Teppich war mit Farbspritzern und öligen Terpentintropfen übersät. »Ja, gute Idee. Werde ich machen.«

Er folgte ihr den Flur hinunter zurück zur Küche. Sie fühlte sich noch immer zittrig, aber sie schaffte es, zwei Tassen Tee zu machen, ohne etwas zu verschütten. Er nahm drei Stück Zucker in seinem Tee, worüber sie lachen musste.

»Früher dachte ich, die Leute verzichten bewusst auf Zucker, wenn sie erwachsen werden«, sagte sie. »Ich habe aufgehört, meinen Tee und Kaffee mit Zucker zu trinken, als ich achtzehn wurde, und das darauffolgende Jahr damit verbracht, den Geschmack von beidem zu hassen, bis ich mich endlich daran gewöhnt hatte.«

»Ich habe nicht vor, erwachsen zu werden«, erwiderte er.

»Ich glaube, ich könnte es gar nicht, selbst wenn ich wollte«, antwortete sie grinsend.

Sie setzten sich mit ihren Bechern an Frees kleinen Holztisch für vier Personen, und Free wischte hastig mit einer Hand die Krümel weg.

»Wie funktioniert das eigentlich mit deinem Stipendium?«, fragte er.

»Na ja, die Gemeinde will ein öffentliches Kunstwerk am Eingang zur Stadt errichten – eine Mosaikwand. Man wollte Kinder aus Mount Clair einbeziehen, daher hat man ein paar Künstlerstipendiaten für die Highschool unter Vertrag genommen. Wir sollen den Kindern helfen, sich ein Konzept und Design einfallen zu lassen, und dann die eigentliche Gestaltung der Fliesen beaufsichtigen. Als ich davon hörte, wollte ich unbedingt daran teilnehmen. Ehrlich gesagt, wenn ich kein Stipendium bekommen hätte, hätte ich irgendwie ehrenamtlich mitgearbeitet. Es hat mich einfach gejuckt, daran beteiligt zu sein. Aber ich hatte Glück und habe einen Vertrag bekommen. Aidan Hamilton ist der andere Künstler. Er ist aus Perth. Wir haben beide viel mit Keramik gearbeitet, und wir haben noch andere Fachgebiete, die wir den Schülern beibringen sollen.«

»Was sind eure Fachgebiete?«, fragte er.

»Ölfarben und Kohle bei mir. Skulptur und Acryl bei Aidan.« Sie hatte dem Drang bislang widerstanden, aber jetzt glitt ihr Blick über seine muskulösen Schultern.

Finn bemerkte es.

»Ähm, mir ist nur das Abzeichen an deiner Schulter aufgefallen«, beeilte sie sich zu sagen. »Briggsys ist anders, oder? Was hat das zu bedeuten?«

»Meine Schulterklappen? Mein Rang ist der eines Constable, daher sind sie frei, ohne Streifen. Briggsy ist ein Senior Sergeant, daher hat er die drei Streifen und eine Krone.«

»Wie lange bist du schon Polizist?«

»Ich habe meine Probezeit kürzlich abgeschlossen und mich für ein paar Stellen auf dem Land beworben. Man hat mir Mount Clair angeboten, und im November bin ich hierhergezogen.«

»Du bist aus Perth, hast du gesagt?«

Finn nickte. »Das bin ich, ja. Meine Familie lebt dort – na ja, jedenfalls meine Mum und mein Dad. Meine Schwester hat vor ein paar Jahren geheiratet und ist zu ihrem Mann ins Ausland gezogen.«

»Du vermisst sie sicher«, meinte Free. »Was glaubst du, wie lange du in Mount Clair bleiben wirst?«

»Ich vermisse sie, aber irgendwie gefällt es mir hier. Die Leute sind so gastfreundlich. Ich fühle mich schon jetzt wie zu Hause.«

»Was ich schon immer wissen wollte – ist das eigentlich interessant, die Polizeiarbeit?«, fragte Free. »Im Fernsehen sieht es immer nach jeder Menge Action aus, Polizisten, die sich auf dem Boden rollen, Leute überwältigen, auf Autos schießen und so. Entweder das, oder viel langweiliger Papierkram.«

Ihre Worte brachten ihn zum Lachen.

»Ja, manchmal ist es aufregend und manchmal langweilig. Manchmal befriedigend und manchmal frustrierend, aber es gefällt mir. Ich kann mir nicht vorstellen, irgendetwas anderes zu tun.«

»Wie sieht ein durchschnittlicher Arbeitstag für dich aus?«, fragte sie.

Er erzählte ihr von ein paar Situationen, die er in der letzten Zeit erlebt hatte, und Free stellte interessiert Fragen. Als er Briggsy erwähnte, wandte sich das Gespräch ihren gemeinsamen Freunden zu. Free erzählte Finn die Geschichte von Willow und Tom. Er kannte Tom über Briggsy, und er hatte von Toms Hubschrauberabsturz gehört, aber er wollte gern Frees Version der Ereignisse hören. Was sich wie ein paar Minuten reden anfühlte, war letztendlich eine zweistündige Unterhaltung, bis Free auf die Uhr sah. Sie sprang auf.

»Oh, nein! Ich wollte eigentlich zur Schule fahren und ein bisschen Arbeit erledigen.«

Er erhob sich prompt und entschuldigte sich dafür, ihre Zeit in Anspruch genommen zu haben.

»Nein, du hast keinen Grund, dich zu entschuldigen«, entgegnete sie mit einem wehmütigen Lächeln. »Es ist meine Schuld. Ich habe kein Zeitgefühl. Das sagen meine Schwestern ständig. Wenn ich mich gut unterhalte, bin ich noch schlimmer als sonst.«

Seine warmen Augen strahlten. »Ich habe mich auch gut unterhalten.«

Auf einmal war sich Free seiner männlichen Kraft deutlich bewusst – der Art, wie sich das Uniformhemd über seiner Brust und dem deutlich sichtbaren Bizeps spannte. Er sah auch nicht so aus, als ob er sich im Fitnessstudio in Form brachte. Er war einfach von Natur aus so gebaut. Wie mochte seine Brust unter dem Hemd wohl aussehen?

»Vielleicht könnte ich stattdessen einfach morgen zur Arbeit gehen«, überlegte sie.

»Nein, ich will dich nicht von dem abhalten, was du tun musst.« Finn steckte sein Handy ein. »Wie auch immer, ich hatte einen langen Tag. Ich mache mich besser frisch und ruhe mich ein bisschen aus.«

Für Free sah er frisch aus, aber sie konnte kaum etwas dagegen sagen, dass er sich ausruhen musste. Sie gingen auf die Veranda hinaus, wo Max sie mit seinem typischen Miauen begrüßte.

»Es ist ein solcher Zufall, dass du *hier* lebst«, sagte Finn.

»Ja, ich und Maxie.« Sie stieß den Kater sanft an, und er rieb sich an ihrem Rock. »Warum sagst du das? Weil du zufällig an meine Tür geklopft hast?«

»Nein, weil ich auch hier lebe!« Finn zeigte auf die Tür der anderen Doppelhaushälfte, nur ein paar Schritte entfernt. »Ich wohne in 17 B.«

Free starrte ihn mit offenem Mund an. »*Du* wohnst hier? Du bist mein Nachbar? Das ist ja unglaublich!«

Ihr Herz führte einen verrückten Tanz auf bei dem Gedanken, dass dieser hinreißende Mann genau neben ihr wohnte. *Es war Schicksal!* Finn stand ein paar Sekunden da und sah sie an. Sein Blick glitt über ihr Gesicht, als wollte er noch etwas anderes sagen. So etwas wie: *Wann sehen wir uns wieder?* Frees Puls beschleunigte sich, und sie wartete mit angehaltenem Atem.

Aber Finn wandte sich nur mit einem lässigen »Na dann, man sieht sich!« ab.

Er stieg ihre Verandastufen mit einem einzigen Schritt hinunter und sprang seine eigenen hoch.

»Wiedersehen«, rief sie, als er ins Haus verschwand.

Erst als sie in ihrem Wagen auf dem Weg zur Schule war, wurde ihr etwas Unglaubliches bewusst.

Finn musste ihr Phantomsänger von nebenan sein.

# Kapitel 4

Jay kam zum Ende ihrer Zusammenfassung von Frees Künstlerbiografie und sah in die Runde der Elftklässler.

»Also, Miss Paterson wird diese ganze Erfahrung im Lauf des Quartals mit euch teilen, und ich bin sicher, ich muss euch nicht erinnern, was für eine Gelegenheit das für euch alle ist. Ihr werdet nicht nur mit einer professionellen Künstlerin zusammenarbeiten, eure Namen werden auch für Jahrzehnte – vielleicht sogar noch länger – mit einer großen öffentlichen Kunstinstallation in Mount Clair in Verbindung gebracht werden.«

Die Sechzehn- und Siebzehnjährigen – zwölf an der Zahl – waren gebührend beeindruckt.

»Noch Fragen?«, fügte Jay hinzu.

Eine Hand schoss hoch. »Werden wir für das öffentliche Kunstwerk bezahlt werden, Miss?«

Jay lachte. »Entschuldige, Cameron, diesmal nicht. Aber all unsere Materialien werden bezahlt.«

»Dürfen wir uns das Thema, um das es auf der Wand gehen wird, selbst aussuchen?«, fragte ein Mädchen.

»Ja. Wir wollen, dass das Thema von euch kommt, und dann werden unsere Künstlerstipendiaten ein endgültiges Konzept vorbereiten und es dem Projektkomitee zur Genehmigung vorlegen.«

»Aber wir werden ein Mitspracherecht haben, oder?«, hakte Cameron nach.

Free nickte. »Auf jeden Fall. Ich will, dass das Design völlig in eurer Hand liegt.«

Jay unterbrach sie und fügte etwas zurückhaltender hinzu: »Das Design muss einen gewissen Standard erfüllen, um vom Komitee genehmigt zu werden, was der Grund ist, weshalb wir professionelle Künstler haben, die dabei die Richtung vorgeben.«

Ein Mädchen mit glatten dunklen Haaren hob die Hand. Jay nickte ihr mit einem leicht verblüfften Blick zu. »Tia?«

Tia wandte sich an Free. »Wie haben Sie den Job beim Victoria and Albert bekommen?«, fragte sie leise.

Free konnte sich ein Grinsen nicht verkneifen. »Oh, wow. Gute Frage! Ich war mit diesem Engländer zusammen, okay? Nichts Ernstes, aber er war eine Art Lord oder so. Sohn eines Lords vielleicht. Ganz ehrlich? Der Typ war total verklemmt, aber er sah ganz nett aus. Klassische blonde englische Aristokratie. Ich nehme an, er hat gegen Mummy und Daddy rebelliert, indem er mit einem Aussie-Farmmädchen wie mir zusammen war. Wie auch immer, seine Tante hat im V and A gearbeitet, weit oben. Leitende Kuratorin. In der Galerie sollte eine internationale Ausstellung stattfinden, und sie stellte Aushilfen ein, die beim Aufbau mithelfen sollten, aber eine der Aushilfen ist an dem Tag, an dem sie mit dem Auspacken anfingen, nicht aufgetaucht, daher hat Harold – das war der total verklemmte Typ – *mich* vorgeschlagen. Das war das Tollste überhaupt! Ich meine, die Arbeit selbst war nicht so toll. Wir mussten einfach Sachen auspacken, sie dokumentieren, die Rahmen und das Glas abwischen und dafür sorgen, dass es zum richtigen Teil der Ausstellung gebracht wurde. Aber jeden Tag dorthin zu gehen und Leuten sagen zu können, dass ich beim V and A arbeite? *Das* war toll!« Sie schüttelte den Kopf bei der Erinnerung.

Jay starrte sie an, aber die Klasse, die während Frees Erzählung immer wieder gekichert hatte, brach in Gelächter aus. Schließlich brachte auch Jay ein Lächeln zustande.

»Na ja, jetzt wissen wir wenigstens, dass wir von Miss Paterson aufrichtige Antworten bekommen werden«, sagte sie zu den Schülern.

Hmm, vielleicht hätte sie besser nicht erwähnen sollen, dass Harold ein total verklemmter Typ war …

Jay übergab ihr die Klasse, und Free erstarrte fast vor Entsetzen, aber sie begann wieder zu atmen, als sie sah, dass Jay blieb, um ihr zur Seite zu stehen. Sie erklärte den Schülern, dass sie zunächst an ihren Landschaftstechniken arbeiten würden, bevor sie sich der Ölmalerei zuwenden würden, die für den ersten Teil des Quartals geplant war. Dann ging sie mit ihnen mit Bleistiften und Zeichenblöcken ins Freie, um eine Regenpause zu nutzen.

»Setzt euch irgendwohin und skizziert, was ihr seht. Sagen wir, sechzig bis achtzig Grad Blickfeld.« Free erntete ein paar verwirrte Blicke, daher führte sie es genauer aus. »Wenn die Welt um euch herum eine Uhr wäre und ihr in der Mitte sitzen würdet, wollt ihr nur etwa zwei Stunden zeichnen – zum Beispiel von drei bis fünf Uhr.«

Das verstanden sie, und sie suchten sich Plätze, um anfangen zu können. Free rief Anweisungen und ging die einzelnen Schritte mit ihnen durch, die sie selbst befolgte, um eine Landschaft zu skizzieren.

»Steckt die Grenzen eurer Szene mit den Augen ab und skizziert alles superschnell. Und dann konzentriert euch auf einen kleinen Teil. Einen Baum. Einen Pfosten. Den Fußweg. Versucht einfach, diesen einen Teil richtig aufs Papier zu bringen.«

Sie ging mit ihrer Kamera herum und ließ jeden Schüler die Szene, die er skizzierte, fotografieren. Bevor es zu heiß wurde, ging Free mit ihnen wieder hinein und zeigte ihnen am Smartboard die Arbeiten bahnbrechender Landschaftsmaler in einer Diashow. Sie versuchte, sich an ihr Skript zu halten, das auf Unterrichtsmaterialien beruhte, die Jay ihr zur Verfügung gestellt hatte, aber sie konnte es nicht lassen, zwischendurch immer wieder ihre eigenen Gedanken einzustreuen.

»Turner! Er ist für mich ein *Gott*. Seht ihr das Licht? Hat jemand von euch viel mit Ölfarben gearbeitet? Nein? Ölfarben sind verdammt schwer zu lernen, aber es lohnt sich, denn meiner Meinung nach sind sie das einzige Medium, mit dem man das Licht einfangen kann. Oh. Mein. *Gott*. Seht euch das an. *Seht es euch an.*« Ein paar Schüler kicherten, und Free schnellte herum, halb aufgebracht und halb lachend. »Im Ernst, Leute. *Turner*.«

Ein paar von ihnen nickten, wie sie erfreut feststellte. Sie verstanden es. Jay grinste Free von ihrem Platz in der Ecke an, wo sie mit einem Laptop saß.

Die Stunde endete mit einer Diskussion über Perspektive und Proportion – eher ein Auffrischungskurs zu dem, was sie in den vergangenen Jahren bereits gelernt hatten. Während sie zusammenpackten, ermunterte Free die Schüler, sich schon mal Gedanken über ein Thema für die Mosaikwand zu machen.

»Wir haben ungefähr zwei Wochen Zeit, um ein Konzept vorzulegen, bevor wir zur Designphase kommen, daher müsst ihr jetzt schon damit anfangen. Ich hätte sehr gern, dass das Konzept von einem *meiner* Schüler kommt.«

Die Jugendlichen gingen in die Mittagspause, und Free sah Jay ängstlich an, aber die Fachbereichsleiterin lächelte.

»Tolle Stunde, Free. Ich bin begeistert, wie du den Inhalt ein bisschen angepasst hast, um ihm eine etwas persönlichere Note zu geben. Und es war gut, wie du Tia zum Reden gebracht hast!«

»Wen?«

»Das dunkelhaarige Mädchen, Tia Kaneko. Sie macht fast nie den Mund auf, aber sie hat dir, ohne zu zögern, eine Frage gestellt und während der Diashow sogar einen Beitrag geleistet. Okay, sie ist jetzt in der elften Klasse und kommt vielleicht endlich aus ihrem Schneckenhaus heraus, aber wahrscheinlich hast eher du ihr mit deinem entspannten Unterrichtsstil etwas von ihrer Befangenheit genommen. Gute Arbeit!«

Free wartete auf das dicke Ende von Jays Lob – doch das kam nicht.

»Wir sehen uns gleich im Lehrerzimmer«, war alles, was Jay noch sagte, während sie sich abwandte, um ihre Unterlagen einzusammeln.

Im Lehrerzimmer holte Free den Apfel und die Packung Cracker aus ihrer Tasche, die sie an diesem Morgen eingepackt hatte.

Sie sah sich neidisch am Tisch um. Alle anderen hatten sich köstlich aussehenden Lunch mitgebracht. Mrs Woodley ließ sich ein Stück Lasagne schmecken, das sie sich in einem Tupperwarebehälter aufgewärmt hatte, und Max aß eine Pie. Aidan gesellte sich zu Free und lächelte wieder so seltsam verkniffen. Die Dinge, die am Freitagabend über ihn gesagt worden waren, gingen Free durch den Kopf. *Wie kann er nachts schlafen in dem Wissen, dass seine Karriere ein einziger Schwindel ist?* Doch dann schüttelte sie sich. Sie sollte ihm eine Chance geben. Vielleicht war es ein Irrtum. Fehlinformation oder übertriebene Gerüchte.

Aidan packte sein Essen aus – eine köstliche Auswahl an Sushi-Teilen in einer Lunchbox mit einzelnen Fächern. Er schraubte den Deckel von einem winzigen Fläschchen mit Sojasauce und goss sie über seinen Lunch, während er zu Free hochsah.

»Du hattest eben die Elftklässler, richtig? Wie ist es gelaufen?«

»Ganz gut.« Sie biss in einen Cracker. »Und du hattest die Zehntklässler, oder? Wie war das?«

»Nicht schlecht.« Er kaute nachdenklich ein Sushi. Er hatte sogar ein Paar dieser Bambus-Essstäbchen zum Auseinanderbrechen. »Die Kids sind ziemlich albern und unkonzentriert, stimmt's? Ich muss gestehen, ich hatte ein bisschen mehr Reife erwartet.«

Free dachte darüber nach. »Wahrscheinlich macht selbst dieses eine Jahr einen Unterschied. Meine waren ziemlich gut. Vermutlich war ich die unreifste von allen.« Sie grinste schief.

Aidan aß einen Moment schweigend. »Ich schätze, es ist nur natürlich, dass die Schüler Kunsttheorie ein bisschen öde finden. Oh, hey.« Seine Miene hellte sich auf. »Mir ist ein tolles Thema für die Mosaikwand eingefallen. Sag mir, was du davon hältst.« Er beugte sich näher vor. *»Fluss des Lebens.«*

Frees Liebe zu dem Fluss wallte bei der Vorstellung auf. *Siehst du?*, sagte sie sich. *Er ist überhaupt nicht so wie seine Mutter.*

»Das klingt fantastisch! Wie die Legende von der Schlange Waugal, die das Flusssystem formt, die Regen- und Trockenzeiten, die Tierwelt, das ökologische Erbe – ein Denkmal für unseren wundervollen Fluss …«

Er zögerte, die Essstäbchen auf halbem Weg zum Mund. Free beäugte sehnsuchtsvoll sein Sushi.

»Ach, na ja … okay. Ich nehme an, es wäre *politisch korrekt*, dieses Zeug miteinzubeziehen. Aber ich meinte eigentlich die landwirtschaftlichen Aspekte. Bewässerung. Die Entwicklung der Region von einer dürregeplagten hin zu einer bewässerten dank des neuen Staudamms. Eine Feier der zunehmenden landwirtschaftlichen Bedeutung der Gegend.«

Im ersten Moment dachte Free, Aidan müsse einen Witz machen. Für den Sohn und Erben des Unternehmens, das den umstrittenen Staudamm am Herne River bauen wollte, war diese Idee viel zu schmierig, um aufrichtig gemeint zu sein. Oder nicht?

Doch offenbar war es wirklich sein Ernst. Aidan wartete auf ihre Antwort, während er etwas überschüssiges Wasabi aus einem seiner Sushi-Röllchen kratzte.

Free drehte den Apfel in ihren Händen. »Ich bin mir nicht sicher, ob das ein guter Grund zum Feiern ist. Ich meine, der Staudamm ist doch noch nicht einmal gebaut. Ich glaube nicht, dass er gut für die Umwelt sein wird. Wenn wir dieses Thema für die Mosaikwand verwenden, dann schaffen wir ein bleibendes Denkmal für etwas, das unsere Umwelt zerstört hat.«

Sie hatte gehofft, taktvoll zu sein, aber seine Miene verriet ihr, dass sie ihr Ziel meilenweit verfehlt hatte. Aidan legte sein Avocadoröllchen hin.

»*Umweltzerstörung?* Im Ernst?« Er schüttelte fast unmerklich den Kopf. »Du bist eine Farmerstochter, richtig?«

»Ähm, ja. Meine Familie besitzt eine Rinderfarm.«

»Dann verstehst du ja etwas von Farmwirtschaft, oder?«

»Na ja …«

»Siehst du, das ist genau der Grund, weshalb ein solches Kunstwerk wichtig ist. Es bildet die Leute. Es hilft dem Durchschnittsbürger zu verstehen, was der Herne-Staudamm für die Stadt tun wird.«

Free sah über seine Herablassung hinweg. »Aidan, ich wollte dich nicht beleidigen. Aber bei einem bleibenden öffentlichen Kunstwerk wie diesem ist es vielleicht zu früh, um sich auf den Staudamm festzulegen. Wir wissen ja noch nicht einmal, ob er überhaupt fertig gebaut werden wird. Es gibt Proteste und Forderungen nach mehr Umweltstudien …«

»Natürlich wird er fertig gebaut werden. Und ich bin nicht beleidigt.« Er lächelte sie an, und sein Adamsapfel bewegte sich, als er sich noch ein Stück Sushi in den Mund steckte. »Ich mag eine harte Diskussion – das ist die beste Art zu flirten. Ich werde das Konzept mit Jay erörtern und sehen, was sie davon hält.«

Free war so verblüfft von dem Wort »flirten«, dass sie fast übersah, wie er ihre Meinung völlig ignoriert hatte. Was, wenn Jay die »Fluss des Lebens«-Idee auch gefiel?

Free sorgte sich insgeheim um das Schicksal des Projekts. Hoffentlich würde den Schülern ein besseres Konzept einfallen.

Am Ende des Schultages fuhr Free nach Hause, wobei sie unterwegs anhielt, um ihr Flussfoto des Tages zu schießen. Sie hatte immer gehört, dass die geistige Arbeit des Unterrichtens anstrengend sei, aber jetzt war sie so erschöpft, dass sie sich fast nicht die Mühe machte, das Rolltor der Garage zu schließen. Nur wegen Beths Erzählungen von Einbrüchen und Autodiebstählen in Mount Clair raffte sie sich doch noch auf.

Ihr getigerter Kater wartete auf dem Verandageländer auf sie. »Max«, miaute er.

Free lachte. »Hallo, Max. Hast du Hunger?«

Als sie ihre Haustür aufschloss, trat Finn mit einer Schere in der Hand auf seine Veranda. Na, zu so etwas kam sie doch gern nach Hause.

»Tag«, sagte er.

»Hi, Finn!«

Sie kraulte Max' Ohren als Ausrede, um noch ein bisschen herumzutrödeln, ohne den Blick von Finn abzuwenden. Jedes Mal, wenn sie ihn sah, staunte sie aufs Neue, wie gut er aussah, mit diesem aufrichtigen Lächeln.

Und diesem *einfach absolut hinreißenden* muskulösen Körper.

*Hör auf,* schalt sie sich. *Hör auf, ihn wie ein Objekt zu betrachten!* »Wie war dein Tag?«, fragte sie, den Blick auf sein Gesicht geheftet.

»Gut. Und deiner?«

»Toll! Ich meine, verdammt beängstigend, aber letztendlich ist alles gut gegangen.«

Finns Lächeln wurde breiter. »Ich möchte wetten, du bist bei den Schülern richtig gut angekommen.«

»Sie sind entzückend. Sie waren wirklich nett zu mir. Aber ich hatte trotzdem fürchterliche Angst.«

Er stützte sich auf die kleine Balustrade, die ihre beiden Veranden voneinander trennte. »Ich kann mich noch an meinen ersten Arbeitstag in Mount Clair erinnern. Ich hatte auch höllische Angst. Senior Sergeant Briggs – sagen wir mal, er kann ziemlich einschüchternd sein.«

»Oh, Gott, ja. Das glaube ich gern. Die Tattoos. Die Gesichtsbehaarung.«

»Es war eher sein Motivationsgespräch«, erwiderte Finn. »Er hat mich in sein Büro zitiert, mir befohlen, mich ihm gegenüber hinzusetzen, und gesagt: ›Okay, Kelly, du kommst frisch von deiner Probezeit in Perth, und das hier ist deine Feuerprobe. Du glaubst vielleicht, Mount Clair ist ein harmloses Provinznest, aber der Ort ist eine Brutstätte von Problemen – Problemen, die es hier gibt, seit die Weißen von ihrem Boot gestiegen sind und entschieden haben, dass der Laden ihnen gehört.‹«

Free war beeindruckt. »Ach du heilige Scheiße.«

»Ich bekam einen halbstündigen Vortrag zu dem Thema. ›Nun, diese Probleme sind nicht der Dreh- und Angelpunkt aller Schwierigkeiten in Mount Clair, aber sie sind mit Sicherheit der Auslöser für viele von ihnen‹, hat er gesagt.«

Frees Respekt vor Briggsy verdoppelte sich. »Er hat recht. Ein generationsübergreifendes Trauma. Es ist wie eine wunde Stelle, die im Lauf der Zeit immer schlimmer wird.«

»Ja, genau.« Finn beugte sich zu einer Topfpflanze auf der Veranda hinunter und knipste mit seiner Schere ein paar Blätter ab. Es war Koriander, erkannte Free.

»Du kochst?«

»Ja. Grünes Thaicurry.«

»Oh, *lecker*.«

Er zögerte einen Moment. »Hast du Hunger? Ich habe zu viel gemacht.«

Free sprang aufgeregt auf und ab. »Im Ernst? Sehr gern!«

»Was ist mit Max?«

»Er kommt schon klar. Ich werde ihn später füttern. Lass mich nur rasch mein Zeug reinbringen. Ich bin gleich wieder da.«

Free stürzte ins Haus und stellte ihre Sachen ab. Sie schlüpfte in einen frischen Rock und ein frisches Top und ging dann ins Bad, um sich zu kämmen und etwas Lipgloss aufzutragen. *Das reicht,* sagte sie sich, während sie sich mit etwas Parfüm einsprühte. Der arme Mann lud sie lediglich zu einem spontanen Essen unter Nachbarn ein, und sie benahm sich, als wäre es ein romantisches Dinner. Sie gab Max etwas Trockenfutter, da sie nicht wollte, dass Finn sie für eine nachlässige Besitzerin hielt, holte eine Flasche Wein und ging nach nebenan.

Finn öffnete die Tür mit einem Lächeln, das jedoch schwand, als sein Blick über sie glitt. Free brach fast in Panik aus. Hatte sie sich unpassend gekleidet? Aber in seiner Miene lag nichts Negatives, als er die Tür weiter öffnete, um sie hereinzubitten. In seinem Haus roch es gut, nach Knoblauch, Zitronengras und Gewürzen. Mit rumorendem Magen folgte sie ihm in die Küche.

»Ich bin eine miserable Köchin«, gestand sie. »Es muss toll sein, kochen zu können.«

»Ich würde nicht sagen, dass ich kochen kann.« Er rührte in dem Topf auf dem Herd und trat an die Spüle, um den Koriander abzuwaschen. »Aber ich kann genug, um zurechtzukommen.«

»Das ist immer noch besser als ich. Wein?«, fragte sie, während sie den Deckel von der Flasche schraubte.

»Ja, okay. Normalerweise trinke ich keinen Wein, aber ich werde ihn kosten.«

»Eher ein Biertrinker?«

»Bier und Cider.«

»Das ist so typisch Dublin.«

Finn sah sie rasch an. »Wie bitte?«

»Oder ist es Nordirland? Ich bin nicht sehr gut darin, eine bestimmte Region am Akzent herauszuhören.«

Er vergaß das Rühren und starrte sie an. »Was meinst du damit?«

»Bist du nicht aus Irland?«

»Woher … woher weißt du das?«

Free entspannte sich. »Puh, einen Moment lang dachte ich schon, ich hätte mich getäuscht! Es ist dein Akzent. Er ist sehr schwach, aber ich kann ihn heraushören. Und dein Aussehen, glaube ich. Du hast einfach etwas Irisches an dir. Du bist robust und kräftig, und du hast eine freundliche Art zu reden.« Sie wollte eben schon seinen Gesang erwähnen, aber dann bremste sie sich. Wenn sie durchblicken ließ, dass sie ihn hören konnte, würde er vielleicht damit aufhören, und das war das Letzte, was sie wollte.

Nach einem Moment schüttelte er schließlich langsam den Kopf. »Beeindruckend. Du liegst goldrichtig.«

»Wann bist du nach Australien gekommen?«

»Ich war zwölf.«

Free legte den Kopf auf die Seite. »Wirklich? Das ist ja seltsam. Ich hätte vermutet, dein Akzent würde bis dahin fest verankert sein, aber er ist kaum herauszuhören.«

Finn rührte wieder in dem Curry. »Ich habe mich bewusst bemüht, meinen Akzent abzulegen.«

»Warum? Die Frauen flippen aus bei einem irischen Akzent!«

Er verschluckte sich an einem Lachen. »Ist das so? Na ja, ich musste jedes Mal dran glauben, wenn den Leuten klar wurde, dass ich Ire bin.« Er stocherte in einem anderen Topf mit Reis. »An meinem ersten Schultag in Australien hat uns die Lehrerin eine Mathefrage gestellt. Sechsundsechzig und zwei Drittel mal null Komma fünf. Ich wollte nicht der stereotype dumme Ire sein, daher habe ich die Hand gehoben. Ich dachte, ich könnte den anderen Kindern vom ersten Tag an zeigen, dass ich ein schlauer Bursche war, gut in Mathe. Sie rief mich auf. Und weißt du, was ich gesagt habe? ›Treiuntreißig und ein Trittel, Miss.‹«

Sie konnte es förmlich sehen. Free lachte unwillkürlich lauthals auf. »Oh, nein.«

»Die anderen Kinder haben sich gekugelt vor Lachen«, fuhr er fort. »Das bin ich nie wieder losgeworden. Von dem Tag an hieß es ständig *Paddy* hier und *Mick* da und ›Komm schon, Finn, mach den Akzent‹ und ›Hey, Finn, wie versenkt man ein irisches U-Boot?‹«

»Wie denn?«, unterbrach ihn Free.

Er hörte auf, in dem Reis zu stochern, und wandte sich mit zusammengezogenen Augenbrauen zu ihr um. Sie wartete.

»Man klopft an die Luke.«

Free dachte einen Moment darüber nach, dann kicherte sie. »Ja, das ist allerdings witzig.«

Finn grinste. »Irgendwie klingt es nicht ganz so schlimm, wenn es von dir kommt. Vielleicht war ich überempfindlich.«

»Nein, ich verstehe das. Es ist schwer, wenn einem eine bestimmte Identität angeheftet wird, die man nicht abschütteln kann.« Trotz seines großen, kräftigen Körpers und seiner ruhigen, kompetenten Ausstrahlung schien er auf einmal ein wenig verletzlich. Sie hätte ihn gern in die Arme genommen. Er trat näher, stellte sich Free gegenüber an die andere Seite des Tresens und sah sie an. Ihr Herzschlag schaltete prompt wieder in den höchsten Gang hoch.

»Spricht da die Stimme der Erfahrung?«, fragte er.

»Ja, ich nehme es an. Meine älteste Schwester, Beth, hält mich für einen Wirrkopf.«

»Wieso das denn?«

»Na ja, ich bin ein bisschen vergesslich. Ich verliere mich in dem Moment, vor allem wenn ich male, und achte nicht auf die Zeit. Und es scheint immer genau dann zu passieren, wenn ich irgendwo sein soll. Außerdem reise ich. Viel.«

»Und wieso macht dich das Reisen zu einem Wirrkopf?«

»Tut es nicht.« Free steckte sich eine Haarsträhne hinters Ohr. »Manchmal beschließe ich, irgendwohin zu fahren – und dann fahre ich einfach los. Ich meine, warum noch länger herumhängen? Es hat doch keinen Sinn, etwas Monate im Voraus zu planen, oder?«

»Es sei denn, man hat vorrangige Verpflichtungen.«

»Genau. Ich meine, warum sollte *ich* Leuten ewig vorher Bescheid geben müssen, wenn ich irgendwohin reisen will? Es ist ja nicht so, dass sie sich wegen irgendetwas auf mich verlassen. Ich soll schließlich keine Grundsatzrede halten oder leite ein Unternehmen oder so.«

Finn machte ein amüsiertes Geräusch, als er sich abwandte und den Reistopf nahm, um das Wasser abzugießen. »Es klingt, als ob du und deine Schwester die Rollen der Klassenältesten und -jüngsten spielt. Du hast sie als den herrschsüchtigen Kontrollfreak abgestempelt und sie dich als das flatterhafte, gedankenlose Nesthäkchen der Familie.«

Er hatte es scherzhaft gemeint, aber ein schmerzlicher Stich durchzuckte Free. Finn hatte recht. Warum musste es zwischen ihr und Beth so sein? Sie reagierte doch nicht über, oder? Wenn Beth ihr nur ein bisschen Respekt entgegenbringen würde. Free fühlte sich genötigt, sich zu verteidigen.

»Weißt du, was sie letztes Jahr getan hat? Mein Dad hatte einen Herzinfarkt, während ich in Italien war. Ich wollte nach Hause fliegen, aber Beth hat mir gesagt, es sei nicht schlimm – keine große Sache, Dad ginge es gut. Sie hat mich überredet, in Europa zu bleiben. Erst als Willow nach Hause kam, um die Farm zu leiten, wurde mir klar, wie ernst es um ihn stand. Kannst du dir vorstellen, wenn er gestorben wäre – wie schrecklich es gewesen wäre, wenn ich zu der Zeit im Ausland gewesen wäre? Beth hatte kein Recht, mir die Wahrheit vorzuenthalten.«

Finn starrte sie besorgt an, und Free wurde bewusst, dass Tränen ihren Blick verschleierten. Sie schniefte und wischte sich hastig die Augen, wobei sie zu lachen versuchte.

»Entschuldige. Ich weine viel zu leicht. Ich bin ein bisschen nah am Wasser gebaut.«

»Du trägst das Herz auf der Zunge«, sagte er, diese warmen Augen, wie ein Fluss in Kimberley, auf sie gerichtet. »Das ist …« Er brach ab und wandte sich wieder zum Herd um. »Das ist etwas Gutes.«

»Du tust das auch.«

Finn sah sie gespielt empört an. »Ich? Nein, das tue ich nicht.«

»Oh, doch, das tust du. Ich kann in deinem Gesicht lesen. Du bist sehr aufrichtig.«

»Nein, das ist nur meine entwaffnende Vernehmungstechnik.«

»Na ja, sie ist sehr überzeugend.« Free spielte mit einer Haarsträhne. »Ich würde dir nicht gern in einem Vernehmungsraum gegenübersitzen. Ich würde all meine Verbrechen gestehen, bevor ich wüsste, wie mir geschieht!«

»Ich wünschte, alle Straftäter wären so.« Finn nahm das Curry vom Herd.

Er servierte das Essen, und sie setzten sich an seinen sauberen Tisch. Free sah sich zum ersten Mal um, während er das Besteck holte. Sein Haus war freundlich und einladend, mit Kissen, die zum Sofa passten, und einem Minimum an Unordnung. Ein Foto seiner Familie hing an der Wand, und Free betrachtete es voller Neugier. Finn war größer als seine Eltern, und seine Mutter und seine Schwester hatten das gleiche freundliche runde Gesicht, umrahmt von leuchtend roten Haaren. Auf der Vitrine standen noch mehr

Bilder. Free liebte die lachenden Gesichter auf all den Aufnahmen seiner Familie. Die Kellys mussten viel lachen, wenn jedes einzelne Foto es eingefangen hatte.

»Du hast ein tolles Haus«, bemerkte sie. »Dann hast du dich also schon eingerichtet, ja? Es dir gemütlich gemacht?«

»Na ja, ich werde ja mindestens ein paar Jahre hier sein.«

»Warum so lange?« Sie kostete das Curry. »Oh, wow, das schmeckt richtig gut!«

»Danke. Ich werde länger bleiben, weil ich Mount Clair mag. Ich fühle mich hier irgendwie glücklich.«

Sie lächelte. »Gut! Ich fände es schade, wenn du für ein paar Jahre irgendwo feststeckst, wo es dir nicht gefällt.« Frees Blick kehrte zurück zu den Fotos. »Wie heißt deine Schwester?«

»Aislinn. Sie ist vor ein paar Jahren zurück nach Irland gegangen – sie hat bei Verwandten gearbeitet und gewohnt, aber dann hat sie dort einen Typen kennengelernt und geheiratet, daher ist sie geblieben. Jetzt bekommt sie ein Baby. Im nächsten Monat, um genau zu sein. Meine Mutter und Aislinn stehen sich sehr nahe. Mum videochattet jeden Tag mit ihr.«

»Kommt sie manchmal zu Besuch? Deine Schwester, meine ich.«

»Aislinn und ihre bessere Hälfte haben nicht viel Geld, aber Mum und Dad haben sie schon zweimal besucht, seit sie letztes Jahr umgezogen ist. Und demnächst ist wieder ein Besuch geplant. Es ist eine teure Angewohnheit, die meine Eltern da entwickeln.« Finn kostete seinen Wein. »Ende des Monats nehme ich mir ein paar Tage frei, um nach Hause nach Perth zu fahren und Mum und Dad zu sehen, bevor sie nach Irland fliegen.« Er sah ihr in die Augen, jagte wieder ein aufgeregtes Kribbeln durch sie. War ihm überhaupt bewusst, was er da tat?

»Und du bist also viel gereist?«, fragte er.

Free war dankbar, sich auf etwas anderes konzentrieren zu können. »Ja! Ich habe mir ein Auszeitjahr genommen und bin durch Asien und Europa gereist, und als ich an der Uni war, habe ich mein

Studium für sechs Monate in die Warteschleife gelegt und in Melbourne gelebt. Dann war ich für achtzehn Monate in Amerika und Kanada, habe in der Skisaison in Resorts gearbeitet und im Sommer in Jugendcamps. Das war fantastisch. Ich finde eigentlich immer Arbeit, wenn ich im Ausland bin, und finanziere mir so meinen Aufenthalt. Ich hatte vor, nach Hause zu kommen, aber dann wurde ich abgelenkt und landete für eine Weile in England. Das heißt, alles in allem war ich fast zwei Jahre fort von zu Hause. Aber meine letzte Reise hat nur vier Monate gedauert. Ich habe das Gefühl, es ist jetzt schwerer als früher, Geld zu verdienen. Vielleicht werde ich auf meine alten Tage auch wählerisch, was für Jobs ich annehmen und wo ich schlafen würde.« Sie lächelte ihn an. »Meine Freundin Flavia, die in Pisa lebt, hat mich gebeten, sie im Mai in Neuseeland zu treffen, aber ich habe bis Juli den Vertrag an der Schule.«

»Aber Neuseeland wird immer noch da sein, wenn dein Vertrag ausgelaufen ist«, meinte er. »Jede Menge Zeit für einen Besuch.«

»Absolut«, pflichtete sie ihm bei. »Und du? Bist du viel gereist?«

»Nicht so viel wie du, aber ich habe einiges von Australien gesehen. Wir haben ein paar größere Roadtrips unternommen, unter anderem eine Grand-Final-Tour nach Melbourne vor ein paar Jahren. Wir sind Footballfans. Und einmal sind wir zurück nach Irland geflogen, um die Familie meiner Eltern zu besuchen, aber Mum und Dad schwimmen nicht gerade in Geld, daher ist es über acht Jahre her, seit wir alle zusammen unterwegs waren.«

»Wie alt bist du jetzt?«, fragte sie.

»Siebenundzwanzig.«

»Genau wie ich!«, rief sie. »Na ja, ich werde Ende Februar siebenundzwanzig.«

»Ich bin am neunundzwanzigsten November siebenundzwanzig geworden.«

»Das ist ja seltsam! Ich habe auch am Neunundzwanzigsten Geburtstag.« Free rechnete nach. »Dann bist du genau drei Monate älter als ich.«

»Du bist ein Schaltjahrbaby?« Er lächelte. »Natürlich bist du das.«

Free runzelte die Stirn. »Was soll das denn heißen?«

»Dein Geburtstag ist genau wie du. Ungewöhnlich«, sagte er und sah sie dabei an.

Frees Herz raste unkontrolliert, aber Finn wandte den Blick ab und machte sich wieder über sein Essen her.

»Was meinst du damit?«, fragte sie, während sie ihn beschwor, sie wieder aus diesen hinreißenden Augen anzusehen.

Er zuckte die Schultern und reichte ihr den gehackten Koriander, daher ließ sie ihm seine seltsame Bemerkung durchgehen.

»Dieses Jahr habe ich keinen richtigen Geburtstag, weil es kein Schaltjahr ist.« Sie spießte ein Stück Aubergine auf. »Aber ich will trotzdem irgendetwas Lustiges machen. Vielleicht werde ich einen Pubabend hier in Mount Clair organisieren. Halt dir den Achtundzwanzigsten frei, okay?«

Finn nickte. »Mache ich, wenn möglich. Ich muss ein- oder zweimal die Woche eine Nachtschicht übernehmen – Streife fahren.«

»Warum das denn? Weil du groß und stark bist?«

Er prustete seinen Wein aus. »Nein! Weil ich eingeteilt werde wie alle anderen auch.«

»Oh, richtig. Natürlich. Polizeiarbeit muss herzzerreißend sein«, ergänzte sie kopfschüttelnd. »Verkehrsunfälle und Festnahmen von Leuten, die Fehler gemacht haben. Gott, ich wäre den ganzen Tag in Tränen aufgelöst.« Free rührte mit der Gabel Koriander in ihr Essen. »Ich meine, was tust du, wenn jemand gegen das Gesetz verstoßen hat, aber das nur, weil er versucht hat, etwas Gutes zu tun? Zum Beispiel dieser Typ in Tasmanien, von dem ich neulich gelesen habe. Er hatte sich in einem uralten Regenwald an einen Baum gekettet. Die Cops kamen und haben Bolzenschneider eingesetzt und ihn weggezerrt und festgenommen – und der Baum wurde gefällt! Das war so schrecklich. Ich konnte es nicht glauben.

Wie konnten sie das zulassen? Ich meine, er hat nur versucht, den Baum zu retten. Ich war so sauer auf die Cops.«

Finn verzog das Gesicht. »Das ist nicht leicht. Aber es ist nicht die Schuld der Polizisten. Ich nehme an, der Typ hat das Gelände unbefugt betreten, und sie mussten ihren Job machen. Ja, manchmal nervt es, aber letztendlich ist es unsere Aufgabe, Leute zu beschützen, indem wir dafür sorgen, dass sich alle an die Gesetze halten. Das müssen wir tun, sonst würde das Rechtssystem zusammenbrechen.« Seine braunen Augen blickten so aufrichtig, dass Free gar nicht anders konnte, als jedes seiner Worte zu glauben. »Mit Ausnahmen öffnen wir der Korruption Tür und Tor. Wenn ich zum Beispiel eine Ausnahme bei jemandem machen darf, der sich an einen Baum kettet, warum kann dann nicht irgendein anderer Polizist dasselbe bei einem gewalttätigen Drogendealer machen?«

Free dachte darüber nach. »Ja, wahrscheinlich schon. Aber was ist mit Integrität? Ich meine, wenn es für dich eine Herzensangelegenheit wäre, diesen Baum zu retten, und du wüsstest, dass er gefällt wird, wenn du den Demonstranten abführst, dann würdest *du* ihn doch einfach dortlassen, oder?«

»So funktioniert das nicht.« Finn lächelte schief. »Ich bin verpflichtet, ihn festzunehmen, wenn er gegen das Gesetz verstößt, egal, was ich dabei fühle. Das gehört zu meinem Job. Das ist, was ich tue – ich befolge die gesetzlichen Vorschriften.«

»Ohhhh.« Free saß schweigend da und versuchte angestrengt, es zu begreifen. »Ich wäre in deinem Job hoffnungslos«, erklärte sie schließlich.

Finn lachte. »Ich wäre hoffnungslos in deinem. Wie geht es mit deinem Gemälde voran?«

Sie plauderten über das Talbot-Gorge-Bild, und da Finn alles über ihre künstlerische Laufbahn wissen wollte, erzählte sie ihm von dem Wandgemälde, das sie für eine Cafékette in Melbourne gemacht hatte, und von der unerwarteten Einladung, an einer Gruppenausstellung in London teilzunehmen – und dem noch unerwarteteren Preis als Nachwuchskünstler bei einer Kunstausstellung in Perth. Aber das waren nur die Höhepunkte, daher erzählte sie ihm auch von einigen ihrer Enttäuschungen – wie sie von mehreren Ausstellungen abgelehnt worden war und dem einen Mal, als sie hörte, wie ein Kunstkritiker ihr Gemälde als »anmaßenden Versuch, dem es an Reife mangelt«, abtat.

Schließlich sah Finn auf die Uhr. »Es tut mir wirklich leid, Free, aber ich muss mich für die Arbeit fertig machen.«

Free starrte ihn verblüfft an. »Oh, wow, echt?« Sie sah auf ihr Handy und sprang entsetzt auf. »Scheiße. Halb elf! Ich habe mir geschworen, meine Gewohnheiten zu ändern und unter der Woche spätestens um zehn ins Bett zu gehen.«

Finn trug die Teller zur Küche. »Hey, es ist noch jede Menge übrig. Willst du etwas Curry für deine Mittagspause morgen mitnehmen?«

»Oh, mein Gott – ja! Mein Mittagessen heute war so langweilig verglichen mit dem, was alle anderen hatten.« Sie zögerte. »Aber nur, wenn dann auch noch genug für dich da ist.«

»Aber ja. Jede Menge.« Er holte zwei Lunchboxen heraus und begann, sie mit Reis und Curry zu füllen. »Willst du auch etwas für Max?«

Free verbiss sich ein Kichern. Finn hatte offensichtlich nie eine Katze gehabt. »Nein, er könnte Bauchweh bekommen, wenn ich ihm Curry gebe. Vermutlich ist es das Beste, wenn er bei seinem üblichen Dosenfutter bleibt.«

»Okay.« Er drückte den Deckel auf die Lunchbox und reichte sie ihr über den Tresen.

»Vielen Dank«, sagte sie. »Ich werde morgen an dich denken, während ich mein Mittagessen esse.«

Er lachte. »Nicht nötig.«

»Ich bin sicher, ich würde sowieso an dich denken.«

Die Worte rutschten ihr heraus, bevor sie sie zu Ende gedacht hatte, und sie wollte sich am liebsten ohrfeigen, als sie sah, wie unbehaglich Finn blickte. *Oh, Gott, du klingst wie ein absoluter Psycho, Free.* Wo war ihre Selbstzensur? Im Urlaub, wie üblich.

»Ich bin sicher, ich werde auch an dich denken«, sagte er schließlich, ohne sie anzusehen.

Sie verbarg ein entzücktes Grinsen, während ihr Herz im Galopp raste. »Danke noch mal für das Essen – und für deine Gesellschaft. Ich hoffe, du hast einen lustigen Abend in der Arbeit.«

Er fing sich genug, um über ihre Wortwahl zu lächeln. »Montagabend. Dürfte ruhig bleiben.« Er öffnete seine Tür. »Ich bringe dich noch nach Hause.«

»Die ganzen drei Meter?«

Er hielt Wort und begleitete sie die ungefähr zehn Schritte zu ihrer Tür.

»Wiedersehen, Free.«

Sie sah zu ihm hoch. Normalerweise würde sie einen Freund zum Abschied umarmen. Waren sie Freunde? Natürlich waren sie das. Free lehnte sich gegen ihn. Der Größenunterschied schwand, als Finn sich hinunterbeugte, um ihre Umarmung zu erwidern, und seine kräftigen Arme um sie schlang. Für kurze Zeit passten sie perfekt zusammen. Er roch wundervoll – eine Spur Sonnencreme, ein Hauch Aftershave und eine ganze Menge großer, kräftiger Mann. Sie konnte nicht sagen, ob das Hämmern zwischen ihnen Finns Herz oder ihr eigenes war. Free begann zu glühen, ihre Gedanken schweiften zu der Frage, wie es wäre, Finn zu küssen – aber dann piepste ihr Handy mit einer Nachricht. Finn wich hastig zurück.

»Ich glaube, du wirst verlangt«, sagte er. »Vergiss nicht, abzuschließen – es gab in letzter Zeit ein paar Einbrüche in der Stadt.«

Sie schloss die Tür und sperrte sie ab. Max schlenderte aus dem Schlafzimmer, um sie zu begrüßen, während Free das Curry in den Kühlschrank stellte. Eine Dusche konnte bis zum nächsten Morgen warten. Sie zog sich aus und fiel ins Bett, erlebte diese köstliche Umarmung noch einmal nach und stellte sich vor, was vielleicht passiert wäre, wenn sie beide mutiger gewesen wären. Er würde seine große, kräftige Hand über ihren Rücken gleiten lassen, und wenn sie das Gesicht zu seinem hob, um seinen Blick zu erwidern, würde er aussprechen, was seine Augen ihr bereits gesagt hatten.

*Du bist schön. Ich würde dich gern küssen.*

Free würde die Arme um seinen muskulösen Nacken schlingen und sich an ihm festhalten, in Erwartung der Berührung seiner warmen Lippen, würde sich nah an seinen kräftigen Körper pressen …

Sie verbrachte mehrere Minuten damit, sich vorzustellen, wie Finn sie küsste, bevor ihre Gedanken in sinnlichere Gefilde abschweiften. Dann erregte ein leises Geräusch ihre Aufmerksamkeit. Er sang, während er sich für die Arbeit bereit machte, und sein ansonsten unterdrückter irischer Tonfall klang in der Ballade durch. Sie versuchte angestrengt, die Worte zu erfassen.

»Und ein Kuss am frühen Morgen«, war alles, was sie verstehen konnte, aber es entlockte ihr trotzdem ein breites Lächeln.

Sie schlief mit dem wunderschönen Klang in ihren Ohren ein.

# Kapitel 5

Dienstag war der Tag, an dem Free Nachmittagskurse mit ihren Kunstschülern abhalten sollte. Sie druckte die Landschaftsfotos der Schüler im A3-Format aus, und als sie am Ende ihres Schultages kamen, erklärte sie ihnen, sie hätten für den Nachmittag zwei Optionen. Sie könnten entweder an ihren Zeichnungen arbeiten oder sich von Free eine Einführung in die Ölmalerei geben lassen. Ein paar Schüler vertieften sich in ihre Arbeiten, aber die meisten scharten sich um Free, während sie Farbe auf eine leere Leinwand tupfte. Die Qualität der Ölfarbensammlung der Schule hatte sie alles andere als begeistert. Sie hatte sich bei Bostons – ihrem bevorzugten Geschäft für Künstlerbedarf – ein paar neue Farben bestellt und rechnete jeden Tag mit der Lieferung. Sie würde sie mitbringen, um ihren Schülern zu zeigen, was anständige Ölfarben für einen Unterschied machen konnten.

»Ölfarben könnt ihr mit so vielen verschiedenen Dingen mischen, es ist verrückt«, sagte sie. »Leonardo da Vinci unternahm die unglaublichsten Experimente mit Ölfarben. Ihr wisst doch von seinen wissenschaftlichen Erfindungen, oder? Na ja, bei seiner Malerei hat er dieselbe Herangehensweise gewählt. Er hat auf Leinwand, Papier, Stoff, Stein, Gips – nassem Gips für Wandgemälde – gearbeitet, was auch immer. Ich meine, im Ernst, der Typ hat so ziemlich alles ausprobiert, um herauszufinden, womit er die tollsten Ergebnisse erzielen würde. Und er hat seine Ölfarben mit allem gemischt. Bienenwachs, Eiweiß, Leinöl, Tabaköl und noch vieles mehr – ich kann mich gar nicht mehr an alles erinnern. Googelt mal. Es ist Wahnsinn. Er war so eine Art verrückter Professor. Könnt ihr euch vorstellen, wie er vor sich hin gekichert haben muss, während er diese ganzen seltsamen Sachen verwendet hat, um die bestmöglichen Farben und die beste Konsistenz zu schaffen?«

Die Schüler lachten mit ihr.

»Ich möchte wetten, es hat seine Frau in den Wahnsinn getrieben«, warf Cameron ein.

»Meine Mum hasst es, wenn ich irgendwelches Zeug ins Haus bringe, um es mit meinen Farben zu mischen«, ergänzte Tia mit ihrer leisen Stimme.

»Was verwendest du denn?«, fragte Free, entzückt über eine experimentierfreudige verwandte Seele.

Das Mädchen schrumpfte ein wenig zusammen, als die anderen Schüler die Köpfe zu ihr umwandten. »Sand. Sägemehl. Zermahlene Muscheln.« Ihre Stimme hatte sich fast zu einem Flüstern gesenkt.

»Mit Acryl?«, hakte Free nach, und Tia nickte. »Das ist so toll. Ich habe fast nur Acrylfarben verwendet, bevor die Ölfarben mein Herz erobert haben. Früher habe ich sie mit Flussschlamm und vielen anderen Dingen verrührt. Mein Dad ist ausgeflippt, als er mich dabei erwischt hat, wie ich blaue Farbe mit Viehmineralien gemischt habe. Ich muss sagen, es hat ein fantastisches violettes *impasto* ergeben.«

Tias Selbstvertrauen stieg wieder. »Einmal habe ich Tapiokastärke verwendet. Das hat eine glatte, dicke Struktur bewirkt.«

»Hast du das bei deinem Perlenfischerboot-Gemälde verwendet?«, fragte Cameron, und Tia nickte. »Tia hat letztes Jahr bei der Broome Art Show in unserer Altersgruppe gewonnen«, erklärte er Free.

Free starrte das Mädchen an. »Das ist ja großartig!«

»Ja, sie hat ein im Hafen festgemachtes Boot mit richtig grober Farbe gemalt«, ergänzte ein anderes Mädchen. »Das war so stimmungsvoll.«

»Das war ein echter Hammer.« Cameron stieß Tia in die Seite, die den Blick zum Boden gesenkt hatte. »Das Boot deines Granddads, richtig?«

»Meines Großonkels.« Ihre Stimme hatte sich wieder zu einem Flüstern abgeschwächt. »Er war Perlenfischer.«

»Japanischer Perlenfischer?«, fragte Free, die sich erinnerte, dass der Nachname des Mädchens Kaneko war.

Tia nickte.

»Meine Grandma war Dienstmädchen bei einem japanischen Perlenfischer«, warf ein anderes Mädchen ein. »Sie sagen, dass sie, na ja, seine Konkubine war.« Sie lächelte schief.

»Mein Ururgroßvater hatte eine Farm«, erzählte Cameron. »Und meine Ururoma war sein Dienstmädchen. Eine Jamadji.«

Daraufhin meldeten sich viele Schüler zu Wort, dass sie von Einwanderern oder Aborigines abstammten oder gemischter Herkunft waren. Ein Mädchen erzählte die Geschichte, warum ihre Familie zwanzig Jahre zuvor aus Osteuropa eingewandert war, und ein Junge berichtete, seine Leute seien als Bootsflüchtlinge gekommen. Free erzählte, wie ihr eigener Ururgroßvater, ein ehemaliger Sträfling, sich seine Bewährung verdient und für einen lächerlichen Betrag die Weidepacht für Paterson Downs erhalten hatte.

»Diese Geschichten sind so cool.« Camerons Augen leuchteten, und er grinste breit.

»Du sagst es«, antwortete Free. »Mount Clair ist in Sachen Vielfalt ein echter Renner. Also, wenn ihr eure Farben mischen wollt, könnt ihr ein paar unterschiedliche Techniken anwenden.« Sie zeigte es ihnen, damit sie nicht ihre kostbare Arbeitszeit verschwendeten, sprach aber dabei weiter über das Thema Einwanderung. »Die Geschichte von Mount Clair ist so faszinierend. Ein Teil davon ist nicht sehr schön. Ein Teil davon ist grauenhaft. Sie ist wie ein Gespräch, das in Gang gehalten werden muss, damit wir das Leid, das jemandem widerfahren ist, nie vertuschen. Wir haben einen ganzen Haufen fantastischer Geschichten, und sie haben Mount Clair zu dem gemacht, was es ist.«

Tia sagte etwas, zu leise für Free. Aber Cameron hatte es verstanden. »Ja!«, rief er aus. »Das wäre cool.«

Tia sah Free mit hoffnungsvoll leuchtenden Augen an.

»Was hast du eben gesagt?«, fragte Free. »Ich habe es nicht gehört.«

Tia holte tief Luft. »Ich habe gesagt, vielleicht wären unsere Herkunftsgeschichten ein gutes Thema für die Mosaikwand.«

Cameron dachte angestrengt nach. »Wir könnten Kunststile von all den unterschiedlichen Kulturen einbringen. Mosaikgeschichten über die Traumzeit, die Invasion, das Perlenfischen, die Farmwirtschaft … all das.«

Mehrere der anderen Schüler nickten eifrig. Free war einen Moment sprachlos.

»Das ist die beste Idee, die ich je gehört habe«, hauchte sie schließlich. »Das ist so ehrlich und *echt*. Tia, du bist ein verdammtes Genie.«

Das leise Lächeln, das sich auf Tias Gesicht schlich, war wundervoll zu beobachten. Free ließ ihre Leinwand stehen und schnappte sich Stift und Papier, um die Ideen, die von den Schülern kamen, zu notieren. Das Aufregende war, dass ihre Begeisterung für das Konzept einstimmig war. Die Klasse vertiefte sich in die Diskussion, und die Stunde verging wie im Flug. Ein paar Schüler mussten um Punkt vier Uhr gehen, aber andere schickten ihren Eltern eine Nachricht oder entschieden einfach, noch länger zu bleiben und sich bei den Ölfarben abzuwechseln. Free erzählte ihnen von *sfumato*, und sie übten unter großem Gekicher, das Wort auszusprechen.

»Im Ernst, ich kann es kaum erwarten, das Mosaikprojekt mit euch in Angriff zu nehmen, sobald das Konzept genehmigt ist. Wir werden das fantastischste öffentliche Kunstwerk schaffen, das diese Stadt je gesehen hat!«

Alle grinsten oder machten Witze, und Free dachte, wie glücklich sie sich schätzen konnte, diese Gruppe bekommen zu haben. Schließlich kamen die Reinigungskräfte, und die Klasse löste sich auf.

»Wir sehen uns alle am Freitag«, rief sie. »Schickt mir eine E-Mail, wenn ihr noch irgendwelche Mosaikideen habt, okay?«

Dicke Regentropfen fielen auf die Windschutzscheibe, während sie nach Hause fuhr, und kündigten einen Wolkenbruch an. Sie stellte ihren Wagen in die Garage und stürzte zur Haustür. Auf dem Weg versuchte sie zu sehen, ob Finn zu Hause war. *Hmm, schwer zu sagen*. Er schien kein eigenes Auto zu besitzen, und sie hatte ihn immer nur Streifenwagen fahren sehen. Vielleicht ging er zu Fuß zur Arbeit? Oder er fuhr bei jemandem mit. Sie sollte ihn zum Essen einladen und sich für das Curry revanchieren. Free konnte Pasta kochen. Und, *ja* – mit dem Pesto-Rezept aus Pisa, das Flavia ihr unbedingt hatte beibringen wollen! Sie konnte sich vorstellen, wie beeindruckt er sein würde, während sie Pinienkerne und Basilikum mit Olivenöl in ihrem funkelnden Mixer vermischte und zu Finns gutaussehendem Gesicht hinüberlächelte. Er würde an ihrem Küchentisch sitzen und Wein schlürfen, während Free in einer schicken Schürze wie eine blonde Nigella Lawson durch ihr tadelloses Haus schwebte und Finns bewundernde Blicke ihr folgten …

*Hoppla,* sie hatte schon wieder vergessen, die Haustür abzuschließen. Free schlüpfte durch ihre unverschlossene Tür, und die Realität ihrer kulinarischen – und haushälterischen – Fähigkeiten wurde ihr schlagartig bewusst. Sie würde Finn nicht mit einer köstlichen Mahlzeit zum Staunen bringen. Wenn er jetzt hereinkäme, würde er nichts als Chaos sehen – ein Riesenchaos. Ihre sauberen Kleider lagen in Haufen überall auf dem Couchtisch und der Couch. Sie hatte sie dort liegen gelassen, ohne sie zusammenzufalten, als sie an diesem Morgen vor der Arbeit die Wäsche hereingeholt hatte, damit sie nicht nass wurde. Geschirr, vorgespült, aber nicht abgewaschen, türmte sich, und Kartons mit eingepackten Gegenständen standen noch immer überall im Wohnbereich. Der einzige Raum im ganzen Haus, der halbwegs organisiert war, war die Küche, die Beth aufgeräumt hatte. Und vielleicht das Studio, da Free gezwungen gewesen war, ihre ganzen Kunstutensilien auszupacken, als sie nach einer Tube Farbe suchte.

Besaß sie überhaupt einen Mixer?

Free schaltete die Klimaanlage ein und ließ sich auf die Couch fallen. *Verdammt.* Sie war zu erschöpft, um zu putzen oder auszupacken. *Morgen,* entschied sie. Sie hatte jetzt zwei Tage frei, bevor sie am Freitag eine Kunst-Doppelstunde mit den Elftklässlern hatte. Sie würde das Haus gründlich auf Vordermann bringen.

Als es an der Tür klopfte, sprang sie panisch auf. Und na klar, es war Finn, groß, frisch und sexy in T-Shirt und Shorts, während diese warmen Augen zu ihr hinunterfunkelten. Überwältigt von einer kräftigen Dosis Schamgefühlen, wegen ihres chaotischen Zuhauses schlüpfte Free auf die Veranda hinaus und schloss hinter sich die Tür.

»Hi!«

»Hi. Wie war dein Tag?«

»Toll! Fantastisch!«

Sein Lächeln wurde breiter. »Sehr schön! Du musst mir später alles darüber erzählen. Ich muss bald zur Arbeit, aber, ähm – ich habe etwas getan. Ich hoffe, du hast nichts dagegen. Der Postbote ist mit einem Paket für dich gekommen, aber er brauchte deine Unterschrift dafür, und du warst nicht da, daher habe ich, äh, na ja, ich habe für dich unterschrieben, weil ich wusste, dass du vielleicht nicht rechtzeitig nach Hause kommen würdest, um es von der Post abzuholen, und ich dir die Mühe ersparen wollte …« Schließlich holte er Luft und hielt ihr mit leicht gerötetem Gesicht einen Karton hin.

»Danke! Das war echt nett von dir.« Sie nahm das Paket, und er entspannte sich sichtlich. »Das sind bestimmt meine neuen Farben. Da bin ich froh, denn die Ölfarben in der Schule sind Mist.«

Free versuchte, das Paket aufzureißen, aber dafür brauchte sie eine Schere, daher ging sie zurück ins Haus und in Richtung Küche.

»Komm rein«, rief sie über die Schulter.

Sie fand ein Messer und schlitzte das Paket auf, während Finn hinter sich die Tür schloss. »Ich liebe meinen Händler über alles.«

Sie hielt die Farben hoch, um sie ihm zu zeigen. »Oh, sieh mal, sie haben wieder ein paar Gratisartikel mitgeschickt! Ich bin eine gute Kundin«, erklärte sie. »Ich gebe fast alles, was ich verdiene, bei dem Laden aus, deshalb legen sie immer noch ein paar Sachen dazu. Diesmal habe ich einen neuen Spachtel und ein paar feine Pinsel bekommen.« Sie inspizierte ihre Geschenke.

»In Mount Clair gibt es keine Geschäfte für Künstlerbedarf, nehme ich an?«

»Nein. Es gibt den Zeitungsladen. Der hat eine Ecke mit Zeichenblöcken, Bleistiften und wackeligen Staffeleien, aber das ist alles. Unten in der Eisenwarenhandlung habe ich mehr Glück.«

Sie lächelte Finn an und ertappte ihn dabei, wie er ihre Küche in Augenschein nahm. Free erstarrte. *Oh, großer Gott,* sie hatte völlig vergessen, dass sie ihren Schweinestall von einem Zuhause vor ihm verbergen wollte.

»Entschuldige die Unordnung«, ergänzte sie matt.

Er sah zu ihr zurück. »Hm? Oh, ich habe mir nur deine Pinsel angesehen, die alle auf dem Fensterbrett aufgereiht sind. Es muss hart sein, kein richtiges Studio zu haben.« Er ließ den Blick durch den Wohnbereich schweifen. »Dein Haus hat fast den gleichen Grundriss wie meines, nur spiegelverkehrt. Und du hast hier diese halbe Wand. Ein Jammer, dass sie sie dort eingebaut haben, denn das Wohnzimmer wäre für dich ein viel besserer Ort zum Malen – du weißt schon, mit einer Spüle in der Nähe.«

Er sah sich weiter um und warf sogar einen Blick in die Waschküche. Free schwieg. Untersuchte Finn allen Ernstes ihr Haus, um zu sehen, wie man hier ein passendes Studio einrichten könnte? Als ob ihre Künstlerkarriere wichtig sei … und ihr Lebensunterhalt, ihre Bequemlichkeit seine Sorgen seien? Ein seltsames, stilles Glück durchflutete sie.

»Hmm, es muss doch eine gute Lösung geben.« Er sah sie an, auf einmal schüchtern. »Na ja, ich bin sicher, du wirst dir etwas überlegen. Ich mache mich besser auf den Weg.« Er wandte sich zur Tür.

Free folgte ihm, noch immer um Worte verlegen. Er erreichte die Haustür, bevor sie ihre Stimme wiederfand. »Finn, warte.«

Er wandte sich um.

»Kann ich, ähm … kann ich für dich kochen?«

Seine Augenbrauen wanderten hoch. »Ich dachte, du kochst nicht.«

»Eigentlich nicht. Aber ich könnte es versuchen.«

Er lachte leise. »Klingt gut, wenn auch ein wenig beängstigend. An wann hattest du gedacht?«

»Wann hast du denn Zeit?«

»Ich arbeite jetzt bis zwei Uhr früh, dann habe ich morgen den Tag frei.«

»Ich auch. Morgen zum Mittagessen?«, schlug sie vor. Ihre Stimme zitterte leicht. *Das war seltsam.* Sie konnte sich nicht erinnern, je so nervös bei einem Typen gewesen zu sein.

»Mittagessen wäre schön.« Er zögerte. »Nur wir beide?«

»Ähm, ja.«

Etwas wie Vorsicht huschte über sein Gesicht. Aber einen Augenblick später straffte er die Schultern und lächelte rasch. »Ja, das ist eine nette nachbarliche Geste von dir. Bis dann!« Und damit war er verschwunden.

Free ging zurück ins Haus. Ihre Hände zitterten noch immer, und sie schüttelte den Kopf über sich selbst. All diese Urlaubsromanzen und stürmischen Affären mit Typen, die sie an exotischen Orten kennengelernt hatte – *keiner* von ihnen hatte solche Reaktionen in ihr hervorgerufen. Ihr wurde bewusst, was es war. Keiner dieser Typen, trotz all ihrer romantischen Verführungskünste, hatte sie so behandelt wie Finn – mit so viel natürlicher Rücksichtnahme und Respekt und tiefer, unerschütterlicher Freundlichkeit.

Es war erstaunlich. Und entzückend.

Erstaunlich entzückend.

*Okay*. Auspacken. Putzen.

Free stapelte schmutziges Geschirr in der Spüle mit Abwaschwasser, während sie ihr Frühstücksmüsli kaute. Sie spähte durchs Fenster auf das hohe Kikuyugras, das in dem roten Sand ihres Gartens wuchs. Wo war Max? Sie hatte ihn nicht mehr gesehen, seit sie ihn nach dem Frühstück hinausgelassen hatte. Sie ging ins Studio, um ihre Pinsel zu holen und sie ebenfalls auszuspülen – und bemerkte, dass ihr Talbot-Gorge-Gemälde einer Korrektur bedurfte. *Ach du großer Gott*. Wie hatte sie *das* übersehen können? Sie stellte die Müslischale ab, klappte die Palette auf und nahm einen Pinsel. Sie tupfte etwas Farbe auf die Leinwand, und es sah fast augenblicklich besser aus. Das hier würde nur fünf Minuten dauern.

Ein Klopfen an der Haustür riss sie aus ihren Überlegungen. Free streckte sich und legte den Pinsel hin. Vielleicht war es der Postbote. Hoffentlich nicht Beth, die gekommen war, um sie zu kritisieren, und ihr die Zeit stahl, die sie zum Putzen brauchte. Als sie die Tür öffnete, stand Finn da, ohne Uniform, ein Powderfinger-T-Shirt straff gespannt über seinem muskulösen Körper.

»Oh, hi!« Sie bemühte sich tapfer, nicht auf seine Brust zu starren. »Du bist früh dran!«

»Wirklich?« Er sah auf sein Handy. »Halb eins?«

Free starrte ihn mit offenem Mund an. »Halb eins – *was?*« Sie schnappte sich sein Handy, um sich zu vergewissern, und stöhnte auf. »Finn, es tut mir so leid. Ich wollte noch aufräumen, aber dann habe ich mich von meinem dummen Gemälde ablenken lassen.«

Sie verfluchte sich, aber Finns Miene hellte sich auf. »Das Bild von der Schlucht? Darf ich es sehen?«

Sie nickte und führte ihn durch ihr fürchterliches Durcheinander, während sie sich immer wieder entschuldigte. Finn lachte nur.

»Im Ernst, das ist mir egal. Ich bin nicht hier, um zu sehen, wie oft du aufräumst.«

Free verstummte. Sie blieben vor ihrem Gemälde stehen, und Finn starrte auf die Leinwand.

»Wow. *Wow.*« Er beugte sich vor, um es genauer zu betrachten. »Free, das ist unglaublich.« Er wandte sich um und sah sie mit seinen warmen Augen an. »*Du* bist unglaublich.«

Die Welle der Emotion, die sie erfasste, raubte ihr fast den Atem. Sie musste sich bei ihrem Gehirn vergewissern, dass das hier wirklich passierte – ja, Finn meinte es ernst. Er glaubte, was er eben gesagt hatte, und in diesem Augenblick glaubte sie ihm. Tränen traten ihr in die Augen.

»Was denn?« Er trat auf sie zu und streckte einen Arm nach ihrem aus. Aber er bremste sich, bevor er sie berührte, und zog seine Hand zurück, während er sie mit einem unsicheren Stirnrunzeln betrachtete.

»Nah am Wasser gebaut, schon vergessen?«, sagte sie, während sie zu lachen versuchte. »Mittagessen.« Sie ging mit großen Schritten zur Küche, um sich das Zittern in ihren Beinen nicht anmerken zu lassen.

Sie riss den Kühlschrank auf, und Finn setzte sich an den runden Holztisch. Er fragte sie nach ihrer Arbeit und ihrem Gemälde, aber Free hörte ihn kaum, da sie in diesem Augenblick zu der entsetzlichen Erkenntnis kam, dass sie nichts dahatte, was sie ihm zum Mittagessen anbieten könnte. Für Flavias Pesto brauchte sie frisches Basilikum und Pinienkerne, Olivenöl und Parmesankäse … und als Einziges von dieser Liste hatte sie Käse.

»Hey, wollen wir zum Mittagessen vielleicht lieber irgendwohin gehen?«, unterbrach sie ihn. »Ein Café oder so? Ich lade dich ein.«

»Nein, mir gefällt es hier. Bitte mach dir keine Gedanken darüber, wie ordentlich dein Haus ist, Free!«

»Oh, okay.« Sie lächelte matt. »Na ja, würde es dir etwas ausmachen, zehn Minuten zu warten, während ich rasch ein paar Sachen aus dem Laden hole?«

Er verstand. »Du bist knapp an Vorräten? Ich habe Essen zu Hause. Was brauchst du denn?«

Sie sah wieder in den Kühlschrank, während sie gegen die Röte auf ihren Wangen ankämpfte. »Kommt drauf an, was du willst.

Sandwiches? Ich habe jede Menge Marmelade und Vegemite. Aber Brot nicht unbedingt.« Ein Lächeln umspielte Finns Mundwinkel, und sie stöhnte auf. »Ja, ich weiß. Ich habe dich zum Mittagessen eingeladen, und jetzt kann ich dir gar nichts anbieten. Tolle Leistung.«

Er konnte sich das Lachen nicht länger verbeißen. »Warte hier. Ich hole ein paar Sachen.«

Kurz darauf war Finn mit frischem Brot, Schinken, Käse, Tomaten und grünem Salat wieder da. Free nahm das Essen dankbar entgegen und machte Sandwiches, während sie über die Arbeit redeten. Sie versuchte, nicht daran zu denken, wie schlimm sie das Mittagessen vermasselt hatte. *Es ist ihm egal. Er verurteilt mich nicht.*

»Also, die Hochzeit deiner Schwester«, begann er, während sie aßen. »Sie findet auf der Farm der Forrests statt, richtig?«

Free nahm sich etwas Schinken von ihrem Teller. »Woher weißt du das?«

»Briggsy hat mich gebeten, ihn und Kate dorthin zu fahren und danach wieder nach Hause zu bringen. Sie wollen ein paar Gläser trinken, aber sie haben keine Mitfahrgelegenheit.«

»Ach ja, richtig. Du kutschierst ja offenbar ständig Briggsy durch die Gegend.«

»Normalerweise nicht. Er trinkt nicht viel, aber Tom ist sein bester Kumpel, daher nehme ich an, der Junggesellenabschied und die Hochzeit sind besondere Anlässe für den Sarge.«

Free nickte. »Für eine Hochzeit ist es eine ziemlich bescheidene Feier. Willow wollte es so. Ich glaube, Tom hat gut daran getan, sie lediglich zu bitten, ein Kleid zu tragen und sich einen Tag lang nicht ums Vieh zu kümmern.«

Finn legte den Kopf auf die Seite. »Paterson Downs ist einer der großen hiesigen Rindfleischproduzenten, richtig? Aber *du* interessierst dich nicht fürs Farmleben?«

»Gott, nein. Ich weiß kaum, wo bei einer Kuh vorn und hinten ist. Willow ist die Expertin, und Beth und mir ist das nur recht.«

»Hast du gern auf einer Farm gelebt?«

Free nickte entschieden. »Ich habe es geliebt, aber vor allem liebe ich es, in der *Region* zu leben. Diese Gegend – Kimberley – ist einfach …« Ihr fehlten die Worte, aber Finns Miene verriet ihr, dass er verstand. »Aber ich bin keine Farmerin. Ich könnte nicht tun, was Willow tut.«

»Rinderzucht muss ein hartes Leben sein«, pflichtete er bei.

»Willow macht mit Paterson Downs tolle Sachen. Sie ist dabei, es auf einen Biobetrieb umzustellen, hast du das gewusst? Sie und Tom. Sie ist eine absolut unglaubliche Umweltschützerin.«

»Und du auch, stimmt's? Du bist gegen den Umleitungsdamm.«

Was für ein Superdetective war dieser Typ eigentlich? »Woher weißt du *das* denn?«

Finn zuckte leicht mit den Schultern. »Äh, bin mir nicht sicher. Muss ich irgendwo aufgeschnappt haben.«

»Ja, ich bin gegen den Damm. Der Herne verläuft an unserer Grundstücksgrenze, daher hat dieses Staudammprojekt erhebliche Auswirkungen auf meine Familie.«

»Du hast in deiner Kindheit sicher viel Zeit am Fluss verbracht?«

»Ja. Ich liebe ihn. Er bedeutet mir sehr viel. Ich kann es schlecht erklären. Und der Staudamm ist eine potenzielle Katastrophe für den Fluss, ganz zu schweigen von der Rodung für die Farmwirtschaft und den Auswirkungen auf unsere Wasserqualität. Nährstoffe, Algen, Salzgehalt …« Free bremste sich. »Äh, entschuldige, ich klinge wie ein Flugblatt. Gib meiner Schwester die Schuld.«

Er lächelte. »Nein, das ist interessant. Es hilft mir, die Proteste gegen das Projekt besser zu verstehen. Ich lerne jeden Tag ein bisschen mehr über den Damm. Er macht den Leuten Sorge.«

Sie entspannte sich. »Du solltest zu einer der Demonstrationen oder Infoveranstaltungen kommen. Es besteht noch immer die Chance, das Projekt zu stoppen, damit erst einmal mehr Umweltstudien durchgeführt werden können.« Free hielt einen Moment inne. »Darfst du als Polizist überhaupt zu Versammlungen gehen?«

»Ja, natürlich. Nur nicht in Uniform oder im Dienst.«

»Oh, gut!« Sie nippte an ihrem Wasser. »Je mehr Leute sich beteiligen, desto besser.«

»Du musst dich dem Land wirklich sehr verbunden fühlen, als Farmmädchen.«

Sie lachte. »Ich bin kein leuchtendes Beispiel für ein Farmmädchen, aber auf einer Farm zu leben ist eine einzigartige Erfahrung! Ich wünschte, ich könnte dir Paterson Downs zeigen. Warst du schon einmal auf einer Rinderfarm?«

»Nein.«

»Oh, wow, dann musst du dir das unbedingt einmal anschauen«, sagte Free. »Es ist umwerfend. Du könntest uns mal besuchen, um ein echtes Gefühl für das Farmleben zu bekommen.«

Sie hatte ganz beiläufig gefragt, aber auf einmal gefiel ihr die Vorstellung, ihm ihr Zuhause zu zeigen. Sie war stolz auf Patersons und würde sehr gern seine Reaktion auf das riesige Anwesen und den geschäftigen Farmbetrieb sehen. Sie hatte das Gefühl, er würde es lieben. Und sie würde ihn dadurch besser kennenlernen können – viel besser. Nach dieser Einladung musste ihm klar sein, dass sie an ihm interessiert war. Free wartete mit angehaltenem Atem, während sie versuchte, seine Reaktion abzuschätzen.

Finn konzentrierte sich auf sein Sandwich. »Klingt nach einer tollen Erfahrung.«

Sein Ton hätte nicht unverbindlicher sein können, und Free wand sich innerlich.

»Wie auch immer.« Sie kämpfte sich durch die Demütigung. »Willows Hochzeit ist auf Quintilla und nicht Patersons, weil sie dort besser darauf eingerichtet sind, Gäste zu empfangen. Es wird eine ganz zwanglose Angelegenheit sein, die Farmküchen sorgen für die Bewirtung, und es kommen nur ein paar Leute aus der Stadt. Beth und ich werden am Freitag nach Hause fahren, um einen letzten Abend mit Willow zu verbringen, bevor sie Mrs Willow Forrest wird. Auch wenn das nicht ganz stimmt«, erinnerte sie sich. »Sie wird immer *Ms* Willow Paterson sein, bis sie ihren Doktortitel in der Tasche hat, und dann wird sie Dr. Paterson sein, genau wie Beth …« Sie merkte, dass ihr Geschwafel immer weniger Sinn ergab, und verstummte niedergeschlagen.

Finn blickte weiter starr auf sein Sandwich. »Hast du mit dem Bild von der Talbot Gorge angefangen, während du dort draußen warst – bei der Schlucht, meine ich?«

Jetzt versuchte er, das Thema zu wechseln. Schlimmer könnte es nicht laufen.

Free spielte mit. »Im Freien? Nein. Ich habe Fotos gemacht und dann eines als Bezug verwendet.« Sie betrachtete Finn traurig. Offensichtlich hatte sie sich zu weit aus dem Fenster gelehnt. *Vielleicht* … Auf einmal schoss Free noch ein anderer Gedanke durch den Kopf. »Oh, hast du kürzlich eine schlimme Trennung durchgemacht?«, fragte sie.

Finn verschluckte sich fast an seinem Essen und musste etwas Wasser trinken.

»Warum fragst du?«, brachte er schließlich heraus.

»Nur so ein Gefühl.«

Finn war rot angelaufen, aber vielleicht lag das auch an dem Verschlucken. Free beobachtete ihn; ihr eigenes Essen war längst vergessen.

Er räusperte sich. »Ich habe mich im Oktober von meiner Freundin getrennt.«

*Aha!* »Das heißt, kurz bevor du nach Mount Clair gekommen bist? Klingt einleuchtend. Fernbeziehungen nerven. Aber es muss schmerzlich gewesen sein.«

»Nein, ganz so war das nicht …« Finn brach ab, fuhr dann aber fort. »Es war tatsächlich nicht ganz einfach. Elyse – na ja, es hatte nichts mit der Entfernung zu tun.«

»Womit denn dann?«

Er spielte mit seiner Gabel. »Ich habe eigentlich noch nie mit jemandem darüber geredet.« Free nickte und sah ihn abwartend an, worauf Finn unvermittelt auflachte. »Du wirst mich hier nicht vom Haken lassen, stimmt's?«

Sie begriff, was er meinte. »Oh, du willst nicht darüber reden?«

Er zuckte die Schultern. »Eigentlich nicht. Aber ich werde es trotzdem tun.« Finn sah sie an. »Elyse und ich haben uns vor ungefähr einem Jahr kennengelernt. Ein gemeinsamer Bekannter hat uns vorgestellt. Sie war beliebt, hatte viele Freunde. Sah nett aus, würde ich sagen.«

»Kann ich sie sehen?«, unterbrach ihn Free.

»Wie bitte?«

»Hast du ein Foto von ihr?«

Finn furchte die Stirn. »Du willst ein Bild von Elyse sehen?«

»Ich bin visuell veranlagt. Ich muss von jedem, über den ich rede, ein Bild sehen. Ich kenne die Fotos von deiner Familie, daher weiß ich jetzt, wen du meinst, wenn du von ihnen redest. Daher wäre es gut, wenn du mir Elyse zeigst.«

Er zuckte die Schultern und entsperrte sein Handy. Er scrollte durch seine Bildergalerie zurück – weit zurück –, bis er ein Foto fand, um es Free zu zeigen.

»Das war letztes Jahr bei einem Freiluftkonzert, kurz bevor wir uns getrennt haben.«

Free nahm das Handy und betrachtete das Bild. Es war ein Selfie von Finn und Elyse, wie sie auf einer Picknickdecke saßen, mit Scharen von Leuten auf dem hügeligen grünen Rasen hinter ihnen. Sie zoomte ihre Gesichter heran, zuerst Elyse, die glatte, honigblonde Haare hatte, perfektes Make-up, die Lippen genau richtig verzogen, um die Höhe ihrer Wangenknochen zu maximieren. Ihre Augen waren groß und dunkel geschminkt.

»Sie ist außergewöhnlich schön, aber sie wirkt ein bisschen distanziert«, lautete Frees Kommentar. Sie wandte ihre Aufmerksamkeit dem fünf Monate alten Bild von Finn zu, und ihr wurde warm ums Herz. »Aber vielleicht vergleiche ich sie auch nur mit dir. Du hast so ein hinreißendes, aufrichtiges Lächeln.«

Free schob sein Handy über den Tisch zu ihm zurück. Finn starrte sie mit leicht geöffnetem Mund an. *Oh, Gott,* hatte sie ihn etwa beleidigt? Er fing sich, wieder rot im Gesicht.

»Äh, danke. Jedenfalls, Elyse hat in einer Personalabteilung gearbeitet. Sie hatte einen guten Job bei einem großen Unternehmen in der City, aber sie wusste, dass ich vorhatte, nach meiner Probezeit zumindest für eine Weile aufs Land zu gehen. Ich habe mich auf ein paar Stellen beworben, darunter die in Mount Clair.«

Free nickte. Elyse hatte sich gegen die Entfernung gesträubt, als Finn den Job in Mount Clair annahm, vermutete sie. Sie wollte keine Fernbeziehung. Oder vielleicht *hatte* sie mit Finn nach Kimberley hochkommen wollen, und er hatte den Gedanken nicht ertragen, ihrer Karriere im Weg zu stehen …

»Dann ist ein Kumpel mit mir ein Bier trinken gegangen und hat mir erzählt, dass sie mich mit einem Freund betrügt.«

»Was?« Free stöhnte auf. »Oh, *nein*. Ausgeschlossen. Wie konnte sie nur? Bist du sicher, dass das gestimmt hat?« Sie riss ihm das Telefon aus der Hand und betrachtete Elyse noch einmal. *Oh – ja*. Jetzt, wo Free die Wahrheit kannte, war es nicht zu übersehen. Die Frau war kalt und narzisstisch.

Free war empört. »Warum zum Teufel sollte sie *dich* betrügen? Du bist so freundlich und warmherzig. Du würdest eine Freundin niemals vernachlässigen – du bist gar nicht imstande, *irgendjemanden* zu vernachlässigen. Du musst mir nur in die Augen blicken, und ich kann sehen, wie *selbstlos* du bist. Außerdem bist du heiß! Ich meine, sieh dich doch an. Groß, heiß und muskulös. Und du hast die interessantesten Augen, die ich je gesehen habe. Ich kann mir nicht vorstellen, es je leid zu sein, in diese Augen zu blicken.« Free schüttelte den Kopf, zunehmend verärgert über diese *Elyse*. »War sie durchgeknallt? Sie muss unsicher oder so gewesen sein, wenn sie zusätzliche männliche Aufmerksamkeit brauchte. Das hattest du nicht verdient.«

Finns Blick ruhte auf ihr. In seinen Augen lag etwas wie Dankbarkeit – und Sehnsucht. Ihre Haut kribbelte, als sie es sah, und trotz seiner Zurückweisung erst wenige Minuten zuvor wusste Free mit absoluter Überzeugung, dass er sie begehrte. Dass er etwas fühlte. Sie schob ihm sein Telefon wieder hin, während ihr Puls raste. Die Aufrichtigkeit zwischen ihnen war wie ein Gang auf glühenden Kohlen – qualvoll, aber berauschend. Sie wollte, dass es endete, und zugleich, dass es niemals aufhörte.

Doch dann brach Finn den Zauber.

»Du hast recht.« Er erhob sich. »Es hat höllisch wehgetan, und das hat niemand verdient. Free, danke fürs Mittagessen, aber ich lasse dich jetzt besser arbeiten.«

Sie sprang auf. »Oh. Okay.«

Finn steckte sein Handy ein, trug seinen Teller in die Küche und leerte die Reste in den Abfalleimer, bevor er den Teller in die Spüle stellte. Verwirrt folgte sie ihm zur Haustür. *War ich zu aufdringlich?*

Finn wandte sich zu ihr um. »Danke noch mal.«

Free nickte. Finn verharrte einen Moment auf der Schwelle. Vielleicht konnte er die Verletztheit in ihrer Miene sehen.

»Du bist …« Finn wandte den Blick für einen Moment ab und sah dann wieder zu ihr zurück. »Du bist wirklich süß.«

Er kehrte in seine Haushälfte zurück, ohne sich noch einmal umzusehen. Free schloss ihre Tür und schlenderte zurück zum Küchentisch. Sie starrte auf Finns Platz, der frei von Krümeln war, das Geschirr abgeräumt.

So ein aufmerksamer Gast.

So ein verwirrender Mann.

# Kapitel 6

Bei ihrer nächsten Mittagspause mit Jay und Aidan erzählte Free, dass Tia einen Vorschlag für die Mosaikwand gemacht hatte.

Jay unterbrach sie, noch bevor sie die Idee gehört hatte. Ihr Gesicht strahlte vor Freude. »Es ist so schön zu sehen, wie Tia auf dich reagiert, Free. Sie war immer so still und zurückhaltend. Es ist nicht zu übersehen, dass du als Mentorin einen guten Draht zu ihr hast, und ich hoffe, das wird sie im Lauf der nächsten Wochen noch ein bisschen mehr aus ihrem Schneckenhaus herausholen.« Jay schaufelte etwas Kichererbsen-Couscous-Salat auf ihre Gabel. »Tia ist richtig einfallsreich. Und sie ist auch so bestrebt, ihre Fähigkeiten auszubauen – ganz zu schweigen davon, dass sie jede Menge Talent hat.«

Free nickte zustimmend. »Also, ihr Konzept sieht so aus: kulturelles Erbe. Eine offene und ehrliche Erzählung der multikulturellen Geschichte von Mount Clair und der Region Kimberley im Allgemeinen.«

»Klingt sehr *politisch korrekt.*« Aidan schnitt eine ironische Grimasse.

Free starrte ihn entsetzt an. »Oh, *nein* – das habe ich nicht gemeint. Nicht irgendeine hohle Aussage zu Vielfalt. Ich dachte, es könnte eine echte, aufrichtige Anerkennung sein – wahre Geschichten über die Vergangenheit dieser Gegend. Keine Schönfärberei. Sie ist vielleicht nicht immer angenehm, aber die Wahrheit hat ihre eigene Schönheit, weißt du?«

Seine Augenbrauen schossen hoch. »Wahre Geschichten? Wie zum Beispiel?«

Das war eine gute Frage. Free fuchtelte mit den Armen durch die Luft und suchte nach den richtigen Worten. »Zum Beispiel Geschichten der ursprünglichen Bewohner, Kolonisation und Besiedlung, Farmwirtschaft, Einwanderung, Asylsuchende, gemischte Herkunft, die Unterwerfung bestimmter Gruppen, Sprachen, Anpassung …« Sie holte tief Luft. »Tias Großvater war ein japanischer Perlenfischer in Broome, und Camerons Urgroßmutter war eine Jamadji-Hausangestellte …«

»Klingt nach linkem Protest«, bemerkte Aidan mit demselben angespannten Lächeln. »Sehr zeitgemäß, aber irgendwie trostlos und deprimierend, wie so viele ernst gemeinte, irregeleitete öffentliche Kunstwerke.«

Free schwieg, verletzt von seiner negativen Einstellung. Aber bevor sie etwas erwidern konnte, schluckte Jay rasch ihr Essen hinunter und platzte heraus: »Ich bin begeistert! Sind die Schüler wirklich von selbst darauf gekommen?«

»Absolut.« Free berichtete ihr von der Diskussion, die sie in ihrem Nachmittagskurs geführt hatte.

Jay schüttelte beeindruckt den Kopf. »Könntest du das für mich aufschreiben, Free?«, fragte sie. »Als Konzeptpapier? Ich würde es gern dem Schulleiter vorlegen, und wenn es ihm gefällt, können wir es beim Komitee einreichen.«

»Ich bin mir nicht sicher, ob die Zehntklässler da mit an Bord sein werden«, warf Aidan ein. »Sie sind ganz begeistert von der *Fluss-des-Lebens*-Idee.«

»Ich werde es am Montag mit ihnen besprechen«, erklärte Jay. »Ich denke, wenn es ihnen richtig präsentiert wird, wird es ihnen auch gefallen. Schließlich kann dabei jeder einzelne Schüler etwas von sich selbst einbringen.« Jays Verhalten gegenüber Aidan war irgendwie kühl. Die Fachbereichsleiterin schwieg einen Moment und rieb sich das Kinn. »Wir sollten uns einen guten Namen dafür einfallen lassen. *Wand der Vielfalt? Einheit in Vielfalt?*«

Free konnte sich für keinen der beiden Vorschläge begeistern. »Meine Schwestern können gut mit Worten umgehen. Ich sehe sie dieses Wochenende. Ich könnte sie fragen, ob sie Ideen für einen

Titel haben, und dann schicke ich sie dir zusammen mit dem Konzeptpapier.«

Jay war einverstanden und ging sich einen Tee holen. Aidan aß in mürrischem Schweigen seine vietnamesischen Reispapierröllchen. *Wie peinlich.* Free knabberte an ihrem extrem langweiligen Vegemite-Sandwich, während sie überlegte, wie sie ihn beschwichtigen könnte.

»Ähm, vielleicht können wir die *Fluss-des-Lebens*-Idee mit einbeziehen, Aidan. Schließlich ist die Agrargeschichte von Mount Clair ein großer Teil …«

»Oh, wir sollten dein Konzept nicht verwässern, indem wir versuchen, es mit einem anderen zu vermischen.« Er schenkte ihr sein typisches angespanntes Lächeln. »Ich bin nicht im Geringsten beleidigt.«

Seine Körpersprache strafte seine Worte Lügen. Free war sich nicht sicher, welchem der beiden sie trauen sollte. Aidans Blick huschte von ihrem Gesicht hinunter zu ihrer Brust, und Free erstarrte. Hatte sie das eben wirklich gesehen?

»Hör zu«, sagte er. »Diesen Freitag gibt es im Küstenvorland einen Freiluft-Kinoabend. Hast du schon was vor?«

Free klappte der Mund auf. »Ich?«

Er lachte. »Ja, du. Warum bist du so überrascht?«

»Ähm, ich dachte nur, dass unsere, ähm, politischen Ansichten nicht sehr kompatibel sind. Zum Beispiel in Sachen Umwelt und Gesellschaft …«

Seine Augenbrauen schossen hoch. »Warum sollte das wichtig sein?«

»Natürlich ist das wichtig«, antwortete sie entschieden. Das war die eine Sache, die sie über Beziehungen wusste.

Er zuckte die Schultern. »Wir hatten bis jetzt kaum eine Chance, herauszufinden, ob wir *kompatibel* sind oder nicht. Das könnte eine Gelegenheit sein.« Er wartete.

Einen Freitagabend mit Aidan zu verbringen, erschien ihr nicht sehr verlockend. Sie stöhnte erleichtert auf, als sie sich erinnerte, dass sie bereits eine andere Verpflichtung hatte.

»Es tut mir leid, Aidan. An diesem Samstag heiratet meine Schwester, und ich bin das ganze Wochenende beschäftigt.«

»Ah, okay. Dann werde ich einen anderen Termin finden.« Er tunkte sein Reispapierröllchen in ein Töpfchen mit Chilisauce. »Du hörst von mir.«

Am Freitagnachmittag holte Beth Free für die Fahrt nach Paterson Downs ab. Die Brautjungfernkleider hingen hinten im »Biest« an den Fensterhaken.

»Wie läuft's in der Arbeit?«, erkundigte sich Beth, während sie auf die Herne River Road einbogen.

»Fantastisch. Ich bin begeistert.«

»Das ist ja toll.« Beth schaltete die Scheinwerfer ein. »Ich dachte mir schon, dass du gut in dem Job sein würdest. Die Schüler mögen dich, stimmt's?«

»Man hat mir eine ganz besondere Truppe zugewiesen«, erwiderte Free. »Ich hatte Glück.«

»Du bräuchtest nur noch ein zusätzliches Jahr an der Uni, um ein Lehrdiplom zu erwerben, weißt du«, meinte Beth. »Das wäre gut, um darauf zurückgreifen zu können, falls du von deiner Kunst nur schwer leben kannst.«

»Ich verdiene nicht viel«, räumte Free ein. »Aber wenn ich ab und zu einen Vertrag wie diesen an Land ziehen kann, werde ich mich über Wasser halten können. Und Dad sagt, ihm ist es egal, ob ich nie einen Cent verdiene, weil ich auf Patersons immer willkommen sein werde.«

Ein Lächeln huschte über die Lippen ihrer Schwester. »Das glaube ich gern. Ich meinte nur, du weißt schon, falls du mehr finanzielle Unabhängigkeit willst.«

Free verzog den Mund, während sie darüber nachdachte. »Ich bin mir nicht sicher, ob ich wirklich Lehrerin sein wollen würde. Bis jetzt macht mir der Job Spaß, aber das Unterrichten ist richtig harte Arbeit. Der Lehrplan und das alles. Die Zukunft der Kinder liegt in deinen Händen.«

Beth zuckte die Schultern. »Na schön. War nur so ein Gedanke. Behalt es im Hinterkopf. Du könntest besser geeignet sein, als du glaubst.«

»Vielleicht. Hey, was für Schuhe wirst du morgen eigentlich tragen?«, wechselte Free das Thema.

Beth sah sie stirnrunzelnd an. »Silberne Sandalen natürlich. Darauf haben wir uns doch geeinigt.« Free brach für einen Moment in Panik aus. Wann zum Teufel sollte das gewesen sein? »Du warst in dem Chat, das weiß ich genau«, sagte Beth.

Free dachte fieberhaft nach. »Ach ja, da war etwas diese Woche. Tanya hat hautfarbene Heels vorgeschlagen, richtig?«

»Ja, aber Willow dachte, silberne Sandalen wären besser. Sie wollte nicht, dass wir versuchen, im Sand auf Heels zu laufen.«

So weit hatte Free den Chat nicht gelesen. Sie dachte über die verschiedenen Schuhe nach, die sie mitgenommen hatte. Weiße Pumps aus Perth, Naturledersandalen, die sie in Rio gefunden hatte, oder Pailletten-Flipflops aus Delhi. Oh, warum hatte sie bloß ihre hinreißenden silbernen Riemchensandalen zu Hause gelassen? Die Flipflops waren silbern, erinnerte sie sich. Vielleicht könnte sie damit durchkommen?

Sie schüttelte sich. Was zum Teufel dachte sie sich eigentlich? Man ging nicht in Flipflops zu einer Hochzeit. »Ähm …«

»Free, bitte sag mir, dass du irgendeine Art silberne Sandalen mitgenommen hast, die du bei der Hochzeit deiner Schwester tragen kannst«, sagte Beth mit einem Seufzer in der Stimme.

»Natürlich habe ich das«, fauchte Free.

Beth zog die Augenbrauen hoch, sagte aber nichts. Sie verfielen in Schweigen, und Free fragte sich, was in aller Welt sie wegen ihrer Schuhe für den nächsten Tag unternehmen sollte.

Als sie Paterson Downs erreichten, war sie einer Lösung noch nicht nähergekommen. Free küsste Willow und ihren Vater zur Begrüßung, dann verzog sie sich in ihr Schlafzimmer, um im Stillen in Panik auszubrechen. Sie hatte silberne Acrylfarbe, wurde ihr bewusst, als ihr Blick auf die überzähligen Kunstutensilien fiel, die sie auf Patersons zurückgelassen hatte.

Und ein Paar braune Ledersandalen.

Eine halbe Stunde später stellte sie die frisch silbern gestrichenen Sandalen zum Trocknen auf das Fensterbrett. Sie ging über den Hof, um Devi zu begrüßen, ihre engste Freundin auf der Farm. Devi arbeitete als Hilfskraft bei den Unterkünften, aber im Allgemeinen ging sie Jean in der Farmküche zur Hand.

Free gesellte sich zu ihrer Familie auf die Terrasse. »Kommen die Forrests heute Abend vorbei?«, fragte sie. »Und wo ist eigentlich Tanya?«

»Sie werden alle bald hier sein«, antwortete Willow. »Tom holt Tanya in diesem Moment vom Flughafen ab, und die Forrests kommen zum Essen. Es ist nur ein Barbecue.«

»Ich hoffe wirklich, dass das Kleid Tanya passt.« Beth klang ein wenig nervös, was ihr nicht ähnlich sah.

»Hast du die Kleider versteckt?«, fragte Willow. »Ich will Tom damit überraschen.«

»Sie hängen alle in meinem Zimmer, hinter verschlossener Tür.« Beth war noch immer verärgert wegen der Kleider, wie Free mit einem Anflug von Schadenfreude bemerkte. Aber ihre Belustigung schwand, als Beth Free ins Ohr flüsterte: »Tanya und ich haben Geschenke für Willow besorgt. Du könntest ihr morgen früh das Hufeisen geben, wenn wir ihr unsere Sachen überreichen.«

*Scheiße!* Free war damit beauftragt worden, ein kleines Hufeisen aus Seide zu besorgen, das Willow auf dem Weg zum Altar tragen könnte, aber bei dem ganzen Wahnsinn in dieser Woche, mit ihrem ersten Arbeitstag und allem, hatte sie es völlig vergessen. *Großer Gott.* Erst die Sandalen, jetzt auch noch das Hufeisen. Und hier konnte Free auch nirgends eines besorgen. Die einzigen Hufeisen auf Patersons waren die eisernen in der Sattelkammer. Sie war so eine verdammte Niete. Und das hier konnte sie auch nicht retten, indem sie irgendetwas malte.

*Augenblick.*

Free erinnerte sich an die Reihe alter, rostiger Hufeisen, die das Regal in der Patersons-Stallkammer säumten. Sie entschuldigte sich und schlich so unauffällig wie möglich ins Halbdunkel der Ställe. Die Stallhelferin Kira füllte gerade Heunetze, die Luft war schwer von dem Geruch von Streu und Pferdemist.

»Hi, Free«, sagte sie, als sie sie bemerkte. »Brauchst du irgendwas?«

»Äh, ja.« Free trug ihre seltsame Bitte vor, und Kira starrte sie nur einen Moment an, bevor sie ihr die alten Hufeisen zeigte. Free entschied sich für das kleinste und leichteste auf dem Regal und stürzte damit zurück in ihr Schlafzimmer. Sie rieb es ab und öffnete noch einmal die silberne Farbe. Minuten später lag ein glänzendes silbernes Hufeisen neben ihren Sandalen auf dem Fensterbrett.

Das könnte tatsächlich klappen.

Tanya war aufgeregt und wollte den Champagner aufmachen, sobald sie auf Paterson Downs ankam. Sie tranken alle ein Glas auf der Terrasse und ließen sich die köstlichen dicken Steaks und Wiesenchampignons schmecken, die Tom gegrillt hatte, aber bald nach dem Essen wurden alle von Erschöpfung übermannt. Die Forrests machten sich zum Aufbruch bereit, und so ging der ganze Paterson-Haushalt ins Freie, um sie zu verabschieden.

Es erforderte einige Mühe, Tom in den Wagen zu bekommen, da er auf einmal entschieden hatte, dass er Willow ein paar Dinge unter vier Augen sagen musste, bevor sie sich am nächsten Tag das Jawort gaben. Er führte sie ein paar Schritte die Auffahrt hinunter, um mit ihr zu tuscheln, bis sein Vater betont lange auf die Hupe drückte. Tom sprintete zurück und kletterte auf die Rückbank des Wagens, mit einem breiten Grinsen, als hätte er im Lotto gewonnen. Willow kehrte zu den anderen zurück auf die Veranda, während sie versuchte, ein Lächeln zu unterdrücken, und Free strahlte innerlich. Es erfüllte sie mit Freude, Willow nach all den Jahren, die sie immer so angespannt und ernst gewesen war, so geliebt und glücklich zu sehen. Ihre Gedanken schweiften zu Finn und seinen

Worten: »Du bist wirklich süß.« Seit diesem Mittagessen hatte sie ihn kaum noch gesehen. Hoffentlich würde sie ihm am Montag wieder zufällig über den Weg laufen. Wenn nicht, würde sie irgendwie dafür sorgen, dass sie es tat.

Sie räumten auf und trugen dann Tassen mit Tee auf die Terrasse.

»Übrigens, ihr müsst mir helfen«, sagte Free zu ihren Schwestern, während sie es sich mit ihrem Vater wieder auf den alten Korbstühlen bequem machten. »Wir brauchen einen Titel für unser Mosaikwandprojekt.« Sie erzählte ihnen von Tias Konzept, das kulturelle Erbe der Schüler zu verwenden.

»Ich *liebe* diese Idee«, lautete Willows Urteil. »Wie wäre es mit *Land der Farbe?*«

Free tippte es in die Memo-App auf ihrem Handy. »Gut. Habt ihr noch ein paar Vorschläge?«

»Ähm, wie wäre es mit *Kaleidoskop der Kulturen?*«, brachte Beth an. »*Diverse-City?* Wie ein Wortspiel.«

»*Kimberley-Regenbogen*«, warf Tanya ein.

Free tippte weiter, und sie steuerten noch ein paar andere Ideen bei. »Ich hätte gern etwas, das die Vorstellung einfängt, wie die Leute in Mount Clair Wurzeln schlagen. Ihr wisst schon, wie wir alle einen anderen Hintergrund haben, aber hier zusammengekommen und zu einem Teil des Ortes geworden sind. Ein paar von uns waren bereits hier, ein paar kamen im Zuge der Kolonisation, und andere treffen immer noch ein, wisst ihr? Etwas, das das einfängt.«

»Okay, verstehe«, meinte ihr Vater nachdenklich. »Etwas, das besagt, wie wir mit dem Land verwurzelt sind.«

Free starrte ihn an. »Dad! Das ist toll! *Mit dem Land verwurzelt.* Das ist kurz und bündig und drückt genau das aus, was ich sagen will. Du bist brillant!«

Er lachte verblüfft, aber ihre Schwestern pflichteten ihr bei, dass es genau richtig war.

»Du bist ein Buschdichter, Barry«, erklärte Tanya. »Du weißt mit Worten umzugehen.«

»Unsinn«, knurrte er, aber er wirkte zufrieden.

»Morgen um diese Zeit wird Willow verheiratet sein«, verkündete Beth und fing den Blick ihrer Schwester auf. »Wir werden dafür sorgen, dass der morgige Tag perfekt für dich ist.«

»Perfekt?« Willow lachte. »Mit ziemlich gut gebe ich mich schon zufrieden. Es ist nur eine Zeremonie und eine Party. Unterm Strich ändert es überhaupt nichts, oder?«

»Gott, du bist so unromantisch«, stöhnte Tanya. »Es ist nicht nur eine Party. Es ist eine Gelegenheit, für einen Tag eine Prinzessin zu sein, schön zu sein und alle Blicke auf dich zu ziehen.«

Entsetzen huschte über Willows Gesicht, und Beth lachte schnaubend auf. »Ich glaube nicht, dass du es ihr damit schmackhaft machen kannst, Tan!« Sie erhob sich. »Na ja, ich will morgen keine Ringe unter den Augen haben, daher sollte ich jetzt besser ins Bett gehen. Ich werde morgen ein Kleid tragen, mit dem ich aussehen werde, als ob ich zu meinem Zehntklässler-Ball gehe, daher brauche ich eine jugendliche Ausstrahlung, um glaubwürdig zu sein.«

Free sah Willow ängstlich an, in der Hoffnung, dass sie nicht verletzt von Beths Seitenhieb war. »Oh, Beth, du siehst toll aus in diesem Kleid«, sagte sie. »Heiß. Es bringt deine Beine zur Geltung.«

»Wie auch immer«, meinte Beth mit einem halben Lächeln, zum Zeichen, dass sie einen Witz gemacht hatte. »Gute Nacht allerseits.«

Free stellte sich den Wecker auf sieben, und kaum dass sie am nächsten Morgen wach war, überprüfte sie den Zustand ihrer silbernen Sandalen und des Hufeisens. Sie waren völlig trocken.

»Halleluja«, murmelte sie.

Willow war draußen bei den Rindern, und Beth unterhielt sich mit Tanya in der Küche, während sie mit dem Frühstücksgeschirr herumklapperten. Free wühlte zwischen ihren Stoffresten und fand ein Stück

Naturlederriemen aus der Zeit, als sie ständig Schmuck gebastelt hatte. Sie zog es durch die obersten Nagellöcher des silbernen Hufeisens. Dann nahm sie einen silbernen Textmarker, um *Willow und Tom* und das Datum auf ein kleines Stück weißer Pappe zu schreiben, stanzte ein Loch hinein und fädelte es ebenfalls auf. Schließlich band sie den Riemen mit einer Schleife zusammen, wickelte das ganze Teil in Seidenpapier und gesellte sich zum Frühstück zu den anderen.

Es war Vormittag, als Willow schließlich mit der Arbeit aufhörte und duschen ging. Als die Friseurin kam, die sie gebucht hatten, um sich die Haare machen zu lassen, erklärte Barry, das Haus sei eine »verdammte Gefahrenzone«, in der Frauen halb bekleidet herumliefen, und zog sich in sein Schlafzimmer zurück. Tanya lackierte Willow die Nägel, während sie mit elektrischen Lockenwicklern im Haar in der Küche saß. Free sah dabei zu, während sie ihr neuestes Flussfoto auf Instagram hochlud. Es stammte von ihrem getreuen Vorrat an Lieblingsbildern für Tage wie diesen, an denen sie nicht hinausfahren konnte, um ein neues Foto aufzunehmen. Das Bild hatte eingefangen, wie das rote Flussbett unter dem allmählich nachlassenden Wasserfluss der Regenzeit zum Vorschein kam. Sie tippte eine Bildunterschrift.

Der Wasserstand des Herne beginnt zu sinken, während das Ende der Regenzeit naht. Ein ewiger Kreislauf. #Herne365 #WeisheitderNatur #NoFilter.

»Dieses Zeug trocknet deine Nägel superschnell«, erklärte Tanya Willow. »Fass sie mal an. Sie sind gut so.«

Willow testete den Zustand ihrer Nägel. »Oh, gut. Ich habe nicht die Geduld zu warten, bis der Nagellack trocknet.«

»Wenn sie trocken genug sind«, warf Beth ein, »dann ist Schampus-Zeit!«

Sie füllte ihre Gläser, und sie riefen im Chor *Prost!* und stießen miteinander an.

»Während du auf diesem Frisierstuhl festsitzt, Willow, werden wir dir unsere Hochzeitsgeschenke überreichen«, informierte Beth ihre Schwester. »Du zuerst, Free.«

Free ging in ihr Zimmer, um das in Seidenpapier gewickelte Päckchen zu holen. Einen Augenblick später kam sie zurück und drückte es Willow in die Hände. Willow protestierte, sie hätten keine Geschenke kaufen sollen, aber als es ausgepackt war, starrte sie entzückt auf das Hufeisen.

»Free, wo in aller Welt hast du das denn gefunden? Ich wollte ja keines dieser protzigen Braut-Hufeisen, aber das hier – das ist entzückend! Hast du es spezialanfertigen lassen?«

Free hätte nicht erfreuter über Willows Reaktion sein können. »Das habe ich selbst gemacht. Es ist eines unserer Hufeisen aus dem Stall.«

Willow beäugte es genauer. »Oh, mein *Gott*. Ich glaube, es ist eines von Tuffies!«

»Es war das kleinste, das ich finden konnte.«

»Dann ist es eindeutig Tuffies.« Willows Augen glänzten. »Free, wie bist du nur auf die Idee gekommen?«

Beth sah Free grinsend an. »Ich wusste doch, dass ich gestern Abend frische Farbe gerochen habe. Not macht erfinderisch, stimmt's, Free?«

*Du hast ja keine Ahnung,* dachte Free, während sie sich an ihre silbernen Sandalen erinnerte.

Beth überreichte Willow ein Paar kleine Ohrstecker, die fast genau zu dem alten Weidenbaum-Anhänger passten, den ihre Schwester immer trug – ursprünglich ein Geschenk von ihrer Mutter. Free hatte sich oft gewünscht, sie hätte etwas wie diese Halskette zur Erinnerung an ihre Mutter. Beth musste die ganze Stadt abgesucht haben, um ein solches Geschenk zu finden.

»Ich konnte doch nicht zulassen, dass du zu deiner eigenen Hochzeit deine langweiligen Creolen trägst«, meinte sie, als Willow sich mit strahlender Miene bei ihr bedankte.

»Ihr kennt mich so gut«, sagte sie mit einem Kichern, unter dem sich eine Spur Traurigkeit verbarg. Free blinzelte ihre eigenen Tränen zurück und wich Beths Blick aus.

Zum Glück bemerkte Tanya nichts von ihrem emotionalen Moment und drängte sich dazwischen, um Willow ihr Geschenk zu überreichen.

»Das ist für deine Aussteuer«, erklärte sie augenzwinkernd.

»Meine was?«, fragte Willow, aber als sie die Schachtel öffnete und einen winzigen weißen Spitzentanga und dazupassenden Body fand, verstand sie.

Willow neigte grundsätzlich zum Erröten, und sie tat es auch jetzt. Free kicherte verschmitzt. »Füll sie mit Champagner ab, Tan. Wenn wir ihr den ganzen Tag über genug zu trinken geben, wird sie es vielleicht sogar heute Abend für Tom tragen.«

Tanya verstand den Wink, und sie erhoben ihre Gläser auf Willow und schlürften Schampus, während sie sich schminkten und der Reihe nach auf dem Frisierstuhl Platz nahmen. Die Friseurin nutzte Frees natürliche Locken, um ein paar sanft gewellte Strähnen um ihr Gesicht zu legen, und drehte die restlichen Haare auf dem Kopf zusammen. Als sie fertig war, ging Free und zog sich um.

»Ich weiß, du hast dich immer für eine Fee gehalten«, meinte Beth, als Free in dem hellblauen Kleid wieder zum Vorschein kam, »aber sich als Erwachsene wie eine zu kleiden, ist nicht mehr witzig.«

»Pst, Willow wird dich hören«, antwortete Free, aber sie musste unwillkürlich kichern. Es war tatsächlich ein urkomisches kleines Feenkleid. Hübsch, aber mit Sicherheit nicht sehr würdevoll.

Tanya tauchte auf und strich mit entzückter Miene die Vorderseite ihres fliederfarbenen Kleids glatt. »Es ist hinreißend! Ich hätte nie gedacht, dass Willow so etwas auswählen würde. Das werde ich im April zur Osterfeier meiner Familie tragen.«

Beth zog eine Augenbraue hoch, und Free versuchte, nicht wieder loszuprusten. Das Kleid stand Tanya fantastisch, und Free sagte es ihr. »Na los, Beth, wo ist deines?«

Beth verdrehte die Augen und schlüpfte widerstrebend in ihr rosa Kleid. Sie sah wunderschön aus, fand Free, auch wenn es überhaupt nicht ihr üblicher Stil war. Aber Beth sah in so ziemlich allem umwerfend aus.

Sie halfen Willow in ihr schlank geschnittenes weißes Kleid, das nach dem Brautkleid ihrer Mutter modelliert war. Es war der perfekte Stil für sie – schlicht und elegant. Dem Universum sei Dank für wasserdichte Mascara, dachte Free, während sie Dutzende von Fotos davon schoss, wie Beth den Schleier zurechtrückte.

Schließlich waren sie bereit, und Barry kam zögernd in seinem besten Sonntagsstaat ins Wohnzimmer, die Schuhe auf Hochglanz poliert. Er musterte die Frauen.

»Was meinst du, Dad?«, fragte Free. »Willow gibt in diesem Kleid doch eine ziemlich gute Audrey-Hepburn-Imitation ab, findest du nicht auch?«

»Free, Bethie, Tanya – ihr Mädchen seht verdammt fabelhaft aus«, erklärte er, »aber es tut mir leid zu sagen, dass keine von euch heute Willow das Wasser reichen kann.«

Sie lachten alle, während Willow es abstritt, aber Beth schnaubte spöttisch. »Nimm es an, Willow. Genau so soll es an deinem Hochzeitstag sein.«

Willow hatte sich nicht mit dem Gedanken anfreunden können, mit großem Trara einzutreffen, und sich mit Tom darauf geeinigt, dass die Braut, ihre Angehörigen und ihre Partner sich auf Quintilla versammeln würden, bevor die restlichen Gäste eintrafen. Die Patersons-Angestellten hatten zwei der Farmfahrzeuge gründlich gereinigt und fuhren die Gäste jetzt zu der benachbarten Farm.

Tom trat ins Freie, um sie mit einem seiner Trauzeugen zu begrüßen, und Willow schickte ihre Brautjungfern als Erste aus dem Wagen, während sie über seine verwunderte Miene lachte.

»Du wolltest Rosa!«, rief sie aus dem Wagen.

»Du hast maßlos übertrieben!«, rief er zurück. »Sie sehen aus wie Marshmallows!«

Aber als Willow aus dem Wagen stieg, war Tom völlig sprachlos. Free hatte ihn noch nie zuvor um Worte verlegen gesehen, und sie stieß Beth und Tanya in die Seite, um ihre Aufmerksamkeit darauf zu lenken. Tom zog Willow an sich und schloss sie zu einem Kuss in seine Arme.

Beth stöhnte. »Er wird ihren Lippenstift noch vor der Zeremonie ruinieren.«

In diesem Moment bogen Briggsy und ein paar andere auf den Quintilla-Parkplatz ein – mit Finn als Chauffeur am Lenkrad. Frees Puls schnellte in die Höhe. Sie hatte ganz vergessen, dass er Briggsys Fahrer war. Wenn er doch nur bleiben würde. Briggsy, sichtlich gestresst, kam geradewegs von der Arbeit und stürzte sofort ins Haus, um in seinen Trauzeugenanzug zu schlüpfen. Finn half Kate und einer anderen Frau aus dem Wagen. Es gab die üblichen Umarmungen, Küsse und überschwänglichen Bemerkungen, wie wunderschön alle aussähen. Aus dem Augenwinkel sah Free, wie Finn sie mit überwältigter Miene anstarrte. Also mochte er sie tatsächlich, dachte sie. Ihre Stimmung stieg. Aber warum hatte er dann bei ihrem Mittagessen keinen Ton herausgebracht? War er einfach nur superschüchtern? Sie ging zu ihm und breitete die Arme aus, als wollte sie sich für seine Begutachtung präsentieren.

»Finn, du gutmütiger Riese, verneige dich vor der Zuckerwattekönigin.«

Er versuchte zu lachen, aber er war noch röter im Gesicht geworden, und er schien unerträglich verlegen. Sein Blick huschte zwischen der Gruppe hin und her, als suchte er einen Retter. Alle unterhielten sich angeregt, und niemand kam ihm zu Hilfe. Obwohl seine Reaktion so verwirrend wie eh und je war, beugte sich Free vor, um ihn zur Begrüßung rasch zu umarmen. Sie atmete diesen köstlichen, typischen Finn-Geruch ein, der ihr allmählich so angenehm vertraut wurde.

Es war, als würde sie ein Brett umarmen.

»Geht es dir gut?«, fragte sie, während sie zurückwich.

»Ja, danke. Und dir?«

»Auch gut.«

Er sah ihr ins Gesicht und wandte den Blick rasch ab, aber einen Augenblick später sah er wieder zu ihr zurück und musterte sie von den Haaren bis hinunter zu ihren silbern bemalten Sandalen. Es war, als könnte er sich nicht von ihrem Anblick losreißen – und es war elektrisierend. Während sie seine gebannte Miene und seine geröteten Wangen betrachtete, wuchs Frees Hoffnung wieder an. Entweder gefiel ihm *wirklich,* was er sah – oder er litt an einem Hitzschlag.

»Komm rein, Finn«, forderte Tom ihn auf, während sie aufs Haus zugingen. »Du siehst aus, als ob du ein Bier brauchst.«

Finn wurde aus seiner Erstarrung gerissen. »Oh, nein, danke, Kumpel. Ich fahre dann mal wieder. Ich wünsche euch einen schönen Tag. Um wie viel Uhr soll ich euch abholen, Kate?«, rief er ihr nach.

Kate hörte ihn gar nicht, und Tom zog die Augenbrauen hoch. »Du fährst jetzt zurück nach Mount Clair, nur um später heute Abend noch einmal den ganzen Weg hierher zurückzufahren?«, fragte er. »Warum bleibst du nicht zur Hochzeit?«

»Äh …«

Free begriff, was passiert war. Tom hatte Finn erst kennengelernt, nachdem die Hochzeitseinladungen verschickt worden waren. Finn stand nicht auf der Liste der Gäste, aber das hatte Tom vergessen. Sie trat wieder einen Schritt näher, nahm Finns warmen, kräftigen Arm.

»Komm schon«, sagte sie. »Bleib. Ich glaube, das war eine Einladung.«

»Kommt nicht infrage«, entgegnete er leise, aber entschieden. »Ich platze doch nicht in eine Hochzeitsfeier, zu der ich nicht eingeladen wurde.«

Willow hatte entweder etwas von dem Gespräch gehört, oder sie hatte die Situation intuitiv erfasst. Sie löste sich von Tom und ging zu Finn. »Bitte bleib«, sagte sie mit einem warmen Lächeln. »Es ist manchmal ein bisschen schwer für uns hier draußen auf der Farm, auf dem Laufenden zu bleiben, aber jetzt bist du ein Teil der Party.«

Finn zögerte noch immer. Tom rief ihm zu: »Ich hole dir ein Bier. Jetzt sofort.« Er verschwand ins Haus, und Willow folgte ihm, während Beth am Saum des Brautkleids herumzupfte.

Free sah zu Finn hoch. »Bitte?«

Die Unentschlossenheit schwand, und er nickte. Sie unterdrückte ein aufgeregtes Zappeln.

»Aber ich fahre, also kein Bier für mich«, ergänzte er.

»Nicht mal eines?«

Er schüttelte den Kopf. »Nein. Ich bleibe bei den Softdrinks.«

Während der Hochzeit selbst wurde Finn von Briggsys Truppe mitgerissen, und Free war viel zu beschäftigt mit der Zeremonie und den Fotos, um zu ihm zu gehen. Doch die Energie zwischen ihnen vibrierte. Jedes Mal, wenn sie in seine Richtung sah, beobachtete er sie. Sie war so aufgeregt, dass sie sich kaum auf die Worte des Standesbeamten konzentrieren konnte. Es fühlte sich an, als seien sie und Finn in ihrer eigenen kleinen, geheimen Welt gegenseitigen Verlangens eingeschlossen, und sie sehnte sich nach einer Gelegenheit, wieder mit ihm zu sprechen. Nein, nicht »sprechen«. Sie wollte seinen sexy Mund küssen und von Nahem – sehr Nahem – in diese warmen Augen blicken. Zu ihrem Leidwesen musste sie den Großteil des Abends jedoch ihren Verpflichtungen als Brautjungfer an der Hochzeitstafel nachkommen.

Irgendwann endeten schließlich die Förmlichkeiten. Tom und Willow betraten die gemietete Tanzfläche und schmiegten sich eng aneinander, während sie zu einem U2-Song tanzten. Free wusste, dass Willow vor dem Brauttanz gegraut hatte, aber soweit sie sehen konnte, nahm ihre Schwester in diesem Moment ihre Umgebung kaum wahr. Ihr Audrey-Hepburn-Kleid war mit rotem Staub verschmiert, und sie hatte Tom die Arme um den Hals geschlungen und sah ihm in die Augen, während die beiden ins Gespräch vertieft waren.

»Wollen wir wetten, dass sie über Rinder diskutieren?«, murmelte Beth Free zu, sodass sie schallend auflachte.

Briggsy, der Trauzeuge des Bräutigams, forderte die erste Brautjungfer Beth zum Tanz auf, daher sah sich Free nach ihrem eigenen Brauttanzpartner um. Aber Toms Kumpel Hendo hatte sich vor seiner Verpflichtung gedrückt und tanzte mit seiner Freundin. In diesem Augenblick kam Finn vorbei, daher ergriff Free die Gelegenheit – und seine Hand.

»Hey! Ich habe keinen Partner – willst du mit mir tanzen?«, fragte sie, während sie zu ihm hochlächelte.

Er nickte prompt, und sie betraten zusammen die Tanzfläche. Free streckte die Arme nach oben aus, um sie ihm um den Hals zu schlingen, aber er hielt ihre Hand auf halbem Weg fest, weshalb sie eine eher konservative, förmliche Pose einnahmen, ihre Hand in seiner gefangen, die andere auf seiner Schulter. *Seiner großen, kräftigen Schulter,* dachte sie, während sie der Versuchung widerstand, seinen harten Muskel zu drücken. Vielleicht wollte er ihr vor ihrer Familie nicht zu nahe kommen. Was schön und gut war. Sie wollte auch nicht, dass man auf der Hochzeit ihrer Schwester über sie redete.

»Nette Zeremonie«, meinte er etwas schroff.

»Das stimmt. Ich freue mich so für Tom.« Free sah ihrer Schwester einen Moment beim Tanzen zu. »Weißt du, was er nach ihrer Verlobung zu mir gesagt hat? Er hat zugegeben, dass er schon immer in Willow verliebt war. Hundertprozentig, bis über beide Ohren verliebt. Aber erst als er bei dem Hubschrauberabsturz um ein Haar ums Leben gekommen wäre, ist ihr klar geworden, dass sie genauso empfindet.« Sie grinste zu Finn hoch. »Wenn irgendjemand Willow verdient hat, dann Tom. Und umgekehrt.«

»Aber sie waren lange getrennt, oder? Ist deine Schwester nicht erst letztes Jahr nach Hause zurückgekehrt?«

»Ja. Aber er hat nie aufgehört, sie zu lieben. Trotz allem, was passiert ist.«

Finn schwieg, sein Blick schweifte in die Ferne, und auf einmal wurde Free von einem schmerzlichen Stich durchzuckt. Ging ihm etwa seine Ex-Freundin durch den Kopf?

»Wo ist denn Max heute Abend?«, fragte er aus heiterem Himmel.

»Max …« *Hä?* Vielleicht war es Finns Komfortzone, über belanglose Dinge zu reden. »Zu Hause, macht sein Ding, nehme ich an. Er ist ein Freigeist. Ich habe ihm etwas zu essen dagelassen.«

Er nickte. »Der Sarge benimmt sich ein bisschen seltsam«, bemerkte er mit einem Blick auf Briggsy.

»Wirklich?« Free war nichts Ungewöhnliches aufgefallen, aber jetzt wandte sie sich zu ihm um. Briggsy sah für sie normal aus, er unterhielt sich mit Beth, während sie tanzten.

»Ja. Ich kann es nicht genau erklären. Er ist fast ein bisschen *zu* fröhlich.«

»Vielleicht ist er einfach nur emotional«, überlegte Free. »Heute ist schließlich ein Tag voller Gefühle.«

Finn zuckte die Schultern, und sie spürte, wie sich sein Muskel unter ihrer Hand bewegte. *Ach du heilige Scheiße. Dieser Typ ist einfach* … Sie presste sich unwillkürlich etwas dichter an ihn. Finn blieb abrupt stehen. Er ließ ihre Hand los und wich einen Schritt zurück.

»Danke für den Tanz«, sagte er. »Ich gehe besser mal – ich hätte eigentlich Kate einen Drink holen sollen.«

Er entfernte sich und ließ Free stehen, die ihm entsetzt nachstarrte.

Offensichtlich wollte Finn nicht mit ihr tanzen.

*Aber diese Blicke, die er mir den ganzen Abend zugeworfen hat, von dem Moment an, in dem er mich das erste Mal sah …*

Free setzte sich entnervt auf einen freien Plastikstuhl. Sie hatte in ihrem ganzen Leben noch nie so viele gemischte Signale bekommen – oder vielleicht hatte sie bis jetzt einfach noch nie die Geduld gehabt, gemischte Signale zu entschlüsseln. Finn mochte sie, da war sie sich ganz sicher.

*Was war also sein Problem?*

# Kapitel 7

»Danke noch mal fürs Nachhausefahren.« Free studierte Finns Profil im Dunkeln. Wenn sie ihn lange genug anstarrte, könnte sie vielleicht in sein Gehirn sehen. »Ich hätte morgen Nachmittag mit Beth zurückfahren können, aber ich muss bis Montag unbedingt noch ein Konzeptpapier für Jay erstellen.«

Er nickte, die Hände auf dem Lenkrad, und ihre Entnervtheit nahm wieder zu. Finn war auf die Straße vor ihnen konzentriert und sah nicht einmal in ihre Richtung. Briggsy sang Kate auf der Rückbank Bruno Mars' »Just The Way You Are« vor.

»Gott, Sean«, stöhnte Kate. »Würdest du bitte den Mund halten?«

»Schöne Hochzeit«, bemerkte er ein wenig lallend. »Wann wirst *du mich* heiraten, Katie? Ich warte schon seit Jahren darauf.«

»Ich werde dieses Gespräch nicht führen.«

»Warum nicht?« Briggsy wurde lauter, um Free und Finn mit einzubeziehen. »Meinst du nicht, Katie sollte mich heiraten, Miss Free? Kelly? Wir sind doch praktisch zusammen, seit wir Kinder waren!«

»Halt den Mund«, zischte Kate.

Die Auseinandersetzung beunruhigte Free. Sie hatte Briggsy und Kate immer als eine glückliche und stabile Selbstverständlichkeit betrachtet.

»Was ist das für ein Konzeptpapier, das du schreiben musst?«, erkundigte sich Finn.

Free begriff, dass er versuchte, die Auseinandersetzung auf der Rückbank zu ignorieren. Sie bemühte sich, es ihm gleichzutun. »Ach, na ja, es ist eine Art Präsentation, um die Gründe hinter dem

Thema der Mosaikwand aufzuzeigen und eine Vorstellung davon zu vermitteln, wie sie aussehen könnte.«

»Bin ich für dich nicht der Richtige für immer, Katie?«, fragte Briggsy, jetzt etwas gedämpfter. »Bin ich nur der Richtige für den Moment?«

»Es reicht, Sean.«

»Komm her, meine Schöne.«

»Behalt deine verdammten Hände bei dir!«

Free musste sich zusammenreißen, um nicht herumzuschnellen und die beiden anzustarren.

Diesmal klang Briggsy verletzt. »Ich habe nur versucht, deine Hand zu halten, du liebe Güte. Kein Grund, dich so aufzuführen.«

Ihre Stimme war hart und kalt. »Du bist betrunken. Halt einfach die Klappe.«

»Kate.« Briggsy versuchte, seine Stimme zu einem Murmeln zu dämpfen, aber er war so betrunken, dass sie nicht zu überhören war. »Warum benimmst du dich in letzter Zeit so? Was habe ich dir denn getan?«

»Ich trete dem hiesigen Footballteam bei«, warf Finn auf einmal ungewöhnlich laut ein.

Inzwischen wollte Free einfach nur hören, was mit Briggsy und Kate los war, daher antwortete sie lediglich mit einem anerkennenden Murmeln, aber Finn redete mit seiner donnernden Stimme weiter über das Gespräch der beiden hinweg. »Ja, ich bin ein bisschen außer Übung, aber die Jungs haben mir versichert, dass das in der Gegend hier kein Problem ist. Sie sagen, dass sie nur zum Spaß spielen. Aber ich bin mir nicht sicher. Vermutlich sind sie ehrgeiziger, als sie durchblicken lassen.«

»Hör auf, uns mit Tom und Willow zu vergleichen«, sagte Kate gereizt. »Wir sind nicht sie.«

»Ich will auch gar nicht sie sein. Aber warum weigerst du dich, eine feste Bindung mit mir einzugehen? Ich will nur dich. Wir sind seit Jahren zusammen. Ich bin glücklich mit dir, Katie. Bist du denn nicht glücklich mit mir? Jedes Mal, wenn ich von Heirat rede, verbietest du mir den Mund. Ist das hier, was wir haben, denn nicht ernst genug für dich?«

»Ich *will* überhaupt nichts Ernstes.« Kate klang den Tränen nahe. »Gott. Ich wusste, wir hätten uns kein Haus zusammen kaufen sollen.«

Briggsy atmete scharf ein. »*Was?*«

»Ich war nicht bereit dafür. Ich brauche diesen Druck nicht.«

Ihre Stimmen waren lauter geworden, und Finn unternahm noch einen Versuch, Free abzulenken.

»Wirst du dein Gemälde von der Talbot Gorge verkaufen?«, fragte er.

»Ähm, ich weiß nicht. Wenn es jemandem gefällt und er mir eine anständige Summe bieten würde, vermutlich schon.«

»Wie entscheidest du eigentlich, was du für ein Bild verlangst?«

»Es gibt eine Kalkulation, die man verwenden kann. Material plus Arbeitszeit. Aber ich verwende diese Methode nicht, denn ich bin entweder entsetzlich langsam oder wahnsinnig schnell, wenn ich etwas erschaffe.« Die Stimmen auf der Rückbank hatten sich wieder zu einem wütenden Gemurmel abgeschwächt.

»Ich hätte nichts dagegen, es zu kaufen«, meinte Finn.

Free riss den Kopf herum. »Was? Mein Gemälde?«

Er zuckte leicht mit den Schultern. »Ja. Es ist richtig gut. Und auf dem Weg zur Talbot Gorge habe ich zum ersten Mal gelernt, Geländewagen zu fahren. Es bedeutet mir etwas. Deswegen wollte ich wissen, was du dafür haben willst.« Er schien keinen Witz zu machen.

»Ich wollte es bei der Kunstausstellung in Broome anbieten, falls es ganz okay wird.«

»Na ja, nur zu. Aber wenn du es dort nicht verkaufst, könnten wir vielleicht über einen Preis reden.«

Sie warf einen Blick auf die Rückbank. Die Auseinandersetzung hatte ein Patt erreicht. Briggsy und Kate saßen weit auseinander und starrten jeder aus seinem Fenster.

Sie wandte sich wieder zu Finn um. Eine Idee schoss ihr durch den Kopf. »Musst du morgen früh arbeiten?«

»Nein. Morgen Nachmittag.«

»Oh, okay.«

Er sah in ihre Richtung. »Warum fragst du?«

»Na ja, ich dachte, vielleicht hättest du Lust, morgen mit mir zur Talbot Gorge zu fahren, vor allem da du Geländewagen fahren kannst und ich darin nicht sehr gut bin. Und weil es dir dort gefällt. Das Foto, das ich als Vorlage habe, habe ich schon vor ein paar Jahren aufgenommen, und ich hätte nichts dagegen, mir den Ort mal wieder anzusehen. Ich stecke mit einem Felsabschnitt ein bisschen fest, und wenn ich ihn in natura wiedersehe, könnte mir das vielleicht auf die Sprünge helfen.«

»Ah, okay. Tut mir leid, aber … na ja. Ich muss arbeiten.«

»Wir haben sowieso kein Fahrzeug dafür.« Free zögerte. »Aber vielleicht könnten wir uns eines borgen und nächstes Wochenende fahren?« Sie wartete mit angehaltenem Atem.

»Wohin fahren wir?«, lallte Briggsy und beugte sich vor.

»Talbot Gorge«, antwortete Finn.

Free war hin- und hergerissen. Sie wollte eigentlich nicht, dass Briggsy bei ihrem Date dazwischenplatzte – aber es könnte Finn seine Befangenheit nehmen. Auch wenn Finns aufrichtige Augen sagten, dass er interessiert war, war er auf keinen ihrer sanften Annäherungsversuche eingegangen. *Wir kennen uns erst seit ein paar Wochen*, rief sie sich in Erinnerung. Vielleicht war er einfach nur vorsichtig. In einer Gruppe würde er ihr gegenüber vielleicht selbstsicherer sein.

»Nächstes Wochenende«, sagte sie zu Briggsy. »Willst du mitkommen?«

»Verdammt, ja.«

»Habt du und Kate nächsten Sonntag Zeit?«, erkundigte sie sich. »Und hast du einen Geländewagen, Briggsy?«

»Ich habe Zeit«, antwortete Briggsy. »Und ich habe einen Geländewagen. Den, in dem du in diesem Moment sitzt. Ich glaube, du hast nächsten Sonntag auch frei, stimmt's, Kelly?« Finn murmelte zustimmend, und Briggsy lehnte sich wieder zurück. »Oh, verdammt, ich liebe die Talbot Gorge. Wir werden schwimmen gehen. Weißt du noch, wie du und ich dort schwimmen gegangen sind, Kate?«

Sie schwieg weiter eisig, und Briggsy ließ sich in seinen Sitz zurückfallen. Er starrte wieder grüblerisch aus dem Fenster.

Für die letzte halbe Stunde der Fahrt schaltete Finn das Radio ein, um das Schweigen auszufüllen. Free war überglücklich, als sie Briggsy und Kate in ihrer Wohnsiedlung etwas außerhalb der Stadt zu Hause absetzten.

»Brauchst du deinen Wagen morgen früh?«, fragte Finn seinen Boss. »Falls nicht, hole ich dich nach dem Mittagessen zur Arbeit ab, okay?«

Briggsy winkte ab und erklärte, er hätte vor, auszuschlafen, und würde seinen Wagen mit Sicherheit nicht brauchen.

»Wow, das war ja heftig«, bemerkte Free, nachdem sie den beiden einen Abschiedsgruß zugerufen hatten und weiterfuhren. »Hast du so etwas wie heute Abend je zwischen den beiden erlebt?«

Finn zögerte, bevor er die Schultern zuckte. »Eigentlich nicht.«

»Du bist ein schrecklicher Lügner«, kicherte Free. »Schon gut. Ich bin kein Klatschmaul.«

Er lenkte ein. »Mir ist schon früher eine leichte Verstimmung zwischen dem Sergeant und Kate aufgefallen, aber es war noch nie so schlimm wie heute Abend. Ich glaube, er will unbedingt Kinder, heiraten, das volle Programm. Und sie nicht. Er macht hin und wieder einen beiläufigen Witz darüber, aber da ist eine unterschwellige Strömung. Kate – na ja, sie will das noch nicht.« Er hielt einen Moment inne. »Was er vorhin zu ihr gesagt hat, dass er für sie nur *der Richtige für den Moment* ist? Ich glaube, damit hat er ins Schwarze getroffen.«

»Oh, das ist ja so traurig.« Free hatte Mitleid mit Briggsy – aber auch mit Kate. »Ich nehme an, wenn er eine Familie – Kinder, Heiraten und das alles – will und sie ihre Freiheit, dann passt es einfach nicht. Trotzdem, vielleicht wird sie ihre Meinung ja noch ändern. Sie ist erst Ende zwanzig, oder?«

»Er ist dreißig. Sie zweiunddreißig.« Finn hielt an einer roten Ampel, und ein paar grölende Kneipenbesucher überquerten vor ihnen die Straße. »Ich weiß nicht. Ich bin mir nicht sicher, ob sie sich ändern wird. Wenn sie dieses Leben mit ihm jetzt nicht will, warum sollten ein oder zwei Jahre dann einen Unterschied machen?«

»Leute ändern sich ständig.«

»Eigentlich nicht.«

Free sah ihn an. »Im Ernst? Du glaubst nicht, dass Leute sich weiterentwickeln können?«

»Nicht grundlegend. Sie können ihr Verhalten und ihr Aussehen ändern – bis zu einem gewissen Grad. Aber nicht die Dinge tief in sich, die sie zu denen machen, die sie sind.« Die Ampel wurde grün, und er fuhr weiter.

»Ich habe gesehen, dass Leute sich ändern«, erklärte Free entschieden. »Es ist zynisch zu sagen, dass sie es nicht tun können.«

Er lachte leise. »Du bist sehr vertrauensselig.«

»Du auch.«

Er lachte noch mehr, mit einem Anflug von Verblüffung. »Ich habe dir eben gesagt, ich glaube nicht, dass Leoparden ihre Flecken ändern können, und trotzdem bin ich *vertrauensselig?*«

»Ich glaube nicht, dass du so zynisch bist, wie du tust, Finn. Manchmal strotzt du nur so vor positiver Ausstrahlung. Das habe ich gesehen, als du mich vor Willows Brautabschied an der Herne River Road angehalten hast. Ich habe mich gleich besser gefühlt, nachdem du mit mir geredet hattest. Du bist freundlich und anständig, und du erwartest, dass andere Leute auch freundlich und anständig sind, und ich würde wetten, dass sie in den meisten Fällen deinen Erwartungen von Natur aus gerecht werden. Es geht nichts über jemanden, der dich toll findet, um selbst toll sein zu wollen.« Finn gab keine Antwort, und sie lehnte den Kopf gegen die Scheibe, auf einmal von Erschöpfung übermannt. »Mit einer solchen Gabe solltest du mit jungen Leuten arbeiten.«

Finn schnaubte spöttisch. »Gabe!«

»Doch, das stimmt«, beharrte sie. »Ich sehe dir in die Augen, und ich sehe mich selbst vergrößert, gespiegelt, aber weitaus schlauer, besser – verlässlicher, talentierter, als ich tatsächlich bin.« Sie musste sich zusammenreißen, um nicht auch noch »hübscher« hinzuzufügen. »Es *ist* eine Gabe. Stell dir vor, du würdest die Kinder dazu bringen, sich so mit sich selbst zu fühlen.«

»Ich sehe dich an, und ich sehe, was ich sehe«, sagte er. Das Unbehagen war in seine Stimme zurückgekehrt. »Ich muss nichts idealisieren, um zu erkennen, wie schlau oder talentiert du bist.« Er presste den Mund zu, aber ihr Herz machte einen Satz, und ein Lächeln umspielte ihre Lippen.

»Danke, Finn«, sagte sie. »Und genau das meine ich. Du bringst mich dazu, mich so zu fühlen.«

»So *solltest* du dich auch fühlen.« Finns Blick war auf die Straße geheftet, aber im Licht der Straßenlaterne bemerkte sie eine leichte Falte über seinen Augenbrauen. »Wenn dir irgendjemand das Gefühl gibt, weniger zu sein, als du bist, weniger als wundervoll, dann solltest du …« Er brach ab und kratzte sich im Nacken, als zweifelte er an seinen eigenen Worten. Aber dann platzte er damit heraus. »Dann solltest du diesen Menschen wissen lassen, dass er dich damit verletzt. Und wenn er dann noch immer nicht begreift, wie wundervoll du bist, dann solltest du dir überlegen … ihn hinter dir zu lassen.«

Redete er von Beth? Wie könnte sie ihre eigene Schwester hinter sich lassen? Was immer er meinte, sie wusste seine Worte zu schätzen und beugte sich hinüber, um ihre Hand auf seine zu legen, die auf dem Schaltknüppel ruhte. Er spannte sich an, und einen Moment lang dachte sie, er würde sich zurückziehen. Aber das tat er nicht. Er ließ den Schaltknüppel los und drückte ihre Hand. Free wurde prompt am ganzen Körper heiß, und ihr Herz begann, wild und unregelmäßig zu hämmern.

Sie waren fast zu Hause. Wie würde es weitergehen, wenn sie da waren?

An ihrem Doppelhaus angekommen, lenkte Finn den Wagen in seinen Carport und stieg sofort aus. *Okay, also keinen Kuss im Auto*. Free nahm ihre Sachen und stieg nach ihm aus. Finn sprang auf seine Veranda hoch, und sie blieb am Fuß der Treppe stehen und sah ihn an, während die Sicherheitslichter angingen. Das T-Shirt spannte sich über seinen harten Schultern, während er nach seinem Hausschlüssel suchte.

Sie holte tief Luft. »Meinst … meinst du, ich könnte noch auf einen … auf einen Kaffee mit reinkommen?«

Er blieb wie angewurzelt stehen, den Schlüssel im Schloss, und drehte sich zu ihr um.

»Ich glaube, das ist keine gute Idee.«

Sie senkte den Blick. »Oh.«

»Wo ist Max?«, fragte er.

*Er lenkt wieder ab*. Sie lächelte traurig. »Vermutlich schnarcht er auf meinem Bett.«

Finn öffnete seine Tür. »Gute Nacht, Free.«

Er schloss die Tür, noch bevor sie etwas erwidern konnte.

Als sie kurz darauf im Dunkeln im Bett lag, wurde Free klar, was es sein musste. Die Welle der Erkenntnis war so heftig, dass sie ihr fast den Atem raubte. Max hörte sogar für einen Moment auf zu schnurren und zu schnarchen, beunruhigt von ihrem Keuchen.

*Natürlich*.

Finn wies nicht *sie* ab. Nicht sie persönlich. Er mochte sie, wie seine Miene immer wieder deutlich gezeigt hatte. Aber der Verrat seiner Ex-Freundin hatte ihn so niedergeschmettert, dass sein Vertrauen in Frauen im Allgemeinen erschüttert war. Er war nicht bereit für die Liebe – nicht bereit dafür, wieder mit einer Frau auszugehen. Er war nicht einmal bereit für die Nacht spontaner Leidenschaft, die Free ihm angeboten hatte. Finn war zu tief verletzt worden.

Das Ausmaß dieser Tatsache trieb ihr Tränen in die Augen. *Der arme Mann*. Sein Herz war zugrunde gerichtet worden – zerstört von dem, was diese Frau getan hatte. Wieder wallte Wut auf Elyse in ihr auf. Okay, sie wusste nicht, was in Elyse' Leben passiert war, und manchmal liefen die Dinge so sehr aus dem Ruder, dass Leute fremdgingen – aber das jemandem wie Finn anzutun? Elyse musste ein kalter Fisch sein, um eine solch wunderschöne Seele wissentlich so zu verletzen. Wenn sie Finn doch nur zeigen könnte, dass nicht alle Frauen so waren. Nicht alle Frauen gingen fremd. Manche würden seine wunderschöne, angeborene Güte so wertschätzen, wie es ihr gebührte, und ihn nicht verletzen oder verlassen …

*Wow*. Woher war *das* denn gekommen? Sie wollte doch nur, dass Finn zugab, was sie in seinen Augen bereits gesehen hatte: dass er sie auch begehrte. Wie kam sie darauf, sich auf einmal einzubilden, sie sei der Schlüssel zu seinem Glück? Sie hatte ihn doch eben erst kennengelernt. Sie wusste nicht, wie sie ihn heilen oder ihm zu einem Happy End verhelfen konnte. Und Finn hatte wirklich eine Frau verdient, der er vertrauen konnte.

Und doch blieb diese Vision, Finns Ein und Alles zu sein – die Frau, die er anhimmelte und der er vertraute und die ihn glücklich machte –, bestehen.

Ein schwaches Geräusch ließ sie aufhorchen. Finn sang. Free drückte sich das Kissen auf ihr frei liegendes Ohr, um das Geräusch zu dämpfen, leicht beunruhigt von ihren Gedanken in den letzten paar Minuten. Aber dann siegte ihre Neugier. Was sang er diesmal?

Sie kannte das Lied nicht, aber es war eindeutig eine schwermütigere Melodie als die, die sie das letzte Mal von ihm gehört hatte. Es war, als würde Finn die Traurigkeit tief in seinem Herzen durch diese melancholische Ballade hinausströmen lassen. Für ein paar Minuten trieben die Klänge ihr wieder die verdammten Tränen in die Augen.

Dann wurden sie tröstlich und wiegten sie in Schlaf.

Ein Donner weckte sie um neun Uhr morgens, was ein Glück war, denn Free hatte vergessen, sich den Wecker zu stellen. Sie musste ihr Konzeptpapier für Jay in Angriff nehmen, ganz zu schweigen von der PowerPoint-Diashow über Rastertechnik, die sie für ihre Elftklässler zusammenstellen musste. Sie verdrängte den Gedanken an Finn, so gut sie konnte.

Sie aß eine Schüssel Müsli, während sie das Konzeptpapier entwarf und *Mit dem Land verwurzelt* als Titelvorschlag für die Mosaikwand tippte. Zum Glück hatte Jay diesem Thema den Vorzug vor Aidans grauenhafter *Fluss-des-Lebens*-Idee gegeben. Damit hätte Free nicht arbeiten können. Bei dem Gedanken an Aidan musste sie prompt wieder an seine angespannte Miene und seinen unangenehmen Vorschlag denken. Oh, Gott, hoffentlich würde er seine Drohung vergessen, sie noch einmal zu einem Date einzuladen.

Max unterbrach sie in ihrer Arbeit und verlangte, hinausgelassen zu werden. Wie üblich verdrückte er sich, solange es draußen hell war. Seltsamer Kater: Nachts kuschelte er sich in dem klimatisierten Haus gern zusammen, aber den Tag verbrachte er am liebsten draußen in der erdrückenden Schwüle der Regenzeit. Er war eindeutig perfekt angepasst an das Klima von Mount Clair.

Free war noch im Pyjama, als es kurz vor Mittag an der Haustür klopfte. Sie schlüpfte in einen Kimono und öffnete. Der Biologielehrer mit den behaarten Beinen, Max, untersuchte ihren Drucker, der noch immer auf dem Verandatisch stand.

»Max!«

Er sah auf und lächelte schüchtern. »Guten Morgen. Es ist eindeutig ein Gefleckter Python.« Er zeigte auf sein Fahrrad, das am Verandageländer lehnte. »Ich bin zufällig vorbeigekommen und habe gesehen, dass dein Drucker noch immer draußen steht. Ich dachte, vielleicht möchtest du, dass ich die Schlange für dich herausohole?«

»Oh, ja, bitte!«

»Diese Spezies ist sehr schüchtern. Sie halten sich gern von Menschen fern, aber die Staudammbauarbeiten haben sie in letzter Zeit ins Stadtgebiet vertrieben.«

»Dieser verdammte Staudamm.« Free seufzte.

»Es gibt demnächst einen Infoabend über seine Auswirkungen auf die einheimische Tierwelt«, sagte er. »Vielleicht würdest du gern hingehen.«

»Ja, das habe ich schon in meinen E-Mails gesehen. Bist du gegen den Staudamm, Max?«, fragte sie, aber er stocherte an dem Drucker herum, ausschließlich auf die Schlange konzentriert.

»Vermutlich hat sie einen Gecko oder Frosch gejagt und ist ihm in das Kassettenfach gefolgt. Sie ist da drin ziemlich fest eingeklemmt, aber ich müsste sie eigentlich vorsichtig herausziehen können.«

»Bitte tu das!«, rief sie.

Max ging zu seinem Fahrrad, zog den Reißverschluss der Gepäckträgertasche auf und entnahm ihr ein rechteckiges Stück Stoff.

»Was ist das denn?«, fragte Free.

»Das ist mein Schlangenbeutel.«

Sie starrte ihn mit weit aufgerissenen Augen an. »Und den hast du immer auf dem Fahrrad dabei?«

»Ich habe gern überall einen dabei. Man kann nie wissen, wann man einen Schlangenbeutel braucht.«

Er musste den Drucker etwas auseinandernehmen, um den kleinen Python herauszubekommen, und sobald er es geschafft hatte, zeigte Max ihn ihr und erklärte seine Maserung und seine anatomische Struktur. Jetzt, da sie wusste, dass er nicht gefährlich war, war er eigentlich ganz niedlich.

»Dieser hier ist ein bisschen mitgenommen, nachdem er zwei Wochen in dem Drucker festgesteckt hat«, sagte Max. Seine dichten Augenbrauen furchten sich besorgt, während er das Reptil begutachtete. »Dehydriert und ein bisschen unterernährt. Ich werde ihn vielleicht zu Kev bringen.«

»Kev?«

»Er betreibt die Reptilien-Auffangstation. Kennst du sie? In der Flametree Avenue?«

»Ich kann nicht behaupten, dass sie mir schon mal aufgefallen ist.«

»Na ja, Kev ist ein echter Experte. Diese Pythons sind vom Aussterben bedroht, weißt du. Seit sie vom Flussbett vertrieben wurden, werden immer mehr von ihnen auf der Straße getötet. Aber Kev wird diesen kleinen Kerl hier ein paar Wochen aufpäppeln, bevor er ihn wieder freilässt.«

»Das ist ja toll. Und du wirst ihn für mich zu dieser Auffangstation bringen?«

»Ja, kein Problem.«

Finns Haustür ging auf, und er trat in seiner Uniform auf die Veranda. Frees Herz begann, wie wild zu rasen, und all die verwirrenden Gedanken vom Abend zuvor schossen ihr durch den Kopf.

»Guten Morgen«, sagte er, als er sie und Max sah.

»Hi, Finn. Sieh mal, was Max eben gemacht hat! Er hat den Python aus dem Drucker befreit. Oder den Drucker von dem Python. Bin mir nicht sicher, was von beidem.« Sie hörte auf zu schwafeln und kicherte matt.

Max hob die Schlange hoch, um sie Finn zu zeigen, der sich über das Trenngeländer beugte, um sie sich genauer anzusehen.

»Er ist ein gutaussehender kleiner Bursche. Nicht giftig, nehme ich an?«

»Kein bisschen.« Max inspizierte die Schuppen des Pythons. »Und ziemlich jung, würde ich sagen, nach der Farbe seiner Maserung zu urteilen.«

»Max bringt ihn zu einem Reptilienpfleger in der Stadt«, sagte sie zu Finn. »Hoffentlich können sie ihn dort richtig schön aufpäppeln, bevor er wieder freigelassen wird.«

Finn lächelte, dann nickte er Max freundlich zu. »Na dann, schönen Tag noch. Ich muss jetzt zur Arbeit.«

Sie riefen ihm einen Abschiedsgruß zu, und Free sah Finn nach, während er sich entfernte, seine Mauer des Selbstschutzes intakt. Max erzählte ihr noch bis ins letzte Detail alles über den Lebensraum, die Nahrung und die Jagdgewohnheiten Gefleckter Pythons. Schließlich erklärte Free, dass sie sich noch anziehen musste. Max winkte zum Abschied, während er auf seinem Fahrrad mit einer Schlange in einem Beutel davonfuhr.

# Kapitel 8

Jay war entzückt von Frees Konzeptpapier.

»Free, das ist fantastisch«, rief sie, während sie es auf dem Bildschirm durchscrollte. »Der Titel ist toll. Die Beispiele, die du dafür angeführt hast, wie einige der Fliesen aussehen könnten – umwerfend. Und vergleichbare Projekte aus der ganzen Welt heranziehen? Was für ein Geniestreich. Das Komitee wird restlos begeistert sein, wenn sie sich vorstellen, dass Mount Clair auf einer Stufe mit New York City stehen könnte! Ich werde nur noch die Lernziele ein bisschen aufpeppen, ihren werteorientierten Nutzen unterstreichen. Harmonie fördern, das multikulturelle Bewusstsein stärken, ein Gefühl von gemeinsamen Reisen und Zusammengehörigkeit schaffen, Randgruppen eine Stimme geben …«

»Ooh!« Free starrte Jay voller Bewunderung an. »Du findest genau die richtigen Worte!«

»Es war brillant, wie du das Projekt so weit vorangetrieben hast. Aidan, willst du es dir mal ansehen?«

Er sah kaum von der Diashow auf, die er erstellte. Free sah, wie er eine umständliche Erklärung des Minimalismus tippte. »Nein, ich vertraue dir«, meinte er nur.

Jay sah Free von der Seite an. »Keine Sorge. Ich mache das hier fertig und zeige es dem Schulleiter in der Mittagspause. Vielleicht kann ich es sogar heute noch beim Komitee vorbeibringen. Sie haben gesagt, sie brauchen nur ungefähr eine Woche, um ein Konzept zu prüfen. Wir müssen es alle unterschreiben, bevor es eingereicht wird, also schaut am Nachmittag noch mal bei mir rein, bevor ihr nach Hause geht, okay?«

Free nickte, und Aidan knurrte so etwas wie Zustimmung. Dann läutete die Schulglocke, und Free ging zu ihrem Klassenzimmer, wo die Elftklässler auf sie warteten. Sie hatte ihre neuen Farben mitgebracht, um sie ihnen zu zeigen, und sie stürzten sich prompt darauf. Jay gesellte sich zu ihnen, als sie gerade begannen, mit den Ölfarben auf ihren Leinwänden zu experimentieren.

»Wow, die hier sind wirklich viel besser«, meinte Tia, als Free an ihrem Tisch vorbeikam.

Free blieb stehen, um zuzusehen, wie das Mädchen den Pinsel über die Leinwand zog, um eine graue Grundierung zu schaffen, und Jay stellte sich zu ihnen.

»Die Pinsel sind auch besser«, fuhr Tia fort. Sie sah zu Jay hoch. »Können wir ein paar von Miss Patersons Farben und Pinseln besorgen, Ms Lincoln?«

Jay trat näher, inspizierte die Materialien, die Free mitgebracht hatte. »Sind das deine eigenen Utensilien?«, fragte sie Free.

»Ja. Ich wollte den Schülern zeigen, wie sich die Qualität von Marke zu Marke unterscheiden kann.«

»Nur das Beste für Miss Patz' Klasse«, warf Cameron mit seinem breiten Grinsen ein.

Jay lächelte ihn an. »Na ja, wir kaufen die Schülerqualität, wohingegen Miss Paterson die Qualität für professionelle Künstler verwendet.«

»Ist das ein großer Preisunterschied?«, fragte Tia.

»Allerdings«, antwortete Jay.

Die Rechnung lag noch immer in dem Paket, in dem Free die Farben mitgebracht hatte, daher nahm sie sie heraus, um sie ihnen zu zeigen. Jay grübelte darüber nach, die Brauen über ihren dunklen Augen gefurcht.

»Hmm. Für professionelle Farben ist das sehr kostengünstig. Wir bezahlen über unseren Händler fast genauso viel für die Schülerqualität. Und feste Versandkosten«, ergänzte sie, als sie die Zeile am Ende der Rechnung sah. »Bostons. Vielleicht sollte ich mir überlegen, den Anbieter zu wechseln.«

»Sie sind die Besten«, sagte Free. »Es ist alles online, keine Papierkataloge. Sobald du dich als Großhandelskunde registriert hast, ist es ganz leicht. Du kaufst einfach ein und bezahlst per Kreditkarte oder PayPal. Sie versenden innerhalb von vierundzwanzig Stunden, und sie haben noch nie eine Bestellung von mir vermasselt. Und ich bekomme immer kleine Gratisartikel, weil ich so viel bei ihnen kaufe!« Sie zwinkerte Jay zu.

Jays Miene wurde ernst. »Online-Bezahlung? Mist. Dann nehmen sie wohl keine Schecks, oder? Die Schule bestellt immer auf Rechnung und bezahlt per Scheck.«

Free war entsetzt von einem so altmodischen Bestellsystem, aber sie versuchte, es sich nicht anmerken zu lassen. »Nein, ich glaube nicht, dass Bostons Schecks nehmen wird. Auf der Website steht, nur Kreditkarte oder PayPal – aber vielleicht wären sie bereit, irgendeine Lösung zu finden, wenn sie sehen, dass es für eine Schule ist. Vielleicht könnt ihr euch als Großhandelskunde registrieren und auf dem Formular anfragen, ob sie es in Betracht ziehen könnten?«

»Was heißt denn Großhandel?«, fragte Cameron.

»Wenn du als Geschäft oder Organisation registriert bist, bekommst du günstigere Preise«, erklärte Jay. »Die Idee ist, dass man en gros – im Großhandel – bestellt, und wenn man die Sachen verkauft, macht man einen Gewinn, indem man mehr verlangt. Man verlangt einen Einzelhandelspreis.«

»Und *Sie* zählen als Großhandelskunde?«, fragte Cameron Free.

»Weil ich eine Künstlerin bin, die Waren und Dienstleistungen verkauft, habe ich eine Gewerbenummer«, erklärte Free. »Schulen haben auch eine.«

»Kann dann nicht Miss Patz die Sachen, die sie bei Bostons bestellt, an die Schule verkaufen?«, schlug Cameron vor. »Sie würde vielleicht Schecks nehmen.«

Free lachte, aber Jay musterte sie nachdenklich. »Würdest du das für uns tun?«

Free dachte darüber nach. »Warum nicht? Wenn du mir sagst, was du willst, werde ich es ordern, und dann kannst du mir das Geld per Scheck erstatten.«

»Toll!« Jay machte sich eine Notiz auf ihrem Klemmbrett. »Ich werde der Verwaltung sagen, sie sollen dich als Anbieter registrieren. Stell die Versandkosten uns in Rechnung, und für deine Mühe könntest du sogar noch eine kleine Gewinnmarge draufschlagen.«

»Kommt nicht infrage«, entgegnete Free. »Ich würde euch doch nichts zusätzlich berechnen.«

Jay legte den Kopf auf die Seite. »Du solltest wirklich einen Prozentsatz draufschlagen. Die Kosten scheinen über Bostons so niedrig, dass es sich kaum auf unsere Gesamtausgaben auswirken wird, wenn du eine Händlergebühr berechnest. Kannst du diese Farben hier entbehren, Free, wenn wir sie dir abkaufen? Diese Ölfarben? Ich würde sie gern behalten, damit die Schüler sie jetzt gleich verwenden können.«

»Oh!« Free dachte darüber nach. »Ja, ich denke schon. Ich kann für mich neue nachbestellen. Ich glaube, ich habe noch genug daheim.«

»Wunderbar. Dann kannst du dabei ja auch gleich eine Bestellung für die Schule aufgeben.« Jay nahm Free die Rechnung aus der Hand. »Ich lasse für das hier eine Bestellung aufsetzen, damit wir einen Scheck ausstellen können. Du wirst uns eine Rechnung schreiben müssen.« Sie entfernte sich, um zu sehen, was einige der lauteren Schüler am anderen Ende des Klassenzimmers trieben.

»Sie sind ein Tycoon, Miss Patz«, sagte Cameron zu ihr. »Nur dass Sie auf jeden Fall einen Aufschlag für sich hätten berechnen sollen.«

»Los, mach weiter«, befahl sie ihm grinsend.

Free ging durch den Raum, wobei sie bei jedem Schüler ein paar Minuten stehen blieb, um ihnen bei der Arbeit zuzusehen. Als sie Tias dunklen Schopf über ihre Leinwand gebeugt sah, war Free verblüfft davon, wie sehr sie sich selbst wiedererkannte. Tia war so tief in ihre Arbeit versunken, dass sie alles um sich herum vergessen hatte. Neben ihr zappelte Cameron herum, quatschte mit seinen Klassenkameraden und sah alle paar Minuten nach Tias Fortschritten, aber Tia war völlig in die sanfte graue Grundierung vertieft. Genauso malte auch Free – sie verlor jedes Zeitgefühl, und die Welt verblasste bis zur Unsichtbarkeit. Ein Summer ertönte zum Zeichen, dass es Zeit zum Aufräumen war, und Tia sah schockiert auf, bevor ein enttäuschter Ausdruck über ihr Gesicht huschte. Sie warf ihren Pinsel widerstrebend in ein Glas mit Terpentin und fing Frees Blick auf.

Free wies mit einem Nicken auf ihre Leinwand. »*Sfumato*«, sagte sie lächelnd.

Tia erwiderte das Lächeln. »Ich wünschte, ich könnte es mit nach Hause nehmen, um daran weiterzuarbeiten, aber Mum würde ausflippen.«

»Der Geruch?«

»Das Chaos, der Geruch, alles.«

Free konnte es nachempfinden. Ihr Vater und ihre Schwestern gaben ständig Bemerkungen zu ihren Farben ab. »Hey, du könntest bei mir malen. Du kannst gern vorbeikommen, wenn du willst.«

Tias Augen leuchteten auf, aber einen Augenblick später huschten Zweifel über ihr Gesicht.

»Ich auch?«, fragte Cameron.

»Natürlich«, antwortete Free. »Jeder, der einen Ort zum Malen braucht, kann zu mir kommen. 17 A Marlu Street.«

Cameron sah Tia an. »Cool! Wann denn?«

Free dachte darüber nach. »Jederzeit, eigentlich. Nach der Schule oder am Wochenende. Wenn ich nicht da bin, habt ihr Pech, aber wenn ich da bin, könnt ihr gern hereinkommen und malen. Bringt eure eigenen Staffeleien, Leinwände und Materialien mit. Ich habe jede Menge Gläser, Terpentine, Pinsel und so weiter. Aber kommt am Wochenende nicht zu früh«, ergänzte sie. »Ich schlafe mindestens bis neun.«

»Verdammt, ja. Ich auch«, meinte Cameron.

Tia beobachtete Free noch immer. Hoffnung leuchtete in ihren Augen. Warum sah sie so hin- und hergerissen aus? Nachdem sie sauber gemacht hatten und die Glocke läutete, fand sie es heraus. Sie hörte, wie Cameron Tia zu überreden versuchte, am Wochenende zum Malen zu Free zu gehen. Das stille Mädchen blieb unverbindlich. Tia ging zu ihrem nächsten Kurs, und Cameron stieß einen Seufzer aus und sah Free an.

»Du glaubst nicht, dass sie kommen wird?«

Er schnitt eine Grimasse. »Keine Ahnung, Miss.«

»Warum denn nicht? Ich dachte, sie wollte einen Ort zum Malen.«

»Zu schüchtern, nehme ich an.«

»Oh.« Frees Herz verkrampfte sich vor Mitgefühl für die arme Tia mit dieser lähmenden Schüchternheit. »Tu mir einen Gefallen, Cameron. Sag ihr, dass ich sie am Samstag erwarte.«

Sein Gesicht rötete sich noch mehr. »Äh …«

»Oh – oder lass es bleiben, wenn es zu viel verlangt ist.«

»Nein, schon gut. Das kann ich machen.«

Er ging, und Free wusste wieder, warum sie so froh gewesen war, als sie mit der Highschool fertig war. Dieses komplexe emotionale Zusammenspiel, Rätsel, gemeine Leute und Geheimnisse … Die Universität war so viel besser. Dort hatte sie Leute kennengelernt, mit denen sie sich identifizieren konnte – Leute mit mehr Transparenz. Ihre Gedanken wanderten zu Finn. Wieder einmal.

»Hey, wenn du bei Bostons die Bestellung für die Schule aufgibst, könntest du dann auch ein paar Sachen für mich besorgen?«, fragte Jay, die in diesem Moment aus dem Lagerraum auftauchte. »Ich brauche auch ein paar Dinge für mein Heimstudio – Spachtel, Schwämme, *impasto*. Ich werde sie auf meine Einkaufsliste setzen, aber bestell sie bitte getrennt, damit die Schule nicht die Rechnung für meine privaten Einkäufe bekommt.«

»Warum legst du dir nicht selbst einen Account an?«, fragte Free. »Du hast doch bestimmt eine Gewerbenummer als Künstlerin, oder?«

»Darum habe ich mich nie gekümmert, und ich *hasse* Online-Shoppen. Mir wäre es wirklich lieber, wenn du das für mich erledigen könntest, wenn es dir nichts ausmacht.«

»Natürlich nicht.«

Free ging in die Mittagspause, um erneut ein erbärmliches Essen, bestehend aus Crackern und einem Apfel, zu verzehren, und verbrachte dann den Nachmittag damit, sich auf ihre nächste Unterrichtsstunde vorzubereiten. Nach der Schule druckte Jay die verbesserte Version des *Mit-dem-Land-verwurzelt*-Konzeptpapiers aus, und sie unterzeichneten es beide.

»Der Schulleiter fand es auch hervorragend«, sagte Jay, während sie in ihrer Schreibtischschublade nach einer Dokumentenmappe wühlte. »Hoffentlich hat Aidan nicht vergessen, dass er heute Nachmittag noch vorbeischauen soll. Wenn er es jetzt unterschreibt, kann ich es auf dem Weg nach Hause bei der Bezirksverwaltung vorbeibringen.«

Aber Aidan ließ sich nicht blicken, und als Free schließlich auf dem Parkplatz nachsah, war sein Wagen verschwunden.

»Verdammter Mist.« Jays Augen loderten vor Wut, als Free wiederkam und sie informierte. »Morgen und am Mittwoch sind seine freien Tage – das heißt, jetzt werde ich das hier frühestens am Donnerstag bei der Bezirksverwaltung vorbeibringen können. Dieser Mistkerl.«

Free erschrak ein wenig über die Reaktion ihrer Vorgesetzten, und als Jay es bemerkte, seufzte sie.

»Entschuldige. Ich finde das einfach mies von ihm.«

»Ich bin sicher, er wird sich richtig schlecht fühlen, sobald es ihm klar wird«, meinte Free.

Jay musterte sie. »Manchmal bin ich mir nicht sicher, ob du hochdiplomatisch oder hoffnungslos naiv bist, Free!«

Free grübelte einen Moment darüber nach, bevor sie aufstöhnte. »Du meinst, Aidan hat das *absichtlich* getan? Um die Genehmigung des Konzepts zu verzögern?«

»Na ja, er wollte doch seine kleine *Fluss-des-Lebens*-Idee, oder?« Jay nahm ihre Handtasche und schaltete das Licht im Kunstbüro aus.

Free folgte Jay, während sie sich den Gedanken durch den Kopf gehen ließ. Würde Aidan wirklich so tief sinken? Würde er etwas so Kleinliches tun, nur um Jay das Leben schwer zu machen – nur um sich ein bisschen dafür zu rächen, dass sie sein zwielichtiges Konzept nicht unterstützt hatten? So etwas könnte leicht zu Rückschlägen beim Fortschritt des Mosaikwandprojekts führen, daher konnte es in niemandes, nicht einmal Aidans, Interesse sein. Er konnte das einfach nicht mit Absicht getan haben.

Zu Hause wartete der Kater darauf, hereingelassen zu werden. Sie schaltete die Klimaanlage ein und ging in ihr Studio, um auf ihr Gemälde zu starren. Irgendetwas fehlte. Das Blau des Himmels ließ ihr keine Ruhe, aber es war sinnlos zu versuchen, das in Ordnung zu bringen. Sie musste sich damit abfinden, dass es ihr einfach nicht richtig gelingen wollte.

»Max«, miaute Max, der in diesem Augenblick an ihren Füßen auftauchte.

Free kauerte sich hin, um ihn kräftig unter dem Kinn zu kraulen. Da fiel ihr der Teppich auf. *Oh, verdammt!* Sie hatte den Boden unter ihrer Staffelei ruiniert. Warum zum Teufel hatte sie keine Abdeckplane ausgelegt, wie es Finn vor ein paar Wochen vorgeschlagen hatte? Bei dem Gedanken an ihn wurde sie von einem schmerzlichen Gefühl von Einsamkeit durchzuckt. Sie hatte ihn seit gestern Morgen überhaupt nicht mehr gesehen. Tatsächlich war sie ihm aus dem Weg gegangen, immer verlegener wegen ihres unbeholfenen Annäherungsversuchs nach der Hochzeit.

Als hätte er gehört, wie sie an ihn dachte, machte Finn in seinem Haus ein Geräusch. Er musste eben nach Hause gekommen sein, und jetzt schepperte er herum und summte vor sich hin, während er es sich nach der Arbeit gemütlich machte. Free wappnete sich. Sie musste sich wieder in den Sattel schwingen – ihm wieder gegenübertreten, bevor es zu peinlich wurde. Sich dafür entschuldigen, dass sie ihn in Verlegenheit gebracht hatte, und ihm zeigen, dass sie gewillt war, einfach mit ihm befreundet zu sein. *Vorläufig*. Sie war drauf und dran, nach draußen zu gehen, um an seine Tür zu klopfen, aber dann ließ der Mut sie im Stich. Eine SMS vielleicht? Verdammt, sie hatte nicht einmal seine Nummer. Sie suchte im Internet nach ihm und fand Finn Kelly auf Facebook.

Das Profilbild zeigte Finn, wie er ein junges Süßwasserkrokodil hielt. Sie wusste genau, wo es aufgenommen worden war. Snapper Goodings Herne-River-Kreuzfahrten – der Mann bot Flusstouren in der Abenddämmerung an, bei denen er gelegentlich ins Wasser sprang, um sich ein kleines Krokodil zu schnappen, mit dem die Touristen dann posieren konnten. Free zoomte das Bild möglichst nah heran. Wie immer waren Finns Augen erfüllt von Wärme und Freude. Das vertraute Glücksgefühl durchströmte sie, und sie wollte sich am liebsten ohrfeigen. Warum konnte sie bei diesem Typen einfach kein Nein akzeptieren?

Vielleicht sollte sie ihm eine Freundschaftsanfrage schicken. *Scheiß drauf, was ist denn das Schlimmste, was passieren könnte?* Sie klickte auf »Freund hinzufügen«, und binnen Sekunden erhielt sie die Mitteilung, dass er angenommen hatte. Free schrieb ihm eine Nachricht.

Hi, Finn, ich wollte nur noch mal Danke sagen fürs Nachhausefahren am Samstagabend und dafür, dass du meine durchgeknallte Familie ertragen hast, als sie dich gezwungen hat, zur Hochzeit zu bleiben.

Er begann, eine Antwort zu tippen. Sie wartete, nippte an ihrem Wasser und kaute an ihrem Daumennagel.

Gern geschehen. Entschuldige das Drama auf der Rückbank. Und ich hatte viel Spaß auf der Hochzeit.

Eine lange Pause trat ein, während er noch etwas anderes schrieb, als würde er irgendetwas Ausführliches tippen – aber als er fertig war, erschienen nur fünf Worte.

Ihr saht alle toll aus.

Danke! Und du hast keinen Grund, dich zu entschuldigen – du warst ja nicht für das Drama auf der Rückbank verantwortlich.

Free holte tief Luft.

Ich habe den Verdacht, das war nicht das Einzige, was dir an dem Abend unangenehm war.

Noch eine lange Pause folgte, während er tippte. Sie kaute fieberhaft Erdnüsse und lauschte auf das Hämmern ihres Pulses in ihren Ohren.

Nein, es war alles gut. Die Dinge können manchmal ein bisschen verwirrend sein, stimmt's?

Sie schrieb erleichtert zurück:

Du sagst es.

Briggsy will am Sonntag zur Talbot Gorge fahren. Bist du immer noch interessiert?

Natürlich!

Er schickte ihr einen Smiley.

Wir werden ALLE zusammen fahren, oder?

Er musste noch andere Leute eingeladen haben. Guter Plan: vorsichtige Annäherung. Er könnte sie unter Freunden kennenlernen. Sie schrieb zurück:

Klingt toll. Bringt Badesachen und Handtücher mit!

Geht klar.

Okay, ich mache jetzt besser Schluss. Mir ist eben klar geworden, dass ich den Teppich in meinem Studio total versaut habe. Ich werde mal nach altmodischen Teppichreinigungstricks schauen.

Finn schrieb zurück:

Hey – mir fällt gerade ein, dass ich dir unbedingt etwas zeigen muss. Kann ich kurz rüberkommen?

Na klar.

Free sprang auf, um die Tür zu öffnen, und Finn kam im selben Augenblick aus seiner Haustür. Sein allgegenwärtiges Lächeln wurde breiter, als er die Verandastufen zu ihr hochsprang.

»Bist du allein?«

Ihr Herz hüpfte vor Aufregung. »Ja …«

»Dann komm mit.«

Er ging auf ihr Studio zu, und Free eilte ihm hinterher. Dort angekommen, kniete er sich neben die ruinierte Teppichstelle und tastete zwischen den Schlingen herum, als würde er irgendetwas Winziges suchen, das er verloren hatte. Aber einen Augenblick später grub er seine Nägel hinein und hob ein ganzes Stück Teppich hoch. Free stöhnte auf, und Finn sah mit einem triumphierenden Grinsen zu ihr hoch.

»Das sind Fliesen. Teppichfliesen! Die sind mir in meinem Haus aufgefallen, und dann habe ich mich erinnert, dass du hier den gleichen Teppich hast.«

»Oh, mein Gott, Finn! Du bist ein verdammtes Genie!«

Er lachte. »Nur eine Zufallsentdeckung. Aber ziemlich praktisch, meinst du nicht auch?«

Sie nickte heftig. »Ich kann sie ersetzen!«

Finn blickte zweifelnd. »Na ja, vielleicht. Neue würden vielleicht nicht genau passen, weil die hier schon ein bisschen abgelaufen und verblasst sind. Aber wir können sie untereinander austauschen, die verschmutzten in einem Kleiderschrank lagern oder unter irgendwelchen Möbeln auslegen. Dann werden die Leute von der Hausverwaltung vielleicht ein bisschen nachsichtiger sein oder gar nicht darauf achten, wenn du ausziehst.«

Sie sah ihn an. »Das ist die beste Nachricht, die ich in der ganzen Woche gehört habe.«

Er tat ihre Dankbarkeit mit einem Schulterzucken ab. »Und jetzt sollten wir den Boden abdecken. Würde es dir etwas ausmachen, auf einer Linoleummatte zu arbeiten?«

»Wie bitte?«

»Warte hier.«

Sie gehorchte, zunehmend verblüfft von seiner Freundlichkeit – erst recht nach ihrer unwillkommenen Anmache. Kurz darauf kam Finn mit einer etwa zwei Meter breiten Rolle Linoleum und etwas Klebeband zurück.

»Das war bei uns in der Arbeit übrig. Sie renovieren im Moment die Küche auf der Wache.«

Vorsichtig stellte er ihre Staffelei in eine Ecke, schob den Rollwagen beiseite und räumte Eimer und Werkzeugkästen mit Farben und Utensilien an die hintere Wand. Dann rollte er das Linoleum – zerkratzt und abgelaufen, aber sauber – aus und befestigte die Ränder mit Klebeband, damit sie sich nicht hochbogen, bevor er alles wieder an seinen alten Platz zurückstellte. Free stand vor Staunen der Mund offen.

Finn wandte sich zu ihr um. »Was meinst du? Könntest du damit leben?«

*Vorsichtige Annäherung? Scheiß drauf.* Sie stürzte sich auf ihn und umarmte ihn innig.

»Danke!«, brachte sie heraus.

»Oh, nein – weinst du etwa schon wieder?« Finn löste sich mit einem unsicheren Lachen von ihr.

»Nah am Wasser gebaut.« Sie wischte die Tränen fort, und als sie aufsah, betrachtete er sie mit einem etwas schiefen Lächeln. »Das ist eines der nettesten Dinge, die je irgendjemand für mich getan hat.«

»Unsinn.« Aber sein Lächeln wurde breiter.

»Du bist ein ganz besonderer Mann, weißt du das?«

Er wandte den Blick ab. »Jetzt musst du das Bild fertig malen. Das ist der Deal.«

»Es gehört dir, wenn es fertig ist.«

»Ich werde es kaufen«, beeilte er sich zu sagen.

»Ausgeschlossen!« Sie sah ihn gespielt wütend an. »Es ist ein Dankeschön. Du hast dich so gut um mich gekümmert, seit wir uns kennengelernt haben. Du hast für mich gekocht, mich chauffiert und mich mit dem Linoleum sogar vor mir selbst gerettet.«

Er richtete den Blick auf die Leinwand. »Ich hätte dieses Bild wirklich sehr gern«, sagte er, während seine Miene etwas sanfter wurde.

Die Macht des Gefühls, das in Free aufwallte, raubte ihr fast den Atem. Während sie zusah, wie Finn ihr Gemälde bewundernd anstarrte, nachdem er eben erst etwas unglaublich Aufmerksames für sie getan hatte – und wie er so verdammt *groß* dort stand … wurde sie von einer Welle heftiger Emotion durchflutet. Sie wandte sich verwirrt ab.

»Ähm, willst du etwas trinken?«

Er schwieg einen Moment. »Nein, danke. Ich habe ein paar Sachen zu erledigen – und du musst an einem Gemälde arbeiten.«

Sie war froh über seinen leichten Ton, auch wenn sie enttäuscht von seiner Antwort war. »Danke noch mal, Finn. Du bist der Beste. Ehrlich.«

Er tat ihren Dank mit einer Handbewegung ab. »Wir sehen uns.«

Sie brachte ihn zur Tür, und dann setzte sie sich an den Tisch und dachte über Finn nach. Versuchte, nicht über Finn nachzudenken.

*Scheiße.*

Jay hatte recht mit der Verzögerung. Aidan unterzeichnete das Konzeptpapier erst am Donnerstag, was bedeutete, dass Jay, die donnerstagnachmittags Badminton spielte, es erst am Freitagnachmittag bei der Bezirksverwaltung vorbeibringen konnte. Wegen seines Versäumnisses – das Jay für einen böswilligen Schachzug hielt – hatten sie eine ganze Woche verloren.

Am Samstagmorgen wachte Free von einem Hämmern an der Haustür auf. Sie schlüpfte in ihren Kimono und ging zur Tür, um zu öffnen, wobei sie sich auf dem Weg nach einer richtig gehenden Uhr umsah. Sie hatte die Uhr an der Mikrowelle noch immer nicht gestellt, und nur der Himmel wusste, wo ihr Telefon war. Sie erreichte die Haustür. *Hoppla* – schon wieder nicht abgeschlossen.

Cameron und Tia standen auf ihrer Veranda.

»Waren Sie noch im Bett, Miss Patz?«, fragte Cameron grinsend.

»Ich habe dir ja gesagt, wir hätten nicht kommen sollen«, murmelte Tia errötend.

»Oh, hey, ihr zwei! Seid ihr gekommen, um zu malen? Kommt rein!«

Free fragte sie, ob sie etwas trinken wollten, und führte sie dann in ihr Studio. Sie stieß einen erleichterten Seufzer aus, froh, dass man von Jugendlichen im Allgemeinen nicht nach Sauberkeit beurteilt wurde.

»Okay, habt ihr eure Leinwände? Habt ihr Staffeleien mitgebracht?«

»Nein, wir sind mit dem Fahrrad da«, antwortete Cameron. »Wir können einfach am Tisch arbeiten.«

Sie baute einen Klapptisch auf, fand eine Tischstaffelei für Tia – Cameron erklärte, er könne gut auf der flachen Tischplatte arbeiten – und reichte ihnen einen Stapel Lappen und ein Glas mit Terpentin. Tia stellte ihre Utensilien in einer Reihe auf.

»Ooh, neue Farben?«, fragte Free.

Tia nickte. »Mein Dad war letzte Woche in Perth. Er hat mir ein paar Ölfarben besorgt, weil ich ständig davon geredet habe. Die gleichen wie Ihre.«

»Tia hat gesagt, ich könnte sie mir borgen«, ergänzte Cameron. »Sie wollte nicht, dass ich bei Ihnen schnorre.«

Free kicherte. »Das ist cool von dir, Tia. Seht mal, dort drüben sind noch mehr Terpentine, außerdem Spachtel, Paletten, Schaber, Kratzer, Tupfer, Haken und was euch vielleicht sonst noch einfällt, alles in einem Riesendurcheinander in dem Werkzeugkasten. Nehmt euch einfach, was ihr braucht. Ich werde mich anziehen und etwas frühstücken, und dann leiste ich euch Gesellschaft.«

»Ich mag Ihren Boden«, bemerkte Tia, als sie das Linoleum sah. »Ich werde meiner Mum davon erzählen. Vielleicht kann sie irgendwo etwas gebrauchtes Linoleum für mich besorgen.«

»Das ist clever, nicht wahr?«, pflichtete Free ihr bei.

Sie überließ die beiden ihrer Malerei und ging duschen. Es war schon elf, stellte sie fest, als sie ihr Telefon zwischen dem Bettzeug zutage förderte. Sie musste eingeschlafen sein, während sie gestern Nacht mit Freunden im Ausland schrieb. Dann sah sie sich zu Toast und Kaffee Musikvideos an, daher dauerte es gut vierzig Minuten, bis Free zu den beiden Jugendlichen ins Studio ging. Cameron hatte seine Leinwand noch kaum angerührt, aber Tia war bereits gut vorangekommen. Sie schwieg, während Free ihre Sachen aufbaute, aber als Cameron Free über die Schulter spähte, siegte ihre Neugier. Sie gesellte sich zu ihnen.

»Ist das hier in der Gegend?«, fragte Tia, während sie auf die Szene starrte.

»Ja, Talbot Gorge.«

»Das kenne ich«, warf Cameron ein. »Gut zum Fischen, vor allem jetzt, wo der Herne vom Staudamm ruiniert wird.«

Free schnitt eine Grimasse. »Ich bin im Dezember zu einer Demonstration gegen den Staudamm gegangen, aber allmählich sieht es so aus, als ob sie trotzdem damit loslegen werden, egal, was wir tun. Es bricht mir das Herz.«

»Sie sind zu diesem Rettet-den-Fluss-Ding gegangen?« Cameron war beeindruckt. »Ich wollte hingehen, aber Mum hat Nein gesagt. Sie ist paranoid, dass ich Ärger kriegen könnte.«

»Was meinst du denn mit Ärger?«, fragte Tia.

»Mit den Cops. Meine älteren Brüder haben beide gesessen.« Cameron blickte verlegen. »Mum will unbedingt verhindern, dass ich Ärger bekomme. Ihr Bruder, mein Onkel – er ist im Gefängnis gestorben. Ihr wisst schon. Selbstmord.«

»Oh, Cam, das tut mir so leid«, warf Free ein.

»Einem meiner Brüder geht es inzwischen viel besser. Er ist sesshaft geworden. Aber der andere gerät ständig in irgendwelchen Scheiß. Mum hat geschworen, mich notfalls unter Einsatz ihres Lebens zu beschützen und vor dem Gefängnis zu bewahren.«

»Verstehe«, sagte Free. »Aber es gibt keinen Grund, weshalb du bei einem friedlichen Protest Ärger bekommen solltest. Die Rettet-den-Fluss-Leute sind vielleicht laut geworden, aber nie gewalttätig. Zu Demonstrationen zu gehen ist so wichtig. Ich war in den Staaten bei einer absolut unglaublichen Demonstration an einer Universität. Es ging um die gleichgeschlechtliche Ehe. Wir haben Lieder gesungen und uns untergehakt und Kerzen angezündet, während Konservative und Fundamentalisten uns die ganze Zeit angeschrien haben. Ich habe mich nie inspirierter gefühlt.«

Die jungen Gesichter der beiden leuchteten ebenfalls vor Inspiration. Free lächelte sie an, und es erfüllte sie mit Freude, ihre aufrichtige Energie zu sehen. *Zukünftige Weltveränderer,* dachte sie im Stillen.

Tia wandte ihre Aufmerksamkeit wieder Frees Gemälde zu. »Das hier ist umwerfend. Ich wünschte, ich könnte so malen wie Sie. Wie haben Sie es geschafft, dass die Felsen so linienartig aussehen? Irgendwie gestreift …«

»Gefurcht?«

Free demonstrierte die Technik auf einem Schmierpapier, und dann noch ein paar andere, die Tia helfen könnten. Das Mädchen kehrte zurück zu seiner kleinen Staffelei, und Free stellte sich daneben und machte Vorschläge, während Tia die neuen Techniken auf der Leinwand ausprobierte. Free war beeindruckt. Tia lernte blitzschnell, und sie hatte jede Menge natürliches Verständnis von Licht und Schatten.

Cameron war ein anderer Fall. Ölfarben waren nicht sein Ding, und er zappelte herum und tat alles, außer sich auf seine Arbeit zu konzentrieren. Warum war Cameron so scharf darauf gewesen, überhaupt mitzukommen? Er interessierte sich mehr dafür, das Studio zu inspizieren, in Tias Nähe herumzuhängen, während sie zu malen versuchte, und ihnen beiden Geschichten vom Schwimmen und Fischen an der Talbot Gorge zu erzählen. Es schien ihn nicht zu stören, dass Free und Tia zu vertieft in ihre Arbeit waren, um mit mehr als einem gelegentlichen Knurren zu antworten.

Es war nach vier, als Tia endlich zum Schluss kam. Sie schien verblüfft, wie spät es war, und entschuldigte sich bei Free, was diese mit einer beiläufigen Handbewegung abtat.

»Im Ernst, das war toll! Ihr könnt jederzeit gern wiederkommen. Ich habe auch jede Menge an meinem Bild geschafft. Es hat mir Spaß gemacht, euch hierzuhaben.«

Tia ließ ihr Gemälde zum Trocknen bei Free, die versprach, es ihr in die Schule mitzubringen. Camerons war noch immer trocken genug, um es transportieren zu können, daher stopfte er es ziemlich achtlos in seine Tasche, und sie fuhren zusammen auf ihren Fahrrädern davon.

Sie hatte die Gesellschaft der beiden genossen. Vielleicht sollte sie einer örtlichen Künstlergruppe beitreten, um unter anderen Leuten malen zu können. Als sie das letzte Mal in einer Gruppe war, hatte es dort einen betulichen älteren Typen gegeben, der ihr richtig unheimlich gewesen war. Er kam ständig an und zeigte ihr, wie man irgendetwas machen musste. Nach zwei Terminen war sie nicht mehr hingegangen.

Vielleicht könnte sie auch einfach am Wochenende ihre eigenen kleinen offenen Studiositzungen abhalten und Leute einladen, zum Malen zu ihr zu kommen? Sie könnte sogar Kurse für Schüler von ihrer Schule anbieten. Einen Moment lang stellte sie sich vor, wie sie einen Raum voller Jugendlicher beaufsichtigte, die glücklich vor sich hin malten, während sie Rat und Hilfe anbot. Free heftete die Idee für die Zukunft ab, wenn sie ihr eigenes Zuhause hatte und etwas verlässlicher war.

Sie räumte das Studio auf, dann ging sie zu ihrem Kleiderschrank, wo sie übertrieben viel Zeit damit verbrachte, sich zu überlegen, was sie für den morgigen Ausflug zur Talbot Gorge anziehen sollte.

# Kapitel 9

Am Sonntagmorgen war es bewölkt, aber trocken. Free kletterte über das Trenngeländer auf Finns Veranda und klopfte an seine Tür. Einen Augenblick später öffnete er.

»Bist du bereit?«, fragte sie, wobei sie aufgeregt auf und ab hüpfte.

»Ja.« Er sah an ihr vorbei, suchte vielleicht den Himmel nach drohendem Regen ab. »Sind wir nur zu zweit?«

»Ja – und Briggsy und Kate, oder? Vergiss deine Badehose nicht. Ich hole schon mal den Wagen.«

Sie eilte zur Garage. Finn traf sie auf der Straße und stieg auf den Beifahrersitz ihres kleinen Wagens. Als er neben ihr saß, lachte Free schallend auf.

»Was denn?« Ein Lächeln umspielte seine Mundwinkel.

»Du! Sieh dich an!«

Er sah auf seine Knie, die seine Hüften weit überragten. Er hatte die Ellbogen an seine Seiten gedrückt, und sein Kopf berührte die Wagendecke.

»Ja, ich passe nicht immer so gut in diese kleinen Matchbox-Autos.«

Sie schnaubte spöttisch. »Das ist das Problem des Wagens, nicht deines, oder? Du bist kein gutmütiger Riese.«

»Natürlich nicht.«

Sie fuhren zu Briggsys Haus und parkten am Straßenrand. Finn ging zur Tür, um zu klopfen, während Free ihre Kamera, Badesachen und Handtuch in einen Rucksack stopfte. Als sie ausstieg und sich einen Hut auf den Kopf setzte, kam Finn mit gefurchter Stirn auf sie zu, einen Schlüsselbund in der Hand.

»Was ist los?«

Er wies mit einer Kopfbewegung auf Briggsys Wagen, und sie ging auf die Rückbank zu, aber Finn kletterte auf den Fahrersitz. Sie legte ihren Rucksack ab und stieg neben ihm ein.

»Was ist passiert?«

»Der Sarge will, dass wir allein zur Schlucht fahren. Er hat gesagt, ihnen sei eingefallen, dass sie heute ein paar Dinge zu erledigen haben.« Er fing ihren Blick auf und dämpfte seine Stimme. »Ich glaube, die beiden haben Stress.«

»Oh, nein.« Aber Free verspürte unwillkürlich ein leises Glücksgefühl. Sie würde Finn auf diesem Ausflug ganz für sich haben. »Das ist ja schade. Aber du hast doch nichts dagegen, trotzdem zu fahren, nur wir beide, oder?«

»Natürlich nicht.«

Sie redeten über ihre Arbeitswoche, während sie die vierzig Minuten aus der Stadt zur Talbot Gorge fuhren. Finn schien sich zu entspannen, während sie sich unterhielten, und machte sogar ein beifälliges Geräusch, als sie ihm erzählte, wie sie für die Schule und Jay Kunstutensilien bestellt hatte.

»Das könnte doch eine ganz nette kleine Einnahmequelle für dich sein«, bemerkte er. »Ein Vor-Ort-Vertriebspartner für Bostons zu werden, meine ich.«

»Ja, wahrscheinlich schon. Vielleicht werde ich mich genauer damit befassen, wenn mein Vertrag mit der Schule ausläuft.«

Sie erreichten eine unbefestigte Straße, die in ein immer felsigeres Gelände führte. Free war voller Bewunderung für Finns Fahrkünste mit dem Geländewagen. Überall war Wasser, aber er steuerte ihn durch den Schlamm und die kleinen Flussläufe wie ein Profi.

»Du hast das auf jeden Fall schnell gelernt. Hey, sieh nach vorn. Die Flussquerung ist unter Wasser.«

Finn hielt an, und Free sprang hinaus und holte ihre Kamera aus dem Rucksack. Sie hockte sich ans Ufer und schoss eine Reihe Fotos von dem roten Wasser, das über Felsen und Furchen sprudelte.

Strömungen, Strudel, aufgewühlte Sedimente. Es war wie Blut, das durch Adern pumpte. Free stellte das Objektiv scharf und versuchte, die Wasserlinie einzufangen, Flüssigkeit, die an den ausgetrockneten Rändern des roten Lehms leckte.

Finn ergriff das Wort. »Du liebst diesen Fluss wirklich, stimmt's?«

Sie sah auf. »Wer tut das nicht?«

»Aber du scheinst eine ganz besondere Verbindung zu ihm zu haben.«

Free schoss noch ein paar Fotos, bevor sie wieder aufstand. »Ja. Ich weiß nicht, was es ist. Er gibt mir einfach das Gefühl …« Sie brach ab, außerstande, die richtigen Worte zu finden.

Finn wartete.

»Als ob es auf der Welt mehr gibt, als man mit bloßem Auge sehen kann«, meinte sie schließlich, in dem Wissen, dass es eine hoffnungslos unzureichende Erklärung war.

Er gab keine Antwort, und sie kam sich ein bisschen dumm vor. Als sie ihm einen verstohlenen Blick zuwarf, starrte er aufs Wasser. Free schöpfte Mut. Finns Miene verriet, dass er verstand.

Sie ging zurück zum Geländewagen und legte ihre Kamera auf die Rückbank. »Meinst du, du kannst hier durchfahren?«

Finn überprüfte den Wasserstand am Ufer. »Ja, hier ist es ziemlich seicht. Ich werde vielleicht erst mal zu Fuß durchwaten, um sicherzustellen, dass es keine Überraschungen gibt. Ich will Briggsys Wagen nicht ruinieren.« Er sah auf seine Schuhe.

Free entdeckte hinten im Wagen ein Paar brandneue Gummilatschen. »Hier.« Sie griff hinein und hielt sie ihm hin. »Du kannst sie für Briggsy einlaufen und deine Sneakers schonen.«

Er nickte und wechselte die Schuhe, dann ließ er Free neben dem Wagen zurück und watete ins knietiefe Wasser. *Was für ein Anblick,* dachte sie, während ihr Blick über den rotbraunen Schlamm und die flachen Felsen glitt, die das sprudelnde Wasser unter dem blendenden bedeckten Himmel umgaben. Kurz brach die Sonne durch und ließ das Wasser so grell glitzern, dass ihre Augen schmerzten. Free verlagerte ihre Bewunderung auf Finns breite Schultern und straffes Gesäß, während er seine Sonnenbrille abnahm und sich vorbeugte, um ins Wasser zu spähen. *Ohhhh, mein Gott.*

Sie konnte es kaum erwarten, mit ihm zu schwimmen.

»Alles okay?«, fragte sie, als er zum Wagen zurückkehrte und wieder einstieg.

»Ja, sieht problemlos aus.«

Er änderte ein paar Einstellungen an ihrem Fahrzeug, und sie begannen, den Fluss in einem gleichmäßigen Tempo zu durchqueren. Free jubelte ihm kurz zu, als sie auf der anderen Seite holpernd aufs Ufer fuhren, und Finn konnte sich ein Lächeln nicht verkneifen. Von hier war es nicht mehr weit zur Talbot Gorge, und binnen Minuten hatten sie den leeren Parkplatz am oberen Rand der Schlucht erreicht.

»Niemand sonst heute hier«, bemerkte Free, während sie aus dem Fahrzeug kletterten.

»Wir hätten eine Gruppe organisieren sollen«, erwiderte er.

Free widersprach ihm im Stillen. »Es ist schon eine Weile her, seit ich das letzte Mal hier war, aber ich glaube, der Weg in die Schlucht beginnt dort drüben.« Sie zeigte in die Richtung.

Finn rieb sich mit Sonnencreme ein. »Stimmt. Gleich hinter dem Boabbaum.«

Er warf ihr die Flasche zu, und sie cremte sich das Gesicht und andere ungeschützte Hautpartien ein, bevor sie sie ihm zurückgab. Er schloss Briggsys Geländewagen ab, und als er sich wieder zu Free umwandte, sah sie einen großen weißen Klecks Sonnencreme neben seiner Nase. Sie hob lächelnd eine Hand, um ihn abzuwischen. Er duckte sich weg.

Free zuckte zusammen und zog ihre Hand zurück. »Du hast nur etwas Sonnencreme neben deiner Nase.« Sie wandte sich ab und tat, als würde sie das flache Gestrüpp inspizieren, um ihre Verletztheit zu verbergen. Roch sie schlecht oder was?

*Er ist nicht bereit,* rief sie sich in Erinnerung.

Sie gingen schweigend den Weg in die Schlucht hinunter, Free mit ihrem Rucksack und Finn mit einer Art Turnbeutel. Als sie den Felsabschnitt erreichten, den sie malte, blieb Free stehen und schoss ein paar Fotos. Sie versuchte, sich die Szene ins Gedächtnis einzuprägen, und trat nah heran, um die Felswände zu begutachten: ihre Konturen und Vertiefungen, das sanfte, goldbraune Schimmern des erzhaltigen roten Gesteins. Free berührte es. Es war warm unter ihrer Hand, aber nicht zu heiß, da sich die Sonne heute hinter Wolken versteckte.

Sie sah sich nach Finn um, als sie mit ihrer Erkundung fertig war. Er saß in der Nähe und beobachtete sie.

»Wollen wir weiter?«, fragte sie. »Es ist so schwül. Ich kann es kaum noch erwarten, schwimmen zu gehen.«

Finn ging voran, folgte einem Weg, der ausgetreten von unzähligen anderen Besuchern war. Sie nahmen den leichten Abstieg in die Schlucht hinunter, wobei sie rasch über Passagen sprangen, auf denen es von Ameisen wimmelte. Das Wasser schimmerte grün und geheimnisvoll auf dem Grund der Schlucht, und wilde, saisonale Wasserfälle stürzten an den Felsen hinunter. Tausende Liter Wildwasser strömten über Klippenwände und wühlten das Dunkel am Grund zu einem Schaumbad auf, bevor sie sich in einladende grüne Becken ergossen. Sie blieben bei dem größten Becken stehen, und Free warf ihren Rucksack erleichtert in den Schatten.

»Ich gehe sofort schwimmen«, rief sie über das Tosen des Wasserfalls, während sie ihre Shorts aufknöpfte.

Anfangs sah Finn in ihre Richtung, aber dann wandte er sich entschlossen ab, um auf den Wasserfall zu starren. *Hm.* Wenn es ihm schon so unangenehm war, ihre Beine zu sehen, was würde passieren, wenn sie ihr T-Shirt auszog und er sie in ihrem weißen Bikini zu Gesicht bekam?

Aber Finn sah nicht einmal in ihre Richtung. Sie sprang mit einem Platscher in das Becken und brach in Begeisterungsrufe über die atemberaubende Kühle des Wassers aus, während der tosende Wasserfall einen feinen Gischtnebel in der Luft bildete. Free hielt sich von dem Wasserfall fern und paddelte am Rand herum.

»Das tut so gut!«, rief sie. »Man kühlt sofort ab!«

Aber als sie sich nach Finn umsah, saß er auf einem Felsen am Rand des Wassers und bewunderte den Wasserfall. Sein graues T-Shirt klebte an seiner Brust, und Schweiß zeichnete sich auf der Vorderseite ab.

»Kannst du nicht schwimmen?«

Schließlich sah er in ihre Richtung. »Natürlich kann ich schwimmen. Man braucht das Schwimmabzeichen in Bronze, um es auf die Polizeiakademie zu schaffen.«

»Worauf wartest du denn dann noch? Komm ins Wasser!«

»Nein, ich bleibe vielleicht einfach …«

»Finn, ist das dein Ernst? Dort draußen sind es mindestens eine Million schwüle Grad!«

Er zögerte nur noch einen Moment länger, bevor er aufstand, seine Schuhe von sich kickte und sein T-Shirt abstreifte. *Verdammt!* Free musste sich zusammenreißen, um ihn nicht anzustarren. Seine Brust bestand ausschließlich aus natürlich gemeißelten Muskeln und glänzender, sonnengebräunter Haut, mit einem Anflug von Behaarung zwischen seinen Brustmuskeln und einem glatten Bauch, der in tief sitzenden Boardshorts verschwand …

Er sprang mit einem gewaltigen Platscher hinein und tauchte in der Mitte des Beckens wieder auf. Dann schwamm er genau auf den Wasserfall zu und tauchte unter. Ein paar Minuten war er immer nur für einen kurzen Moment zwischen der reißenden Sturzflut zu sehen. Schließlich kam er lächelnd wieder an die Oberfläche.

»So gut habe ich mich den ganzen Tag noch nicht gefühlt«, rief er.

»Ins Wasser zu gehen, ist die einzige Möglichkeit, wie man sich hier oben wirklich abkühlen kann.« Sie wusste kaum, was sie sagte, so benommen war sie noch immer von Finns Anblick in nichts als Shorts.

»Du solltest auch durch den Wasserfall schwimmen«, erwiderte er, während er ziellos in dem Becken umherschwamm. »Das fühlt sich fantastisch an.«

Er war noch immer vorsichtig. Er sah nur ab und zu in ihre Richtung und hielt sich deutlich außerhalb ihrer Reichweite. Sie seufzte innerlich auf.

»Nein, ich habe Angst vor Wasserfällen, seit ich einmal gesehen habe, wie eine riesige Eidechse in einem heruntergekommen ist«, sagte sie. »Sie hätte Willow beinahe zerquetscht.«

»Ach du heilige Scheiße! Okay, das verstehe ich. Was war es? Ein Mertens-Wasserwaran?«

Free zuckte die Schultern. »Ich weiß nicht. Das Vieh war riesig. Vermutlich ein Komodowaran, oder vielleicht ein Velociraptor.«

Er kicherte und entspannte sich ein wenig. Free stemmte sich auf den Rand des Beckens hoch und kletterte auf einen Felsen, um hineinzuspringen. Finn tat es schon wieder. Er sah sie an, tat völlig unbeteiligt, sah sie wieder an. Im nächsten Augenblick hatte sie die Geduld verloren. *Zum Teufel mit ihm.* Er *würde* sie ansehen. Sie würde ihn dazu bringen, sie anzusehen. Sie stand auf dem Felsen, triefend in ihrem weißen Bikini, und starrte Finn herausfordernd an, bis er schließlich einknickte und sie anschaute. Ein Gefühl von Triumph strömte, zusammen mit Hitze, in jedes ihrer Nervenenden. Das hier war Finns wahres Gesicht. Seine wahren Gefühle.

Tiefes, pures Verlangen.

Sie tauchte mit einem flachen Sprung ins Wasser, kam genau vor ihm wieder hoch und schwamm nah an ihn heran. Sie ignorierte das Hämmern in ihrer Brust und trat nur wenige Zentimeter vor seinem Gesicht Wasser, den Blick auf ihn gerichtet. Aus dieser Nähe konnte sie das Wasser spüren, das Finns Bewegungen unter der Oberfläche an ihrer nackten Haut aufwirbelte. Sie waren sich so nah, dass sie sich fast berührten. Die freundliche, kiesige Wärme seiner Iris war dunkel – begierig – geworden, und für einen Moment war sich Free sicher, dass er die Arme nach ihr ausstrecken würde.

Er senkte den Blick zum Wasser. »Free, bitte nicht. Ich will wirklich mit dir befreundet bleiben.«

*Was …?*

Es hätte nicht demütigender sein können, wenn er sie physisch weggestoßen hätte. Tränen traten Free in die Augen, und sie wandte sich ab, um in die entgegengesetzte Richtung zu schwimmen und auf die Felsen hochzuklettern. Sie griff nach ihrem Handtuch. Die Zurückweisung war so hart und echt wie ein verstauchter Zeh, und ihre Augen tränten genug, um es zu beweisen.

Finn kletterte aus dem Wasser und blieb in ihrer Nähe auf den Felsen stehen. Sie spürte, dass er hinter ihr stand und sie beobachtete.

»Free …«

»Ich würde gern nach Hause fahren«, stieß sie mit fester Stimme hervor.

Er schwieg einen Moment. »Okay.«

Sie zog sich ihre Kleider über ihrem feuchten Bikini an und schlug den Weg zurück zum Parkplatz ein. Der Fußmarsch tat gut. Er zwang sie, sich darauf zu konzentrieren, wohin sie ihre Füße setzte, anstatt auf die Demütigung, wegen der ihr Gesicht glühte und ein flaues Gefühl in ihrem Magen rumorte. Ihre Gedanken kehrten immer wieder zu dem Ausdruck auf Finns Gesicht zurück, als er zu ihr hochgestarrt hatte, während sie am Rand des Beckens stand. Diese heftige flirrende Hitze zwischen ihnen, als sie ihm nahe kam. Hatte sie nicht Verlangen gesehen? Sehnsucht? Wie hätte sie seinen Blick falsch deuten können? Free riss sich von ihren Gedanken los. Sie hatte gedacht, sie würde Finn verstehen, aber sie hatte sich gründlich in ihm getäuscht.

Sie hatte nicht vor, auf der ganzen Fahrt zurück nach Mount Clair schweigend und schmollend dazusitzen, aber Free traute ihrer

Stimme nicht. Und überhaupt war sie so enttäuscht, dass ihr nichts einfiel, das nicht krampfhaft klingen würde. Auch Finn war schweigsam. Er ließ nur einen verblüfften Ausruf hören, als ein Känguru vor ihnen auf die Straße sprang. Zum Glück hatte er noch Zeit zum Bremsen, sodass das Tier sicher ins Gebüsch davonhüpfte.

Als sie Briggsys Haus erreichten, goss der Senior Sergeant gerade die Topfpflanzen auf seiner Veranda. Als er ihnen zuwinkte, sah er fröhlicher aus, als Free erwartet hatte. Sie setzte ein Lächeln auf.

»Ihr zwei wart ja nicht lange fort«, bemerkte er, als Finn auf ihn zutrat, um ihm seine Wagenschlüssel wiederzugeben.

»Ist verdammt heiß dort draußen«, erwiderte Finn, und es schien als Erklärung zu genügen.

»Das glaube ich gern. Kommst du auf ein Bier mit rein, Kelly?«

Finn forschte in Frees Gesicht, und sie wandte den Blick ab. »Ja, warum nicht?«, sagte er zu seinem Boss.

»Free? Lust auf ein kaltes Bier?«

»Nein, danke, Briggsy.« Sie suchte ihre Sachen zusammen. »Auf mich wartet zu Hause viel Arbeit.«

»Das ist ja schade. Na ja, ich werde sicherstellen, dass dieser Bursche hier später gut nach Hause kommt, auf die eine oder andere Weise.«

Free verabschiedete sich und schlich zur Zuflucht ihres Wagens, um allein nach Hause zu fahren. Dort angekommen, versuchte sie, an ihrem Unterricht für die kommende Woche zu arbeiten, aber sie durchlebte immer wieder Finns Zurückweisung. Die Demütigung traf sie jedes Mal aufs Neue. Oh, Gott, warum war sie nur so verdammt forsch gewesen? Was für eine Idiotin war sie gewesen, sich ihm praktisch an den Hals zu werfen? Und nach der Hochzeit, als sie ihn gefragt hatte, ob sie noch mit zu ihm kommen könnte … Hitze stieg ihr allein schon bei der Erinnerung in die Wangen. Sie hatte keinen Funken Würde mehr, entschied sie, bevor sie ihre Arbeit aufgab.

Sie sah auf die Uhr. Viertel nach fünf. Free ging zum Kühlschrank, um sich eine Flasche Wein zu holen, und als sie ein ordentlich gefülltes Glas in der Hand hielt, setzte sie sich hin und schickte Beth eine Nachricht übers Handy.

Hi, Bethie.

Beth schrieb prompt zurück.

Was ist los?

Nichts. Was treibst du so?

Wollte eben joggen gehen. Geht es dir gut?

Hatte nur einen beschissenen Tag.

Free überlegte, ob sie ihr die Wahrheit sagen sollte. Würde Beth sie verurteilen?

Warum?

Leute sind verwirrend.

Beth rief an. Free drückte auf Annehmen.

»Sag mir, was passiert ist«, begann Beth. »Wer benimmt sich meiner Schwester gegenüber wie ein Idiot?«

Das war alles, was sie brauchte. Free würde nicht zugeben, von *wem* sie redete, aber sie holte zu einer langen und befriedigenden Schmährede über Männer aus, die zweideutige Signale aussandten und es witzig fanden, eine Frau hinzuhalten, und warteten, bis sie praktisch um einen Kuss bettelte, bevor sie verkündeten, dass sie nicht interessiert waren. Sie unterstrich ihre Tirade, indem sie immer wieder einen Schluck Wein trank und ein paar Handvoll leicht schaler Chips aß, die sie in ihrer Vorratskammer gefunden hatte.

Beth stöhnte mitfühlend auf. »Männer!«

»Am meisten nervt mich, dass ich ihn hassen will, aber nicht kann. Wenn ich völlig aufrichtig zu mir bin, dann habe ich es vermasselt. Er hat nicht so reagiert, wie ich wollte, daher habe ich ihn immer weiter gedrängt, bis er brutal offen zu mir sein musste. Gott! Ich bin ein solcher Loser!«

»Hör auf damit«, warf Beth ein. »Er ist der Loser, nicht du.«

»Nein, der arme Mann wollte einfach nur befreundet sein, und ich habe versucht, ihn zu beeindrucken und zu verführen. Ich weiß nicht.« Free seufzte. »Wahrscheinlich bin ich einfach nicht sein Typ.«

»Vielleicht können wir einen Viehzüchter für dich finden. Die sind verdammt treu und wissen gar nicht, wie man doppelzüngig sein kann.«

»Nein, danke. Keine Männer für mich auf absehbare Zeit. Ich werde auf Tauchstation gehen, bis Gras über diese Sache gewachsen ist. Mich im Haus verstecken und die Vorhänge den ganzen Tag zugezogen lassen.«

Beth verschwand für einen Moment, und Free hörte Stimmen. »Wer ist denn da, Beth?«

»Das ist Carolyn, meine Laufpartnerin. Sie holt mich zum Joggen ab.«

»Okay, dann viel Spaß.« Free sackte auf ihrem Stuhl zusammen, und die Einsamkeit schlug wieder zu.

»Geht's dir jetzt besser?«

»Ja, danke, Bethie«, log sie.

Free verabschiedete sich von ihrer Schwester und schniefte, während sie geistesabwesend auf die Chipstüte und das leere Weinglas starrte.

Zeit zu malen.

Free wollte Finn aus dem Weg gehen und versuchen, den desaströsen Ausflug zur Talbot Gorge zu vergessen. Offenbar hatte er dieselbe Idee. Sie sah ihn kein einziges Mal. Am Donnerstag klang es, als würde Finn den ganzen Tag zu Hause sein, daher fuhr Free zur Schule, obwohl es nicht ihr üblicher Arbeitstag war. Sie machte die Unterrichtsplanung und erledigte Korrekturarbeiten an ihrem Laptop im Büro des Kunstbereichs. Aidan unterrichtete seinen Nachmittagskurs, als sie sich zum Aufbruch nach Hause bereit machte, aber bevor sie gehen konnte, fing er sie im Büro ab, das Handy in der Hand.

»Ein Firmenkunde ruft gerade an«, sagte er leise. »Es ist sehr wichtig, dass ich das Gespräch annehme. Kannst du vielleicht für ein paar Minuten auf meine Zehntklässler aufpassen?«

»Natürlich«, antwortete sie.

Er ging hinaus, um zu telefonieren, und sie betrat das Klassenzimmer, um sich zu den Zehntklässlern zu setzen. Sie schrieben Notizen von einer Leinwand ab, aber in Abwesenheit ihres Lehrers unterhielten sie sich laut und zappelten herum. Free sah verwundert, dass er sie seine PowerPoint-Präsentation abschreiben ließ. Sollte sie so etwas vielleicht auch tun? Sie konzentrierte sich mit ihren eigenen Schülern auf praktische Arbeiten.

»Hi, Leute«, sagte sie. »Mr Hamilton muss kurz telefonieren, daher werde ich euch beaufsichtigen, während ihr eure Arbeit macht.«

»Schon wieder?«, murmelte jemand. »Der muss sich sein Handy chirurgisch von seinem Ohr entfernen lassen.«

Vereinzeltes Kichern wurde laut. Offenbar musste sie die Aufmerksamkeit der Schüler wieder auf ihre Arbeit lenken.

»Was genau lernt ihr da eigentlich?«, fragte sie, während sie die aktuelle Folie überflog.

»Langweiligen Scheiß«, rief ein Schüler.

»Ausgeschlossen!«, entgegnete sie, als sie begriff, um welches Thema es ging. »Expressionismus ist voll cool. Was ist dein expressionistisches Lieblingsgemälde?«, wandte sie sich an ein Mädchen in der ersten Reihe.

Das Mädchen zuckte die Schultern. »Wir haben uns eigentlich noch gar keine Kunst angesehen. Wir machen Hintergrundzeug.«

Free setzte sich an den Laptop, der an den Projektor angeschlossen war. Sie minimierte die Präsentation und öffnete einen Browser.

»Ich werde euch rasch ein paar Kunstwerke zeigen, wenn ihr nichts dagegen habt«, sagte sie. »Edvard Munch ist mein Lieblingsexpressionist. *Der Schrei.* Das kennt ihr bestimmt – es ist so berühmt. Seht ihr? Es ist wie der Moment eines seelischen Zusammenbruchs. Ich habe immer das Gefühl, ich höre Death Metal, wenn ich es ansehe.«

Ein paar Schüler lachten.

»Ich mag Dalí«, warf das Mädchen in der ersten Reihe ein. »Die schmelzenden Uhren.«

»Oh, Gott, ich auch – aber das ist Surrealismus.« Auf einmal hatte Free einen Geistesblitz. »Ich werde euch etwas zeigen. Das habe ich auf YouTube gefunden. Es ist eine Art musikalische Tour durch alle Kunstrichtungen des neunzehnten und zwanzigsten Jahrhunderts. Es ist urkomisch.«

Sie fand das Video und spielte es für die Schüler ab. Free liebte die Art, wie ihre Gesichter vor Erheiterung aufleuchteten, während sie es ansahen. Sie hatte dieses Video fast vergessen – sie würde es auch für die Elftklässler abspielen müssen.

»Jetzt verstehe ich endlich den Unterschied zwischen Impressionismus und Expressionismus.« Das Mädchen, das das sagte, klang erleichtert. »Das kommt nächste Woche im Test dran, hat Ms Lincoln angekündigt.«

»Es ist nur ein bisschen Spaß, aber nett und einprägsam«, stimmte Free ihr zu. »Dieser Typ hat eine ganze Reihe lustiger Kunsttheorie-Videos gedreht. Erstaunlich nützlich. Ich konnte sie praktisch in meinem Kopf hören, als ich an der Uni meine Prüfungen gemacht habe. Ich schwöre, das ist der einzige Grund, weshalb ich sie bestanden habe.«

»Meine Nachbarin geht in Ihre Klasse«, sagte das Mädchen in der ersten Reihe. »Tia. Sie findet, dass Sie richtig viel Kunst mit den Elftklässlern machen. Malen, Töpfern, Zeichnen. Wieso müssen sie überhaupt keine Theorie machen und wir schon?«

Free wusste nicht, was sie darauf erwidern sollte. Sie dachte, sie hätte eine ausgewogene Balance zwischen Theorie und praktischer Arbeit mit ihren Schülern gefunden, aber vielleicht machte Aidan es richtig. Ein Verdacht nagte an ihr. Konnte es sein, dass Aidan es falsch anging? Vielleicht maß er der theoretischen Komponente zu viel Bedeutung bei.

»Vielleicht solltest du das besser Ms Lincoln fragen«, antwortete sie schließlich. »Es könnte einfach sein, dass der Lehrplan für die zehnte und die elfte Klasse völlig unterschiedlich ist – oder vielleicht will Mr Hamilton erst einmal die Theorie abhandeln, damit er sich im zweiten Quartal mehr auf den praktischen Teil konzentrieren kann.«

Das Mädchen schien sich noch immer ein bisschen unfair behandelt zu fühlen. Free erklärte ein paar Merkmale expressionistischer Kunst und ließ die Schüler eines davon auf Zeichenpapier ausprobieren. Bevor sie es sich versah, packten ein oder zwei von ihnen zusammen – es war vier Uhr. Sie winkte die Zehntklässler hinaus und räumte das Klassenzimmer auf. Schließlich, zwanzig Minuten später, schlenderte Aidan wieder herein.

Er schnitt eine Grimasse. »Danke, du hast mir das Leben gerettet. Wenn jemand, der dir zehn Riesen für eine Skulptur zahlt, reden will, dann redest du mit ihm. Sag Jay nichts davon, okay?« Er zwinkerte. »Ich bin dir was schuldig.«

*Was zum Teufel?* Free biss die Zähne zusammen.

»Schon gut.« Sie wandte sich zum Gehen.

»Lauf nicht gleich weg.« Er baute sich vor ihr auf. »Ich wollte dich noch etwas fragen. Kennst du das Restaurant Sawmill?«

»Ja, das ist gut.«

»Möchtest du mit mir dort zu Abend essen?«

Er senkte den Blick wieder zu ihrer Brust, genau wie letztens. Frees Haut begann zu kribbeln, und sie hob eine Hand und tat so, als spiele sie mit ihrem riesigen Edelsteinanhänger, aber tatsächlich verbarg sie ihre Brüste vor diesem Perversen.

»Das kann ich mir eigentlich nicht leisten«, erwiderte sie. »Es ist nicht ganz billig.«

Aidan lächelte. »Ich lade dich ein.«

»Oh, danke, aber ich habe viel Arbeit nachzuholen. Vielleicht ein andermal.« Sie lächelte vage.

Er legte den Kopf auf die Seite. »Wie wär's am Wochenende?«

Sie stöhnte innerlich auf. »Ähm, Aidan, ich glaube, wir sollten, du weißt schon, überhaupt nicht zusammen ausgehen. Das wird von der Schule vielleicht nicht gern gesehen.«

»Ist das alles, weswegen du besorgt bist?« Er berührte verspielt ihren Arm, und sie versteifte sich. »In unseren Verträgen steht nichts davon, dass wir nicht, du weißt schon, *fraternisieren* dürfen.«

Er sah sie mit einem Funkeln in den Augen an, und ein langsames Lächeln breitete sich auf seinem angespannten Gesicht aus. Auf einmal fühlte sich Free zutiefst beunruhigt. Sie wich zurück.

»Ich glaube, wir haben nicht dieselben Wertvorstellungen«, platzte sie heraus.

Aidans dünne Augenbrauen furchten sich. »Wertvorstellungen?«

»Ja, ich bin entschieden gegen den Staudamm, den das Unternehmen deiner Familie baut. Ich respektiere dich, und ich fühle mich geehrt, mit einem erfolgreichen Künstler zusammenzuarbeiten, aber ich würde es gern bei einem rein beruflichen Umgang belassen, bitte.«

Das Stirnrunzeln blieb. Dann lachte Aidan unerwartet auf.

»Vielleicht hast du recht. Mir war nicht bewusst, wie stark deine Gefühle sind. Ich bin mir nicht sicher, ob ich beim Essen mit einem Öko-Nazi gesehen werden will.« Sein Blick glitt wieder an ihr hinunter. »Schade. Dieses niedliche Aussehen ist bei dir irgendwie verschwendet.« Er warf ihr ein Lächeln zu, um ihr zu zeigen, dass es ein Witz war. Sie wusste, dass es keiner war.

Frees Wangen brannten vor Wut, und ihr war flau im Magen vor Abscheu, als sie sich abwandte und ging. Als sie nach Hause kam, stand Finns Haustür offen, und Licht fiel durch die Fliegentür. Sie hätte gern Dampf abgelassen und ihm von der unangenehmen Begegnung mit Aidan erzählt, aber das war unmöglich. Stattdessen ging sie in ihr Haus und versuchte, Beth zu erreichen. Sie wurde auf die Mailbox umgeleitet. Free legte seufzend auf und begann, sich etwas zu essen zu kochen. Vielleicht könnte sie sich eine Gemüsepfanne machen? Oder ein Curry? *Verdammt.* Nicht genug Gemüse – und keine Gewürze. Free stöhnte auf. Schon wieder Pasta. Sie konnte Finn summen und singen hören, und bei dem Geräusch wurde ihr schwer ums Herz.

Offenbar fühlten sich die schlimmsten Typen von ihr angezogen und die besten von ihr abgestoßen.

Nach diesem Donnerstag endeten Aidans unangenehme Annäherungsversuche und schlugen in Verachtung und Sarkasmus um. Er wandte sich nur noch an Free, um ihrer Meinung zu widersprechen oder eine oberschlaue Bemerkung über Grüne abzugeben. Oder Feministinnen. Oder Hippies. Nichts, was sie sagte, war zutreffend oder auch nur seiner Aufmerksamkeit würdig. Wenn er sie nicht komplett ignorierte, grinste er herablassend, um ihr zu zeigen, für wie dumm er ihre Meinung hielt. Es war eine Erleichterung, am Dienstag mit dem Wissen zur Arbeit zu gehen, dass es Aidans freier Tag war.

Wenigstens riefen Frees Schüler ihr nach wie vor in Erinnerung, wie sehr sie ihren Job liebte. Cameron war so zuversichtlich, dass ihr Konzept genehmigt werden würde, dass er bereits begonnen hatte, seine Fliese zu planen. Er hatte mit seiner Großmutter über Jamadji-Kunsttechniken gesprochen, die er vielleicht verwenden könnte. Sie war zwar keine Künstlerin, aber sie verwies ihn an eine örtliche Galerie, die ausschließlich mit authentischer Aborigine-Kunst handelte, und Cameron fragte Free, ob sie mit der ganzen Klasse dorthin gehen könnten.

»Auf jeden Fall«, sagte sie. »Ich kenne Olly, den Besitzer, von Ausstellungen und anderen Events. Vielleicht könnten wir diese Woche nach der Schule eine Exkursion dorthin unternehmen. Wer würde denn sonst noch gern mitkommen?«

Ein paar der anderen Elftklässler waren interessiert, daher fragte Free Jay, ob der Ausflug gestattet sei. Jay gab Free Einverständniserklärungen, die die Eltern der Schüler unterzeichnen sollten, und Free vereinbarte für Freitagnachmittag einen Besuch bei Olly.

Es gelang ihr, Finn noch eine weitere Woche aus dem Weg zu gehen – bis zum Freitagmorgen. Free war auf dem Weg zur Schule, als auf einmal wieder blau-rote Blinklichter in ihrem Rückspiegel auftauchten.

»Ohhh, nein«, murmelte sie mit einem Blick auf den Tacho, während sie in der stillen Wohnstraße an die Seite fuhr. Sie vergewisserte sich, dass sie angeschnallt war – sie war es. Dann drehte sie sich um, um nachzusehen, ob ihr Kofferraum richtig geschlossen war. Sah gut aus. *Scheiße*. Was hatte sie denn diesmal falsch gemacht?

Sie stieg aus und wartete, während sie auf den Streifenwagen starrte. *Oh, großer Gott*. In dem Fahrzeug saß Finn, mit einer anderen Polizistin. Sie schienen eine hitzige Diskussion zu führen, und schließlich zeigte die Fahrerin, die mindestens zehn Jahre älter war als er, mit strenger Miene auf seine Tür.

Widerstrebend stieg Finn aus und näherte sich Frees Wagen. Er trug seine Sonnenbrille. Free schrumpfte an ihrer Wagentür ein wenig zusammen, genau wie bei ihrer ersten Begegnung. Bevor er ihr seine warmen, wundervollen Augen gezeigt hatte.

Diesmal setzte er die Sonnenbrille nicht ab. »Hi, Free. Ich wollte dich nicht erschrecken. Es ist nur, na ja …«

Er zeigte auf ihren Wagen, und erst da bemerkte sie, was auf dem Dach war. Ihre Handtasche und ein Thermobecher mit Kaffee.

»Oh!« Free stieß ein seltsam ersticktes Kichern aus. »Es tut mir so leid! Ich bin ein solcher Idiot!«

Er nahm den Kaffee, und sie warf rasch ihre Handtasche in den Wagen. Ihre Finger berührten sich kurz, als Finn ihr den Kaffeebecher reichte, und Free wurde heiß vor Verlegenheit.

»Bekomme ich jetzt eine Geldbuße?«, stieß sie hervor.

»Nein, natürlich nicht«, antwortete er. »Ich wollte nur nicht, dass du deine Sachen verlierst.«

»Danke.«

Er nickte und ging zurück zu seiner Kollegin im Streifenwagen. Nach ein paar Schritten blieb er stehen und wandte sich noch einmal zu ihr um.

»Und du bist *kein* Idiot.«

Er ging weiter.

Free stieg wieder in ihren Wagen und schlürfte ihren lauwarmen Kaffee. Ihre Hände zitterten, während Tränen in ihren Augen brannten. *Zum Teufel mit ihm.* Warum musste er so höllisch süß sein – und trotzdem nicht auf sie stehen?

*Es war so verdammt unfair.*

# Kapitel 10

Jay sah in den Kunstraum. »Free, wir gehen nach der Arbeit noch ins Mounties. Kommst du mit?«

Free balancierte einige Gläser mit gereinigten Pinseln. »Ich bin mit meiner Klasse erst in der Galerie, aber ich schaue danach noch auf einen Drink vorbei, okay?«

Jay gab ihr ein Daumen-hoch-Zeichen, und Free räumte weiter das Klassenzimmer auf. Sie verfrachtete den Karton mit Ölfarben auf ein Regal im Lagerraum, und die Kunstassistentin Inga schob sich an ihr vorbei, um eine Kiste mit Linolschnittwerkzeugen auf ein anderes Regal zu stellen.

»Hey, Inga, kommst du auch mit ins Mounties?«

»Nein, ich glaube, ich brauche einen ruhigen Abend.« Die ältere Frau lächelte. »Ein Glas Wein und ein nettes Abendessen zu Hause.«

»Wie du willst.« Frees Blick glitt über die Sammlung mit Keramikfarben und -glasuren. »Sind das hier alle Glasuren, die wir haben?«

Inga sah hinunter. »Ja, soweit ich weiß. Das ist eine ganz anständige Auswahl von Unterglasurfarben. Du verwendest doch keine Oxide, oder?«

»Nein. Und klare Glasur?«

Inga stieß eine Dose mit dem Fuß an. »Hier. Fast voll. Die meisten Schüler lernen in der neunten Klasse, Glasursuspension mit einer Spritzpistole aufzutragen.«

Free bückte sich, um die Keramikglasuren genauer zu betrachten. Sie stemmte eine halb aufgebrauchte Flasche mit Unterglasur auf und sah, dass eine feste Masse am Boden des Behälters klebte.

»Sieht nicht allzu gut aus«, bemerkte Inga.

»Nein. Das ist abscheulich.«

Free öffnete der Reihe nach die anderen Behälter, bis sie schließlich das Weiß aufschraubte und ihr der Gestank von Schwefel entgegenschlug. Free presste die Augen zusammen und drückte rasch wieder den Deckel auf die Plastikflasche, während Inga hustete.

»Das ist verdorben«, bemerkte sie.

Free fächelte sich mit einer Hand Luft zu. »Ja. Die meisten davon sind noch nie geöffnet worden, aber sie sind alt.«

Sie hielt inne, um die Liste mit Inhaltsstoffen auf dem Behälter mit klarer Glasursuspension zu lesen. Aidan kam in den Lagerraum, drängte sich an Free vorbei, als wäre sie ein unerwartetes Hindernis, und Inga schlüpfte rasch hinaus.

»Du stehst im Weg«, sagte Aidan zu niemand Bestimmtem.

»Was hältst du von dieser Glasur hier?«, fragte Free.

Er sah auf die Dose, auf die sie zeigte. »Das ist klare Glasur. Sie wird verwendet, um Keramik zu lackieren.«

Sie versuchte, seinen Sarkasmus zu ignorieren. »Ich kann dieser Marke nicht viel abgewinnen.«

»Bei Glasursuspensionen ist eine Marke im Grunde wie die andere«, erwiderte er. »Ich hätte dich nicht für einen Markensnob gehalten. Das ist nicht sehr egalitär, oder?« Aidan zog einen Mundwinkel hoch. Er amüsierte sich offenbar prächtig.

Free gab die Diskussion auf und entschied, mehr Recherchen anzustellen, wenn sie nach Hause kam. Sie traf ihre Schüler, als die Schlussglocke läutete, und führte sie zu ihrem Galeriebesuch ins Stadtzentrum. Olly, der Besitzer, war ein Mann in den Fünfzigern. Ein Lächeln erhellte sein wettergegerbtes Gesicht, als er sie sah, und Free beugte sich zu einer Umarmung vor.

»Hey, Olly! Lange nicht gesehen. Danke, dass wir dich besuchen dürfen.«

»Kein Problem.« Olly musterte ihre Schüler. »Ihr wollt mehr über Aborigine-Kunst erfahren, habe ich gehört?«

»Sie hatten bereits eine Einführung zu dem Thema«, erklärte ihm Free. »Jay hat eine Whadjuk-Noongar-Künstlerin namens Marjorie Crump eingeladen, als sie zu Besuch in der Stadt war, und sie hat ihnen in der zehnten Klasse ein paar Sachen gezeigt.«

»Ah, ja, ich kenne Marj. Aber ihre Kunst ist ein bisschen anders als unsere hiesige Jamadji-Kunst.«

Free nickte. »Und jetzt machen wir dieses Mosaikwandprojekt zum Thema kulturelles Erbe – hoffentlich. Daher wollen Cameron und vielleicht noch ein paar andere Schüler Möglichkeiten erkunden, die Geschichten ihrer Familien zu erzählen. Stimmt's, Cameron?«

Cameron sah Olly an. »Ich bin ein Jamadji. Meine Ururoma war Dienstmädchen auf einer Rinderfarm, und sie hatte ein Kind mit dem Farmbesitzer. Ihre Tochter, meine Uroma, wurde ihr weggenommen. Die gestohlene Generation.«

Traurigkeit schnürte Free die Kehle zu. »Das habe ich gar nicht gewusst, Cam.«

Er zuckte mit einer Schulter. »Meine Oma hat es mir selbst erzählt. Sie ist eine der Organisatorinnen des Sorry-Day-Marsches in Mount Clair jedes Jahr. Aber ihre Mum und die Mum ihrer Mum haben nicht gern darüber geredet. Meine Uroma war fünf, als sie sie weggebracht haben, daher konnte sie sich erinnern, wie es passiert ist. Sie haben sie unten im Süden in ein Heim gesteckt, und sie hat ihre Mum erst wiedergesehen, als sie fast dreißig war.«

Eines der anderen Mädchen in der Klasse hatte eine ähnliche Geschichte. An Ollys Gesichtsausdruck erkannte Free, dass er sicher auch etwas zu dem Thema erzählen könnte, aber er zeigte nur auf seine Galerie.

»Ein paar dieser Gemälde erzählen Geschichten der gestohlenen Generation. Kommt mit, dann führe ich euch herum.«

Er zeigte ihnen die Kunstwerke und erklärte einen Teil der Bildersprache, dann ließ er sie mit den Malutensilien experimentieren, die er in einem großen Studio im hinteren Teil der Galerie aufbewahrte. Olly nahm Cameron unter seine Fittiche und ging mit ihm die Unterschiede zwischen männlichen und weiblichen Kunststilen durch, die die örtlichen Stämme verwendeten, damit Cameron die Jamadji-Tradition nicht falsch wiedergeben würde.

»Wie wär's, wenn ich *mit* meiner Oma an meinen Fliesen arbeite, damit auch die Geschichten der Frauen erzählt werden?«, fragte Cameron. »Würde das gegen die Regeln verstoßen?«

»Ich denke, das wäre vermutlich okay«, erwiderte Olly. »Solange du nicht versuchst, die Geschichten der Leute *für* sie oder ohne ihr Einverständnis zu erzählen. Weißt du, was ich meine?«

Free assistierte den anderen Schülern und probierte einige der Techniken selbst aus. Gegen fünf machten sie Schluss.

»Ihr habt mich geplündert«, meinte Olly kichernd, während er seine Farbvorräte durchsah und die Schüler aufräumten.

Free fühlte sich fürchterlich. »Ich werde sie dir ersetzen!«, beeilte sie sich zu sagen. »Ich kann dir genau diese Art Acrylfarben besorgen.«

»Das war nur ein Witz«, versicherte ihr Olly. »Viele meiner Farben gehen sowieso stark zur Neige. Wir halten hier drinnen Workshops für angehende eingeborene Künstler ab, daher haben wir einen hohen Verbrauch.«

»Miss Patz hat die besten Farben«, schaltete sich Cameron ein.

»Ach ja?« Olly musterte Free. »Wo beziehst du sie denn?«

»Online, von Bostons. Und du?«

»Ich bestelle die meisten aus dem Carrolls-Katalog, aber die Auswahl ist verdammt schlecht. Und ich muss für die Bestellung drei verschiedene Großhändler nehmen, daher sind die Versandkosten lächerlich hoch.«

»Du solltest zu Bostons wechseln«, schlug Free vor. »Dort gibt es alles. Ich werde vorbeikommen und dir die Farben zeigen. Du wirst nicht glauben, wie gut die Qualität ist. Und die Kosten sind wirklich unglaublich niedrig.«

»Dann komm vorbei und zeig's mir. Ich bin morgen hier, falls du Zeit hast.«

Free nickte. »Mache ich.«

»Miss Patz besorgt jetzt Farben für die Schule«, ergänzte Cameron.

»Betätigst du dich neuerdings im Vertrieb, Free?«, fragte Olly interessiert. »Ich hätte sehr gern jemanden, der einmal im Monat vorbeikommt, um zu überprüfen, was nachbestellt werden muss, und das dann auch gleich erledigt. Ich hasse es, mich darum zu kümmern, und ich bin erbärmlich schlecht darin.«

»Oh!« Free dachte darüber nach. »Das könnte ich vermutlich tun.«

»Super! Lass uns morgen darüber reden. Jetzt muss ich aber schließen, also hinaus mit euch allen.«

Die Schüler bedankten sich und gingen im Gänsemarsch auf die Straße hinaus. Free verabschiedete ein paar Schüler, die direkt von hier nach Hause gingen, und begleitete die anderen drei zurück zur Schule, wo sie auf ihre Mitfahrgelegenheiten warteten. Als alle gegangen waren, fuhr Free mit ihrem Wagen zum Mounties. Sie würde heute Abend nur auf einen Drink vorbeischauen, entschied sie, und dann nach Hause fahren. Sie war völlig erledigt.

Drinnen bahnte sie sich einen Weg durch die überfüllte Hotelbar. Ein paar Leute, mit denen sie zur Schule gegangen war, riefen ihr einen Gruß zu. Free blieb stehen und plauderte ein paar Minuten mit ihnen, aber sie lehnte ab, als sie sich zu ihnen setzen sollte.

»Ich gehe mal zu meinen Lehrerfreunden«, meinte sie grinsend. »Ich bin offiziell auf die dunkle Seite gewechselt!«

Sie fand Jay, Max und mehrere andere Kollegen im Biergarten. Jay machte Platz für Free, während sie ihr ins Ohr flüsterte. »Sieh mal, wer uns heute Abend mit seiner Anwesenheit beehrt.« Sie wies mit einem Nicken über den Tisch, und Free sah Aidan, der sich mit dem Sportlehrer unterhielt.

Free wandte den Blick ab, bevor er sie dabei ertappen konnte, wie sie ihn ansah. »Ich bin froh, dass er sich jetzt ein bisschen mehr bemüht, dazuzugehören.«

»Wie ist eure Galerieexkursion gelaufen?«, erkundigte sich Jay.

»Toll! Olly war fantastisch. Er hat uns in seiner Werkstatt ein paar Techniken ausprobieren lassen, und er hat Cameron sehr geholfen. Ich hoffe nur, dass das *Mit-dem-Land-verwurzelt*-Konzept genehmigt wird, damit sie wirklich anwenden können, was sie gelernt haben.«

Jay leerte mit einem Schulterzucken ihr Weinglas. »Die Schüler werden es anwenden können, egal wobei.«

»Das stimmt.« Free knabberte Erdnüsse aus der Schale auf dem Tisch. »Olly ist der Beste. Oh, Jay – Olly hat mich gefragt, ob ich *seinen* Künstlerbedarf auch bei Bostons für ihn bestellen kann! Ich werde vielleicht bald ein Geschäft eröffnen müssen!« Sie lachte.

»Du verkaufst Künstlerbedarf, Free?«, erkundigte sich eine andere Lehrerin.

»Ich habe einen Account bei einem Online-Großhändler, das ist alles.«

»Ah, verstehe«, sagte sie. »Ich frage nur, weil ein paar meiner Freunde Marktstände haben, an denen sie ihr eigenes Kunsthandwerk verkaufen. Sie brauchen viel Material.«

»Wenn sie über mich bestellen wollen, können sie das gern tun«, antwortete Free. »Aber sie könnten es auch einfach direkt tun.«

»Cool, ich werde es ihnen sagen.«

Jay betrachtete Free nachdenklich. »Weißt du, wir haben hier oben eine sehr lebendige Kunstszene. Diese Stadt braucht einen Laden für Künstlerbedarf. Vielleicht solltest du darüber nachdenken.«

Die andere Lehrerin blickte entsetzt. »Einen Laden für Künstlerbedarf! Gott, nein, Jay. Online, das ist die Zukunft. Free könnte sich einfach einen Webshop einrichten und sich die Kosten für die Ladenmiete und das alles sparen.«

»Ich glaube, das wäre mir lieber«, gestand Free mit einem entschuldigenden Blick auf Jay. »Ich könnte für die Leute vermutlich Bestellungen bei Bostons abwickeln und ihnen ihre Sachen liefern.

Aber ich bin nicht zuverlässig genug, um jeden Morgen zu erscheinen und einen Laden aufzuschließen.«

Jay schüttelte mit einem halben Lächeln den Kopf. »Du bist zuverlässig genug, um für uns jeden Tag zur Arbeit zu erscheinen.«

Free erinnerte sich, wie sie auf der Fahrt zur Schule angehalten worden war, und lachte matt. »Heute Morgen hätte ich es um ein Haar nicht geschafft!« Sie erzählte ihnen die Geschichte, und ihre Zuhörer lachten schallend auf.

»Das ist mir mal mit einer vollen Einkaufstüte passiert«, erzählte Jay. »Aber ich hatte nicht so viel Glück – ich habe meine Ladung verloren. Mir ist erst klar geworden, was passiert war, als ich etwas holen wollte, was ich gekauft hatte, und feststellte, dass eine ganze Tüte fehlte. Irgendein glücklicher Fußgänger in Mount Clair hat an dem Tag ein paar Cornflakes, Vegemite und Tampons ergattert.«

»Ein Glück, dass ich nicht die Einzige in der Stadt bin, die so schusselig ist«, meinte Free kichernd.

»Trinkst du ein Glas, Free?«, fragte Jay. »Ich könnte noch eines vertragen.«

»Ich hole es dir.« Free erhob sich. »Geht auf mich.«

Aber Jay drückte ihr entschieden Geld in die Hand. Free steuerte auf die lange Schlange an der Bar zu.

»Free!«

Die Stimme ertönte hinter ihr, und Free schnellte herum und suchte die Menge ab, bis der Ruf noch einmal ertönte und sie Phoebe Challis entdeckte. Sie bahnte sich einen Weg durch das Gedränge, um Phoebe zu umarmen.

»Gut siehst du aus. Ich liebe deinen Rock«, sagte Phoebe. »Gott, im Mounties ist heute Abend ja die Hölle los, stimmt's?«

»Du sagst es. Du siehst auch gut aus. Niedlicher Einteiler. Ich habe dich ja seit Wochen nicht gesehen. Wie geht's denn so?«

»Gut! Verrückte Woche in der Arbeit. Sie bauen die Zahl der Kassierer in der Bank ständig weiter ab, aber das Problem ist, dass in Mount Clair immer mehr los ist, mit den ganzen Arbeitern, die für den Damm eingeflogen werden.« Phoebe schnitt eine Grimasse. »Hallo, wütende Kunden.«

»Oh, Gott. Ich hasse es, dass die Banken keinen persönlichen Service mehr anbieten.« Free seufzte. »Sie scheinen zu vergessen, dass die Leute manchmal mit jemandem über ihre Geldangelegenheiten reden müssen.«

»Hochautomatisiertes Banking passt nicht zu Kleinstädten«, gab Phoebe ihr recht. »Kommst du mit zu uns, Free?«

»Ich bin mit den Lehrern hier, aber ich werde mich vielleicht später noch zu euch setzen, bevor ich gehe. Wo sitzt ihr denn?«

Phoebe zeigte auf ihren Tisch, und Free sah Kate, Hendo – und Finn. Sie wandte sich wieder zur Bar um, während ihr eine unangenehme Wärme in Hals und Wangen stieg.

»Ist Briggsy heute Abend gar nicht hier?«, fragte sie, um einen beiläufigen Ton bemüht.

»Nein, er muss arbeiten.« Phoebe beugte sich verschwörerisch zu ihr vor. »Ich habe seinen neuesten Verkupplungsversuchen letztendlich nachgegeben und heute Abend ein Date mit Finn Kelly. Du kennst ihn doch, oder? Der neue Constable.«

Frees Magen verkrampfte sich. »Ja, ich habe ihn kennengelernt.« Sie zögerte, aber dann zwang sie sich zu fragen: »Und, wie läuft das Date?«

Phoebe zuckte die Schultern, und sie runzelte leicht die Stirn. »Gut, denke ich. Wer kann das schon sagen? Ich verstehe nicht so viel von Dates, ehrlich gesagt. Meine Beziehungsbilanz ist erbärmlich. Aber Finn ist süß und aufmerksam, und bis jetzt ist er noch nicht angewidert weggerannt, das heißt, es scheint ganz gut zu laufen.« Sie lachte. »Briggsy sagt, Finn sei völlig verrückt nach einem Date mit mir gewesen, daher dachte ich mir, na ja, warum nicht?«

»Cool«, stieß Free mit zugeschnürter Kehle hervor.

In diesem Augenblick wandte sich der Barkeeper ihr zu, und sie musste sich zwingen, um sich an Jays Getränkewunsch zu erinnern. Für sich selbst bestellte sie einen Softdrink. Phoebe plapperte fröhlich weiter, während Free auf ihre Getränke wartete. Als der Barmann ihr schließlich ihre Bestellung servierte, trat sie die Flucht an, den Blick entschlossen auf den Eingang zum Biergarten geheftet. Ausgeschlossen, dass sie Finn ansehen würde … Finn, der *völlig verrückt* nach einem Date mit Phoebe war. Bittere Eifersucht stieg in ihr hoch, während sie sich erinnerte, wie er ihr gesagt hatte, er wolle nur »befreundet« sein. Kein Wunder. Er hatte bereits eine andere kennengelernt.

*Na ja, dann ist das große Geheimnis ja gelüftet.*

»Geht's dir gut?«, fragte Jay, als sie zurück zu ihrem Tisch kam und Free ihrer Chefin Getränk und Wechselgeld reichte.

»Ja!«

»Du siehst ein bisschen erhitzt und entnervt aus.«

»Es ist ja auch heiß. Verdammt heiß. Und das nervt mich.« Free zwang sich zu einem Lächeln, und Jay kicherte.

Frees Handy summte; Beth hatte eine Nachricht geschrieben.

Bist du heute Abend zu Hause? Ich habe mir was vom Inder geholt, und es ist VIEL zu viel. Willst du vorbeikommen und mitessen?

Free hätte vor Dankbarkeit heulen können. *Ja,* sie wollte zu ihrer großen Schwester fahren und mit ihr Take-Away essen und sich von der Katastrophe, zu der sich dieser Abend entwickelt hatte, erholen! Sie leerte ihr Zitronenwasser mit drei großen Zügen und sprang auf.

»Meine Schwester hat mich gerade an eine Verabredung erinnert«, sagte sie. »Ich muss euch leider verlassen. Entschuldigt mich bitte!«

Es gab einen allgemeinen Aufschrei des Bedauerns und dann ein paar Umarmungen, Luftküsse und Abschiedsrufe. Aidan sah mit ausdrucksloser Miene zu. Free steuerte auf den nächstgelegenen Ausgang zu, den Blick betont von Phoebes Gruppe abgewandt. Hoffentlich konnte sie unbemerkt hinausschlüpfen.

Sie hatte es fast geschafft. Nur noch vier Schritte, und sie würde draußen in der warmen, feuchten Nachtluft sein …

»Free!«

Ihr Herz setzte einen Schlag aus. *Er* war es. Sie wandte sich um.

»Hi, Finn. Ich wollte eben gehen.«

Er blickte so unbehaglich, wie sie sich fühlte. »Oh, okay. Mir war bis jetzt gar nicht klar, dass du auch hier bist.«

»Nur eine Stippvisite.«

Finn zögerte. »Tut mir leid, wenn ich dir heute Morgen einen Schrecken eingejagt habe«, platzte er heraus. »Meine Kollegin hatte die Blinklichter eingeschaltet, bevor ich sie aufhalten konnte.«

Free trat von einem Fuß auf den anderen und sah ihm kurz in die Augen. »Schon gut. Ich muss einfach aufhören, so ein vergessliches Dummerchen zu sein.« Seine Augenbrauen furchten sich, und sie sah zur Tür. »Ich gehe dann besser mal.«

»Willst du, äh, uns nicht ein bisschen Gesellschaft leisten? Dich zu uns setzen?«

Free war so empört, dass sie vergaß, verlegen zu sein. »Dir und Phoebe bei eurem *Date* Gesellschaft leisten? Nein, danke«, fauchte sie ihn an.

Finn blinzelte sie an. Er machte den Mund auf, um etwas zu sagen, aber dann überlegte er es sich offenbar anders. Er senkte den Blick zum Boden, presste die Lippen zusammen und schüttelte kurz den Kopf.

»Gute Nacht, Finn«, sagte sie so kühl, wie sie konnte, und entfernte sich.

Beth sah sofort, dass Free geweint hatte.

»Was ist los?«, fragte sie, die Stimme leise vor Besorgnis. »Komm rein. Was ist passiert? Erzähl's mir.« Sie zog Free zu einer Umarmung an sich.

»Oh, Gott, es ist so albern, Beth. Im Ernst. Es ist es nicht einmal wert, darüber zu reden.«

»Komm mir nicht auf die Tour.« Beth lotste Free zu ihrer Wildledercouch und setzte sie hin. »Warte hier.«

Sie ging in die Küche und kam einen Augenblick später mit einem Teller voll Curry und Reis und einem riesigen Glas Wein wieder. Sie reichte beides Free. »Iss. Und rede.«

»Hol du dir zuerst dein Essen.« Free schluckte.

Beth holte sich ihren eigenen Teller und rollte sich auf der gegenüberliegenden Couch zusammen. »Also?«

In solchen Momenten hatte Free nichts gegen Beths Kommandoton. Sie zögerte nicht, sich die Geschichte von der Seele zu reden. Beth hörte schweigend zu, abgesehen von einem gelegentlichen mitfühlenden Geräusch, bis Free geendet hatte.

»Oh, Free. Dieser *Idiot*. Das heißt, Finn ist der geheimnisvolle Typ, von dem du mir vor ein paar Wochen erzählt hast?«

Free bestätigte es.

Beth schüttelte den Kopf. »Das habe ich mir fast schon gedacht. Es klingt, als ob Finn total verkorkst ist. Ich gebe dir recht – vermutlich ist er beziehungsgestört von dieser üblen Geschichte mit seiner Ex. Wahrscheinlich hat er Angst davor, eine Frau kennenzulernen, die er wirklich mögen könnte.«

Free vergaß ihr Essen und starrte Beth an. »Meinst du?«

»Ja, aber das heißt nicht, dass du ihm noch eine Chance geben solltest, wenn er es sich anders überlegt. Wie ich bereits sagte, er ist verkorkst. Er ist eine einzige lebende Warnung.« Beth stellte ihren Teller auf dem gläsernen Couchtisch ab und fixierte Free mit einem ernsten Blick. »Was du eben beschrieben hast – diese gemischten Signale –, so benimmt sich kein Typ, dem man vertrauen kann. Er ist in keiner guten Verfassung, so wie es klingt. *Geh ihm aus dem Weg*. Er ist gefährlich, und das nicht auf eine sexy Art.«

»Ich wohne neben ihm«, rief Free ihr in Erinnerung, während sie einen Schluck Wein trank. »Das macht es schwer, ihm aus dem Weg zu gehen.«

»Na ja, dann musst du eben stark sein, Free. Hör zu, mir ist aufgefallen, wie er dich bei der Hochzeit angesehen hat. Es ist sonnenklar, dass er sich zu dir hingezogen fühlt. Aber er wird dich nur immer weiter hinhalten. Das ist seine Vorgehensweise – sein Muster. Tief in sich ist er noch immer wütend über den Verrat seiner Ex. Wenn du es zulässt, wird er mit dir spielen. Er sucht jemanden, den er bestrafen kann. Vielleicht versucht er sogar, sich an seiner Ex zu rächen, indem er dich betrügt. Oder er würde dir nicht vertrauen können und daher ständig wissen wollen, mit wem du zusammen bist und was du tust.«

Logisch betrachtet, ergaben Beths Worte Sinn, aber Free fiel es schwer, sich Finn als verbitterten, grüblerischen Schuft vorzustellen, der sie hinhalten und betrügen würde.

»Er ist sowieso nicht interessiert«, sagte sie. »Den Teil hast du falsch verstanden.«

Beths glatte Stirn furchte sich im Lampenlicht. »Bist du sicher?«

Free nickte. »Ich habe ihm jede Menge Gelegenheiten gegeben. Er hat nie angebissen, nicht ein einziges Mal. Jetzt ist es nur so viel schlimmer, weil ich mir eingeredet habe, er hätte ein Vertrauensproblem – aber wie sich herausgestellt hat, war er an einer anderen interessiert, und das ist der Grund, weshalb er nichts von *mir* wissen wollte.«

»Na ja, dann ist er nicht nur verkorkst, sondern auch dumm«, erklärte Beth. »Und er sollte besser nicht in die Nähe meiner kleinen Schwester kommen, denn ich habe Zugang zu ein paar hochgiftigen pharmazeutischen Substanzen.«

Free fühlte sich geliebt, und sie lächelte dankbar. Beth würde sich immer um sie kümmern. Die Erinnerung an die Diskussion darüber, wie Aidan Hamilton an seinen Stipendiumsvertrag gekommen war, stieg unerwartet in ihr auf. Wie weit würde Beth dabei gehen, sich um sie zu kümmern? Weit genug, um eine Entscheidung über ein Künstlerstipendium an der örtlichen Highschool zu beeinflussen?

»Er ist gerissen«, unterbrach Beth sie in ihren Gedanken. »Ich fand auch, dass Finn einen aufrichtigen Eindruck machte. Als du mir letzte Woche seinen Namen nicht sagen wolltest, dachte ich, er könnte es sein, oder vielleicht jemand von der Arbeit. Der andere Künstler vielleicht.«

Free rümpfte die Nase. »Igitt. Nie im Leben. Aidan ist ein Widerling. Und er ist verdammt zwielichtig. Seine Mum leitet das Unternehmen, das den Staudamm baut, hast du das gewusst? Und er hat alles daran gesetzt, um die Mosaikwand zu einem Denkmal für das Projekt zu machen. *Fluss des Lebens*. Kannst du das glauben? Dieser Staudamm *ruiniert* den Fluss.« Sie schniefte, wischte sich die Augen und trank einen Schluck Wein. »Ach ja, was ich dir erzählen wollte – es gibt demnächst einen Infoabend über die Bedrohung, die der Staudamm für die Tierwelt darstellt. Willst du mit mir hingehen?«

»Bist du immer noch in dieser Anti-Staudamm-Bewegung aktiv?« Beths Augenbrauen wanderten hoch.

»Na ja. Das ist schließlich wichtig. Was denn?«, ergänzte Free, als sie Beths verwirrte Miene bemerkte.

»Ich bin nur beeindruckt, das ist alles. Ich glaube, ich habe noch nie gesehen, dass du dich so für eine Sache engagierst.«

»Das habe ich auch schon für andere Sachen getan.«

»Ja, du hast mir von dieser Protestveranstaltung erzählt, zu der du in den USA gegangen bist, aber da warst du einfach nur zur richtigen Zeit am richtigen Ort und zufällig einer Meinung mit dem Protest, stimmt's? Das hier ist etwas anderes. Du bildest dich fort, beziehst Stellung, gehst zu Veranstaltungen und lädst sogar andere Leute ein, sich dafür einzusetzen.« Beth studierte Free, als wäre sie mit einem besonders faszinierenden Krankheitsbild bei ihr vorstellig geworden. »Vielleicht bist du dabei, dich zu verändern.«

Free löste ihr Haarband und fuhr sich mit den Händen durchs Haar. Ging es noch herablassender? Mühsam verbiss sie sich eine Antwort und aß ihr Curry.

Nach dem Essen machten sie es sich auf der Couch bequem, um sich auf Beths riesigem Flachbildfernseher einen Film anzusehen.

Der Wein machte Free schläfrig, und sie wachte mitten in der Nacht auf der Couch auf, um festzustellen, dass Beth eine leichte Decke über sie gebreitet hatte und ins Bett gegangen war. Free rollte sich herum und entdeckte ihr Handy auf dem Couchtisch, wo es blinkend anzeigte, dass der Akku fast leer war. Sie musste nach Hause fahren. Max fragte sich bestimmt, wann er endlich hineinkonnte, um sein Abendessen zu bekommen und ins Bett zu kriechen. Aber auf Beths Couch war es so gemütlich …

Free seufzte und schlug die Decke zurück. Sie konnte ihren armen kleinen Kater nicht einfach ohne ein Nachtmahl draußen lassen. Free tastete nach ihrer Handtasche, verließ Beths Haus und schloss die Tür hinter sich ab. Um zwei Uhr morgens fuhr sie durch die stille Dunkelheit nach Hause. Max war nirgends zu sehen, als sie zu Hause ankam. Sie schüttelte die Packung mit dem Trockenfutter und rief ihn immer wieder, aber es half alles nichts. Sie ging ins Bett, doch als sie gerade eindöste, hörte sie ein herzzerreißendes, abgehacktes Miauen von der Veranda. Free sprang auf und ließ den getigerten Kater herein.

»Wo hast du denn gesteckt, Max?«, flüsterte sie. »Du musst ja am Verhungern sein.«

Max rieb sich an ihren Beinen. Er wurde richtig füllig in letzter Zeit, was nicht verwunderlich war bei zwei vollen Mahlzeiten pro Tag, dazu jeder Menge Liebe und Fürsorge. Free gab ihm etwas zu essen, und Max begann, daran zu knabbern. Als es im Haus wieder still und dunkel war, entschied er schließlich, dass es Zeit zum Schlafen war, und sprang zu ihr aufs Bett. Sie streckte eine Hand aus und kraulte ihm den Kopf.

Nebenan war alles still. *Das ist gut,* entschied Free. Sie musste sich auf ihre innere Kraft besinnen und den Kopf hoch erhoben tragen. Sie musste es genießen, unabhängig zu sein, mit ihrem Kater zusammenzuleben, einen Haufen toller Kinder zu unterrichten und an einem bedeutenden öffentlichen Kunstprojekt mitzuarbeiten.

Um zehn Uhr wurde Free von Cameron und Tia geweckt, die für ihre Samstagmorgen-Malsitzung gekommen waren. Free genoss ihre Gesellschaft, während sie an ihrem eigenen Landschaftsgemälde arbeitete. Im Lauf des Vormittags trafen noch zwei ihrer Schüler ein – Ethan und Jorja. Nachdem sie mit den Teenagern zu Mittag gegessen hatte – Spaghetti, unter Brokkoli und Käse gerührt –, erinnerte sich Free, dass sie Olly die Bostons-Farben zeigen sollte.

»Oh, Scheiße«, rief sie, während sie aufsprang. »Kann ich euch hier eine halbe Stunde allein lassen? Ich muss Olly in der Galerie erwischen.«

»Wir werden auch gehen.« Tia erhob sich prompt.

»Das müsst ihr nicht, wenn ihr noch nicht so weit seid«, versicherte ihr Free. »Ihr könnt bleiben, so lange ihr wollt.«

Das war ihren Schülern nur recht. »Wir werden Ihr Haus nicht zertrümmern, versprochen, Miss Patz«, sagte Cameron grinsend. »Keine wilden Partys.«

Free fuhr rasch zur Galerie.

»Es tut mir so leid, Olly!«, rief sie, als sie schwitzend und keuchend den Laden erreichte.

Er lachte nur. »Schon gut, wir haben bis drei geöffnet.«

»Gott, wirklich? Ich habe mich überschlagen, um es rechtzeitig zu schaffen.«

In der Galerie war nichts los, daher gingen sie in die Werkstatt, wo Free Olly ihre Farben und Ausrüstung anhand einer kleinen Ersatzleinwand zeigte. Er war ebenso beeindruckt, wie es Jay gewesen war. Free konnte es kaum erwarten, ihm zu demonstrieren, wie leicht das Bostons-System zu benutzen war. Sie loggte sich auf Ollys Desktopcomputer in den Webshop ein und verbrachte eine Weile damit, ihm das Such- und Bestellverfahren zu zeigen. Er sah ihr zu, aber seine Miene war skeptisch geworden.

»Ja, okay, okay, Free. Das würde ich schon schaffen«, meinte er schließlich. »Aber verdammt, ich würde es hassen, mich damit herumzuschlagen. Deswegen will ich ja, dass du mir das abnimmst.

Überprüf meinen Bestand, gib die Bestellung auf und stell mir das Zeug und deine Arbeitszeit in Rechnung. Was meinst du? Wie lange würdest du brauchen, um alles durchzugehen und eine Bestellung für uns aufzugeben?«

»Vielleicht eine halbe oder ganze Stunde?«, überlegte Free.

»Sehr gut. Dann los.«

Sie starrte ihn an. »Jetzt gleich?«

»Du hast doch nichts zu tun, oder?«

»Na ja, nein, aber …«

»Wie viel Prozent nimmst du für den Service?«

»Ich würde dir doch nichts berechnen, Olly!«

»Kommt nicht infrage!« Er sah sie nachdenklich an. »Was ist denn angemessen für einen solchen Job? Fünfzehn Prozent vom Verkauf? Achtzehn?«

»Nein, Olly …«

Er nickte entschieden. »Also zwanzig. Du verhandelst knallhart.« Sie machte den Mund auf. »Keine Widerworte«, warnte er sie. »Sonst muss ich auf dreißig hochgehen. Und jetzt mach dich an die Arbeit.«

Olly ging nach vorn, um sich mit den Touristen zu unterhalten, die sich in der Galerie umsahen. Free schlenderte an den Regalen seiner wunderschönen Werkstatt entlang. Sie notierte alle leeren oder fast leeren Farben, Lösungsmittel und Mischflüssigkeiten und zählte seine Pinsel. Wenn sie einen beschädigten entdeckte, legte sie ihn beiseite und notierte die Größe.

»Das summiert sich«, rief sie, als die Touristen mit ein paar Gemälden, die sie gekauft hatten, gegangen waren. »Ich habe eben die Bestellung eingegeben, und ich komme auf fast vierhundert.«

»Das ist nicht schlimm«, meinte Olly, während er zu ihr in die Werkstatt sah. »Bis jetzt hast du mir noch keine Angst gemacht. Ich brauche auch noch ein paar Leinwände und Papier.«

Sie diskutierten über Typen und Größen, und Free schloss den Bestellvorgang ab. »Sechshundertsiebenunddreißig Dollar.« Sie musterte ein wenig ängstlich Ollys Miene.

Er dachte darüber nach. »Das heißt, ich komme auf ungefähr achthundert, mit deinem Prozentsatz. Klingt vernünftig. Das würde ich auch ungefähr sonst ausgeben, und die Qualität ist eins a. Außerdem hast du vermutlich besser als ich gesehen, was knapp ist oder fehlt.« Olly streckte lächelnd die Hand aus. »Hat mich gefreut, mit dir Geschäfte zu machen, Free.«

Sie lachte entzückt und schüttelte ihm die Hand. Free schloss den Bestellvorgang ab, wählte ein Zahlungsziel von vierzehn Tagen, und Olly stellte ihr sofort einen Scheck aus. Sie ging, nachdem sie ihm versprochen hatte, seine Materialien vorbeizubringen, sobald sie eintrafen. Auf dem Heimweg hüpfte ihr Herz bei dem Gedanken, dass sie Olly geholfen hatte. Und das alles, indem sie Künstlerbedarf bestellt hatte, was praktisch ihre Lieblingsbeschäftigung war. *Wow.* Könnte sie mit so etwas vielleicht ihren Lebensunterhalt verdienen?

Ethan und Jorja waren bereits gegangen, als sie nach Hause kam, aber Tia war noch immer in ihre Arbeit vertieft. Das Bild des Mädchens sah umwerfend aus. Free schwärmte davon, und dann fragte sie Cameron, was zum Teufel er den ganzen Tag getan hätte, wenn er seine Arbeit nicht einmal angerührt hatte. Er grinste verlegen und murmelte, er hätte Tia doch nicht einfach allein lassen können.

»Meine Wolken sehen bescheuert aus«, seufzte Tia.

Free inspizierte sie und machte ein paar Vorschläge. Sie versicherte ihr, dass Wolken mit am schwierigsten zu malen seien. Tia murmelte etwas, während Free das Chaos aufräumte, das Jorja und Ethan hinterlassen hatten. Cameron gab ihr recht, während er Free nach einer Antwort suchend ansah.

»Was hast du gesagt?«, fragte Free.

»Tia findet, Sie sollten privaten Kunstunterricht geben. Sie sind eine richtig gute Lehrerin, Miss Patz.«

»Danke.« Free kicherte. Alle hatten offenbar Karriereideen für sie.

»Im Ernst«, sagte Tia errötend. »Sie können so gut erklären. Ms Lincoln nimmt manchmal einen Pinsel und arbeitet an einem

Bild, um einem eine Technik oder irgendwas zu zeigen. Ich mag es nicht, wenn jemand anders auf mein Gemälde malt. Aber *Sie* tun das nie.«

Free versuchte, sich ihr Entsetzen nicht anmerken zu lassen. »Oh, nein, das könnte ich niemals tun. Ich würde auch ausflippen, wenn jemand das bei mir machen würde.«

»Also, Sie sollten Unterricht geben. Zum Beispiel eine Malgruppe leiten, wo Sie den Leuten helfen.«

»Tun wir das nicht hier schon?«

»Ja, aber Sie könnten damit Kohle machen, Miss Patz«, warf Cameron ein. »Ich meine, berechnen Sie uns bitte nichts, wir sind ja schon Ihre Schüler.« Er grinste. »Aber andere Leuten könnten schon dafür zahlen.«

Free lächelte. »Das würde mir tatsächlich Spaß machen. Vielleicht werde ich darüber nachdenken, wenn mein Vertrag an der Schule ausläuft.«

»Ich wünschte, Sie könnten als unsere Lehrerin bleiben«, sagte Tia unerwartet, und dann verbarg sie ihr Gesicht, indem sie tat, als würde sie ihre Leinwand eingehend begutachten.

Free war gerührt. »Das wünschte ich auch«, erwiderte sie. »Aber wenn ich fertig bin, werde ich immer noch ab und zu in der Schule vorbeischauen, um zu sehen, wie es euch geht.«

Um halb fünf brachen die beiden schließlich auf und ließen Free mit ihren bedrückenden Gedanken allein. Finn schoss ihr prompt wieder in den Kopf – vor allem Finn und Phoebe. Sie hatte den ganzen Tag nichts von ihm gehört oder gesehen, und das war gut. Sie wollte ihn nicht sehen. Nicht jetzt … vielleicht niemals wieder. War er in diesem Augenblick mit Phoebe unterwegs? Hielten sie Händchen – küssten sich? Vielleicht waren sie im Bett gelandet. Oh, großer Gott, was, wenn er in genau diesem Augenblick nebenan mit Phoebe im Bett war? Ein Anruf kam herein, und sie schnappte sich dankbar ihr Handy. Sie sah Willows Namen auf dem Display.

»Hi, Will!«, rief Free, um einen positiven Ton bemüht. »Wie ist das Leben als verheiratete Frau?«

»Nicht viel anders als vorher, nur dass ich diese Frage offenbar viel öfter gestellt bekomme«, antwortete Willow.

»Wie geht's Tom?«

»Gut. Im Moment ist er dabei, den ganzen Inhalt von Dads Videosammlung zu digitalisieren, damit wir die VHS-Kassetten endlich entsorgen können.«

Free kicherte. »Der Glückspilz. Willkommen im Paterson-Clan.«

Willow gluckste zustimmend. »Und was ist mit dir? Wie war deine Woche?«

»Gut«, log Free.

»Das ist ja schön. Die Arbeit scheint dir Spaß zu machen.«

»Ja, sie ist fantastisch.«

»Ist es dir immer noch recht, über das lange Wochenende hierherzukommen und bei Dad zu bleiben?«

Free musste einen Moment darüber nachdenken, bevor ihr wieder einfiel, was sie versprochen hatte. »Ach ja! Natürlich!« Willows Hochzeitsreise nach Bali.

»Bist du sicher, dass es dir nichts ausmacht, über das ganze Wochenende nach Hause zu kommen? Sogar an deinem Geburtstag?«

»Natürlich nicht!« Free hatte die Idee, an ihrem Geburtstag mit Freunden ins Pub zu gehen, bereits aufgegeben. *Ich meine, was, wenn ich Finn und Phoebe über den Weg laufe, die bis über beide Ohren verliebt sind, während ich dort versuche, meinen Geburtstag zu feiern?* Da war sie zu Hause bei ihrem Dad besser aufgehoben.

»Danke.« Willow klang erleichtert. »Wir fliegen am Freitagmorgen los und kommen am Mittwochnachmittag nach Hause, das heißt, wenn du am Wochenende hier bist, wird Dad nur am Montag- und Dienstagabend allein sein.«

Free dachte darüber nach. »Eigentlich kann ich vermutlich auch am Montagabend noch bleiben, da es ein Feiertag ist. Streng genommen werde ich erst am Dienstag zu meinem Nachmittagskurs gebraucht. Normalerweise arbeite ich dienstags den ganzen Tag, aber ich werde Jay fragen, ob ich erst für den Nachmittagskurs und dafür am Mittwoch den ganzen Tag kommen kann.«

»Oh, das wäre toll«, meinte Willow. »Dann ist Dad nur eine Nacht allein. Er besteht darauf, dass er klarkommt, und ich glaube ihm ja auch, aber trotzdem …«

»Ja, ich verstehe schon«, sagte Free. »Ich werde das regeln, damit ich bis Dienstagmorgen bei ihm sein kann. Wo genau wohnt ihr in Bali?«

»Nusa Dua«, antwortete Willow.

»Oh, dort ist es herrlich«, rief Free aus. »Der Strand ist himmlisch. Macht ihr irgendwelche Touren?«

»Ja, eine Art Vulkan- und Tempeltour, glaube ich.«

Auf einmal wurde Free vom Reisefieber gepackt. »Toll. Ich bin ja so neidisch.«

»Tom will, dass wir uns Tattoos stechen lassen«, sagte Willow. »Ich habe gesagt, kommt nicht infrage.«

Free lachte schallend auf. »Vielleicht das Brandzeichen der Patersons-Rinder für dich, hm?«

»Das wäre vielleicht eine Überlegung wert.«

Sie lachten zusammen über Tattoo-Ideen für Willow, und als sie auflegten, fühlte sich Free schon viel besser … bis Finn ihr wieder in den Kopf schoss. Sie seufzte. Warum konnte sie ihn nicht einfach vergessen?

Es blieb ihr nichts anderes übrig. Sie würde malen müssen, bis es Zeit zum Schlafengehen war.

# Kapitel 11

Die Benachrichtigung, dass das *Mit-dem-Land-verwurzelt*-Mosaikwandkonzept genehmigt worden war, war am Montag in Jays E-Mail-Postfach. Frees Klasse war ebenso begeistert wie sie, und sie unterhielten sich alle aufgeregt über ihre Ideen für die Fliesen. Free blieb am Montagnachmittag länger, um eine Bestandsaufnahme aller Keramikmaterialien zu machen, und Jay und Aidan schauten vorbei, um zu sehen, wie sie sich abmühte, bevor sie nach Hause fuhren.

»Das ist ein ganz anständiger Vorrat an Glasuren«, bemerkte Aidan. »Ungeachtet der Marke.«

Free nahm ihre Kraft zusammen. »Das bereitet mir ein bisschen Sorgen«, wandte sie sich an Jay. »Bei dieser klaren Glasur bin ich mir nicht sicher, ob sie gut zu dem Ton passt, den du ausgewählt hast.«

Jay musterte Free. »Was meinst du damit?«

»Du weißt schon, Craquelé.« Jay blickte noch immer verständnislos, daher erklärte Free es ihr. »Feine Rissbildung in der Glasur.«

Jay lachte. »Ich weiß, was Craquelé heißt. Aber warum meinst du, wir könnten ein Problem damit haben?«

»Das kann passieren, wenn die Glasur nicht gut für den Ton geeignet ist. Du weißt doch, wie sowohl die Glasur als auch der Ton während des Brennvorgangs schrumpfen. Das kann in unterschiedlichem Ausmaß passieren.« Free überlegte, wie sie es am besten erklären könnte. »Stell dir einfach vor, du bist der Ton, und die Glasur ist eine Jeans. Wenn die Glasur nicht gut zu dem Ton passt, kann sie zu eng werden. Glasuren sind stark genug, um ein bisschen Anspannung auszuhalten, genau wie Jeans. Aber wenn die Anspannung zu groß ist, platzt sie buchstäblich auseinander. Es ist, wie wenn du dich bückst und deine Jeans reißt. Außerdem sind diese Unterglasuren alt. Sieh dir die hier an. Sie ist irgendwie verdorben.« Sie öffnete eine Flasche, die sie in der Woche zuvor inspiziert hatte, und zeigte Jay den geronnenen Klumpen auf dem Boden.

»Verdorben?« Aidans Stimme triefte vor Verachtung. »Wir reden hier von *Glasuren* – Chemikalien, nicht Backzutaten. Sie *verderben* nicht. Die Unterglasur muss nur mit ein bisschen Wasser verdünnt und gründlich umgerührt werden. Und diese klare Glasur wird meiner Meinung nach gut zu dem Ton passen, den Jay bestellt hat.«

»Nein, das glaube ich nicht«, entgegnete Free ruhig. »Ich habe eine Keramikkünstlerin in Italien besucht. Sie konnte nicht viel Englisch, aber ich habe trotzdem verstanden, was sie darüber gesagt hat, dass die Glasur passen muss …«

Aidan lachte. »Klingt, als ob da in der Übersetzung einiges untergegangen ist. Das ist völlig falsch.«

Free verstummte. Für einen Moment zweifelte sie an sich selbst. Aber nein – sie kannte sich damit aus. Giacoma hatte ihr das starke Craquelé an den Gefäßen gezeigt, die sie mit genau der Materialkombination hergestellt hatte, die sie jetzt in Betracht zogen.

»Ich bin besorgt um die Haltbarkeit der Fliesen, wenn wir diese Glasur verwenden«, erklärte sie.

Jay sah zwischen Free und Aidan hin und her. »Es wäre mit beträchtlichen Kosten verbunden, das alles zu ersetzen, Free. Das habe ich nicht einkalkuliert, da ich davon ausgegangen bin, dass wir bis auf den Ton alles haben, was wir brauchen. Es gibt einen kleinen Reservefonds, der das fast abdecken dürfte, aber damit wäre dann jeder Cent, den wir für das Projekt haben, aufgebraucht.« Sie legte den Kopf auf die Seite und musterte Free. »Bist du sicher, dass es ein Problem sein wird?«

»Das glaube ich absolut nicht«, bemerkte Aidan gedehnt.

Jay ignorierte ihn, den Blick noch immer auf Free gerichtet.

»Ich glaube wirklich, dass es ein Problem sein wird«, beharrte Free. »Ich werde noch ein paar Recherchen anstellen, um ganz sicher zu sein, aber ich denke leider, wir wären gut beraten, das Geld auszugeben.«

Jay nickte. »Na dann, gib die Bestellung besser auf.«

Aidan stand einen Moment da, reglos und mit hochgezogenen Augenbrauen. Free dachte, er würde sie – oder sogar Jay – beschimpfen, weil sie sich über seine Meinung hinwegsetzten. Sie saß da, die Schultern erwartungsvoll angespannt. Aber schließlich wandte er sich einfach nur ab und schlenderte davon, als kümmerte es ihn einen Dreck.

Free blieb in der Schule und recherchierte am Computer im Kunstbüro nach Ton und Glasuren, bis das Reinigungspersonal hereinkam und begann, um sie herum staubzusaugen. Als sie das Schulgebäude verließ, war sie jedoch überzeugt, dass sie recht hatte. Neue Materialien zu bestellen war weitaus sinnvoller, als mit dem alten Zeug ein Risiko einzugehen. Man musste sich nur die Enttäuschung der Schüler vorstellen, wenn ihre Fliesen in ein paar Jahren beschädigt oder ruiniert waren, weil sie dem Wetter in Kimberley nicht standhielten.

Erschöpft fuhr sie nach Hause. Sie hatte ein emotionales Wochenende und einen anstrengenden Tag hinter sich. Sie stellte den Wagen in die Garage, konnte sich aber nicht mehr dazu aufraffen, das Rolltor zu schließen. Sie entschuldigte sich im Stillen bei Beth. *Bin zu erledigt.*

An diesem Abend fühlte sich Free einsam. Draußen war es windig, und sie hörte seltsame knackende und splitternde Geräusche. Free wünschte, sie wäre zu Hause auf Patersons, während sie mit Max im Bett lag, der sich an ihre Seite gekuschelt hatte. Trotz ihrer Erschöpfung brauchte sie lange Zeit, um einzuschlafen.

Am Morgen wachte sie von einem grauenhaften Geruch auf. Free strich sich die Haare nach hinten und folgte dem Gestank zum Badezimmer. In der Badewanne lag ein Haufen Katzenkot.

»Oh, Gott, Max. Ist das dein Ernst?« Sie warf ihm einen vorwurfsvollen Blick zu. »Du hast doch ein Katzenklo!«

Max würdigte sie kaum eines Blickes. Er jaulte nur sein abgehacktes Miauen und versuchte, sie zu bewegen, ihm in die Küche zu folgen, damit sie ihm sein Frühstück machte.

Wie zum Teufel sollte sie mit diesem stinkenden Haufen umgehen? Wenn sie ihn mit der Hand berührte, würde sie ausflippen. Vielleicht würde sie sich sogar übergeben müssen. Sie erinnerte sich an eine Schachtel Einmal-Latexhandschuhe, die sie sich für die Arbeit mit Chemikalien gekauft hatte – sie war noch immer im Wagen. Sie schlüpfte in ihren Kimono und öffnete die Haustür, um über den feuchten Rasen zu stürzen, während sie mit der Fernbedienung an ihrem Schlüssel den Kofferraum aufspringen ließ.

»Autsch!« Sie war auf irgendetwas Scharfes getreten. Stechampfer? Als Free den Fuß hob, sah sie zu ihrer Bestürzung leuchtend rotes Blut aus einer Schnittwunde zwischen den ersten beiden Zehen sickern. Das war von einer Glasscherbe, nicht von einem Stachel. Tatsächlich lag überall auf dem Boden zerbrochenes Glas.

Dann sah sie es. An ihrem Wagen war eine Scheibe eingeschlagen. Free holte tief Luft und ging an die Seite, um besser sehen zu können, was passiert war. Eine Tür war angelehnt. Überall auf dem Fahrersitz lagen Scherben, und das Handschuhfach stand offen. Ihre alte CD-Sammlung lag auf dem Beifahrersitz verstreut, und das ganze Kleingeld aus ihrer Mittelkonsole war verschwunden. Selbst die Glücksbringer-Kristallkatze von Flavia – die sie mit Klebemasse an ihrem Armaturenbrett befestigt hatte – fehlte. Free wich einen Schritt zurück. Ihr Magen verkrampfte sich. Halb humpelte und halb rannte sie zurück zum Haus, aber anstatt hineinzugehen, stieg sie Finns Verandastufen hoch und hämmerte zitternd gegen seine Tür.

Es dauerte eine Ewigkeit, bis er öffnete. Er zog sich gerade ein T-Shirt über.

»Free?« Er sah prompt, dass irgendetwas nicht stimmte. »Was ist los?«

»Mein Wagen wurde aufgebrochen.«

»Ach du Scheiße. Geht es dir gut?« Er wollte die Arme nach ihr ausstrecken, trat stattdessen jedoch auf die Veranda. »Sehen wir es uns mal an.«

Sie ging voran zur Garage, aber ein paar Meter vor den Glasscherben blieb sie stehen und schlang die Arme um sich, während er näher trat und sich hinunterbeugte, um in den Wagen zu spähen.

Kurz darauf tauchte er wieder auf und ging über den Vorgarten auf sie zu. »Sie haben ein Riesenchaos angerichtet. Fehlt irgendwas?«

Free zuckte die Schultern. »Nur ein paar Münzen und andere Kleinigkeiten. Mein Telefon und meine Handtasche hatte ich bei mir im Haus.«

»Wo ist Max?«

*Ähm, was?* Vielleicht dachte Finn, dass die Diebe Max etwas angetan hatten. Sie hatte von Leuten gehört, die bei einem Einbruch Haustieren entsetzliche Dinge antaten.

»Er ist im Haus und wartet auf sein Frühstück. Es geht ihm gut.«

Finn betrachtete sie besorgt. »Du siehst aufgewühlt aus.«

Sie holte tief Luft, und dann brach sie in Tränen aus. Als Finn diesmal die Arme nach ihr ausstreckte, hielt er sich nicht zurück. Er zog sie an sich und strich ihr übers Haar.

»Ich weiß«, sagte er sanft. »Es fühlt sich fürchterlich an, wenn einem jemand so etwas antut. Es ist ja gut. Wir werden bei der Wache anrufen und Anzeige erstatten. Die Kollegen von der Spurensicherung werden kommen und sich die Sache ansehen. Falls es dich tröstet, vermutlich waren es nur Jugendliche, die es auf dein Kleingeld abgesehen hatten.«

»Ich glaube, ich habe sie gestern Nacht gehört«, stieß sie zwischen ihren Schluchzern hervor. »Ich hasse die Vorstellung, dass sie hier draußen meinen Wagen durchwühlt haben, während ich allein im Haus war. Was, wenn sie versucht hätten, ins Haus einzubrechen? Was, wenn es *keine* Jugendlichen waren?«

Er strich ihr wieder übers Haar, zog sie noch fester an sich. »Ich verstehe dich. Aber du bist ja nicht ganz allein hier. Du hast Max.«

»Finn! Das ist nicht witzig. Was würde Max mir denn nützen, wenn jemand ins Haus einbricht? Er könnte mich nicht beschützen. Er würde sich einfach unter dem Bett verkriechen.«

Finn schwieg, aber er hielt sie noch immer an sich gedrückt. Sie atmete seine Wärme ein, umklammerte seine Taille und vergrub das Gesicht in seinem T-Shirt, getröstet von dem gleichmäßigen Schlagen seines Herzens. Schließlich löste sie sich aus der Umarmung und sah zu ihm hoch. Seine warmen braunen Augen waren voller Besorgnis um sie – aber in seiner Miene lag noch irgendetwas anderes. Irgendetwas tief Beunruhigtes.

»Kann ich rüberkommen, um die Anzeige zu erstatten?«, fragte sie. Sie wollte in diesem Augenblick nirgends außer in Finns Nähe sein.

Er nickte. Während sie zurück zum Haus gingen, legte sie ihre Hand in seine. Es fühlte sich natürlich an. Es war ihr sogar egal, ob er keine romantischen Gefühle für sie hegte oder ausflippte oder mit Phoebe zusammen war oder was auch immer – denn in diesem Augenblick brauchte sie einfach nur seine Hand, die ihre hielt. Was immer er empfand, er stieß sie nicht weg. Max war hinaus auf die Veranda geschlüpft und saß geduldig auf dem Trenngeländer.

»Hol dein Telefon und deine Handtasche«, sagte Finn. Er bemerkte ihren Fuß. »Ach du Scheiße. Was ist da denn passiert?«

»Ach, keine Sorge, ich bin nur auf eine Glasscherbe getreten. Ich hole mir ein paar Taschentücher.« Sie ging ins Haus, gefolgt von Finn, und der Geruch des Katzenkots schlug ihr wieder entgegen. Sie stöhnte auf und ließ Finns Hand los. »Vielleicht möchtest du lieber draußen auf mich warten. Ich muss rasch etwas in Ordnung bringen. Max hat einen Haufen in die Badewanne gemacht.«

Finn riss den Kopf so schnell zu ihr herum, dass sie sich nicht gewundert hätte, wenn er sich wehgetan hätte. »Wie bitte?«

»Ich nehme an, sein Katzenklo war ihm nicht fein genug.« Sie verdrehte die Augen und versuchte zu lachen. »Ich sollte ihm auch etwas Futter geben.«

»Oh, wow, ich dachte, du meinst …« Er brach ab. »Das heißt, du hast einen *Kater* namens Max?«

Jetzt war es an Free, verblüfft zu sein. »Aber natürlich. Das weißt du doch.« Sie zeigte auf den gespannt wartenden getigerten Kater.

Finn klappte der Mund auf. »Das ist *mein* Kater. Er lebt bei mir.«

Sie starrten sich in verwirrtem Schweigen an. »Augenblick«, sagte Free schließlich. »Soll das heißen, Max lebt auch bei *dir?* Bist du sicher? Das ist nicht sein – keine Ahnung, sein Zwilling oder Doppelgänger oder so?«

»Dieser getigerte Kater hier, der so seltsam miaut, lebt eindeutig bei mir. Das tut er, seit ich im November hier eingezogen bin. Er schläft tagsüber sogar bei mir, wenn ich Nachtschicht habe.«

»Und nachts bei mir. Max, du Schlitzohr!«, schalt sie den Kater. »Wahrscheinlich isst du auch vier Mahlzeiten am Tag. Kein Wunder, dass du so mollig wirst.«

»Ich nenne ihn Donald. Weil er so klingt, als ob er quakt.«

Free lachte nervös auf. »Ich nenne ihn Max, weil ich schwören könnte, dass er das sagt. Das ist einfach zu seltsam.«

»Hey, vergiss im Moment den Katzenkot«, drängte Finn sie. »Der wird nirgends hingehen. Mach das später sauber. Hol einfach deine Sachen und komm rüber.«

Sie nickte und schlüpfte ins Haus, um rasch ihr Handy und ihre Handtasche zu holen, dann kam sie wieder heraus und schloss die Tür hinter sich ab.

Finn schien empört. »Max kommt nicht mit?«

Sie sah auf den Kater hinunter, der sie noch immer in zufriedenem Schweigen anstarrte.

»Nicht Max, der Kater. Max, dein Freund«, stellte Finn klar.

»Mein Freund?« Free klappte der Mund auf. »Was denn für ein Freund?«

»Max. Dein Freund.«

Sie war noch immer völlig verblüfft.

»Brille, dichte Augenbrauen. Mag Schlangen. Lebt hier.« Finn betrachtete sie besorgt. »Bist du sicher, dass es dir gut geht, Free? Hast du dir den Kopf angeschlagen? Vielleicht stehst du unter Schock.«

»Redest du von Max, dem Biologielehrer? Dem Schlangenfänger? Er lebt nicht hier. Und er ist nicht mein Freund!«

Finn schwieg. Erst als Free auf seine Veranda zuging, fand er seine Stimme wieder. »Wow, entschuldige«, sagte er, während er ihr langsam folgte. »Du hast gesagt, dass du mit Max hier lebst, daher habe ich gedacht …«

Sie schüttelte entschieden den Kopf. »Der Typ ist nicht mein Freund. Er ist nur ein Kumpel von der Arbeit.«

»Das heißt … dein Freund ist ein ganz anderer Max?«

»Mein *Freund?* Ich kenne nur zwei Max – meinen Kater und meinen Kollegen. Ich habe gar keinen Freund.«

Finns Miene veränderte sich auf einen Schlag vollkommen. Er errötete bis zu den Ohren, öffnete den Mund, um etwas zu sagen, aber dann fehlten ihm die Worte, und er machte ihn wieder zu. Schließlich richtete er sich auf und atmete langsam aus.

»Komm schon«, sagte er, während er seine Tür aufdrückte. »Lass uns den Anruf erledigen.«

Im Haus war Finn wieder ganz er selbst. Free versorgte ihren Fuß und wusch ihn im Waschbecken im Bad aus und stoppte die Blutung dann mit einer Handvoll Taschentüchern. Finn rief bei der Wache an, damit sie den Einbruch anzeigen konnte, und machte ihr eine Tasse Tee. Nachdem Free mit ihrer Anzeige fertig war, rief sie Jay an.

»Oh, nein, Süße«, rief Jay, als Free ihr berichtet hatte, was passiert war. »Geht es dir gut? Haben sie irgendetwas Wertvolles mitgenommen?«

»Nein, nichts Wichtiges«, antwortete sie, obwohl der Gedanke an Flavias Kristallkatze schmerzte.

»Willst du dir den Tag freinehmen?«

»Nein, ich werde kommen«, sagte Free. »Ich muss nur ein paar Sachen erledigen. Es wird etwas später werden, aber ich werde auf jeden Fall da sein, bevor unser Nachmittagskurs beginnt.«

»Schon gut. Mach dir keinen Stress. Komm einfach, wann du kannst.«

Als sie aufgelegt hatte, kniete Finn sich vor sie hin und nahm ihren Fuß in seine große, warme Hand. Er entfernte sanft die Taschentücher und inspizierte die Wunde.

»Sie sieht nicht allzu schlimm aus«, meinte er. »Ich glaube nicht, dass sie genäht werden muss, aber du solltest dir vermutlich eine Tetanusspritze geben lassen.« Er legte die Taschentücher wieder darüber und steckte sie sorgfältig zwischen ihren Zehen fest.

»Ich habe erst letztes Jahr eine Auffrischung bekommen«, sagte sie. »Es ist nichts Ernstes. Ein Pflaster dürfte genügen.«

Er starrte sie an. Frees Herz begann wieder zu rasen. Warum sah er sie so an? Als ob er sie noch nie zuvor gesehen hätte. Ihr wurde deutlich bewusst, dass sie nur mit einem leichten Seidenkimono über ihrem Unterhemd und ihrem Schlüpfer dasaß. Er ließ ihren Fuß los.

Finn stand auf, trat an die andere Seite des Tisches und setzte sich. »Sie haben nicht viel zu tun, daher werden sie heute Vormittag jemanden vorbeischicken.«

»Was?«

»Die Spurensicherung.«

»Oh.« Free kaute an ihrem Daumennagel, während sie auf das Telefon in ihren Händen starrte. Sie sollte es Beth sagen. Beth würde vielleicht wissen, was sie wegen des Wagens unternehmen sollte. Sie tippte eine Nachricht.

Mein Wagen wurde aufgebrochen. Sie haben die Scheibe eingeschlagen. Ich werde ihn nicht benutzen können, bis das in Ordnung gebracht ist.

Sie beendete die Nachricht mit zwei Emojis, einem weinenden und einem entsetzten Gesicht.

Beth rief prompt an. »Alles okay mit dir?«

»Ja, es geht mir gut.«

»Wo bist du?«

»Es geht mir gut, Beth. Ich bin bei Finn. Er kümmert sich um mich.« Sie lächelte Finn an, und er lächelte zurück.

Beth machte ein missbilligendes Geräusch. »Wo stand der Wagen?«

»In der Garage …«

»Abgeschlossen?«

Free zögerte. »Der Wagen war abgeschlossen.«

»Aber nicht die Garage?«

»Ich war wirklich müde …«

Beth seufzte. »Free, ich habe dir doch gesagt, dass du deine Garage jedes Mal abschließen sollst!«

»Tut mir leid. Es war nur dieses eine Mal.«

»Einmal zu oft.« Beth klang verärgert, und Free bereute es, sie überhaupt kontaktiert zu haben. »Ruf deine Versicherung an. Sie werden eine Reparatur bewilligen. Ich gehe immer zu Fonti's Automotive in der Lillypilly Street. Und dann ruf Willow an und frag sie, ob jemand von Patersons oder Quintilla heute in die Stadt kommen kann. Sie sollen dir einen Wagen schicken, den du benutzen kannst, solange deiner in der Werkstatt ist.«

Frees Reue schwand. Beth war so wunderbar kompetent. »Okay«, sagte sie leise.

»Bist du sicher, dass es dir gut geht?«

»Ja, alles okay, danke, Beth.«

»Ich kann nach der Arbeit vorbeikommen …«

»Nein, ich komme schon klar«, beschwichtigte Free ihre Schwester.

Sie beendete das Gespräch und rief ihre Versicherung an. Die Frau erklärte Free teilnahmsvoll, sie könne sich für die Reparatur tatsächlich an Fonti's wenden, und empfahl ihr, die Scherben fein säuberlich einzusammeln, bevor sie den Wagen zur Werkstatt brachte. Finn schnappte auf, worüber sie sprachen, und nachdem Free aufgelegt hatte, bot er an, ihr mit den Scherben zu helfen, sobald die Spurensicherung da gewesen war. Als Nächstes rief Free Willow an und erfuhr, dass ein Quintilla-Angestellter an diesem Tag zu Lebensmitteleinkäufen in die Stadt fahren würde. Willow versprach, einen Farmhelfer mit einem zusätzlichen Wagen zu schicken. Free dankte Beth im Stillen dafür, dass sie immer genau wusste, was zu tun war.

Bald darauf kam Finns Kollegin von der Spurensicherung – eine fröhliche blonde Frau um die fünfzig namens Jo.

»Wir hatten in letzter Zeit eine ganze Serie von Autoaufbrüchen«, berichtete sie Free lebhaft. »Du bist eine von dreien in der vergangenen Woche, also halt dich nicht für etwas Besonderes.« Sie lachte rau auf. »Bei den anderen Tatorten haben sie ein paar Fingerabdrücke hinterlassen, aber bislang gab es noch keine Treffer in der Datenbank.«

Free schloss ihr Haus auf und holte eine Kehrschaufel und den Staubsauger. Sobald Jo fertig war, machten sie und Finn sich an die Arbeit, um das Chaos zu beseitigen. Finn brachte Plastiktüten, um die Scherben einzusammeln, und holte ein Verlängerungskabel aus seiner Haushälfte, um staubsaugen zu können. Als er fertig war, wischte er die Türen und das Wageninnere mit antibakteriellen Reinigungstüchern ab.

»Ich kann nichts Ekelhaftes sehen, aber ich würde meinen Wagen reinigen wollen, wenn es mir passiert wäre«, meinte er.

Free bedankte sich bei Finn und ging ins Haus, um zu duschen. *Oh, wow*. Er hatte sogar Max' Kothaufen in der Badewanne beseitigt. Ihre Gedanken huschten zurück zu Finns absurdem Missverständnis: dass der Max, mit dem sie zusammenlebte, ihr Freund sei. Ihr *Kater*, du lieber Himmel! Aber es ergab Sinn. Er hatte keine Ahnung gehabt, dass sie ein Haustier hatte. Er hatte gedacht, ihr

Kater sei sein Kater. Unter der Dusche lachte sie schallend auf. Er musste wochenlang diesem Irrtum unterlegen sein – seit Max, der Biologielehrer, vorbeigekommen war, um ihr mit der Schlange zu helfen. Vielleicht sogar schon davor.

Auf einmal erstarrte sie, trotz des warmen Wassers, das ihr über den Rücken rann.

War das ... konnte *das* der Grund sein, weshalb er sich geweigert hatte, auf ihre Annäherungsversuche einzugehen? Weshalb er nie auf irgendeinen ihrer Schritte reagiert hatte? Weil er dachte, dass sie versuchte, etwas mit ihm anzufangen, während sie einen *Freund* hatte?

Oh. Mein. *Gott*.

Ausgeschlossen.

Aber er war doch mit Phoebe zusammen, rief sie sich in Erinnerung. Vielleicht war er wirklich nicht interessiert und hatte Phoebe von Anfang an gemocht. Schließlich war er »völlig verrückt nach einem Date« mit ihr gewesen. Frees Stimmung sank wieder – aber nicht bis auf den Nullpunkt.

Ein warmes, kleines Flackern der Hoffnung blieb.

Für die Dauer der Reparaturarbeiten an ihrem Wagen wurde Free ein verbeulter blauer Pick-up der Farm zur Verfügung gestellt. Es war ein tröstliches Gefühl, nach dem Autoaufbruch in einem Farmfahrzeug zu sitzen. Sie würde ihren Wagen gegen einen Geländewagen tauschen, sobald sie ein festes Einkommen hatte, entschied Free. Das war die beste Art Fahrzeug für Mount Clair. Sie wollte ihren kleinen Wagen jetzt sowieso nicht mehr behalten, nachdem irgendein Fremder ihn aufgebrochen und sie bestohlen hatte. Der Gedanke an die kleine Glücksbringer-Kristallkatze von Flavia betrübte sie jedes Mal, wenn sie sich daran erinnerte.

Wenn sie nicht schlief, stürmten Gedanken an Finn auf sie ein. Immer wieder kehrte sie zu dem verrückten Missverständnis zwischen ihnen beiden zurück. Wie hatte er ernsthaft glauben können, der Max, mit dem sie zusammenlebte, sei der Biologielehrer von der Schule? Sie sehnte sich danach, mit ihm darüber zu reden, aber Finn schien immer genau dann zu arbeiten, wenn sie zu Hause war. Außerdem musste sie sich bei ihm für seine Hilfe bedanken. Am Mittwochabend hielt Free es nicht länger aus und schickte ihm eine Nachricht.

Vielen Dank für deine ganze Hilfe gestern früh! Ich wäre völlig ausgeflippt, wenn du nicht da gewesen wärst. Und Max/Donald sagt, danke, dass du dich um seine beschämende Entgleisung gekümmert hast.

Offenbar war Finn in der Arbeit, denn es dauerte ein paar Stunden, bis er antwortete.

Gern geschehen! Du sahst so aufgewühlt aus, dass ich einfach Mitleid mit dir hatte. Und Donald/Max muss sich für mehr als nur einen Haufen in der Badewanne rechtfertigen. Dieser kleine Gauner!

Free kicherte.

Ich bin froh, dass er einen zweiten Besitzer hat. Ich fahre über das lange Wochenende nach Hause nach Patersons, und jetzt muss ich mir keine Sorgen um ihn machen.

Finn antwortete prompt.

Oh-oh. Ich fahre auch nach Hause. Mum und Dad fliegen nächste Woche nach Irland, um dort zu sein, wenn Aislinns Baby kommt, daher werde ich von Freitag bis Dienstag in Perth sein. Eigentlich wollte ich DICH bitten, Donald zu füttern!

Free schrieb zurück.

Schon gut. Ich habe damals für Willows Hochzeitswochenende einen dieser elektronisch programmierbaren Trockenfutterautomaten besorgt. Den werde ich für ihn aufstellen, und er kann auf der Veranda schlafen.

Puh!

Finn beendete seine Nachricht mit einem Smiley.

Free wollte die Unterhaltung unbedingt weiterführen, aber sie zwang sich, aufzuhören. Er war mit Phoebe zusammen. *Zum Teufel mit meinem mythischen Freund.* Sie seufzte.

Zu ihrer Verblüffung war es Finn, der die Unterhaltung weiterführte.

Wann ist dein Wagen fertig?

Freitag, schätzt Fonti's.

Gut zu hören. Ich bin in der Arbeit, daher mache ich jetzt besser Schluss, bevor Briggsy mich dabei erwischt, wie ich dir schreibe. Vergiss nicht, abzuschließen, okay?

Seit gestern früh achte ich höllisch genau darauf, abzuschließen!

Sie ging wieder auf die Bostons-Website, um ihre Online-Bestellung für die neuen Glasuren abzuschicken, um die Jay sie gebeten hatte. Jays Scheck steckte noch immer in ihrer Handtasche, fiel ihr ein, außerdem einer von der Schule und einer von Olly für seinen Galeriebedarf. Sie sollte morgen zur Bank fahren und die Schecks einreichen, denn sie würde ihre Bostons-Rechnung binnen einer Woche begleichen müssen.

Free ging ins Bett, wo sie dem schnurrenden Max die Ohren kraulte. Sie dachte daran, wie der Kater tagsüber bei Finn schlief und abends zurückkam, um bei ihr zu schlafen. Wie er seine Zeit zwischen ihnen beiden aufteilte. Sie lächelte im Dunkeln. Sie wünschte, Finn wäre zu Hause. Sie hätte ihn heute Abend gern singen gehört.

# Kapitel 12

Als Free am späten Vormittag zur Bank kam, waren nur zwei Schalter geöffnet, und sie musste über eine halbe Stunde zwischen aufgebrachten Rentnern in der Schlange stehen. Sie hoffte, sie würde nicht von Phoebe bedient werden. Sie mochte die Frau, aber sie war machtlos gegen diesen eifersüchtigen Stich, den sie jedes Mal verspürte, wenn sie Phoebes entzückendes Gesicht sah.

*Verdammtes Pech,* dachte sie kläglich. Wenn Finn diese ganze Sache nicht völlig falsch verstanden hätte, dann wäre er jetzt vielleicht mit Free zusammen anstatt mit Phoebe Challis.

Natürlich wurde Free, als sie an der Reihe war, an Phoebes Schalter gerufen. Die dunkelblauen Augen der jungen Frau hellten sich auf, als sie sie sah.

»Hi, Free! Wie geht's dir?«

»Gut, und dir?«

»Auch gut, danke. Was kann ich heute für dich tun?«

Free wühlte in ihrer Handtasche. »Ich wollte ein paar Schecks einreichen.«

Phoebe nickte und machte sich daran, die verschiedenen Posten in den Computer einzugeben. Sie schien eine Spur ernster als sonst. Vielleicht war sie einfach im Arbeitsmodus.

»Wie geht es mit dem Kunstprojekt voran?«, erkundigte sich Phoebe, während sie auf die Tastatur eintippte.

»Toll! Unser Thema ist genehmigt worden, das heißt, wir können jetzt endlich mit den Fliesendesigns loslegen. Die Schüler sind mit so viel Begeisterung dabei!«

Phoebe lächelte. »Das ist ja süß.«

»Aber ich hatte einen harten Start in die Woche. Mein Wagen wurde aufgebrochen.«

Phoebes Augen weiteten sich. »Oh, nein!«

»Doch. Zu Hause.«

Frees Gedanken kehrten wieder zurück zu Finn, der sich um sie gekümmert hatte, nachdem sie den Einbruch entdeckt hatte. Wie groß und stark er sich angefühlt hatte, als er sie in seinen Armen hielt – und wie zärtlich seine Hände waren, als er ihren blutenden Fuß untersucht hatte. Mit einem Ruck erinnerte sie sich, dass Phoebe und Finn ein Paar waren, und sie hatte ein furchtbar schlechtes Gewissen dabei, so an ihn gedacht zu haben.

»Ähm, vielleicht hat Finn es dir schon erzählt …«, begann sie.

Phoebe warf ihr einen raschen Blick zu. »Äh, Finn – er und ich –, wir sind nicht zusammen.« Free war sprachlos vor Verblüffung, und Phoebe lächelte angespannt. »Wir sind beide zu dem Schluss gekommen, dass der Funke nicht übergesprungen ist.«

»Oh!«

Phoebe seufzte und stempelte missmutig einen von Frees Schecks ab.

»Ähm, willst du vielleicht darüber reden?«, wagte Free sich vor.

Phoebe sah auf die Uhr auf ihrem Computer. »Ja, das wäre schön. Ich mache in zehn Minuten Mittagspause. Kannst du so lange auf mich warten?«

»Na klar. Treffen wir uns im Galileo's?«

Phoebe nickte und reichte ihr einen Beleg. Frees Herz raste, während sie die Bank verließ und sich auf den Weg zu dem Café machte. Zwischen Finn und Phoebe war es aus? Sie versuchte, Mitleid mit Phoebe zu haben, und scheiterte kläglich.

*Vielleicht* … Jetzt, wo kein imaginärer Freund mehr im Weg stand …

Free zügelte ihre Gedanken. Damit durfte sie gar nicht erst anfangen. Sie könnte sich prompt wieder eine Enttäuschung einhandeln, und überhaupt, was für eine Freundin wäre sie, sich an Phoebes Unglück zu weiden? Sie trat in das klimatisierte Café und setzte sich in eine Nische, um auf Phoebe zu warten, während sie mit ihren Haaren spielte und ihre Gedanken sich im Kreis drehten.

*Was, wenn …?*

*Nein! Hör auf,* schalt sie sich.

Binnen weniger Minuten tauchte Phoebe im Türrahmen auf und suchte die Tische ab. Free winkte, bis sie Phoebes Blick auffing.

»Hey.« Phoebe ließ sich auf den Platz ihr gegenüber fallen und sah Free zutiefst dankbar an. »Danke. Manchmal ist es leichter, mit jemandem zu reden, der nicht zum Kreis gehört, weißt du? Ich meine, du gehörst zum Kreis, aber nicht zum *engen* Kreis. Nicht *super*eng.«

Free nickte. »Ja. Ich weiß, was du meinst.«

Phoebe wirkte erleichtert. Sie einigten sich darauf, zuerst zu bestellen und dann zu reden, daher stellten sie sich an der Theke an, um türkische Häppchen und Getränke auszuwählen.

»Das mit Finn war seltsam«, begann Phoebe, als sie wieder Platz genommen hatten. »Ich meine, ich habe ihm gesagt, dass ich ihm zustimme, dass der Funke nicht übergesprungen ist – aber im Ernst, was soll man denn sonst zu jemandem sagen, der sich von einem trennt? Nicht dass wir überhaupt *zusammen* waren, nicht richtig jedenfalls. Es waren nur zwei Dates. Aber ich fand eigentlich, dass es ziemlich gut lief. Ich meine, er schien ein bisschen schüchtern zu sein. Ein bisschen langsam, wenn es darum ging, einen Schritt zu tun, weißt du? Er hat nicht einmal versucht, mich zu küssen. Aber ich dachte, vielleicht will er es langsam angehen lassen – ein Gentleman sein.«

Ein geheimer Teil von Free war überglücklich, dass Finn Phoebe nicht geküsst hatte. Sie verscheuchte den Gedanken und konzentrierte sich auf Phoebes Worte.

Phoebe stützte das Kinn in die Hände und die Ellbogen auf den Tisch und starrte Free an. »Aber dann, am Dienstagnachmittag, stand er nach der Arbeit bei mir vor der Tür und sagte, er wolle reden. Er sagte, er hätte nachgedacht und sei zu dem Schluss gekommen, dass wir besser nur befreundet sein sollten. Du weißt schon, der übliche Scheiß. ›Ich weiß deine Freundschaft wirklich zu schätzen, Phoebe. Du und ich, wir passen als Freunde so gut zusammen, und ich habe einfach keine romantischen Gefühle, *bla, bla, bla.*‹«

Phoebe versuchte zu lachen, doch dann traten ihr Tränen in die Augen. »Entschuldige. Eigentlich hat es gar nichts mit *ihm* zu tun, dass ich so aufgewühlt bin. Es ist dieses ganze Dating-Spiel. Manchmal denke ich, mit mir stimmt irgendetwas nicht.«

Frees eigene Augen wurden ebenfalls feucht. »Bist du *übergeschnappt?* Du bist witzig, cool, schön und rundum entzückend! Jeder Typ würde sich glücklich schätzen, dich zu haben.«

Phoebe kämpfte gegen die Tränen an. »Warum kann ich dann nicht einfach jemanden kennenlernen? Das war nicht das erste Mal, dass Briggsy versucht hat, mich mit einem Typen zu verkuppeln, weißt du. Es klappt nie.«

»Ich weiß, dass er dich damals auf ein Date mit Tom geschickt hat, aber im Ernst, Pheebs, Tom war ein aussichtsloser Fall.«

Sie schniefte. »Ich weiß. Briggsy hat mir erzählt, dass Tom schon seit einer Ewigkeit hinter Willow her war. Er versucht jedes Mal, mich aufzumuntern, wenn es wieder einmal schiefgeht. Inzwischen bin ich bei fünf.«

»Fünf was?«

»Fünf gescheiterte Verkupplungsversuche.«

Free klappte der Mund auf. »*Was?*«

Phoebe nickte wieder, während sie errötete. »Ich habe dir ja gesagt, mit mir stimmt irgendetwas nicht. Ich bin verflucht.«

»Sie können dir doch nicht alle eine Abfuhr erteilt haben. Da müssten sie ja blind *und* dumm sein.«

Phoebe lachte dankbar. »Na ja, da war Mick. Er ist nach zwei Wochen wegen der Arbeit nach Perth gezogen. Dann Alex. Er wollte zu unserem zweiten Date mit mir zum Känguruschießen gehen. Nicht mein Fall. Dann Tom. Er war in deine Schwester verliebt. Dann Ty. Er schien ein netter Typ zu sein. Anständiger Job, guter Humor und nicht in irgendeine andere verliebt – aber dann hat Briggsy ihn dabei erwischt, wie er an seine Arbeitskumpel Gras verkauft hat, und ihm verboten, mich zu treffen. Und jetzt Finn. Gutaussehend und süß, aber offenbar kein *Funke* zwischen uns.« Sie verzog das Gesicht.

Frees Entsetzen wuchs. »Soll das heißen, Briggsy hat versucht, dich mit diesen ganzen Typen zu verkuppeln?« Phoebe zuckte die Schultern. »Was zum *Teufel?* Wie willst du denn einen Typen kennenlernen, den du magst, wenn irgendein Großer-Bruder-Typ – der hiesige Sergeant, mein Gott – sich ständig einmischt, dir über die Schulter sieht und versucht, dich zu einer Beziehung zu drängen? So funktioniert das nicht! Liebe ist Zufall. Schicksal. Du lebst einfach dein Leben, und eines Tages triffst du dann den Richtigen.«

Plötzlich wurde Free bewusst, dass sie Beziehungstipps gab. Sie wand sich innerlich. *Was für eine Schwindlerin sie doch war.* Aber Phoebe starrte sie nur mit einem seltsam hoffnungsvollen Blick an. Sie lehnte sich zurück und schüttelte den Kopf.

»Ich weiß nicht, Free. Es ist so schwer, einen netten Typen kennenzulernen. Wenn Sean für mich die Vorauswahl trifft …«

»*Vorauswahl!* Was ist das denn, eine verdammte Rinderschau?« Free musste einen Moment innehalten, als der Kellner ihr Essen brachte, aber sobald er gegangen war, platzte es wieder aus ihr heraus. »Phoebe, es ist absolut falsch von Briggsy, sich so in dein Liebesleben einzumischen. Für wen hält er sich eigentlich? Vielleicht sollte er erst einmal versuchen, seine eigene verkorkste Beziehung wieder einzurenken, bevor er sich in die anderer Leute einmischt!«

Phoebe war verblüfft. »Was soll das denn heißen?«

»Du weißt schon, die Sache mit Kate. Das mit der festen Bindung.« Phoebe wartete, und Free begriff zu spät, dass sie ein Geheimnis ausgeplaudert hatte. »Vergiss, dass ich etwas gesagt habe. Vermutlich habe ich irgendetwas falsch aufgeschnappt.« Free steuerte sie zurück zu ihrem eigentlichen Thema. »Jedenfalls, dein Liebesleben ist *deine* Angelegenheit. Sag Briggsy, er soll sich da verdammt noch mal raushalten, sonst werde ich das für dich erledigen.«

Phoebe lachte schallend auf. »Okay, Free. Vielleicht hast du recht.« Sie wischte sich die Augen und kicherte wieder. »Ich kann mir schon vorstellen, wie du den großen, stämmigen Sean Briggs zusammenstauchst.«

Sie redeten über die Arbeit und Freunde, während sie ihren Lunch aßen. Free bat Phoebe, zu dem Vortrag über die Tierwelt am Herne River zu kommen, und als sie sich zum Abschied umarmten, sah Phoebe schon viel fröhlicher aus.

Free ging zu ihrem Pick-up auf dem Parkplatz der Bank. Im Wagen war es so heiß, dass sie sich die Hand an der Schnalle des Gurts verbrannte. Die Klimaanlage hatte sich noch kaum eingeschaltet, als sie zu Hause ankam, und ihr Kleid klebte an ihrer Haut.

Ihre Gedanken kehrten immer wieder zurück zu Phoebes Geschichte. Also hatte Finn die Sache mit ihr am Dienstagabend beendet? Am Dienstagmorgen hatte er erfahren, dass Free Single war. Aber vielleicht stellte sie eine Verbindung her, wo es gar keine gab. Vielleicht hatte er ohnehin vorgehabt, die Dating-Phase mit Phoebe zu beenden. Vermutlich war es nur ein Zufall. Free packte eine Tasche für ihr Wochenende auf Patersons, da sie am nächsten Tag nach der Arbeit nicht mehr nach Hause kommen würde, aber ihre Gedanken schlichen zurück zu dem Abend, als Finn sie nach der Hochzeit von der Farm nach Hause gefahren hatte. An dem Abend hatte sie ihn gefragt, ob sie noch mit zu ihm kommen könnte. *Wo ist Max?,* hatte Finn sie gefragt. Wo ist dein Freund? Er hatte ihr in Erinnerung gerufen, dass sie anderweitig gebunden war – zumindest nach dem, was er glaubte. Was wäre passiert, wenn er damals gewusst hätte, dass der einzige Max, mit dem sie zusammenlebte, ein gefräßiger getigerter Kater war?

Sie zwang ihre Gedanken, in die Gegenwart zurückzukehren. Finn war nicht zu Hause, soweit sie sehen konnte. Vermutlich war er in der Arbeit. Free ging in ihrem Haus auf und ab. Sie brannte darauf, die Wahrheit zu erfahren. Waren ihre ersten Instinkte, was ihn betraf, doch richtig gewesen? Sie hörte keine Geräusche, die ihr verrieten, dass Finn nach Hause kam, bis es zu spät war, daher konnte sie nicht mehr beiläufig bei ihm vorbeischauen. Sie nahm ihr Handy, wählte die leichteste Eröffnung, die ihr einfiel, und schrieb ihm eine Nachricht.

Hey, Finn, irgendwas Neues zu den Autoaufbrüchen? Irgendwelche Verdächtigen?

Er antwortete ein paar Minuten später.

Hi, Free. Noch nichts, tut mir leid. Lohnt sich vermutlich nicht, mit angehaltenem Atem zu warten.

Free nahm ihren Mut zusammen und tippte.

Kann ich kurz rüberkommen?

Eine Pause trat ein.

Im Moment ist es etwas ungünstig. Können wir es auf später verschieben?

Sie runzelte die Stirn.

Ich wollte dich nur etwas fragen.

Frag einfach.

Äh, *nein*. Sie würde das hier nicht über einen Chat tun. Sie ignorierte seine Bitte, es auf später zu verschieben, und nahm ihren Hausschlüssel, schloss die Tür hinter sich ab und kletterte über das Trenngeländer. Sie klopfte.

Als Finn die Tür öffnete, sah er wie verwandelt aus. Sein Gesicht war blass und angespannt, und seine Augen, wie ein kiesiger Fluss, waren überschattet, als würde eine Gewitterwolke über ihnen schweben.

»Finn!«, rief sie schockiert. »Was ist los?«

Er schwieg einen Moment unentschlossen, dann trat er zur Seite und bat sie herein.

»Willst du einen Kaffee oder …«

»Finn.« Sie packte ihn bei den Armen und zwang ihn, sie anzusehen. »Was ist passiert?«

Er sackte ein wenig zusammen. »Ich habe eben mit meinem Dad geredet. Mum musste früher nach Irland fliegen, weil bei Aislinn die Wehen eingesetzt hatten. Es ist ein Junge. Ich bin Onkel geworden.«

Free ließ ihn los. »Geht es deiner Schwester gut? Und dem Baby?«

»Ja, es geht beiden gut.«

»Na dann, herzlichen Glückwunsch.«

»Danke.« Er ließ sich auf einen Stuhl sinken, und Free blieb in seiner Nähe stehen. »Es ist nur, Dad hat mir etwas gesagt. Eigentlich wollten sie warten, bis ich sie dieses Wochenende besuche, um mir die Neuigkeit beizubringen, aber weil Mum früher fliegen musste, hat Dad entschieden, es mir schon jetzt zu sagen.« Er starrte zu Boden. »Sie gehen zurück. Für immer.«

»Zurück – nach Irland?«

»Ja. Sie wollen bei Aislinn und dem Baby sein. Und künftigen Enkelkindern, nehme ich an.«

»Oh, wow.« Die Brutalität der Worte raubte Free fast den Atem. »Und was ist mit *dir?*«

Finn zuckte die Schultern. »Mum und Aislinn standen sich schon immer sehr nahe. Ich nehme an, ich war immer ein bisschen unabhängiger als Aislinn. Sie versuchen, mich zu ermuntern, auch zurück nach Irland zu ziehen, aber sie wissen, dass ich Australien liebe. Meine Freunde und meine Karriere. Mein Leben. Das alles ist *hier*.«

Tränen rollten ihr über die Wangen, und als Finn es bemerkte, streckte er eine Hand nach ihrer aus und ergriff sie. »Nicht doch, Free. Wein doch nicht.«

»Entschuldige. Es muss dir das Herz brechen. Ich ertrage es nicht.«

Die Düsterkeit verschwand für einen Moment aus seinen Augen, und seine Miene wurde etwas sanfter. Aber dann verzog sich sein Mund zu einer harten Linie, und er senkte wieder den Blick.

»Dad fliegt morgen nach Irland. Er kommt in ein oder zwei Monaten noch einmal zurück, um alles zusammenzupacken und das Haus fertig für den Verkauf zu machen. Ich habe meine Reise nach Perth an diesem Wochenende storniert. Ein Glück, dass ich eine Reiserücktrittsversicherung habe, was?« Er lächelte sie halbherzig an. »Briggsy wird sich freuen. Er hat schon gestöhnt, dass er dieses lange Wochenende arbeiten muss, aber jetzt kann ich eigentlich seine Schichten übernehmen.«

Als sie ihn dort so schmerzerfüllt sitzen sah, wollte sie ihm am liebsten seine Traurigkeit nehmen. Free trat einen Schritt auf ihn zu und legte die Arme um ihn, zog ihn an sich, sodass sein Kopf an ihrer Brust ruhte. Sie konnte ihre Tränen nicht aufhalten. Nach einem verkrampften Moment entspannte sich Finn, schlang die Arme um sie und hielt sie schweigend fest.

Schließlich löste er sich von ihr und stand auf, um Wasser aufzusetzen. Sie glaubte zu sehen, wie er sich mit einem Arm über die Augen wischte, und ihre eigenen Tränen flossen noch immer ungehindert.

»Tee? Kaffee?«, fragte er.

Sie schüttelte den Kopf. »Nein, danke.«

»Was wolltest du mich denn fragen?«

»Ähm, habe ich vergessen.«

Er sah zu ihr zurück, und als er ihre Tränen bemerkte, reichte er ihr eine Handvoll Taschentücher. »Ich glaube, ich bin noch nie jemandem begegnet, der so einfühlsam ist wie du, Free Paterson.«

Sie hielt den Atem an, und dann ergriff sie die Gelegenheit. »Finn, sag deinen Urlaub nicht ab. Ich werde nicht zulassen, dass du ganz allein hierbleibst und dich schlecht fühlst. Komm übers Wochenende mit mir nach Paterson Downs.«

Er lächelte und machte den Mund auf, um etwas einzuwenden, aber sie sah ihn unverwandt an und beschwor ihn, sich einfach bereit zu erklären. Die Worte erstarben auf seinen Lippen.

»Ich werde mich um meinen Dad kümmern, weil Willow und Tom in den Flitterwochen sind«, ergänzte sie, in dem Wissen, dass er nur zustimmen würde, wenn sie es so hinstellte, als sei *sie* diejenige, die Hilfe brauchte. »Wirst du mitkommen? Mir helfen und Gesellschaft leisten?«

Sein ganzer entsetzlicher Schmerz war in Finns Augen zu sehen. Sie wollte ihn an sich ziehen und an ihm schluchzen, aber sie flehte ihn nur wortlos an, sich von ihr helfen zu lassen.

Schließlich zuckte Finn mit einer Schulter. »Klingt gut. Ich bin dabei.«

Finn fuhr mit dem Pick-up der Farm hinter Free in ihrem frisch reparierten Wagen her. Die einzige Erinnerung an den Einbruch war, dass ihr Wagen von innen ungewohnt sauber war und keine Bonbonpapiere oder Münzen in der Mittelkonsole lagen – oder eine Kristallkatze am Armaturenbrett klebte. Ihr Herz hämmerte jedes Mal, wenn sie einen Blick in den Rückspiegel warf und Finn in dem blauen Pick-up sah.

*Ein ganzes langes Wochenende mit ihm.*

Sie würde nicht so unsensibel sein und *das Gespräch* über ihre potenzielle Beziehung an diesem Wochenende führen. Das konnte warten. Der arme Mann trauerte. Er war im Begriff, auf einen Schlag seine ganze Familie zu verlieren. Sie konnte kaum glauben, dass seine Eltern ihm das antun würden. Aber ein klein wenig verstand sie es doch. Sie mussten sich entscheiden: für die Tochter mit ihrem neuen Enkelkind und den zusätzlichen Vorteil, zu ihrer Großfamilie in Irland zurückzukehren – oder für ihr derzeitiges Leben in Australien und den Sohn, der für seine Arbeit Tausende von Kilometern von zu Hause fortgezogen war. Sie konnte es ihnen nicht verdenken, aber sie hasste es trotzdem, Finn leiden zu sehen.

Nein, sie würde die Sache mit Phoebe oder das Missverständnis mit dem doppelten Max definitiv noch nicht zur Sprache bringen. Sie würde alles tun, damit Finn eine möglichst schöne Zeit hatte, und für ihn da sein, wenn er reden wollte. Sie würde seine gute Freundin sein. Das war, was er immer gewollt hatte, selbst wenn sie ihm mehr anbot. »Ich will wirklich mit dir befreundet bleiben«, hatte er bei der Talbot Gorge gesagt, während sie nur wenige Zentimeter vor seinem Körper Wasser trat. Sie schmolz ein klein wenig dahin. Er war so ehrenhaft.

Sie hielt bei einer Hochwasserableitung, und Finn kam hinter ihr zum Stehen. Free stieg aus, und er rief durch sein offenes Fenster: »Alles in Ordnung?«

»Macht es dir etwas aus, wenn ich kurz ein Foto schieße?«

Er lächelte. »Natürlich nicht.«

Sie nahm ihre Kamera vom Beifahrersitz und kletterte die Flussböschung des Herne hinunter. Er floss noch immer, aber er war glatt und träge, nicht der wilde Strom des vergangenen Monats. Free kauerte sich neben ein Stück getrockneten, rissigen Schlamm, der sich an den Rändern wie Rinde einrollte. Sie schoss ein Foto, dann schälte sie den Schlamm mit einem Finger zurück, und ihr Herz setzte einen Takt aus, als eine rote, wurmartige Larve zu sehen war. *Ekelhaft*. Aber faszinierend. Sie stellte das Objektiv scharf und machte mehrere Aufnahmen, versuchte, das leuchtende Scharlachrot vor dem bräunlicheren Rot des klebrigen Schlamms einzufangen. *Herrlich*. Free setzte den Teller aus getrocknetem Schlamm wieder darauf und stand auf. Sie machte noch ein paar Aufnahmen von der sanft dahinfließenden Oberfläche des Flusses und ging dann zurück zum Wagen, während sie Finn zuwinkte. Er winkte zurück, und sie fuhren weiter.

Sie war in Versuchung, an der Hochwasserableitung, die ihrem Zuhause am nächsten war, anzuhalten, um noch ein paar Fotos zu schießen, aber sie wollte Finn keine Umstände machen, daher fuhr sie weiter, bis sie das Paterson-Downs-Schild aus Holz und Stein erreichten. Das vertraute Gefühl von Geborgenheit erfüllte sie. Als sie sich dem Farmhaus näherten, versuchte sie, es mit Finns Augen zu sehen, in dem Wissen, dass er den Ort zum ersten Mal sah. Es war ein altmodisches Haus, wurde ihr bewusst, wobei sie leise kicherte. Brauner Backstein und flechtenverkrustete orange Dachziegel. Türbogen im Siebzigerjahrestil. Spitzenvorhänge über kupferfarbenen Jalousien.

Aber hinter dem Haus standen riesige Schuppen und Pferche voller lebhaftem Vieh, und der Herne River schlängelte sich unter einem weiten azurblauen Himmel durch Tausende Kilometer rotgrüner Landschaft.

Free stellte den Wagen ab, dirigierte Finn zu einem Parkplatz und ließ ihren Kofferraum aufspringen. Er trat an ihre Seite und nahm ihre Taschen, bevor sie es tun konnte, und sie schienen so leicht in seinen Händen zu liegen, dass es albern gewesen wäre, ihre Hilfe anzubieten. Aufgeregt führte sie ihn zum Haus.

»Ich kann es kaum erwarten, dir die Farm zu zeigen. Bitte entschuldige unser Haus. Es ist superaltmodisch, ich weiß. Offenbar stand hier früher einmal ein altes Cottage-Farmhaus, aber man hat es abgerissen und neu gebaut, als Dad ein junger Mann war. Du kannst dir bestimmt vorstellen, wie angesagt dieses Design in den Siebzigerjahren war. Hi, Jazz!« Free begrüßte einen Farmhund, der zur Begrüßung grinsend die Zunge heraushängen ließ. »Das hier ist der freundlichste unserer Hunde. Die anderen sind echte Workaholics. Sieh mal – da ist Willows Pony, Tuffie. Er ist zu alt zum Reiten, aber er hat die beste Koppel bekommen, mit Blick aufs Haus. Willow besteht auf diesem Platz. Dort ist es schön schattig, und Tuffie ist eine Art Haustier, daher will sie ihn nah beim Haus haben. Siehst du das hier?« Sie öffnete die Fliegentür und blieb stehen, um an die mit Drachen verzierte Messingglocke zu klopfen, bei der der Schwengel fehlte. »Das hier war Mums Glocke. Früher dachte ich immer, wenn man sie läutete, würde man den Drachen heraufbeschwören.« Sie trat durch die staubige Holztür ein. »Dad! Wir sind zu Hause!«

»Hier drinnen!«, ertönte Barrys Stimme.

Free führte Finn in die Küche. Sie beugte sich hinunter, um ihren Vater zu umarmen und zu küssen. Er saß am Küchentisch und arbeitete an einem Puzzle mit einem Foto von Wasserkanälen. Sie hatte es ihm in Venedig gekauft.

»Alles Gute zum Geburtstag, Schatz.«

»Danke, Dad.« Sie zeigte auf Finn. »Das hier ist Finn Kelly. Erinnerst du dich an ihn von der Hochzeit? Er ist Constable in Mount Clair, und auch mein Nachbar. Er war *so* nett zu mir, vor allem, als mein Wagen aufgebrochen wurde.«

»Ja, ich erinnere mich an dich, Finn.« Barry stand auf und gab Finn die Hand. »Free hat mir erzählt, dass sie übers Wochenende einen Kumpel mitbringt. Danke, dass du auf sie aufpasst. Die Stadt kann ein etwas raues Pflaster sein, was Verbrechen angeht, und wir sind es nicht gewohnt, abschließen zu müssen.«

»Ich habe den Wagen abgeschlossen, Dad«, warf Free ein.

»Ist das so?« Barry sah sie überrascht an. »Bethie hat gesagt, du hättest ihn nicht abgeschlossen.«

»Nein, das war das Garagentor.« Free verspürte einen Anflug von Ärger auf Beth, die sie bei ihrem Vater verpetzt hatte. »Wie auch immer, jetzt ist alles in Ordnung gebracht. Der Wagen ist so gut wie neu, und der Pick-up der Farm ist dank Finn auch wieder hier. Komm mit, ich zeige dir, wo du schlafen wirst«, wandte sie sich an Finn.

»Abendessen gibt's heute in der Farmküche«, rief Barry ihnen nach. »Um halb sieben.«

»Verstanden«, rief sie zurück.

Sie zeigte Finn das Gästezimmer, froh, dass Willow es für Tanyas kürzlichen Besuch ausgeräumt hatte. Die Kartons mit alten Kunstutensilien standen wieder in Frees Zimmer mit den Farbflecken.

»Wir haben eine Stunde bis zum Abendessen«, sagte sie. »Hast du Lust auf eine Tour über die Farm?«

»Eine Tour?« Finn rieb sich unsicher den Kiefer. »Ich kann aber nicht reiten. Oder hast du etwas anderes gemeint?«

Sie hatte nicht an Pferde gedacht, aber vielleicht wollte er ja eine Tour im Farmstil. »Wir könnten die Quads nehmen.« Free erinnerte sich an ihren letzten Versuch auf einem Quadbike. »Nur dass ich meines vielleicht zu Bruch fahren würde. Ich bin bei allem außer Autos eine echte Niete. Aber ich kann den Pick-up über die Feldwege fahren.«

Finn wirkte erleichtert. »Der Pick-up klingt gut.«

»Cool! Aber zuerst werde ich dich allen vorstellen.«

Sie ging mit Finn zur Farmküche, wo Jean derbe Witze über Finns Größe riss und Devi ihn nur in stillem Staunen anstarrte. Free rasselte die Namen der verschiedenen Farmhelfer, Hausangestellten und Viehtreiber herunter, die für die Viehtriebssaison gekommen waren.

»Und das hier ist Vern, unser stellvertretender Leiter«, machte sie Finn zuletzt mit dem stillen Mann bekannt, dem Willow mehr als irgendjemandem sonst auf Patersons vertraute. »Niemand weiß mehr über Rinder als Vern.«

Finn gab dem älteren Mann die Hand. »Ich habe großen Respekt vor Leuten wie Ihnen, die Pferde reiten und Vieh treiben können«, gestand er. »Das Einzige, was ich in meinem Leben je beherrscht habe, war ein Skateboard.«

Vern fand das zum Schreien komisch. »Dann solltest du morgen auf jeden Fall hier sein«, meinte er. »Ein paar Jungs wollen gern ein Fassrennen veranstalten.«

Frees Augenbrauen schossen hoch. »Weiß Willow davon?«

»Ja, sie weiß es«, antwortete Vern. »Sie wollte nur nicht hier sein, wenn es stattfindet.«

Free hüpfte geradezu zu dem Pick-up. »Da wirst du was richtig Tolles erleben, Finn! Ich habe hier draußen seit Jahren kein Fassrennen mehr gesehen.«

»Was in aller Welt ist denn ein Fassrennen? Ich stelle mir vor, man muss eine Kuh um ein Fass jagen …«

Free kreischte vor Lachen. »Falsch! Die *Kuh* jagt *dich* um das Fass!«

Er stöhnte auf, aber er brachte zum ersten Mal an diesem Nachmittag ein echtes Lächeln zustande. »Das werde ich dann wohl auf mich zukommen lassen müssen.«

»Genau. Und jetzt lass uns rasch eine Runde über die Farm fahren.«

Sie schauten in der Küche vorbei, bevor sie losfuhren, und baten Vern um Arbeit. Er half ihnen, ein paar Heuballen aufzuladen, um sie zu einer Wiese auf der Westseite des Farmgrundstücks zu bringen, wo das Weideland für die kleine Herde, die sich dort niedergelassen hatte, knapp war. Free durchquerte ein paar Pferche und Koppeln, bis sie im schwindenden Sonnenlicht den westlichen Weg erreichten.

»Also«, erklärte sie, »gleich kannst du auf die Ladefläche des Pick-ups klettern und die Heuballen dem Vieh hinwerfen.«

»Ich?« Finn lächelte. »Wie wär's, wenn ich fahre und *du* die Heuballen wirfst?«

»Vergiss es«, sagte sie entschieden. »Ich bin Künstlerin und habe zarte Finger. Du bist Polizist, und du hast brutal viel Kraft. Du wirfst die Heuballen, nicht ich.«

Er lachte, willigte aber ein. Sie holperte durch das Weidegatter, und das Vieh kam hungrig auf sie zu. Finn sprang auf die Ladefläche und warf Heu hinunter, als hätte er sein Leben lang nichts anderes getan. Free beobachtete ihn im Seitenspiegel, während sie über seine Kraft staunte.

*Verdammt heiß.* Sie könnte ihm den ganzen Tag dabei zusehen.

»Hoppla«, sagte er, als einer seiner Heuballen zu weit flog und die Hälfte des Heus auf der falschen Seite des Zauns landete.

Bevor Free ihn aufhalten konnte, war er auf den Boden gesprungen, hockte sich hin und steckte die Arme durch den Zaun, um das Heu zurückzuholen.

»Finn, nein!«, rief sie, aber es war zu spät. Eine ungeduldige Kuh hatte sich an ihm vorbeigedrängt, um ihren riesigen Kopf durch den

Draht zu stecken, sodass Finn zu Boden geworfen wurde. Finn steckte halb im Zaun und hustete roten Staub, das Gesicht in die Erde gedrückt. Free zog die Handbremse an und kletterte hinaus, um ihm zu helfen. Er zwängte sich durch den Zaun zurück, und sie stürzten beide zu dem Pick-up, bevor die restliche Herde auf sie zurannte. Sicher auf der Ladefläche angekommen, kicherte Free hilflos.

»Ach du heilige Scheiße!« Finns Brust bebte, während er auf das Vieh starrte. »Was war das denn eben?«

»Du hast ihnen den Rücken zugewandt«, stieß sie keuchend hervor. »Und du bist zwischen eine Kuh und ihr Futter gekommen.«

Finn sah zu, wie die Kühe sich um das Heu drängten und die Ballen auseinanderzerrten, während sie vor sich hin murrten. »Ich dachte immer, Kühe seien gutmütig.«

»Ja, das glauben die Leute gern.«

»Groß, sanftäugig, ruhig, irgendwie dumm …«

»Gar nicht dumm.« Free gab ihm einen Klaps auf den Arm, sodass etwas Staub von seinem Hemd aufwirbelte. »Sie sind vielleicht groß und sanftäugig, aber sie sind auch neugierig und voller Überraschungen.«

Er grinste sie an, und dann schwand das Grinsen ein wenig. »Das erklärt so einiges an dir. Auf einer Rinderfarm aufgewachsen. Neugierig und voller Überraschungen.«

Sie war sprachlos vor Verblüffung, aber Finn schob sich näher an das hintere Ende des Pick-ups heran, um die Rinder zu beobachten. Er kickte den letzten Rest Heu von der Ladefläche zwischen die Herde.

»Ich glaube, sie sind abgelenkt. Wollen wir einen Fluchtversuch wagen?«

»Los!«

Sie sprangen beide hinunter und kletterten in das Führerhaus des Pick-ups.

»Puh«, sagte Free. »Ich muss zugeben, Kühe machen mir höllisch Angst.«

»Ich glaube, mir machen sie inzwischen auch Angst.«

»Bleib das nächste Mal auf dem Wagen.«

»Oh, das werde ich bestimmt.«

Free setzte den Pick-up wieder in Bewegung und holperte über den Feldweg zurück zum Haus.

»Wenn du von hier nach Westen weiterfährst, kommst du zum Herne River. Das ist unsere Grundstücksgrenze. Ich würde ja mit dir dorthin fahren, aber es wird allmählich ein bisschen dunkel. Vielleicht morgen?«

»Klingt gut«, antwortete er. »Wie weit ist es?«

»Nur ungefähr fünfundvierzig Minuten vom Farmhaus.«

Er lachte. »Das ist super. ›Nur‹ fünfundvierzig Minuten, sagt sie. Die meisten Leute können in fünfundvierzig Sekunden von einem Ende ihres Grundstücks zum anderen gehen.«

Der Stolz zauberte Free ein Lächeln ins Gesicht. »Nicht hier oben. Um zur Südspitze von Patersons zu gelangen, müsstest du ein paar Tage fahren.«

Er schüttelte den Kopf. »Unglaublich. Ich frage mich, wie du in der Großstadt zurechtkommen würdest.«

»Ich habe einmal in einem winzigen Apartment in Stockholm gelebt. Und ich meine wirklich *winzig*. Es war okay, aber es hat sich nie wie ein Zuhause angefühlt – nur wie irgendein Ort, an dem ich wohnen konnte. Ich glaube, so würde ich mich in allen Großstädten fühlen. Aber es war ziemlich cool, einfach zu der Konditorei genau unter uns hinuntergehen zu können.«

»Uns? Du hast mit jemandem zusammengelebt?«

*Fangfrage?* »Majken, ja.« Sie spürte, wie Finn sie beobachtete. »Sie war Studentin«, ergänzte Free beiläufig, nur damit er es wusste.

»Ah, okay.« War das Erleichterung in seiner Stimme?

»Hast du Hunger?«, fragte sie.

»Und wie.«

»Sehr gut. Es ist fast Zeit zum Abendessen.«

# Kapitel 13

Der Speisesaal der Farm war nicht voll besetzt, aber es herrschte trotzdem der rege Betrieb eines Freitagabends. Da es Frees Geburtstag war, hatte Devi sich am Kochen beteiligt. Sie wusste, wie sehr Free authentisches malaysisches Essen liebte, und hatte Mee Goreng und Nasi Dagang gemacht. Free war wie im Rausch.

»Ich muss unbedingt bei dir in die Lehre gehen«, sagte sie zu Devi. »Du bist die Dagang-Meisterin.«

Finn machte sich über seine eigene Mahlzeit her, wie Free entzückt feststellte, während er der kleinen Gruppe von Viehtreibern zuhörte, die es liebten, einem Neuankömmling Geschichten von ihrem Wagemut und Geschick zu erzählen. Sie war froh, dass Finn die traurige Neuigkeit von seiner Familie für den Abend hinter sich gelassen hatte. Er sah ihren Blick und warf ihr ein Lächeln zu, aber in diesem Moment stellte einer der Viehtreiber ihm eine Frage, daher konzentrierte er sich wieder auf die Unterhaltung. Er war ein ganz besonderer Mann, dachte sie. Die Burschen mochten ihn, aber er ließ sich nicht in die Alphamännchen-Wettbewerbe hineinziehen, die sie von Typen gewohnt war, die in Hochrisikojobs wie dem Viehtrieb arbeiteten. *Sein* Job war auch hochriskant – und doch trug Finn ihn nicht wie eine Trophäe vor sich her. Er war nicht bei der Polizei, um Verbrecher zu bekämpfen. Er mochte es einfach, Leuten zu helfen, und er erwartete im Gegenzug Güte von ihnen. Sie seufzte. Was für ein schönes inneres Wesen Finn doch hatte.

Und sein Äußeres war auch verdammt nett anzusehen.

Nach dem Essen ließ ihr Vater die Lichter dämpfen, und Devi brachte eine Torte aus der Küche, auf der siebenundzwanzig Kerzen brannten.

»Hier ist meine Freya, siebenundzwanzig Jahre alt«, verkündete Barry, als der Kuchen vor ihr stand und die Kerzen über der ganzen Schokolade schmolzen. »Noch immer unsere kleine Fee, die um die Welt fliegt und verdammt schöne Kreationen erschafft. Ich behaupte nicht, dich zu verstehen, Schatz, aber ich liebe dich über alles, und ich könnte kein stolzerer Dad sein.«

Seine Rede trieb ihr so heftig die Tränen in die Augen, dass sie die Kerzen kaum ausblasen konnte. Die Torte – ein Croquembouche-Wunderwerk, das Jean und Devi gezaubert hatten – war ein voller Erfolg. Sie feierten bis in den Abend hinein, aber auf der Farm ließ man es selten spät werden, daher begannen die Angestellten gegen neun, sich in ihre Unterkünfte zurückzuziehen. Free und Finn kehrten zum Haus zurück, und Barry überreichte Free einen Gutschein, den sie online bei Bostons einlösen konnte.

»Woher hast du das gewusst?«, sagte sie atemlos.

»Ein kleines Vögelchen hat es mir gezwitschert«, antwortete ihr Vater.

»Du bist der Beste, Dad.«

Sie arbeiteten eine Weile mit Barry an seinem Puzzle, aber bald wünschte ihr Vater ihnen eine gute Nacht und ging ins Bett.

»Willst du noch eine letzte Tasse Tee?«, fragte Free Finn, als sie nur noch zu zweit waren.

»Das wäre schön.«

»Hör dir das an«, sagte sie, während sie auf dem Weg zum Wasserkocher stehen blieb. »Es regnet. Hörst du den Regen auf dem Terrassendach? Das ist mein Lieblingsgeräusch.«

»Dann sollten wir uns mit dem Tee draußen auf die Terrasse setzen«, schlug Finn vor.

Er ging hinaus, um einen Sitzplatz herzurichten, häufte Kissen auf das Zweier-Korbsofa und arrangierte den alten Bambus-Couchtisch so, dass sie ihre Füße darauflegen konnten. Er schob ihn bis an den Rand der Terrasse, sodass sie den Regen hören und die Blitze am Horizont zucken sehen konnten. Free stellte die Teetassen auf den Tisch und machte es sich neben ihm bequem.

»Mein Dad fliegt in ein paar Stunden ab«, sagte er. »Es fühlt sich verdammt seltsam an, dass ich bald der Einzige aus dem Kelly-Clan sein werde, der in diesem Land geblieben ist. Und das vermutlich auf Dauer.«

»Bist du dir absolut sicher, dass du nicht mit ihnen zurückgehen willst?«, fragte sie, obwohl ihr der Gedanke, dass er weggehen könnte, kein bisschen gefiel.

Zu ihrer Erleichterung nickte er. »Ich bin mir sicher. Ich kann mich noch gut an Irland erinnern, vor allem daran, wie kalt, grau und nass es war. Ich liebe Australien. Ich könnte unmöglich zurückgehen. Es ist passiert, es ist alles entschieden. Ich muss nur damit umgehen.«

Free sah in seine Richtung. »Das heißt nicht, dass du deswegen nicht traurig sein darfst, wenigstens für eine Weile.«

»Es hat keinen Sinn, sich in seinem Elend zu suhlen.«

Das fand Free ein wenig verwirrend. Sie an seiner Stelle wäre in Tränen aufgelöst. »Da hast du wohl recht.«

Er schwieg einen Moment. »Du hast deine Mum verloren, als du noch sehr klein warst, stimmt's?«

Sie nickte. »Woher weißt du das?«

»Briggsy hat es erwähnt. Es hat mir so leidgetan, das zu hören.«

»Danke. Sie ist an Brustkrebs gestorben. Ich war elf – eigentlich nicht so klein, aber es fühlt sich an, als ob es eine Ewigkeit her ist, dass meine Mum da war.«

»Das heißt, ungefähr zur gleichen Zeit, zu der ich nach Australien gekommen bin, hast du deine Mutter verloren. Große Lebensveränderungen für uns beide. Nicht dass meine mit dem vergleichbar ist, was du durchgemacht hast, nicht einmal annähernd, aber …«

»Nein, nein, ich weiß, was du meinst«, sagte sie. »Prägende Momente.«

»Es muss so schwer für dich gewesen sein, das als Elfjährige zu begreifen.«

»Ja.« Free dachte darüber nach. »Manchmal frage ich mich, ob ich Teile dieser Zeit einfach aus meinem Gedächtnis ausgeblendet habe. Es fühlt sich alles vage und surreal an. Ich kann mich kaum noch an irgendwelche Details erinnern, vor allem nicht, wie ich mich damals gefühlt habe. Ich kann mich erinnern, dass alle lange Zeit furchtbar traurig und still waren, aber das ist so ziemlich alles. Ich weiß kaum noch, wie es war, Mum bei uns zu haben. Es fällt mir sogar schwer, mich zu erinnern, wie ihre Augen aussahen.«

»Vielleicht ist das ein Bewältigungsmechanismus?«, überlegte er. »Ich meine, vielleicht hast du, als sie starb, für eine Weile dichtgemacht. Vielleicht ist das der Grund, weshalb du dich an nicht mehr viel erinnern kannst.«

»Ja, das könnte sein.« Free sah den Blitzen zu. »Ich habe Dad weinen sehen, und das hat mir Angst gemacht. Ich dachte, er würde nie weinen. Willow konnte sich nur noch mühsam aufrecht halten, und Beth hat sich völlig verändert. Sie ist über Nacht die herrische Beth geworden, die mir ständig gesagt hat, was ich zu tun hätte, und mich gezwungen hat, pünktlich ins Bett zu gehen, solches Zeug. Sie hat versucht, ein Elternteil für mich zu sein, nehme ich an. Aber dann, mitten in der zwölften Klasse, ist sie auf einmal verschwunden und in ein Wohnheim in der Stadt gezogen. Und dann war sie jahrelang an der Uni.«

»Ich kann mir nicht einmal vorstellen, wie das gewesen sein muss.« Seine Stimme war voller Mitgefühl. »In gewisser Weise muss es dich deinen Schwestern nähergebracht haben.«

Sie senkte den Blick zu ihrer Teetasse und kaute an ihrem Daumennagel. »Irgendwie schon«, platzte sie fast unfreiwillig heraus. »Ich werde nur das Gefühl nicht los, dass sie irgendwie mehr Glück hatten als ich. Sie hatten mehr Zeit mit Mum.« Oh, großer Gott, hatte sie das eben laut gesagt? Das hatte sie noch nie irgendjemandem erzählt – und sie war nicht einmal betrunken. Wie unreif und egoistisch …

»Ja, ich würde mich wahrscheinlich genauso fühlen.« Finn seufzte. »Jetzt, wo meine Eltern weggehen, versuche ich, nicht mehr so kleinlich zu sein, aber ich nehme es Aislinn unwillkürlich übel, dass sie nach Irland gezogen ist. Es wäre überhaupt kein Thema, wenn sie noch immer in Perth leben würde.«

Free atmete aus, überglücklich, dass er ihr Eingeständnis nicht verurteilte. »Ich weiß, dass Beth einen Brief von Mum hat, und Willow hat ihren Anhänger. Ich habe nichts. Ich versuche, nicht neidisch zu sein, aber …« Free brach ab und sah Finn an. »Aber vermutlich nützt es nichts, darüber nachzugrübeln … dir auch nicht.« Er machte ein zustimmendes Geräusch. »Wie war es dort, wo du in Irland gelebt hast?«, fragte sie.

Finn trank einen Schluck von seinem Tee. »Wir hatten ein altes Reihenhaus an einer stark befahrenen Straße, daher war dort ständig viel Verkehr. Mum hat uns nie vors Haus gelassen, weil sie Angst hatte, wir könnten von einem Auto angefahren werden. Aber hinter unserer Häuserzeile gab es eine Gasse, die zu einem Sportplatz geführt hat, deshalb haben wir dort immer unsere Freunde getroffen. Ich habe viel Fußball gespielt.«

»Was war mit der Schule?«

»Die Schule war ganz in der Nähe, daher sind wir jeden Tag zu Fuß hingegangen, bei jedem Wetter.« Auf einmal lachte Finn. »Ich kann mich erinnern, wie mich unsere Lehrerin, kurz bevor wir auswanderten, nach vorn rief und verkündete, dass Finn Kelly nach Australien gehen würde. Sie nahm an, ich wüsste alles über das Land, in das wir ziehen würden, und sagte den anderen Kindern, sie könnten mir Fragen dazu stellen. Sie wusste nicht, dass ich genauso wenig Ahnung davon hatte wie alle anderen. Sie stellten mir alle möglichen Fragen wie zum Beispiel, ob ich vor meiner Abreise gegen Schlangenbisse geimpft werden müsste, welche Sprache man in Australien sprach, ob ich ein Känguru als Haustier bekommen würde – solche Sachen.«

Free grinste. »Was hast du gesagt?«

»Ich habe mein Bestes getan.« Er schlug nach einer Mücke. »Nein, ich wurde nicht gegen Schlangenbisse geimpft, aber ich würde vermutlich eine Gegengiftbehandlung bekommen. In Australien sprechen sie Aussie, was eine Art englischer Dialekt ist. Und ja – verdammt, ja, ich würde ein Känguru *und* einen Koala als Haustiere bekommen.«

Sie kicherte. »Köstlich. Und deine Familie, wie ist sie so?«, fragte sie. »Erzähl mir mehr von ihnen.«

»Dad ist groß, so wie ich, auch wenn ich letztendlich noch größer geworden bin. Er ist ein Autofreak. Er war Mechaniker, aber heutzutage arbeitet er bei einem Servicecenter in der Werkstatt, bestellt Ersatzteile und so. Er findet sicher, dass ich nicht normal bin, weil ich kein Auto besitze. Früher hat er oft Stunden damit zugebracht, nach einem guten Deal für mich zu suchen, aber ich bin irgendwie nie dazu gekommen, mir eines zu kaufen. Das hat ihn fast wahnsinnig gemacht. Er hat einen Blick für ein Schnäppchen, weißt du, und er hatte kein Verständnis dafür, dass ich für Autos nichts übrighatte. Als ich …« Finn brach ab und sah Free im Dunkeln kurz an, aber dann fuhr er verlegen fort. »Als ich mit Elyse zusammen war, haben wir uns ihren Wagen geteilt. Dann erfuhr ich, dass ich nach Mount Clair hochkommen würde, daher dachte ich, ich würde mir hier vor Ort einen kaufen. Aber bis jetzt brauche ich nicht unbedingt einen Wagen. Ich kann zu Fuß zur Arbeit gehen, oder jemand nimmt mich mit, und Briggsy leiht mir seinen Wagen, wenn ich doch einmal einen brauche. Und die restliche Zeit nehmen wir die Polizeifahrzeuge.«

»Ich hatte auch eine Ewigkeit kein Auto«, sagte Free mit einem Nicken. »Beth hat das, das ich jetzt fahre, für mich gefunden. Eine ihrer Patientinnen, eine kleine alte Dame, musste mit dem Autofahren aufhören. Beth hat mich mehr oder weniger genötigt, der Frau den Wagen abzukaufen.« Sie lachte, kam sich albern vor. »Bei meiner großen Schwester knicke ich einfach immer ein.« Sie nahm einen Schluck von ihrem Tee. »Und was ist mit Aislinn? Ist sie älter oder jünger als du?«

»Älter. Sie ist dreißig.« Er zog sein Handy hervor. »Ich wollte es dir schon vorhin zeigen, aber dann wurde ich von der Kuhfütterung abgelenkt. Sieh dir das an. Sie hat mir Fotos von meinem neuen Neffen geschickt. Sie haben ihn Henry genannt.« Er zeigte ihr ein paar Fotos eines rotgesichtigen Babys mit winzigen dunklen Augenschlitzen. Er wurde von Aislinn gehalten, einer stämmig aussehenden jungen Frau mit einem rundlichen, lächelnden Gesicht und roten Haaren.

»Er ist entzückend!« Free studierte das Foto. »Du siehst deiner Schwester nicht sehr ähnlich. Bis auf das Lächeln.«

»Sie ist eher wie Mum«, meinte er, während er das Handy weglegte. »Klein und rund.« Er schüttelte den Kopf. »Ich kann noch immer nicht glauben, dass Aislinn jetzt Mutter ist. Ich hoffe, sie ist zu dem kleinen Henry netter, als sie zu mir war.«

»Was meinst du damit? War sie gemein zu dir?«

»Nicht übermäßig«, versicherte er ihr. »Nur die typischen Streitereien zwischen Bruder und Schwester. Sie hat mich verpetzt, wenn ich irgendetwas kaputt gemacht habe, und dann habe ich mich in ihrem Kleiderschrank versteckt, um ihr Angst zu machen, solche Dinge.«

»Und deine Mum ist so wie sie?«

»Ja, dem Aussehen nach. Und ich nehme an, Aislinn ist auch der Persönlichkeit nach so wie Mum geworden. Mum hat ein gutes Herz – sie will immer, dass es allen gut geht, hilft weiter, wenn jemand in der Klemme steckt. Sie arbeitet hart, so viel steht fest.«

»Hat sie auch einen, äh, bezahlten Job?«

»Ja, sie arbeitet in der Verwaltung. Buchhaltung, Sekretariatsaufgaben, all so etwas.«

Free dachte über Finns Familie nach. Sie stellte sich einen hochgewachsenen, sorgenvollen Vater mit ölverschmierten Knöcheln vor, der in eine Autozeitschrift vertieft war und Finn jedes Mal zu sich rief, wenn er einen guten Deal entdeckte. Eine kleine, mollige Mutter mit rotbraunen, allmählich ergrauenden Haaren, die einen Schokoladenkuchen für eine Familie backte, deren Kind im Krankenhaus war. Daher hatte Finn also seine überwältigende Freundlichkeit, entschied Free. Und Aislinn – sie war vermutlich fröhlich und rothaarig und half ihrer Mum beim Backen, während sie gleichzeitig Finn verpetzte, wenn er die Kochschokolade stibitzte.

»Ich wünschte, ich könnte sie kennenlernen«, platzte sie heraus.

»Das ist jetzt wohl ziemlich unwahrscheinlich«, erwiderte er tonlos.

*Autsch.* Free wollte vorschlagen, er solle sich vornehmen, seine Familie in Irland zu besuchen, aber sie hatte den Eindruck, dass Finn nicht bereit war, eine Lösung für das Problem zu finden. Sie wäre es auch nicht.

»Was würdest du morgen gern unternehmen?«, fragte sie in einem Versuch, die Stimmung aufzuhellen.

»Abgesehen von diesem geheimnisvollen Fassrennen? Ich bin mir nicht sicher. Gibt es noch irgendwelche anderen Jobs, die erledigt werden müssen?«

»Du willst hier arbeiten?«

Finn zuckte die Schultern. »Ja. Oder was immer du tun willst. Was würdest du denn normalerweise tun, wenn du übers Wochenende zu Hause bist?«

Free wand sich. »Äh … ausschlafen. Malen. Mit Dad Puzzles legen.«

Er lachte. »Ausschlafen … das tue ich nicht sehr oft, aber ich bin gern bereit, es zu versuchen. Malen? Ich kann malen, wenn es um Wände oder Türen geht. Und Puzzles, okay, das ist etwas, wofür ich mich aufrichtig begeistern könnte.«

»Ich verspreche dir, morgen werde ich nicht sehr lange ausschlafen. Ich werde uns ein paar Aufgaben suchen, und dann, wenn es uns zu heiß wird und wir zu müde zum Arbeiten sind, werden wir Dad wieder bei seinem Puzzle helfen. Und irgendwann wirst du dann ein Fassrennen sehen.« Sie musterte ihn. »Klingt das okay?«

»Klingt fantastisch.«

Sie tranken ihren Tee und betrachteten ein paar Minuten schweigend das Gewitter in der Ferne, dann stellte Finn seine Tasse auf den Tisch und erhob sich.

»Warte hier«, sagte er zu ihr.

Sie gehorchte. Kurz darauf war er wieder da und legte ihr ein kleines Päckchen in den Schoß.

»Was ist das?«

»Ein Geburtstagsgeschenk.«

»Finn! Du hättest doch nicht …«

»Klar hätte ich«, unterbrach er sie. »Es ist dein Geburtstag. Außerdem hast du mich übers Wochenende hierher, zu dir nach Hause, eingeladen, und das war …« Er brach ab, aber dann fuhr er rasch fort. »Das war wirklich nett von dir. Und überhaupt, das hier zählt kaum als Geschenk, so klein, wie es ist.«

Er hatte so viele gute Gründe, dass sie nicht mehr versuchte, etwas dagegen einzuwenden. Sie wickelte eine glänzende grüne Pappschachtel aus. Als sie den Deckel abnahm, fand sie eine kleine Figur einer getigerten Katze. Free hielt sie ins Licht des Küchenfensters.

»Finn, das ist so cool! Das ist ja ein winziger Max!«

»Donald«, berichtigte er sie grinsend.

»Ist das Keramik?«

»Ja, Porzellan.«

»Er ist so *süß!* Weißt du, in meinem Wagen hatte ich eine kleine Katze, aber sie wurde gestohlen. Die hier kann ihren Platz einnehmen!«

»Mir war deine Kristallkatze aufgefallen, und ich dachte mir schon, dass sie gestohlen worden sein muss«, sagte Finn. »Die hier ist ganz anders, aber …«

»Nein, ich mag sie so, wie sie ist. Die andere war von einer Freundin, daher könnte ich sie sowieso niemals ersetzen, selbst wenn ich es versuchen würde. Aber die hier ist perfekt, weil sie anders ist. Die hier kann meine neue Glücksbringer-Autokatze sein.« Sie drehte sie zwischen den Fingern, um sie zu begutachten, entzückt von Finns aufmerksamer Geste.

»Ich wusste, sie würde dir gefallen. Ich wollte eigentlich eine Kleinigkeit wie ein paar Pralinen oder Wein besorgen. Aber dann habe ich das hier gesehen und musste es für dich kaufen.«

»Du *verstehst* mich wirklich«, sagte sie, während sie ihn anlächelte.

»Du bist leicht zu *verstehen,* weil du einfach du selbst bist.«

»Danke!« Free schwieg einen Moment. »Ich nehme an, das war ein Kompliment.«

»Natürlich war es das. Du bist genau wie eines deiner Gemälde – nur Licht und Farbe, nichts Gekünsteltes.« Finn hielt ihrem Blick stand, und Frees Herz hämmerte plötzlich auf Hochtouren. Eine Sekunde lang dachte sie, er würde vielleicht näher heranrutschen, aber dann bellte draußen im Hof ein Hund und erschreckte sie. Free stand auf, um zu sehen, was los war, aber soweit sie in dem düsteren Licht sehen konnte, war alles in Ordnung. Finn erhob sich ebenfalls.

»Was war das?«, fragte er

»Wohl nur ein Hund.«

Er streckte sich. »Zeit fürs Bett.«

»Ja.« Free nahm die Tassen und ging ins Haus und stellte sie in die Spüle. »Handtücher sind in dem Schrank im Bad – nimm dir einfach, was du brauchst. Wenn ich morgen um neun noch nicht auf bin, wirf etwas nach mir.«

Er lachte schallend auf. »Das könnte ich dir niemals antun.«

»Nein, im Ernst, tu das. Sonst bleibe ich den ganzen Tag im Bett.«

»Okay.« Er folgte ihr den Flur hinunter. »Du hast es so gewollt.«

Vor ihrer Schlafzimmertür blieb sie stehen. »Gute Nacht, Finn.«

»Gute Nacht, Free.«

Sie umarmte ihn, und es war wundervoll – fest, aber trotzdem irgendwie sanft. Er roch leicht nach Aftershave, mit einer angenehmen Mischung aus Sonnencreme und Heu. Hitzewellen breiteten sich in verschiedenen Stellen ihres Körpers aus. Es wäre so leicht, mit einer Hand hoch zu seinem Nacken zu gleiten und sich zu einem Kuss nach oben zu strecken …

Free ließ ihre Hände, wo sie waren. Sie würde ihn nicht in einem verletzlichen Moment ausnutzen. Er litt, zutiefst erschüttert von der Entscheidung seiner Familie – und ihn jetzt mit einer Knutschattacke zu überrumpeln, würde ihn nur noch mehr verwirren. Sie würde ihm Zeit lassen, um seine Traurigkeit zu bewältigen, bevor sie durchblicken ließ, dass sie noch immer interessiert war.

Sie löste sich aus der Umarmung und öffnete ihre Schlafzimmertür. »Wir sehen uns morgen früh.«

Im Bett haftete ihr sein Geruch noch immer an. Er machte ihr das Einschlafen schwer.

# Kapitel 14

Free wachte um acht Uhr auf, froh, dass sie sich nicht blamiert hatte, indem sie lächerlich lange ausgeschlafen hatte. Sie schlüpfte in Shorts und ein T-Shirt und machte sich auf die Suche nach Finn. Ein Blick durch die offene Tür seines Zimmers verriet ihr, dass es ordentlich und leer war. Weder er noch ihr Vater waren im Haus.

Free trat durch die Hintertür in den Sonnenschein hinaus. Die Erde war dunkel rostbraun, feucht vom nächtlichen Regen, aber der Himmel war klar und strahlend blau. Schließlich entdeckte sie Finn. Er stand mit Barry bei einer Pferdekoppel, wo sie, auf das Gatter gestützt, miteinander plauderten.

»Finn hat euch beide schon zu jeder Menge harter Arbeit angemeldet, Free«, rief Barry, als sie näher kam. »Angefangen damit, die Pferche von den Kuhfladen zu säubern.«

»Was zum Teufel?« Free starrte Finn an. »Bist du übergeschnappt?«

Die beiden Männer lachten, und sie begriff, dass ihr Vater einen Witz gemacht hatte. Free verdrehte die Augen.

»Dein Dad hat mir das mit der Viehzählung erklärt«, sagte Finn. »Schade, dass wir zur falschen Zeit hier sind, sodass wir sie nicht sehen werden.«

»Na ja …« Free blickte zweifelnd. »Das ist eine ziemlich laute und staubige Angelegenheit. Und es stinkt. Ich schätze, man *könnte* es interessant nennen, aber es ist wirklich kein Spaß.«

»Ich kann mir nur vorstellen, wie hart die Arbeit sein muss, aber das alles – die Zählung, Inventur, Brandmarkung und so weiter – mit eigenen Augen zu sehen? Das klingt fantastisch.«

»Wir brandmarken die Rinder auf Patersons nicht mehr mit heißen Eisen«, erklärte sie. »Willow hat auf Kaltbrand umgestellt. Das ist für die Rinder viel angenehmer.«

»Ja, das hat Barry mir erzählt. Davon hatte ich noch nie etwas gehört. Aber es ist bestimmt besser als ein glühend heißes Eisen auf dem Hinterteil, oder?«

»Du sagst es!« Free warf einen Blick auf ihren Vater. »Was stehen denn dieses Wochenende für Vieharbeiten an, bei denen Finn helfen könnte, Dad?«

»Die Burschen wollten ein paar Färsen auf Trächtigkeit untersuchen.«

Finn runzelte verständnislos die Stirn, und Free sah ihn mit weit aufgerissenen Augen an. »Frag nicht. Du willst lieber nicht wissen, was sie da machen. Davon halten wir uns am besten einfach fern.«

Sie werkelten den Tag über rund ums Farmhaus. Finn half Barry bei ein paar Reparaturarbeiten, und als er fertig war, spielte er mit Free ein Brettspiel. Nach dem Mittagessen erkundigte sich Free bei Vern, ob sie ihm bei irgendetwas helfen könnten, und er schickte sie noch einmal los, um das Vieh zu füttern. Sie wären gern noch weiter zum Fluss gefahren, aber schwere Gewitterwolken brauten sich zusammen, und Free gefiel der Gedanke nicht, bei einem Gewitter fast eine Stunde von zu Hause entfernt in einem Pick-up festzusitzen. Als sie zurückkamen, hatten die Vorbereitungen für das Fassrennen bereits begonnen. Ihr Vater kam mit seinem Hut auf dem Kopf aus dem Haus und lehnte sich gegen das Gatter des Pferchs, um zuzusehen, wie das Team aufbaute. Seine Augen funkelten vor Vorfreude.

»Dad war früher Rodeoreiter«, erklärte Free Finn, während sie an einem anderen Zaunabschnitt standen.

Finns Augenbrauen schossen hoch. »Wirklich? Diese Typen sollen verrückt sein, habe ich gehört.«

Donner grollte in der Ferne, während die Viehtreiber Metallfässer zu einer grob dreieckigen Anordnung in den nächstgelegenen

Pferch rollten. Die jüngeren Teammitglieder verharrten in gespannter Erwartung, und die älteren, erfahreneren Viehtreiber lachten und zogen sich gegenseitig auf, während sie zu den Ställen gingen, um aufzusatteln. Ein schrilles Wiehern ertönte in der Nähe, und Free sah, wie das alte Pony Tuffie mit neugierig aufgestellten Ohren die Fässer beobachtete.

»Oh, wow, sieh ihn dir an«, rief sie. Sie packte Finn am Arm und zeigte in die Richtung. »Er war ein Rodeopony, bevor Willow ihn bekommen hat. Er weiß genau, was los ist!« Finn lachte, aber auf einmal wurde Free bewusst, wie fest sie ihn hielt. Sie ließ seinen Arm los, während sie versuchte, nicht darüber nachzudenken, wie erstaunlich hart und muskulös er war. *Großer Gott*. Es fiel ihr immer schwerer, Finn nicht zu berühren.

Sobald die Fässer aufgestellt waren, ritten die Viehtreiber unter dem Jubel der zuschauenden Angestellten auf ihren ausgewählten Pferden ins Freie. Free konnte sich nur vorstellen, wie sie sich im Stall darüber gestritten haben mussten, wer Linger und Ketsu reiten durfte, die als die schnellsten und am besten ansprechenden Pferde im Patersons-Stall bekannt waren. Barry wurde gebeten, die Zeit zu messen, und Nico – ein geübter Reiter – trat als Erster an. Free wusste, dass er die Messlatte hoch legen würde.

Si schwang das Gatter auf, und Nico stürmte auf Ketsu hindurch, der prompt zum Galopp ansetzte. Der leitende Viehtreiber lenkte den jungen Wallach zu dem Fass rechts und riss ihn scharf herum, bevor er hart auf das Fass weit links neben dem Gatter zuritt. Dieses umrundete er sogar noch schneller, und Staub wirbelte auf, als Ketsu sich tief in die Kurve legte. Sie stürmten auf das Fass am oberen Ende der Rennstrecke zu, und Free stöhnte auf, als Ketsu sich fast um die eigene Achse zu drehen schien.

»Ach du heilige Scheiße!«, rief Finn neben ihr aus.

Barry drückte theatralisch auf den Knopf seiner Stoppuhr, als Nico und Ketsu durch das Gatter zurückgaloppierten. »Siebzehn Komma drei!«, brüllte er.

Alle pfiffen und jubelten. Free sprang auf das Gatter und machte es sich darauf bequem, während sie zusah, und Finn stützte neben ihr die Ellbogen auf das Geländer.

»Das war fantastisch«, meinte er. »Wie zum Teufel kann sich jemand überhaupt auf einem Pferd halten, das sich so schnell bewegt? Motorräder, das verstehe ich. Sie sind berechenbar.«

Free widersprach ihm. »Ich kann das auch nicht sehr gut, aber ich habe wenigstens eine kleine Chance, wenn ich auf einem Pferd sitze. Sie haben eine gute Koordination und wissen, wenn sie ein Dummerchen an Bord haben. Maschinen verlassen sich darauf, dass ich richtig fahre, und dann geht es schief.«

Als Nächstes trat Paul an, und dann Vern. Sie erzielten beide ein ansehnliches Ergebnis, aber nicht in Nicos Liga. Si machte seine Sache etwas besser, mit 19,6 Sekunden auf Linger. Selbst Devi jubelte, als er durch das Gatter zurückstürmte.

»Willst du's auch versuchen, Constable?« Si grinste, während er sein tänzelndes Pferd nahe dem Gatter herumlenkte.

Ein Lächeln breitete sich auf Finns Gesicht aus. »Dürfte ich das denn?«

*Oh-oh.* Das könnte ein böses Ende nehmen. Free sah ängstlich zu, wie sie Patersons' größtes Pferd für Finn herüberführten. Er war zu groß, um irgendein anderes als das riesige kastanienbraune Pferd namens Hans zu reiten.

»Gebt ihm besser einen Helm«, rief Barry. »Ich glaube, er ist noch nicht oft geritten, stimmt's, Kumpel?«

»Absolut nicht«, bestätigte Finn, während er versuchte, auf den kräftigen Wallach zu steigen. Si hatte Mitleid mit ihm und hielt Hans still, während Finn hinaufkletterte. Kira kam mit einem Helm für Finn und führte sein Pferd zum Startgatter. Free hörte, wie sie Finn eine Schnelleinweisung ins Reiten gab, ihm die Zügel und Steigbügel zeigte und erklärte, wie er das Pferd antreiben musste. Free war hin- und hergerissen. Soweit sie wusste, hatte Finn noch nie auf einem Pferd gesessen. Was, wenn er herunterfiel und sich verletzte? Er könnte in hohem Bogen aus dem Sattel fliegen, wenn sie ein Fass umrundeten – er könnte sogar auf das Fass stürzen und sich sein schönes Gesicht aufreißen …

Sie wollte schon dazwischengehen, als Barry »Los!« rief und Finn davonschoss. Free schlug eine Hand vor den Mund, um den Protestschrei zu ersticken, der ihr um ein Haar entfuhr – aber Hans trabte ganz lässig auf das erste Fass zu, während Finn im Sattel auf und ab wippte wie ein Kind auf einem Hüpfball. Stattdessen lachte sie laut auf. Als Hans das erste Fass umrundete, wendete das Pferd allerdings schneller, als Finn erwartet hatte, und er rutschte trotz des langsamen Tempos aus dem Sattel und landete auf dem Boden. Er sprang auf, lachend und rot im Gesicht, und schaffte es, wieder auf das Pferd zu klettern. Er fiel nicht noch einmal herunter, aber es gelang ihm nur mit Mühe, den geduldigen Hans in der richtigen Reihenfolge um die Fässer zu lenken. Er bekam einen Riesenbeifall, als er und Hans schließlich durch das Gatter zurücktrabten.

»Zwei Minuten dreizehn!«, rief Barry, während er von einem Ohr zum anderen grinste, und der Jubel und das Gelächter wurden wieder lauter, als Finn von Hans herunterrutschte. Mehrere Viehtreiber klopften Finn auf die Schulter, als hätte er soeben das beste Rennen geritten, das sie je gesehen hatten. Er bürstete sich den Sand von seinem Gesäß und gesellte sich wieder zu Free.

»Na«, meinte er augenzwinkernd, den Kopf auf die Seite gelegt, »bist du beeindruckt?«

Free lachte so sehr, dass ihr die Stimme versagte, und Finn gab ihr einen sanften Schubs. »Hey! Das reicht. Mein Stolz ist schon jetzt ruiniert.«

»Du könntest immer noch gewinnen«, stieß sie zwischen ihrem Gekicher hervor.

»Ja, wenn alle anderen disqualifiziert oder vom Blitz getroffen werden.«

Es traten noch drei Reiter an, bevor das drohende Gewitter sie zwang, das Fassrennen für beendet zu erklären – aber im letzten

Moment trabte Kira auf Willows Lieblings-Viehtriebspferd heraus, dem stämmigen Palomino Peanut.

»Bin ich zu spät?«, fragte sie Barry.

»Überhaupt nicht! Nur zu«, nickte er.

Kira war unglaublich. Sie trieb Peanut durch das Gatter, und sie flogen um das erste Fass, wobei sie die Kurve so eng nahmen, dass Free der Atem stockte. Sie zog rasch ihr Handy hervor und schaffte es, auf die Videoaufnahmetaste zu drücken, als Kira eben auf das letzte Fass zuschoss und es umrundete, als hätte Peanut Räder. Sie stürmte durch das Gatter zurück, und Barry drückte auf seine Stoppuhr.

*»Sechzehn verdammte Sekunden Komma sechs!«*, brüllte er aus vollem Hals.

Alle jubelten Kira begeistert zu, selbst Nico, den sie geschlagen hatte. Barry erklärte die neunzehnjährige Stallhelferin zur Siegerin, und das Rennen war beendet. Farmhelfer rollten die Fässer weg, während die Viehtreiber ihre Pferde wieder in den Stall brachten, um sie abzusatteln. Free und Finn gingen aufs Haus zu, während sie über die Höhepunkte des Rennens lachten.

»Ich werde heute Abend für uns kochen«, erinnerte sich Free, »das heißt, du solltest vielleicht besser ein Gebet zum Himmel schicken.«

»Hör auf damit«, sagte er. »Wie kann ich mich nützlich machen?«

Sie ließ ihn auf der anderen Seite des Küchentresens mit dem Gemüse anfangen. Zum Dinner würde es Steaks geben, da Barry Willows Abwesenheit ausnutzen wollte, um so viel Fleisch wie möglich zu essen. Ihr Vater verschwand, um sich die Nachrichten anzusehen.

»Hast du heute schon mit deiner Schwester gesprochen?«, fragte Free Finn.

»Ja, wir haben kurz gechattet.«

»Wie geht es ihr?«

»Ihr tut alles weh, und sie ist erschöpft.« Finn lächelte. »Das hat sie sehr deutlich gesagt.«

»Das kann ich mir vorstellen! Ich hoffe, ihr Mann ist ihr eine Stütze!«

Finn dachte darüber nach. »Er ist okay. Ich bin ihm nur ein paarmal begegnet, aber er scheint ein ganz anständiger Typ zu sein. Ich weiß nicht, ob er den Preis als Ehemann des Jahres gewinnen würde. Aber er ist besser als manche andere.«

Free schälte eine Knoblauchzehe, während sie über seine Worte nachgrübelte. »Das ist wirklich schade. Ich würde mich schwertun, wenn ich das Gefühl hätte, dass eine meiner Schwestern mit jemandem zusammen ist, der nicht hundertprozentig der Richtige ist.«

Finn zuckte die Schultern. »Aber was willst du machen? Du kannst einer Frau ja schlecht sagen, dass sie etwas Besseres kriegen könnte. Oder dass sie mit jemandem zusammen ist, der nie so gut zu ihr sein wird, wie du es dir wünschst.« Er verfiel in Schweigen, und als er wieder das Wort ergriff, zitterte seine Stimme kaum merklich. »Ich muss zugeben, ich hatte das von *dir* gedacht.«

Sie versuchte ein unbekümmertes Lachen, auch wenn ihr Herzschlag sich wieder beschleunigte. »Hör auf, meinen imaginären Freund zu verurteilen, okay? Er ist fantastisch. Kocht, putzt, schenkt mir Blumen.«

Finns Lächeln kehrte wieder. »Ich habe wirklich geglaubt, dass du mit diesem Max zusammen bist. Nicht nur zusammen bist – zusammen*lebst!*«

Sie schüttelte den Kopf. »Finn. Im Ernst? Ich meine – im Ernst?«

»Im Ernst. Okay, ich fand, dass er weit – *weit* – über seiner Liga spielt, und ich dachte, vielleicht leidest du an mangelndem Selbstbewusstsein oder so, wenn du mit einem Typen zusammen bist, der so unglaublich weit unter deinem Niveau ist, aber …«

»Hey!«, protestierte sie. »Sei nett. Max Drummond ist ein guter Typ. Ich bin nicht im *Geringsten* an ihm interessiert, aber er ist ein netter Mann. Er hat meinen wundervollen Drucker vor dieser unheimlichen Schlange gerettet, und er hat die arme kleine, vom Aussterben bedrohte Schlange vor meinem bösen Drucker bewahrt.«

Finn schob die gehackten Karotten beiseite und nahm den Blumenkohl in Angriff. »Ich bin sicher, er ist ein netter Typ. Ich meine, er schien nicht böse oder gewalttätig zu sein. Es ist nur, du warst so … aufgewühlt. Ich dachte, die Beziehung sei kompliziert, und das sei der Grund, weshalb du …« Er brach ab.

»Weshalb ich den mythischen Freund mit dir betrogen habe? Oder es zumindest versucht habe?« Free sagte es, ohne zu überlegen, und dann hielt sie den Atem an.

Finn hörte auf zu hacken und schwieg. Ein paar angespannte Sekunden dachte sie, sie hätte ihn aus der Fassung gebracht, aber dann sah er sie an, und seine Augen waren warm und voller Licht, genau wie immer. Sie begann wieder zu atmen.

Finn ließ sich auf einen Küchenhocker sinken. »Natürlich habe ich etwas gegen Untreue. Nach dem, was mir mit Elyse passiert ist, nachdem ich selbst derjenige war, der betrogen wurde, wünsche ich das niemandem.«

Er war noch nicht fertig, aber Free unterbrach ihn. »Ich *verstehe* ja, dass du dachtest, ich sei diesem imaginären Freund untreu, aber glaub mir, ich würde niemanden betrügen. Ich meine, es ist leicht gesagt, aber ich glaube ganz ehrlich nicht, dass ich das tun würde. Ich könnte es nicht einmal in Betracht ziehen, fremdzugehen, denn wenn ich so unglücklich wäre, dann würde ich verdammt noch mal einfach etwas sagen, offen und ehrlich.« Sie schnitt eine Grimasse. »Ich versuche immer, taktvoll zu sein, aber dann platze ich meistens doch einfach mit dem heraus, was ich denke. Beth staucht mich deswegen ständig zusammen.«

Klang das logisch? Finn schien nicht wütend oder verletzt zu sein.

»Deine Trennung von Elyse muss schrecklich für dich gewesen sein«, sagte sie.

Finn schob den Haufen mit gehackten Karotten anders zusammen. »Ich werde dich nicht belügen. Es war die Hölle. Schließlich hatte ich gedacht, Jeremy sei mein Freund – und ich hatte keine Ahnung, dass sie scharf auf ihn war. Oder dass sie das Interesse an mir verloren hatte. Offenbar fing es an, als sie eines Abends betrunken waren, und danach haben sie ein paarmal rumgemacht. Ich glaube nicht, dass sie jetzt zusammen sind. Das Komische ist, nachdem ich den ersten Schock überwunden hatte, war ich gar nicht so am Boden zerstört, wie man erwarten würde. Irgendwie habe ich einfach nach vorn geblickt.« Finn lächelte schief. »Ich habe ständig damit gerechnet, dass ich zusammenbrechen und anfangen würde zu trauern, aber das habe ich nie getan. Ich hatte sogar dieses seltsame Gefühl tief in mir – wie Erleichterung. Ich nehme an, ich wusste im Grunde, dass Elyse und ich nicht füreinander bestimmt waren, dass das mit uns nicht *für immer* sein sollte. Wenn sie mich nicht betrogen hätte und wir uns nicht getrennt hätten, dann wären wir vielleicht dauerhaft zusammen geblieben. Hätten geheiratet oder was auch immer. Was passiert ist, war demütigend, aber auf eine seltsame Weise bin ich auch froh. Es hat mich auf jeden Fall dazu gebracht, genauer darüber nachzudenken, mit wem ich zusammen sein will.«

Sie wusste nichts zu sagen. Finn zog das Hackbrett näher heran und arbeitete weiter. Er schwieg, daher konzentrierte sich Free darauf, eine Knoblauch-Kräuter-Mischung für die Steaks zusammenzurühren. Sie wusch sich die Hände und holte einen Gemüsedampfgarer aus dem Küchenschrank. Sie würde eine extra große Pfanne brauchen, um alle drei Steaks auf einmal zu braten. Wo war denn bloß diese beschichtete Pfanne, die sie früher hatten …?

»Free«, platzte Finn auf einmal heraus. »Kann ich ganz aufrichtig zu dir sein?«

Free richtete sich blinzelnd auf. »Natürlich.«

Er war aufgestanden, bevor sie zu Ende gesprochen hatte, und kam um den Tresen, sodass er genau vor ihr stand. Er war ihr so nah, dass sie die Wärme seines Körpers an ihrer Haut spüren konnte. Sie starrte zu ihm hoch, während ihr Herz raste.

Finns Augen, wie ein Fluss in Kimberley, forschten in ihrem Gesicht. »Ich habe das Gefühl, zwischen uns ist etwas. Zwischen dir und mir. Selbst als ich dachte, du hättest einen Freund. Ich wusste, ich sollte Abstand zu dir halten, da du vergeben warst, und ich würde mit niemandem etwas anfangen, der schon in einer Beziehung ist – aber …« Er holte tief Luft. »Aber es ist mir sehr schwergefallen, Abstand zu halten. Ich wollte in deinem Leben sein, wenn auch nur als guter Freund.«

Free wurde warm, auch wenn ihr Herzschlag sich kein bisschen verlangsamte. »Ich dachte auch, dass etwas zwischen uns ist.« Ihre Stimme war kaum mehr als ein Flüstern. Sie räusperte sich. »Aber du hast mich immer nur als Kumpel behandelt. Das ergab für mich keinen Sinn, denn ich dachte wirklich, dass du mich magst. Zum Beispiel auf Willows Hochzeit, und dann beim Schwimmen in der Talbot Gorge. Ich habe gesehen, wie du versucht hast, mich nicht anzustarren – und es nicht geschafft hast.«

Finn errötete. »Du bist so verdammt aufrichtig.«

»Bist du …« Free zögerte. »Finn, bist du ein …«

Sie nahm seinen Arm und trat näher, um die Seite seines Kopfes zu mustern, genau über seinem Ohr. Er machte ein leises, verblüfftes Geräusch, aber sie achtete nicht darauf. Sie entdeckte etwas extrem Interessantes an Finn. Die kurz geschorenen Haare auf seinem Kopf waren eindeutig dunkel *rotbraun*. Sie betrachtete die leichten Sommersprossen unter seiner sonnengebräunten Haut, die warmen Farben in seinen verblüfften Augen, und dann wieder seine millimeterkurzen Haare in der Farbe des Pindans, was nur aus nächster Nähe unter dem grellen Neonlicht der Küchenlampe zu erkennen war.

»Finn, ich glaube, du bist ein Ranga.«

»Ein was?«

»Ein Rothaariger. Aber du verbirgst es, habe ich recht? Das ist typisch irisch, stimmt's? Du willst nicht zugeben, dass du ein irischer Rotschopf bist.« Sie streckte eine Hand aus, um seine Haare zu berühren. »Aber das ist wunderschön. Das ist so perfekt *du*. Warum willst du das verstecken?«

Finn legte einen Arm um ihre Taille und sah sie eindringlich an. »Seit wir uns das erste Mal begegnet sind, kann ich nicht aufhören, an dich zu denken.«

Seine große, kräftige Gestalt war verlockend nah, seine Hand warm auf ihrem Rücken. Free stand wie angewurzelt da, und ihr stockte der Atem, als er den Blick zu ihren Lippen senkte …

»Was für ein Riesenschwachsinn!« Barrys Stimme dröhnte aus dem Wohnzimmer, und Finn ließ sie prompt los. »Hast du diesen Scheiß gesehen, Free?«

Free fluchte innerlich. »Was denn, Dad?«

»Der Umleitungsdamm. Die verdammten Idioten bei der Bezirksverwaltung lassen zu, dass dieses Hamilton-Ding unseren Fluss ruiniert. Komm und sieh dir das an.«

Finn warf ihr einen wehmütigen Blick zu und kehrte zurück zur anderen Seite des Tresens. Und Free ging zu ihrem Vater, um sich mit ihm den Bericht im Fernsehen anzusehen.

Free konnte sich nicht erinnern, wie sie das Essen zustande gebracht hatte. Ihr Vater behauptete, es würde ihm schmecken, aber sie hatte keine Ahnung, was für Gemüse sie auftischte oder ob das Steak blutig oder gut durch war; sie war zu beseelt von ihrer Freude über Finns Geständnis. Dieser eine kurze Moment, mit Finns Hand in ihrem Kreuz, unter dem grellen Neonlicht in der altmodischen Patersons-Küche, hatte all ihre romantischsten, heißesten Erinnerungen übertroffen. Vergiss den Holländer in dem Tulpenfeld mit den riesigen Windmühlen, die sich in der Sommersonne drehten. Vergiss André am Kamin in der verschneiten Skihütte in Kanada. Vergiss Paulo und den mondbeschienenen Spaziergang am Strand von Ipanema. Dieser Moment mit Finn, als seine Augen alles offenbarten, was er so angestrengt zu verbergen versucht hatte, und ihr Gesicht erkundeten, als wäre er ausgehungert nach ihrem Anblick …

»Die neue Staffel von *I Gotta Sing* beginnt heute Abend.« Barry lächelte Free über den Tisch hinweg an. »Darauf habe ich mich schon die ganze Zeit gefreut, Schatz.«

»Ach ja. Cool«, meinte sie.

Sie quälte sich durch die Talentshow und dann durch eine Diskussion über das *Mit-dem-Land-verwurzelt*-Projekt, während sie wünschte, ihr Vater würde einfach schlafen gehen und sie und Finn allein lassen. Aber Barry sprudelte vor Geselligkeit nach dem Fassrennen an diesem Nachmittag. Er redete in einem fort und erzählte alte Geschichten aus seinen Tagen als Rodeoreiter. Free betete jedes Mal um Geduld, wenn er wieder mit einer neuen Geschichte anfing, und sie begann allmählich, die Hoffnung aufzugeben, dass ihr an diesem Abend überhaupt noch Zeit mit Finn allein blieb.

Schließlich erhob sich Barry. »Na ja, ich gehe schlafen. Wir sehen uns morgen früh. Vergiss nicht, die Lichter auszuschalten, Free.«

Ihre Stimmung stieg. »Na klar, Dad. Gute Nacht.«

»Nacht, Barry«, sagte Finn.

Ihr Vater hatte kaum das Zimmer verlassen, da sprang Free schon von ihrem Sessel auf und ging zu Finn auf dem Zweiersofa. Sie hatten noch so viel mehr zu bereden. Außerdem sehnte sie sich nach seinem Kuss. Finns Miene erhellte sich vor Glück, als sie sich neben ihm auf die Couch sinken ließ.

»Ich habe mir versprochen, *wirklich* versprochen, das mit *uns* dieses Wochenende nicht zur Sprache zu bringen«, begann er. »Wenn es schlecht gelaufen wäre, wäre unser Wochenende irgendwie peinlich geworden.«

Sie stöhnte auf, als sie begriff, dass sie genau dasselbe gedacht hatte. »Ich mir auch! Ich wollte nur, dass du ein schönes Wochenende hast – dir einfach eine gute Gesellschaft sein nach dem, was letzte Woche mit deinen Eltern passiert ist.«

»Und ich wollte am liebsten die Uhr zurückdrehen, mit uns noch einmal von vorn anfangen, um dieses Mal alles richtig zu machen.«

»Es war nicht deine Schuld. Nur ein Missverständnis. Dieser verdammte imaginäre Freund!« Sie ballte die Faust.

Finn kniff die Augen zusammen, aber sein Lächeln blieb bestehen. »Ich habe deinen imaginären Freund nicht gemocht. Nicht nur, weil ich eifersüchtig war, sondern weil ich den Verdacht hatte, dass er dich heruntermacht.«

»Warum hast du das denn gedacht?«

»Weil du dich selbst immer so kleinredest. Ich dachte, das müsstest du irgendwo aufgeschnappt haben.«

Free starrte ihn an. »Ich rede mich doch nicht klein!«

»Und ob du das tust! Du nennst dich immer flatterhaft, einen Idioten, einen Loser …«

Tat sie das wirklich? So sehr, dass Finn davon ausgegangen war, dass ein gemeiner Freund sie verbal misshandelte? Aber Finn hatte auch gedacht, dass sie versuchte, eine Affäre mit ihm anzufangen, erinnerte sie sich. Das musste seine Meinung von diesem imaginären Freund beeinflusst haben.

»Oh, Gott, ich will mir lieber nicht vorstellen, was du von mir gedacht haben musst«, stöhnte sie. »Ich meine, nach allem, was du wusstest, habe ich mit einem Mann zusammengelebt, dich aber am Abend nach der Hochzeit praktisch angefleht, die Nacht mit dir verbringen zu dürfen. Du musst mich für schrecklich unmoralisch gehalten haben.«

»Das habe ich nicht. Ich dachte nur, du seist einsam – dass es zwischen dir und Max nicht gut laufen würde. Und dass er der größte Glückspilz war, den es je gegeben hat, aber offenbar nicht wusste oder sich nicht darum scherte, was du im Schilde führtest.«

»Du warst viel zu großzügig zu mir«, schalt sie ihn. »Es wäre dein gutes Recht gewesen, mir die kalte Schulter zu zeigen, aber stattdessen hast du versucht, mir ein guter Freund zu sein.«

»Ja, irgendwie schon. Nur dass ich mich ständig dabei ertappt habe, wie ich Dinge getan habe, die *gute Freunde* nicht tun sollten. Ich habe den ganzen Tag an dich gedacht, bin auf die Veranda hinausgegangen, wenn ich gehört habe, dass du nach Hause kommst, um dich zu sehen. Habe gehofft, du würdest dich von deinem Freund trennen, damit ich dich zu einem Date einladen könnte.«

Free zappelte vor Freude. »Das ist ja so süß!«

»Erst nach unserem Ausflug zur Talbot Gorge wusste ich, dass ich irgendetwas – egal was – tun musste, um nach vorn zu blicken.«

Sie zuckte bei der Erinnerung zusammen. »Wegen meines ach so dezenten Versuchs, dich zu verführen?«

Er warf ihr ein Lächeln zu. »Als du auf diesem Felsen gestanden und mich so … so *provozierend* angesehen hast und dann ganz nah an mich herangeschwommen bist … ach du heilige Scheiße. Das war das Heißeste, was ich je erlebt hatte. Ich wusste, dass ich eine Weile im Becken bleiben musste, um abzuwarten, bis meine, äh, Reaktion nachließ.«

Sie holte scharf Luft und starrte Finn an, während er errötete. Free musste sich mit Gewalt beherrschen, nicht auf seinen Schoß zu sehen, während die Hitze in ihrem eigenen Körper anschwoll.

»Äh, ja.« Sein Gesicht war jetzt scharlachrot. »Zum Glück bist du wütend auf mich geworden. Das hat die Stimmung ruiniert.« Free war völlig verzückt, und Finns Röte schwand, als er ihr Lächeln sah. »Dieser Anblick von dir im Bikini hat sich in mein Gehirn eingebrannt. An dem Tag wusste ich, dass ich meine Gefühle für dich irgendwie in den Griff bekommen musste, oder ich würde der Versuchung erliegen – egal, ob fester Freund oder nicht.«

»Und dann bist du mit Phoebe ausgegangen?«

Er ließ den Kopf hängen.

»Und dann wurde ich sauer auf dich.« Free schüttelte kichernd den Kopf. »Was für ein Riesendurcheinander das alles war.«

»Ich wollte Phoebe mögen. Ich mag sie ja auch – aber nicht so, wie ich *dich* mag. Briggsy hatte mich wochenlang gedrängt, mit ihr auszugehen, aber ich konnte dich einfach nicht aus dem Kopf kriegen.«

»Wirklich? Phoebe hat gehört, du seist superscharf auf ein Date mit ihr gewesen«, erinnerte sich Free.

Seine Augenbrauen schossen hoch. »Wo hat sie das denn gehört?«

»Briggsy ...«

Finn lachte kurz auf. »Briggsy hat mir erzählt, *sie* sei ›superscharf‹ auf ein Date, daher dachte ich, ich könnte es ja mal ausprobieren. Ich wollte mich unbedingt von *dir* ablenken.«

Free verdrehte die Augen. »Briggsy, der Kuppler.« Sie lächelte. »Weißt du was? Ich bin *so* froh, dass wir dieses Wochenende doch über uns geredet haben.«

»Ich auch.« Finn nahm ihre Hand. »Die letzten Wochen waren verdammt verwirrend – mich in dich zu verlieben und so tun zu müssen, als wäre ich es nicht.«

Er sah sie an, und sie dachte, er würde sie endlich küssen. Sie wartete mit angehaltenem Atem, aber anstatt sich näher vorzubeugen, hob er ihre Hand und drückte seine Lippen darauf. Free klappte der Mund auf angesichts dieser schlichten, zärtlichen Geste.

»Danke, dass du mich dieses Wochenende zu dir nach Hause eingeladen hast«, sagte er. »Ich liebe deine Farm, und ich bin so froh, dass ich so viel Zeit hier mit dir verbringen darf.«

Finn hielt inne und lauschte, während Frees Puls in ihren Ohren hämmerte und sie verzweifelt nach einer Antwort suchte.

»Es regnet wieder«, sagte er schließlich. »Wollen wir uns draußen auf die Terrasse setzen?«

*Küss mich – ich kann nicht einen Augenblick länger warten!* Free nickte wortlos, und Finn sprang auf und half ihr hoch. Aber als er sich zur Hintertür wandte, zog sie an seiner Hand, und er drehte sich zu ihr um. Free gab den Versuch auf, Worte zu formen. Sie streckte die Arme aus und schlang sie ihm um den Hals und hielt ihn fest an sich gedrückt. Wieder war da dieser wundervolle Moment, als er sich zu ihr hinunterbeugte und der Größenunterschied schwand – aber diesmal trafen sich ihre Lippen auf halber Höhe. *Endlich* küsste er sie. Sie klammerte sich an ihn, und er glitt mit einer Hand unter ihren wirren Haaren nach oben. Für einen solch großen, kräftigen Typen küsste er so sanft, dass es himmlisch und unerträglich zugleich war, und Free wollte mehr. Sie drückte ihn so fest wie möglich an sich und gab sich dem Kuss hin.

Er unterbrach die Umarmung, um ihr im Schein der Wohnzimmerlampe tief in die Augen zu sehen. Sein Atem ging schwer. »Ich bin noch nie jemandem wie dir begegnet. Du bist unglaublich.«

Free fehlten noch immer die Worte, aber die Welle der Emotion, die sie durchströmte, war wundervoll. *Perfekt*. Und überwältigend.

Sie saßen stundenlang draußen im Dunkeln, redeten, küssten sich und lauschten dem Regen. Als Free an seiner Schulter eindöste, drückte Finn sie sanft, um sie zu wecken.

»Schlafenszeit«, flüsterte er, und sie sehnte sich danach, zu Hause in Mount Clair zu sein, damit sie zusammen schlafen gehen konnten.

Sie tauschten noch ein paar Küsse, bevor sie ins Bett ging, und dann lag Free lange Zeit wach und dachte nach. Ihre Gefühle für Finn waren mächtiger als alles, was sie je zuvor verspürt hatte. Andere Typen verblassten neben Finn zur Bedeutungslosigkeit. Sie dachte an einige ihrer Urlaubsromanzen zurück. Diese Typen waren wie zweidimensionale Strichfiguren von Männern. Finn hofierte und verführte Frauen nicht – er war einfach nur er selbst, und das allein war unglaublich und absolut romantisch. Finn zeigte sein wahres Wesen. Er war freundlich, fürsorglich, vertrauensvoll. Verglichen mit ihren diversen Urlaubsromanzen war Finn lebendig und vielschichtig. *Echt*.

Und irgendwie, bei all den Verwirrungen und Missverständnissen, hatte sich eine Verbindung zwischen ihnen herausgebildet. Die Heftigkeit dieser Verbindung ließ sie beben und flattern, als würden ihre Eingeweide aus Federn bestehen.

Morgen früh würde sie Pfannkuchen machen, entschied Free. Mit Beeren. Und dann könnten sie und Finn einen Spaziergang unternehmen, um ungestört reden und sich küssen und diese Verbindung zwischen ihnen genießen zu können – die so echt und so groß war, dass sie ihr den Atem raubte.

Als Free am nächsten Morgen aufstand, traf sie Finn am Küchentisch an, wo er die Zeitung las. Er roch frisch geduscht. Sie sah nach ihrem Vater. Barry war nirgends zu sehen, und das Radio dröhnte aus dem Wohnzimmer. Sie stellte sich neben Finns Stuhl und schlang ihm die Arme um den Hals. Wie schaffte er es bloß, immer so gut zu riechen? Das Glück in seinem Gesicht löschte die letzten Spuren von Schüchternheit. Sie neigte den Kopf, um ihn zu küssen.

»Ich mache dir Pfannkuchen zum Frühstück«, verkündete sie, während sie ein bisschen auf und ab hüpfte.

»Wirst du sie immer noch machen, wenn ich dir sage, dass ich vor einer Stunde eine Schale Müsli zum Frühstück gegessen habe?«

»Oh.« Free war enttäuscht. »Ich hätte mir den Wecker stellen sollen. Hast du überhaupt noch Hunger?«

»Ich habe immer Hunger, wenn es Pfannkuchen gibt.«

»Gut. Wir werden es für dich und Dad Brunch nennen und für mich Frühstück.«

Als sie über ihr Handy die Zutaten für Pfannkuchen nachschlagen wollte, sah Free, dass sie mehrere entgangene Anrufe von Beth hatte.

»Oh-oh«, sagte sie. »Ich sollte besser zuerst Beth anrufen. Bin in zwei Minuten wieder da.«

Sie ging auf die Terrasse und rief Beth an. Ihre Schwester nahm beim ersten Klingeln ab. Sie klang wütend und erregt.

»Was ist los?«, fragte Free.

»Was *los* ist?«, spie Beth. »Ich werde dir sagen, was los ist. Ich habe heute Morgen Dad angerufen, und er hat mir erzählt, dass Finn Kelly das Wochenende mit dir auf Paterson Downs verbringt.«

Free schwieg, während sie Beths Wut verdaute.

»Free?« Beths Stimme klang scharf. »Ist das der Typ, von dem wir geredet haben? Der, der dich verarscht und so getan hat, als wäre er interessiert, und dich dann für eine andere Frau abserviert hat?«

»Beth, *nein*. Das heißt, ja, es ist derselbe Typ, aber ich hatte es falsch verstanden.«

Beths Stimme klang skeptisch. »Wie denn das?«

Angespannt holte Free zu einer Erklärung aus. »Ich dachte, dass Finn mich mochte, und er dachte, dass ich ihn auch mochte, nur dass er außerdem dachte, ich sei mit Max zusammen – dem Lehrer Max, nicht meinem Kater – und ich sei unglücklich mit Max. Nicht meinem Kater, dem anderen Max – aber dann hat sich herausgestellt, dass mein Kater Max gleichzeitig Donald ist! *Sein* Kater! Und dann, als mein Wagen aufgebrochen wurde, war er einfach so nett. Er dachte, es würde Max nicht einmal kümmern, dass mein Wagen aufgebrochen wurde, aber ich dachte natürlich, er hätte meinen Kater Max gemeint, auch bekannt als sein Kater Donald. Es war alles so verwirrend. Aber wir haben es geklärt, und jetzt verstehen wir es beide. Er hat Phoebe sofort gesagt, dass es aus ist. Er ist so süß, Beth, du wirst ihn lieben. Seine Familie geht zurück nach Irland, daher war er traurig, und deshalb habe ich ihn übers Wochenende hierher eingeladen. Ich konnte ihn doch nicht ganz allein zurücklassen. Er hat sogar den Pick-up für mich nach Hause gefahren. Und du hättest ihn bei dem Fassrennen sehen sollen! Es war zum Schreien. Gestern Abend hat er Gemüse gehackt und mir gesagt, was er für mich fühlt. Wir konnten endlich aufrichtig zueinander sein. Und, Beth, Dad mag ihn wirklich. Gestern hat er Dad sogar geholfen, die Duschtür zu reparieren. Und im Moment versuche ich, ihm Pfannkuchen zu machen.«

Ein langes, immer unheilvolleres Schweigen trat ein. »Freya Paterson, du kannst nicht einfach irgendwelche Männer für ein verlängertes Wochenende zu uns nach Hause einladen. Es ist mir egal, wie sehr du dich zu ihm hingezogen fühlst. Wir haben bereits darüber diskutiert. Du hast genau verstanden, wie schlecht dieser Typ für dich wäre.«

Frees Wut wallte auf. »Das habe ich nie gesagt. Du warst es, die darauf bestanden hat, er sei schlecht für mich, und du verstehst nicht, was passiert ist.«

»Kannst du mir das verdenken? Was du mir eben erzählt hast, ergibt überhaupt keinen Sinn.«

»Und ob es Sinn ergibt. Hör mir doch einfach zu. Er dachte, ich hätte einen *Freund.*«

»Das heißt, er dachte, du hättest einen Freund, während er mit dir gespielt hat?« Beth schnaubte. »Na, das macht es natürlich viel besser.«

»Nein, Beth! Hör mir zu. Er hat nicht mit mir gespielt.« Free seufzte. »Es ist ein bisschen kompliziert. Ich werde es dir erklären, wenn ich wieder in die Stadt komme. Im Moment versuche ich, Frühstück zu machen.«

»Free, lass dich *nicht* mit ihm ein«, warnte Beth sie. »Ich kenne Typen wie ihn. Jetzt scheint er vielleicht nett zu sein, aber er wird dich wieder verarschen, garantiert.«

Free war wütend, aber sie gab auf. »Ich muss Schluss machen. Komm dieses Wochenende vorbei, dann werde ich dir alles erklären. Bis dann!« Sie legte auf, bevor Beth etwas erwidern konnte. Dann schaltete sie ihr Handy stumm, da eine Flut von Nachrichten folgte, lauter unheilvolle Warnungen vor Männern, die keine Grenzen respektierten und wussten, wie sie einer Frau das Gefühl gaben, etwas Besonderes zu sein, ihr aber letztendlich – zweifellos – nur wehtaten. Free suchte nach einem einfachen Pfannkuchenrezept, während sie versuchte, die Nachrichten zu ignorieren.

Die Pfannkuchen waren klein und dünn und eher eine Mischung aus Crêpes und Eierfladen. Aber in Honig getunkt und mit Bananenscheiben – in Ermangelung von Beeren – waren sie gar nicht schlecht. Barry und Finn sagten beide, sie würden ihnen schmecken. Danach setzten sie sich ins Wohnzimmer, um eine Runde

Scrabble zu spielen, und Barry schloss sich ihnen an. Diesmal hatte Free nichts dagegen, dass ihr Vater dabei war. In Mount Clair würde sie noch jede Menge Gelegenheiten bekommen, Finn für sich allein zu haben. Es war gut, einfach nur Zeit mit Finn zu verbringen, und sie liebte die Leichtigkeit, mit der er sich mit Barry verstand.

Während sie dasaß und darauf wartete, dass ihr Vater seine Scrabblesteine legte, sah sich Free das Video von Kira bei dem Fassrennen auf ihrem Handy an. Sie hielt das Video bei dem Moment an, in dem Kira das letzte Fass umrundete. Ihr stockte der Atem. *Was für eine fabelhafte Standaufnahme.* Sie machte einen Screenshot davon, dann holte sie ihren Zeichenblock und einen Kohlestift und zeichnete, während sie zwischendurch ihre Scrabblesteine legte. Die Skizze entwickelte sich wunderschön, die dramatische Bewegung von Kira und Peanut mitten in der Kurve baute sich mit jedem Kohlestrich auf. Schließlich hielt sie die Zeichnung vor sich und betrachtete sie kritisch.

»Das ist verdammt gut, Schatz«, bemerkte ihr Vater.

»Es ist wundervoll«, ergänzte Finn leise, während er auf das Blatt Papier starrte.

Free wurde warm ums Herz. »Soll ich es ihr schenken, was meint ihr?«

»Verdammt, sie wird es lieben«, sagte Barry. »Du bist dran, Free.«

# Kapitel 15

Am Dienstagmorgen fuhren sie in Frees kleinem Wagen nach Hause. Die neue Porzellankatze hatte sie mit Klebemasse am Armaturenbrett befestigt.

»Ein Jammer, dass es gestern den ganzen Tag geregnet hat«, meinte Free. »Ich wäre mit dir wirklich gern zum Fluss hinausgefahren.«

»Macht nichts. Nächstes Mal.« Finn hielt einen Moment inne. »Ich glaube, in Kira hast du einen echten Fan gefunden.«

Free lächelte, während sie sich an Kiras Reaktion erinnerte, als sie ihr die fertige Kohlezeichnung an diesem Morgen geschenkt hatte. Die Neunzehnjährige hatte sie die »fantastischste« Zeichnung genannt, die sie je gesehen hätte, und sie prompt fotografiert und auf all ihren sozialen Netzwerken geteilt und sie dann in ihrer Unterkunft über ihrem Bett an die Wand gehängt.

Free hupte, um eine Schar Kakadus von der Straße zu verscheuchen, und sie erhoben sich in einem kreischenden weißen Geflatter. »Es war schön, Kira so glücklich zu sehen«, sagte sie.

»Du hast so viel Talent, Free. Ich warte nur darauf, dass du die Welt im Sturm eroberst und Unmengen Gemälde verkaufst.«

»Ha. Dafür müsste ich eine zuverlässige Produzentin von Qualitätskunst sein. Aber ich bin unbeständig. Manchmal bringe ich einen ganzen Monat lang gar nichts zustande, und dann zehn Werke auf einmal. Und von diesen zehn bin ich vielleicht mit einem glücklich.«

»Du bist viel zu hart zu dir selbst«, meinte Finn.

»Du hast doch nur zwei meiner Kunstwerke gesehen.«

»Zwei!« Er lachte spöttisch auf. »Talbot Gorge, das mein Lieblingsgemälde ist, und die Zeichnung, die du gestern für Kira gemacht hast, richtig? Aber du vergisst, dass im Gästezimmer auf Paterson Downs drei deiner Gemälde hängen, außerdem deine handbemalten Fliesen im Essbereich und die Wasserturmskizze im Wohnzimmer. Ganz zu schweigen von dem Bild, das ich vor ein paar Wochen bei der Hochzeit auf Quintilla gesehen habe.«

»Auf Quintilla?«

»Ein Gemälde von einem Pferd.«

»Oh, mein Gott«, sagte sie langsam. »Richtig. Ich habe King für Tom gemalt, vor Jahren. Das hat er behalten?«

»Es hängt im Gästebad. Wie kann dir nicht aufgefallen sein, dass deine Nachbarn ein Gemälde von dir in ihrem Badezimmer haben?«

Sie versuchte, sich das Bild von Toms großem Pferd im Gästebad der Forrests vorzustellen. Sie gab auf. »Ich weiß nicht. Manchmal sehe ich einfach nicht über den eigenen Tellerrand hinaus.«

»Und dann sind da die ganzen Fliesen und Töpferwaren, die du auf Etsy verkaufst, und die Zeichnungen und Gemälde, die du auf deiner Künstlerseite auf Facebook gepostet hast …«

Free sah Finn verblüfft an. »Woher weißt du das alles?«

Er schwieg einen Moment. »Weil ich vielleicht ein klein wenig besessen von Free Paterson bin.« Er lachte verlegen, aber Frees Magen schlug einen Purzelbaum.

»Du hast dir meine sozialen Netzwerkseiten und meinen Etsy-Store angesehen?«

»Ein-, zweimal vielleicht.«

Free grinste. »Du bist ja so süß.«

»Puh«, sagte er. »*Süß*, kein Stalker. Ich liebe übrigens dein Herne-365-Instagram-Projekt. Deine Fotos sind fantastisch. Und ich lache mich jedes Mal schlapp, wenn ich den Hashtag ›NoFilter‹ sehe. Das ist so typisch du.«

Sie stöhnte auf. »Ich weiß, ich weiß. Erst reden, später bereuen.«

»Nein, das ist wunderschön.«

Wärme stieg ihr in die Wangen, und sie versuchte, ihr pures, albernes Glücksgefühl zu zügeln. »Na ja, ich kann es kaum erwarten, das Talbot-Gorge-Gemälde für dich fertig zu malen. Ich habe das Gefühl, ich arbeite schon seit einer Ewigkeit daran. Ich muss endlich etwas Neues anfangen.«

»Was kommt als Nächstes?«, fragte er.

Sie dachte darüber nach. »Ich bin mir noch nicht sicher. Ich habe dieses Wochenende auf der Farm ein paar Fotos gemacht, die ich verwenden könnte, oder ich könnte den Herne River malen. Ich sollte versuchen, ihn festzuhalten, solange er noch in seinem natürlichen Zustand ist.« Free seufzte. »Willst du zu dem nächsten ›Rettet-den-Fluss‹-Infoabend mitkommen?«

»Ist das ein Date, oder rekrutierst du?«

Sie lachte schallend auf. »Beides.«

»Ja, ich werde mitkommen. In letzter Zeit waren ein paar Demonstranten an der Baustelle. Wir wurden gerufen, um sie zu zerstreuen – mehrmals.«

»Oh, nein! Warum denn? Protestieren sie nicht friedlich?«

»Doch, aber sie betreten das Gelände unbefugt, und der Baustellenleiter hat uns gebeten, sie vom Gelände zu entfernen.«

Die ersten Vorboten der Stadt tauchten vor ihnen auf: die zerklüftete rote Anhöhe, von der die Stadt ihren Namen hatte, mit der hässlichen Metallantenne obenauf; die Hinweistafel und die Raststätte. Free furchte die Stirn, während sie über Finns Worte nachdachte.

»Aber sie sind doch einfach nur dort, ohne irgendwelchen Schaden anzurichten«, meinte sie. »Sie haben doch das Recht, gegen das Projekt zu protestieren, oder?«

»Natürlich«, antwortete Finn. »Aber sie dürfen die Baustelle nicht unbefugt betreten. Zumindest ist es ein Sicherheitsproblem.«

»Aber du musst verstehen, dass der Staudamm das Ökosystem des Flusses zerstören könnte. Endgültig.« Sie bogen auf die Hauptstraße ein, die durch die Stadt führte, vorbei an Läden, Cafés und dem Pub. Free sah Finn an. »Hast du die Informationen nicht gesehen, die von den Umweltbehörden kommen?«

»Doch, das habe ich. Es sieht überhaupt nicht gut aus. Ich verstehe nicht, warum das Projekt überhaupt genehmigt wurde, wenn nachweislich so viel dagegenspricht.«

»Warum schickst du die Demonstranten dann weg?«, hakte sie nach.

Finn schnitt eine Grimasse. »Das muss ich. Wenn sie gegen das Gesetz verstoßen haben, muss ich das regeln.«

»Aber *sie* haben auch das Gefühl, dass ein Gesetz missachtet wurde«, wandte sie ein. »Es gibt keine Polizisten, die sich für den Fluss einsetzen …«

»Oh-oh«, unterbrach Finn sie auf einmal. »Fahr an die Seite, Free.«

Verblüfft gehorchte sie. Als sie seinem Blick folgte, sah sie, was er eben bemerkt hatte – zwei Männer, die sich auf dem Gehsteig vor dem Spirituosengeschäft auf der anderen Straßenseite gegenüberstanden und immer aggressiver wurden. Eine kleine Gruppe, vermutlich ihre Kumpel, hatte sich versammelt und verfolgte das Geschehen. Der junge Bursche, der an dem Drive-in-Schalter arbeitete, telefonierte mit ängstlicher Miene auf seinem Handy. Ein paar Leute aus der Menge stachelten die beiden auf, und dann ertönte ein Jubelruf, als einer der Männer zum ersten Schlag ausholte – einem Schubser gegen die Brust. Free stöhnte auf.

»Warte hier.« Finn wollte die Wagentür öffnen.

»Was? Nein!« Free hielt ihn am Arm fest. »Sie sind betrunken. Mit denen kannst du nicht vernünftig reden!«

Er warf ihr einen leicht verwirrten Blick zu. »Das ist mein Job.«

Sie hatte nicht mehr Kraft als ein Insekt auf seinem Arm, um ihn aufzuhalten. Im nächsten Moment war er ausgestiegen. Er blieb nur noch einmal kurz stehen, um Free »Schließ den Wagen ab!« zuzurufen, bevor er die Kreuzung überquerte.

Inzwischen gingen die beiden Männer mit den Fäusten aufeinander los. Free beobachtete sie, zu verängstigt, um auch nur zu weinen. Finn sprach in sein Handy, während er hinüberlief, dann steckte er es in seine Gesäßtasche und stürzte sich in das Getümmel. Seine Rückenmuskeln spannten sich an, als er einen der Typen am Hemdkragen packte und wegschleuderte, während er mit der Schulter einen Angriff des anderen abwehrte. Die Menge buhte, und irgendjemand warf mit einer Flasche nach ihm. Sie prallte an Finns Arm ab und zerschellte auf der Straße. Free schrie auf und packte ihr Handy, beschwor ihre zitternden Finger, ihr zu gehorchen, um den Notruf wählen zu können. Aber inzwischen waren die Türsteher des Pubs Finn zu Hilfe gekommen, und die beiden Männer hielten einen der Typen fest, während Finn den anderen am Kragen packte.

Sie hörte auf zu wählen. Finn gestikulierte und redete mit den Türstehern, während die Menge zurückwich, vielleicht um nicht selbst als Beteiligte festgenommen zu werden. Wenig später hielt ein Streifenwagen vor dem Drive-in-Spirituosengeschäft des Mounties. Eine Beamtin schlenderte zu Finn und lächelte zum Gruß. Die Polizisten und Türsteher wechselten ein paar Worte, und dann wurde der Typ, den Finn festgehalten hatte, auf die Rückbank des Streifenwagens verfrachtet. Ein anderes Polizeifahrzeug traf ein. Finn wechselte ein paar freundliche Worte mit den anderen Beamten, dann sprintete er zurück zu Free und setzte sich wieder zu ihr auf den Beifahrersitz.

Free stand der Mund offen.

»Entschuldige bitte«, sagte er, als hätte er sie nur gebeten, kurz anzuhalten, um auf die Toilette zu gehen.

Sie brachte die Worte mühsam heraus. »Du hättest getötet werden können!«

»Aber nein«, entgegnete Finn. »Diese beiden waren nur betrunken und haben sich aufgeführt. Keiner hatte ein Messer oder andere Waffen.«

»Aber …« Free versuchte, ihre Gedanken zu ordnen. »Hast du damit den ganzen Tag in der Arbeit zu tun?«

»Nein, das ist ein kleiner Teil von dem, was ich tue. Es sei denn, es ist eine Nachtstreife am Wochenende«, fügte er hinzu.

»Hattest du denn gar keine Angst?«

»Ich war vorsichtig, habe sie genau im Auge behalten. Mit einem der beiden hatte ich schon früher zu tun – mehrmals, um genau zu sein. Er ist fast immer dabei, wenn es freitagabends Ärger im Pub gibt. Der Sarge sagt, das ist eine Tradition.«

»Musst du einen Bericht schreiben?« Das hier war so weit entfernt von allem, was sie je einen Freund hatte tun sehen, dass Free es kaum verarbeiten konnte. Das Bild von Finn, wie er die beiden Männer mühelos voneinander trennte, ging ihr noch immer durch den Kopf.

»Schon okay, darum kümmern sich meine Kollegen. Ich werde meinen Senf dazugeben, wenn ich später auf die Wache komme. Die beiden kommen einfach in die Arrestzelle, bis sie wieder nüchtern sind. Trinken an einem Dienstagvormittag«, ergänzte er seufzend. Er sah sie erwartungsvoll an. »Wir können jetzt weiterfahren.«

Sie ließ den Wagen an, während sie tief und zitternd ausatmete. »Das war so beängstigend. Aber …« Sie dachte daran, wie sich sein Bizeps unter seinen Ärmeln angespannt hatte. »Ist es falsch, dass ich mich in diesem Moment durchaus zu dir hingezogen fühle?«

Finn lachte schallend auf. »Wenn's nach mir geht, nicht!«

Wenige Minuten später waren sie zu Hause in der Marlu Street. Free musste ihren Nachmittagskurs mit den Elftklässlern vorbereiten, und Finn musste sich für die Spätschicht ausruhen. Sie verabschiedeten sich am Fuß der Verandastufen, aber Finns Küsse sorgten nach wenigen Minuten dafür, dass ihr wieder ganz heiß wurde.

»Geh schon«, sagte sie, als sie ihn endlich wegschob. »Ich kann nicht zulassen, dass du bei der Arbeit müde bist, nicht wenn du solch beängstigende Straßenschlägereien schlichten musst.«

Finn ließ sie widerstrebend los. »Ich habe heute Abend und dann wieder morgen Nachmittag Dienst. Wann kann ich dich wiedersehen?«

»Wann immer du willst. Ich bin gleich nebenan.«

Er grinste und zog sie zu einem letzten Kuss an sich. Free ging ins Haus und fuhr ihren Laptop hoch, um sich die Ziele für die heutige Sitzung mit ihren Schülern anzusehen – und dann begann Finn zu singen.

Sie konnte nicht widerstehen. Sie stürzte in ihr Studio und hielt das Glas an die Wand, froh, dass er nicht wusste, dass sie ihn hören konnte. Es war ein neues Lied, und er sang es mit solch wunderschöner Freude, dass sie ihr Lächeln nicht unterdrücken konnte. Er war so atemberaubend echt, mit diesen Augen, wie ein Fluss in Kimberley, während er Lieder sang, die die Geschichte seines Herzens erzählten. Frees Augen füllten sich mit Tränen.

Sie hatte noch nie einen anderen Menschen so verstanden, wie sie Finn verstand.

»Okay, das ist von Linda, das von Colin, und das von Enza.« Jay drückte Free drei Bündel Papiere in die Hände. »Sie waren alle damit einverstanden, dir einen Anteil von zehn Prozent zu geben und die Versandkosten zu übernehmen.«

Free konnte es kaum glauben. »Warum legen sie sich nicht einfach selbst einen Account bei Bostons an? Es ist wirklich kinderleicht. Und billiger, ohne meinen Prozentsatz.«

Jay kicherte. »Das ist ihnen egal, Free. Sie wollen einfach, dass du ihnen die Mühe abnimmst. Sie wollen eine Liste mit ihren Wünschen notieren und sie jemandem in die Hand drücken, der die Online-Bestellung für sie abwickelt.«

»Aber …«

»Free.« Jay sah sie gleichmütig an. »Manche von uns hassen Online-Shoppen. Manche von uns sind nicht damit groß geworden, so wie du, und fühlen sich damit einfach nicht wohl. Manchen von uns widerstrebt es, online einzukaufen, weil sie kein PayPal haben oder keine Kreditkarten im Internet benutzen. Und da kommst du ins Spiel. Bitte organisier einfach die Bestellungen für uns und nimm unser Geld.«

Free nickte gehorsam. Diese beeindruckende Autorität war der Grund, weshalb Jay erfolgreiche Fachbereichsleiterin einer Highschool war, begriff sie.

»Du solltest über alles genau Buch führen«, riet ihr Jay, während sie sich wieder ihrer Arbeit zuwandte. »Bei deiner nächsten Steuererklärung wirst du diese ganzen Einkünfte angeben müssen.«

Frees Gedanken huschten zu Willow. Sie kannte sich mit solchem Zeug aus. Sie sollte Willow fragen, wenn sie aus Bali zurückkam – oder vielleicht sogar Beth. *Oh, Gott.* Beth. Sie musste immer noch ihre Schwester zurückrufen, um ihr die Sache mit Finn zu erklären.

Der Gedanke an Finn erfüllte ihr Herz mit einem Glücksgefühl und vertrieb all ihre Sorgen. Wenn es doch nur schon morgen wäre, dann könnte sie ihn endlich wiedersehen …

»Wir werden diese Woche mit der Keramikarbeit anfangen und ein paar Übungsfliesen herstellen«, sagte Jay. »Sorg dafür, dass die Schüler in den nächsten Wochen mit ihren Fliesendesigns fertig werden.«

»Okay, geht klar.«

Aidan kam ins Büro, kurz bevor Free zu ihrem Nachmittagskurs ging.

»Oh, hi. Was tust du denn hier?«, fragte sie.

»Aufgaben korrigieren.« Aidans Ton war verärgert.

Die Flasche mit der alten Glasur stand noch immer auf dem Bürotisch, und er hielt einen Moment inne, um sie zu inspizieren. Er gab ein unbestimmtes Geräusch von sich, und sie machte sich auf einen kritischen Kommentar gefasst, während sie dachte, dass sein angespanntes Gesicht noch verkniffener schien, seit sie ihn in die Schranken gewiesen hatte.

»Ich denke immer noch, dass diese Glasur in Ordnung gewesen wäre«, sagte er, während er die Augenbrauen über diesen kalten, blassen Augen hochzog.

Eine Welle des Abscheus durchzuckte Free. »Ich habe viel zu dem Thema recherchiert. Ich bin sicher, die neue Glasur wird sich besser für den Ton eignen. Die alte war mir wirklich nicht ganz geheuer.«

Er antwortete mit einem vagen Schulterzucken, das trotzdem tiefe Verachtung zum Ausdruck brachte. »Eine teure Art, mit etwas umzugehen, das dir *nicht ganz geheuer* ist.«

Zweifel beschlichen Free. *Scheiße*. Wenn er recht hatte, dann hatte sie Hunderte von Dollars der Schule für Glasuren verschwendet. Aber nein – *sie* hatte recht, da war sie sich ganz sicher. *Weißt du noch, was Giacoma über das Craquelé gesagt hat, das entsteht, wenn Ton und Glasur nicht zusammenpassen?* Free wandte sich ab und ging zu ihrem Klassenzimmer, um Aidan ihre Unsicherheit nicht sehen zu lassen.

Die meisten Schüler hatten bereits eine klare Vorstellung von ihren Fliesen. Es gab einige, denen es schwerfiel, sich für ein Design zu entscheiden, daher setzte sich Free zu einem Brainstorming mit ihnen hin. Auf das Thema konzentriert und unter Freunden, sprudelten ihre Ideen. Sie war beeindruckt von der Kreativität der Konzepte, die die Schüler sich einfallen ließen. Binnen zwanzig Minuten konnte sie sie damit allein lassen, und ihre Bleistifte kratzten über das Papier, während sie ihre Entwürfe skizzierten. Sie sah nach Tia, die ihr Ölgemälde widerstrebend ruhen ließ, um diese Woche an ihrem Fliesendesign zu arbeiten.

»Erzähl mir von deiner Idee«, sagte sie mit einem Blick auf die 3-D-Querschnitte, die Tia skizzierte.

Tias Gesicht lief zu ihrem üblichen Rosa an, aber sie kam Frees Aufforderung nach. »Ich verwende die Perlenfischer-Geschichte meiner Familie als Inspiration. Ich will meine Fliese wie das Innere einer Austernschale gestalten, mit einer entstehenden Perle. Ich will, dass sie richtig multidimensional ist, mit einer unebenen Struktur, wie bei einer Austernschale, überall außen herum, und der Perle hier, und dann werde ich sie mit leuchtenden Farben glasieren, sodass sie genau wie das Innere einer Schale aussieht.«

Free stöhnte auf. »Oh, mein Gott, das klingt brillant! Es wird eine Herausforderung sein, die Farben genau richtig hinzukriegen, aber du bist ja sehr geschickt. Achte auf die Dicke der Fliese, ja? Wir werden später ein paar Techniken durchgehen, um das Risiko einer Rissbildung während des Brennvorgangs zu minimieren.«

Tia nickte und lächelte schüchtern. Free ging weiter zu Cameron, der sich, in Zusammenarbeit mit seiner Großmutter, drei Ideen für Fliesendesigns hatte einfallen lassen, die er jetzt langsam zu Papier brachte. Cameron besaß das Potenzial, etwas Besonderes zu schaffen, aber er war ein wenig unkonzentriert. Hoffentlich würde Tia einen positiven Einfluss auf ihn haben.

Mehrere Schüler fragten, ob sie am Wochenende zum Arbeiten bei Free vorbeikommen könnten. Es war seltsam, dass so viele von ihnen offenbar einen Ort zum Malen brauchten. Unterstützten ihre Eltern zu Hause denn nicht ihre künstlerischen Bestrebungen? Sie konnte sich glücklich schätzen, begriff Free, die Ermutigung und Bewunderung ihres Vaters gehabt zu haben, als sie verschiedene künstlerische Richtungen ausprobiert hatte.

»Ihr seid *alle* willkommen, um bei mir zu malen oder zu zeichnen«, erklärte sie der Gruppe. »Letztes Mal waren wir zu viert, aber wir können Platz für mehr schaffen, kein Problem.«

Free arbeitete am Mittwoch in der Schule, um ihren freien Dienstagvormittag nachzuholen, plante den Unterricht der kommenden Woche und suchte ein gutes Video über Fliesenherstellung, um es den Schülern zu zeigen. Als sie nach Hause kam, schickte sie Finn eine Nachricht, er solle vorbeikommen, wenn er mit der Arbeit fertig war, dann setzte sie sich, um eine Tasse Tee zu trinken und sich das Neueste auf ihren sozialen Netzwerken anzusehen, bevor sie sich an die Bostons-Bestellung machte. Flavia hatte ein Update gepostet, und Free konnte genug Italienisch, um zu verstehen, dass ihre Freundin über ihren Job lästerte. Devi hatte ein Video von Si eingestellt, auf dem er ein neues Waisenkalb mit der

Flasche fütterte. Tom hatte ein Foto von Cocktails am Pool in Nusa Dua gepostet und beklagte sich, dass seine »extrem heiße Ehefrau« ihm nicht gestattete, ein Foto von ihr im Bikini zu teilen. Er und Willow mussten inzwischen zu Hause sein. Eine Nachricht von Beth piepste auf ihrem Handy.

Bist du wieder in der Stadt?

Free seufzte und schrieb zurück.

Bin ich. Wollen wir uns treffen?

Ich komme um kurz nach sechs vorbei.

*Hmpf.* So viel also dazu, heute Abend Zeit mit Finn zu verbringen. Und sie würde Beth das ganze Imaginärer-Freund-Debakel noch einmal von vorn erklären müssen. Free ging in ihr Studio und flüchtete sich in die Arbeit. Das Talbot-Gorge-Gemälde war fast fertig. Sie war noch immer nicht ganz zufrieden mit dem Himmel. Sie betrachtete ihn stirnrunzelnd, während sie hier und da ein bisschen Farbe auftupfte. Es gelang ihr, den Himmel ein klein wenig kräftiger zu gestalten, aber das Blau wollte ihr immer noch nicht richtig gelingen. Schließlich zwang sie sich, aufzuhören. Wenn sie sich jetzt nicht beherrschte, würde sie das Bild womöglich ruinieren. Sie trat einen Schritt zurück und versuchte, es als eine einzige Szene anstatt unzähliger Pinselstriche zu sehen. Wenn sie die Augen zusammenkniff, konnte sie sich fast vorstellen, dass es wie Talbot Gorge aussah.

Free stellte ihren Pinsel in das Glas mit Terpentin und wischte sich die Hände an einem alten Handtuch ab. Das Bild war entweder perfekt, oder es war eine Katastrophe. Sie war sich nicht sicher, was von beidem. Die Leinwand würde einen guten Monat brauchen, um zu trocknen, bevor sie das Gemälde mit einer Lackschicht versiegelte. Sie stellte es sicher aufs Fensterbrett. Zeit, von diesem Kunstwerk Abschied zu nehmen.

Finn schickte ihr eine Nachricht, dass er gegen acht von der Arbeit nach Hause kommen würde, und Beth kam um kurz vor sechs. Free schenkte zwei Gläser Wein ein. Sie würde auf jeden Fall eines brauchen, um dieses Gespräch durchzustehen.

Beth nahm ihr Glas entgegen und prostete ihr etwas grimmig zu. Sie nahm einen Schluck, während sie Free musterte. »Also?«

Free konnte sich nur mühsam beherrschen. »Beth, dir ist aber schon klar, dass ich erwachsen bin, oder?«

Beth zog die Augenbrauen hoch. »Ich will nur sicher sein, dass du nicht einen Riesenfehler begehst. Ich mache mir Sorgen um dich«, ergänzte sie.

Auch wenn es leicht abwehrend klang, konnte Free die Aufrichtigkeit in den dunklen Augen ihrer Schwester sehen. Sie knickte ein. »Ich weiß. Aber im Ernst, es geht mir gut. Vertrau mir.«

»Also, was ist das für eine Sache mit Finn?«

Wieder holte Free zu einer Erklärung aus. Sie musste die Geschichte zweimal erzählen, weil Beth sie nicht verstand.

»Und was ist mit Phoebe?«, fragte Beth, als Free fertig war. »Ich dachte, ihr wärt Freundinnen.«

»Das sind wir ja auch. Ich hoffe, wir sind es.« Sie warf Beth einen hilflosen Blick zu. »Ich weiß nicht. Ich mag ihn *wirklich*.«

»Du würdest dich für Finn anstatt Phoebe entscheiden, obwohl du mit ihr seit ein paar Jahren befreundet bist und ihn erst seit einem Monat oder so kennst?«

So ausgedrückt, klang es entsetzlich kaltherzig. »Das mit Finn und Phoebe war nichts Richtiges. Sie sind nur ein paarmal zusammen ausgegangen. Sie haben sich nicht mal geküsst. Vielleicht wird sie gar nichts dagegenhaben, dass ich jetzt mit ihm zusammen bin.« Es klang nicht sehr glaubhaft, als sie es sagte, und Free seufzte. »Hör zu, ich will Phoebes Freundschaft nicht verlieren, aber das mit Finn …«

Beth wartete.

»Er versteht mich wirklich«, versuchte es Free. »Und ich verstehe ihn. Manchmal habe ich das Gefühl, in Finns Kopf zu sein. Alles, was er denkt, steht ihm genau ins Gesicht geschrieben.«

»Ich weiß, du tust dich schwer mit Leuten, denen es an Integrität mangelt oder die nicht aufrichtig bezüglich ihrer Gefühle sind«, sagte Beth zu Frees Verblüffung. »Daher kann ich durchaus verstehen, wie verlockend es ist, jemanden kennenzulernen, der wirklich ehrlich zu sein scheint. Aber wie kannst du dir bei ihm so sicher sein? Manche Typen – manche Leute – verstehen es verdammt gut, sich zu verstellen.«

Beth wirkte so besorgt, so ernst und traurig, dass Free sich zum ersten Mal fragte, ob Beth je von einem solchen Menschen verletzt worden war. Jemandem, der sich verstellt hatte. War das der Grund, weshalb sie so entschieden glaubte, dass Finn darauf aus war, Free zu täuschen?

Sie fasste einen spontanen Entschluss.

»Ich will, dass du ihn kennenlernst.«

Beth legte den Kopf auf die Seite. »Okay. Wann?«

»Heute Abend.«

»Wie, jetzt gleich?«

»Nein, aber er kommt in …« – Free sah auf ihrem Handy nach der Uhrzeit – »… eineinhalb Stunden nach Hause. Bleib zum Abendessen, dann kannst du ihn später kennenlernen.«

Beth zögerte. »Ich habe heute Abend ein Netzwerk-Meeting der Handelskammer. Das beginnt um sieben.«

Frees Gedanken wanderten in diese unangenehme Richtung – dass Beth der Handelskammer *nahestand*, genau wie Aidan Hamiltons Mutter der Handelskammer nahestand und für ihren Sohn Beziehungen spielen ließ. Sie zwang sich, ihre Aufmerksamkeit wieder auf die Gegenwart zu richten. »Dann komm wieder, wenn du fertig bist.«

»Nein«, erwiderte Beth. »Diese Meetings können sich ein paar Stunden hinziehen. Ich werde ihn ein andermal kennenlernen. Bald – diese Woche.«

Free nickte. »Okay. Und dann wirst du genau sehen, was ich meine.«

Eine Viertelstunde später fuhr Beth los. Free wartete unruhig darauf, dass Finn nach Hause kam. Warum musste Beth ihr lauter Probleme in den Kopf setzen? Free wollte einfach nur eine schöne Zeit mit Finn verbringen. Und überhaupt, Beth konnte in dem Punkt unmöglich recht haben. Finn war kein Spieler. Aber Beth hatte in so vielen Dingen im Leben recht …

Als sie einen Wagen vorfahren hörte, stürzte sie auf die Veranda. Im Dunkel der Straße verabschiedete sich Finn von jemandem durch das Fenster eines Streifenwagens, einen Rucksack in der Hand. Als er sich umwandte und sie sah, breitete sich ein Lächeln auf seinem Gesicht aus. Gott sei Dank war er so leicht zu durchschauen. Free sprang die Verandastufen hinunter, warf sich in seine Arme und drückte ihm einen festen Kuss auf die Lippen. Finn ließ den Rucksack fallen, zog sie an sich und erwiderte ihren Kuss ebenso leidenschaftlich. Er lehnte sich nur zurück, um sie zu betrachten und ihr die Haare von der Wange zu streichen.

»Auf diesen Augenblick habe ich mich schon den ganzen Tag gefreut«, sagte er.

Die letzten Reste von Zweifel zerstreuten sich. Hinter ihm starrte Briggsy sie vom Fahrersitz des Polizeifahrzeugs aus an. Free winkte dem Sergeant zu und ging zurück zum Haus. Sie hielt Finns Hand fest, während sie seine Verandastufen hochstiegen.

»Wollen wir zusammen essen?«, fragte er, während er seine Tür aufschloss.

»Ja. Ich habe …« Sie dachte nach. »Ich habe Eier da. Und Käse. Eine Quiche vielleicht?«

»Ich habe Spinat, Champignons und Blätterteig.«

»Perfekt.«

Wie sich herausstellte, hatte sie nur zwei Eier, aber Finn hatte noch ein halbes Dutzend mehr, sodass die Quiche trotzdem eine sättigende Mahlzeit sein würde. Sie seufzte ein wenig neidisch, während er in seiner Küche Champignons in Scheiben schnitt.

»Wie kommt es, dass du so gut organisiert bist?«, fragte sie.

»Was meinst du damit?«

»Mit deinen Einkäufen. Du scheinst immer so viel in deinem Kühlschrank zu haben.«

Finn war belustigt. »Ich gehe einfach einmal die Woche zum Supermarkt.«

»Einmal die Woche?« Free schüttelte den Kopf. »Ich bin jeden zweiten Tag dort, und ich schaffe es trotzdem, die Hälfte von dem, was ich brauche, zu vergessen. Jedes einzelne Mal.«

»Schreibst du dir eine Liste?«

»*Pah.* Natürlich nicht.«

Finn lachte schallend auf. »Na ja, dann vergisst du natürlich Dinge.«

»Ich hätte während der Weltwirtschaftskrise geboren werden sollen. Rationieren. Ich kann mit nur zwei oder drei Zutaten fantastische Mahlzeiten zubereiten.«

»Wirklich?«

»Wirklich. Na ja, nicht immer fantastische. Manchmal ziemlich grauenhafte, ehrlich gesagt. Aber trotzdem, bis jetzt habe ich überlebt.« Sie nickte ihm stolz zu, dann streckte sie die Arme aus, um die Schüssel mit Eiern und Sahne zu sich heranzuziehen. Sie verrührte sie mit einer Gabel, während sie versuchte, ihre Sorgen darüber, was Beth dachte, zu zerstreuen.

»Meine Schwester will dich kennenlernen.« Die Worte kamen ihr über die Lippen, bevor sie es verhindern konnte.

Finn hielt mit dem Schneiden inne, um sie anzusehen. »Welche?«

»Beth.«

»Die Ärztin?«

»Ja.«

Finn schnitt weiter. »Cool. Das wäre schön.« Er sah sie wieder an, dann legte er das Messer hin. »Ist das für *dich* okay?«

Free starrte in die Schüssel mit Eiern, während sie sich dieselbe Frage stellte. »Na ja, als ich dir über den Weg gelaufen bin, als du dieses Date mit Phoebe hattest, da hat mich das irgendwie aufgewühlt. Ich habe Beth mein Herz ausgeschüttet. Und jetzt denkt sie, du bist ein Schuft.« Es war eine Erleichterung, die Wahrheit zuzugeben. Sie musterte Finns Gesicht.

Seine Miene schwankte zwischen entsetzt und belustigt. »Ein Schuft!«

»Ja. Sie hat mich vor dir gewarnt.«

Finn musste unwillkürlich lachen. »Ich glaube nicht, dass ich so einen Ruf je hatte. Das könnte witzig werden.« Aber dann schwand sein Lachen, und er fing ihren Blick auf. »Warst du wirklich *so* traurig, als du dachtest, ich sei an einer anderen Frau interessiert?«

Sie zuckte mit den Schultern. Finn kam auf ihre Seite des Tresens, um sie in die Arme zu schließen. »Es tut mir leid. Ich hasse es, dass ich dir wehgetan habe.«

»Wir haben uns beide gegenseitig missverstanden. Wir haben es geklärt. Alles ist gut.« Sie lächelte rasch.

»Ja, aber es hat dir trotzdem wehgetan. Ich hoffe, du weißt, dass es mir auch wehgetan hat. Seit ich dir zum ersten Mal begegnet bin, wollte ich nichts anderes, als mit dir zusammen sein. Aber ›Max‹ war im Weg. Ich bin deswegen durch die Hölle gegangen, Free. Und die Tatsache, dass dein Freund sich als imaginär herausgestellt hat, macht diese Hölle nicht weniger echt. Und sie macht das, was du *gefühlt* hast, nicht weniger schmerzlich. Bis jetzt war diese Beziehung ein steiniger Weg.«

Ihr wurde warm ums Herz bei seinen Worten. »Du hast recht«, sagte sie, die Wange an seine Brust gedrückt. »Aber es ist auch ganz schön verrückt. Ich habe Beth alles erklärt, aber ich bin mir nicht sicher, ob sie mir glaubt.«

»Bei allem Respekt vor deiner Schwester«, sagte Finn, während er sich von ihr löste, »es geht hier nicht um sie. Willst *du* das hier? Glaubst *du*, dass es echt ist – ich meine, so echt, wie es für mich ist?«

Free nickte entschieden. »Ich hatte nur noch nie so eine Art Beziehung.« Er verstand es offensichtlich nicht, daher führte sie es genauer aus. »Ich meine, eine, bei der ich *solche* Gefühle für einen Mann hatte.«

Finn schwieg, und sein Gesicht rötete sich noch mehr. Sie stemmte sich auf den Küchenhocker hoch und spielte mit einem Stift, der auf dem Tresen lag.

»Die anderen Typen waren, na ja – nicht der Rede wert. Verstehst du? Sie waren witzig. Sie waren heiß und romantisch – aber ich habe nichts *gefühlt*. Nicht richtig. Nicht so wie jetzt. Das hier ist für mich das erste Mal.«

Er stieß einen langen Atemzug aus. »Ich liebe deine Aufrichtigkeit.«

Sie schnitt eine Grimasse, nicht sicher, warum ihre Worte eine solche Wirkung hatten. »Ja, mein Gehirn-Mund-Kreislauf hat keinen Trennschalter.«

»Und was willst du jetzt wegen Beth unternehmen?«

»Mein Plan ist, dich richtig mit ihr bekannt zu machen, damit ihr klar wird, wie falsch sie mit ihrem Zweifel an deinen Motiven liegt.«

»Und wenn das nicht klappt?«

Free legte die Stirn in Falten. »Sobald sie dich kennenlernt, wird sie sehen, dass sie sich getäuscht hat.«

Finn ging zurück auf seine Seite des Tresens und hackte nachdenklich weiter. »Ich hoffe es, aber wenn sie nicht zu diesem Schluss kommt, was dann?«

Free kaute an ihrem Daumennagel. »Ich weiß nicht. Dann werde ich ihr wohl einfach sagen müssen, dass sie sich da raushalten soll.« Hatte sie wirklich den Mut, so etwas zu tun?

»Ich will nicht zwischen dir und deiner Schwester stehen«, stellte Finn klar.

Free verscheuchte ihre Bedenken, während sie entschlossen weiterrührte. »Hör zu, wir müssen uns darüber gar nicht erst den Kopf zerbrechen, denn sobald sie dich kennenlernt, wird Beth sehen, wie wundervoll und aufrichtig du bist, und sie wird sich dafür *hassen*, dass sie je an mir gezweifelt hat.«

»Also, wann werde ich sie kennenlernen?«

»Wann immer du bereit dazu bist«, antwortete Free. »Hast du diese Woche einen der Abende frei? Oder vielleicht am Samstagvormittag?«

»Samstagvormittag passt.« Finn nahm einen Stift vom Tresen und notierte *Frees Schwester treffen* für den kommenden Samstag in seinem Kalender. Free sah zu, während sie bewundernd den Kopf schüttelte.

»Du bist wirklich organisiert. Du bist irgendwie richtig erwachsen.«

Finn fand das zum Schreien komisch. »Ich werde dir einen Kalender kaufen«, meinte er. »Das wird dein Leben verändern.«

Sie sah zu, wie er die restlichen Champignons in Scheiben schnitt und dann begann, die Spinatblätter zu waschen. *Sieh ihn dir an, wie er kocht. Sieh dir diese faszinierenden Augen an, dieses hinreißende Lächeln. Sieh dir diesen unglaublichen Körper an, diese breiten Schultern, diesen kräftigen Rücken …*

»Finn.«

Er sah auf. »Ja?«

Sie schob die Schüssel mit Eiern und Sahne über den Tresen zu ihm zurück. »Wie hungrig bist du?«

»Ziemlich hungrig. Warum?«

»Weil ich dachte, wir könnten vielleicht ins Bett gehen.«

Seine Augen weiteten sich.

»Könntest du mit dem Essen bis später warten?«, fragte sie mit einem Blick auf die Zutaten, die auf seinem Küchentresen verstreut standen. »Denn wenn ja, dann steht uns nichts mehr im Weg. Kein imaginärer Freund, keine Dates. Wir sind allein hier, die Haustür ist abgeschlossen, und wenn du mit dem Essen bis später warten kannst, dann könnten wir jetzt einfach gehen und …« Sie wartete hoffnungsvoll.

»Schon gut.« Seine Stimme war heiser. »Ich habe keinen Hunger mehr.« Er kam zu ihr.

»Bist du sicher?«, fragte sie.

Finn blieb dicht vor Free stehen, um sie ungläubig anzustarren. »Ist das dein *Ernst?* Verdammt, natürlich bin ich mir sicher!«

Im nächsten Augenblick hatte er sie von dem Hocker gerafft und in sein Schlafzimmer getragen.

»Du bist richtig stark, stimmt's?«, hauchte sie, als sie sich auf dem Bett wiederfand und mit weit aufgerissenen Augen zu ihm hochsah.

Er legte sich neben sie, das Gesicht nah vor ihrem. »Ich bin sanft, wenn es erforderlich ist.«

Sie biss sich auf die Lippe. »Du musst nicht … du weißt schon … *zu* sanft sein.«

Sein Mundwinkel hob sich, und er schloss den Abstand zwischen ihnen. Seine Hand glitt über ihre Hüfte, und seine warmen, weichen Lippen pressten sich an ihren Hals.

Er war sanft, quälend sanft, bis Free ihn schließlich anflehte, nicht länger sanft zu sein.

# Kapitel 16

Finn weckte Free, indem er ihre Schulter streichelte, während das morgendliche Sonnenlicht durch seine Jalousie schimmerte.

»Ich dachte nicht, dass du noch schöner werden könntest«, sagte er, als sie blinzelnd ein Auge aufschlug und ihn anlächelte. »Aber dann habe ich dich nackt gesehen.«

»Mmm«, war alles, was sie als Antwort zustande brachte. Es war viel zu früh nach dem Aufwachen, um zu sprechen.

»Ich muss jetzt zur Arbeit, aber ich wollte nicht gehen, ohne mich zu verabschieden.«

Free stöhnte auf. »Neeeiiin. Ich will nicht, dass du gehst.« Die Augen noch immer geschlossen, stemmte sie sich mühsam hoch und schlang einen Arm um seinen Nacken, um ihn festzuhalten.

Er lachte, und sie spürte seinen Atem warm auf ihrer Haut. »Ich will auch nicht gehen. Ich mache grundsätzlich nicht blau, aber ich war nie mehr in Versuchung als jetzt.«

»Gute Idee«, murmelte sie. »Du bist viel zu krank zum Arbeiten. Du musst den *ganzen* Tag im Bett bleiben.«

»Schön wär's.« Finn streifte mit den Lippen ihre Wange, dann löste er sich sanft aus ihrem Griff. »Bleib so lange hier, wie du willst. Schließ einfach die Tür hinter dir ab, wenn du nach Hause gehst. Donald ist hier, und er hat schon gefrühstückt. Er wird dir Gesellschaft leisten.« Sie murmelte etwas, und Finn hielt an der Tür noch einmal inne. »Was hast du gesagt?«

»Nicht Donald. *Max*«, wiederholte sie, außerstande, die Augen offen zu halten.

Er machte ein belustigtes Geräusch und ließ sie weiterschlafen.

Als sie um kurz nach zehn richtig aufwachte, hatte sich Max an ihren Rücken gekuschelt. Eine Zeit lang lag Free einfach nur in Finns Bett und lächelte vor sich hin, während sie an die vergangene Nacht dachte. Finn war alles, was sie sich vorgestellt hatte, und noch verdammt viel mehr. Sie durchlebte noch einmal die Art, wie er sie berührt hatte, wie er über ihr und unter ihr ausgesehen hatte, und alle möglichen anderen Arten, und dabei wurde ihr so heiß, dass sie sich nicht sicher war, ob sie den Tag überstehen würde. Er konnte gar nicht früh genug nach Hause kommen.

Aber da sie das Abendessen hatten ausfallen lassen, kam Frees Magen zu ihrer Rettung und rief ihr in Erinnerung, dass es Zeit war, etwas zu essen. Sie zog sich an und ging in die Küche. Sie könnte aufräumen, um Finn zu überraschen – sie hatten gestern Abend alles auf dem Küchentresen stehen lassen, als sie sich ins Schlafzimmer verzogen. Aber als sie in die Küche kam, war sie bereits aufgeräumt. Ein Blick in den Kühlschrank verriet ihr, dass er das ganze vorbereitete Essen dort hineingestellt hatte, fein säuberlich mit Frischhaltefolie abgedeckt. Sogar die Schüssel mit den verrührten Eiern.

*Beeindruckend.*

Free ließ Max in dem Augenblick aus dem Haus, in dem der Postbote mit einem Paket in den Armen ihre Verandastufen hochstieg.

»Oh, toll, meine Sachen!«, rief sie, während sie Finns Tür hinter sich abschloss.

»Im Laster sind noch zwei Kartons«, erwiderte er.

*Ah – natürlich.* Ollys Bestellung wurde auch geliefert. Der Postbote half ihr, alles ins Haus zu schleppen. Free kochte sich einen Kaffee und zwang sich, mit dem Auspacken all der schönen Dinge zu warten, bis sie eine Scheibe Toast gefrühstückt hatte. Dann stürzte sie sich darauf, ihre Bestellung zu erkunden.

Es gab doch nichts Schöneres, als neue Kunstutensilien auszupacken. Sie wollte nicht, dass Olly eine Enttäuschung erlebte, daher ging sie seinen gesamten Auftrag durch und hakte alles ab. Bostons hatte noch nie eine Bestellung von ihr vermasselt, aber andererseits orderte sie normalerweise auch nicht ganz so viel. Ihre Sorge war unbegründet. Alles war da, und sie hatten wie üblich auch ein paar Gratisartikel mitgeschickt. Sie packte Ollys Materialien wieder zusammen und warf die Dreingaben – Pinsel und eine Schachtel mit Pastellfarben – in einen Karton. Nach einer raschen Dusche lud sie die Kartons in den Wagen, strich ihrer Glücksbringer-Porzellankatze über den Kopf und fuhr in die Stadt.

Olly war mit Kunden im Gespräch, als sie die Galerie erreichte, daher holte sie die Kartons aus dem Wagen und lud alles aus. Wieder war sie verblüfft von der Einrichtung seiner Werkstatt: an die Wände geschraubte Wannen, riesige Regaleinheiten und Reihen mit Haken über Abtropfschalen, um Pinsel und alles andere, was nass war, aufzuhängen. Sogar zusammenklappbare Trockenständer für Kunstwerke gab es. Sie betrachtete alles neidisch, während sie auspackte. Eines Tages würde sie ihr eigenes Studio genauso einrichten.

Olly kam herein, als sie eben fertig wurde. »Free, du Schönheit, rief er aus. »Hast du etwa auch schon alles für mich eingeräumt?«

Sie grinste. »Ich liebe deine Werkstatt, Olly. Das hier ist meine Vorstellung vom Himmel.«

Er schlenderte zwischen den Regalen und Wannen umher und betrachtete seine neuen Utensilien.

»Das ist Magie«, meinte er. »Als ob die verdammten Kunstfeen gekommen sind.«

Free lachte entzückt auf. »Ich liebe diese Arbeit. Jederzeit gern wieder, wirklich.«

»Dann lass uns das festhalten«, erwiderte er. »Einmal im Monat. Du kommst her, überprüfst die Bestände, bestellst nach, und dann lieferst du und füllst meine Regale wieder auf.«

»Wirklich?«

»Darauf kannst du Gift nehmen, Süße.«

Auf der ganzen Fahrt nach Hause fühlte sich Free, als würde sie schweben. Diese Bestellarbeit war brillant. Aber was noch wichtiger war, sie hatte eine himmlische Nacht im Bett mit einem Mann verbracht, der wundervoller war, als sie es sich je hätte vorstellen können. Konnte das Leben überhaupt noch perfekter werden?

Sie arbeitete ein bisschen an ihrer Unterrichtsplanung, dann scrollte sie die Fotogalerie auf ihrem Handy durch, sah sich Bilder von dem Wochenende auf der Farm an und suchte eine gute Aufnahme des Herne River. Sie stieß auf eine Nahaufnahme von ein paar Pferdehaaren, die an Stacheldraht hingen, scharf abgezeichnet vor einem verschwommenen grün-roten Hintergrund, mit dem Fluss als blauem Band in der Ferne. Free konnte nicht widerstehen, und bevor sie es sich versah, hatte sie ein neues Gemälde begonnen. Es war groß – eine über einen Meter breite Leinwand, die seit Monaten dort stand.

Um vier Uhr nachmittags hörte sie, wie Finn nach Hause kam. Free steckte ihre Pinsel in das Terpentinglas und lief hinüber zu seiner Haushälfte.

Finns erschöpfte Miene hellte sich auf, als er ihr die Tür öffnete. »Ich hatte eigentlich vor, zu *dir* zu kommen. Ich wollte mich nur noch rasch umziehen.«

»So lange konnte ich nicht warten.«

Sie trat ein, dicht gefolgt von Max. Finn schloss sie in seine Arme und gab ihr einen langen Kuss, der von ihren Lippen zu ihren Wangen und hinunter zu ihrem Hals glitt. Free hielt sich an seinen kräftigen Schultern fest, während sie sich in dem Gefühl aalte.

»Hey«, sagte sie. »Heute Abend haben wir das einfachste Essen aller Zeiten. Alles steht schon zusammengerührt und gehackt in deinem Kühlschrank bereit.«

»Ja, ich habe das alles gestern gerettet, nachdem du eingeschlafen warst.«

»Ich weiß. Du bist der Beste.«

Sie erzählte ihm von ihrer Lieferung für Olly, wobei sie ausführlich von der fabelhaften Einrichtung seiner Werkstatt schwärmte.

»Er hat gesagt, es sei, als ob die Kunstfeen gekommen seien, nachdem ich alles ausgepackt hatte.« Sie grinste bei der Erinnerung.

»Das ist doch eine tolle Gelegenheit«, meinte Finn. »Darauf könntest du dein eigenes Geschäft aufbauen. Du könntest es sogar ›Die Kunstfee‹ nennen. Hast du einen festen Zeitplan erstellt?«

»Hmm?«

Er führte es genauer aus. »Hast du einen regelmäßigen Besuchstermin bei Ollys Galerie vereinbart?«

»Ja, ich habe ihm gesagt, ich würde einmal im Monat vorbeikommen.«

»Das heißt, du wirst ihn nächsten Monat um diese Zeit besuchen? Am …« Finn sah auf seinem Handy nach dem Datum. »Am Siebten jeden Monats, oder am ersten Donnerstag oder was auch immer?«

Sie dachte darüber nach. »Ja, am ersten Donnerstag wäre sinnvoll.« Dann hatte sie eine Idee. »Hey, ich sollte mir eine monatliche Erinnerung in meinem Handy einrichten. Nur für den Fall, dass ich es vergesse.«

»Ich an deiner Stelle bräuchte auf jeden Fall irgendeine Art Erinnerung«, meinte er.

Free zückte ihr Handy und richtete eine regelmäßige Erinnerung ein. »Du musst mir nicht einmal einen Kalender kaufen«, erklärte sie, wobei sie sich ein wenig selbstgefällig fühlte. »Sieh mich an, wie ich eine Erinnerung einrichte. Beth wäre so stolz.«

Finn lachte, holte sich eine Dose Cider und bot auch Free eine an. Sie nahm an, obwohl sie süße Getränke eigentlich nicht besonders mochte. Sie trank einen kleinen Schluck, während sie zusah, wie Finn sein Handy und seine Brieftasche einsteckte und dann in sein Schlafzimmer verschwand. Nach ein paar Minuten tauchte er in einem T-Shirt und Shorts wieder auf. War er ein bisschen stiller als sonst? Er ließ sich neben ihr auf die Couch fallen, nahm sich seinen Cider vom Couchtisch und trank einen kräftigen Schluck.

»Geht es dir gut?«, fragte sie.

Er lächelte breit. »Ich habe die letzte Nacht mit der wundervollsten, schönsten Frau der Welt verbracht. Wie könnte es mir nicht gut gehen?«

»Du scheinst einfach nicht ganz … du selbst zu sein.« Sie studierte ihn. Nein, er war eindeutig nicht er selbst. Diese Augen, wie ein Fluss in Kimberley, funkelten nicht so wie sonst. Sie blickten beunruhigt.

»Ich bin nur müde. Ich bin letzte Nacht ziemlich lange wach geblieben.« Er fing ihren Blick auf und zwinkerte ihr zu.

»Weil du die Küche aufgeräumt hast?«

Finn lachte schallend auf. »Ja, okay. Ich bin tatsächlich aufgestanden, um die Küche aufzuräumen. Du hattest schon eine Weile geschlafen.«

Das stimmte vermutlich. »Warum hast du nicht geschlafen?«, fragte sie.

Finn streckte sich, legte die Füße auf den Couchtisch und hob einen Arm, sodass sie sich an ihn kuscheln konnte.

»Ich habe dir beim Schlafen zugesehen«, sagte er. »Das Dielenlicht ist durch die Tür gefallen und hat dich angestrahlt. Du hast wie ein Engel ausgesehen, als du dort lagst. Ich konnte mich gar nicht sattsehen.«

Free hoffte, er würde ihr nicht ins Gesicht sehen. Tränen waren ihr in die Augen getreten und drohten überzuquellen.

»Es war gut«, ergänzte er. »Lauter gute Gefühle.«

Es steckte mehr dahinter. Da war sich Free sicher. »Was ist heute passiert?«

Sie konnte seinen Seufzer eher spüren als hören. »Kein so toller Tag. Ich war bei einem Fall häuslicher Gewalt. Wiederholungstäter.«

»Was ist passiert?«

»Eltern, die sich nicht richtig um ihre Kinder kümmern. Es war ihre letzte Chance. Jetzt werden sie die Kinder vermutlich endgültig verlieren, und ich weiß nicht, was ich darüber denken soll. Ich will nicht, dass die Kinder in der Familie leiden, aber sie wollten nicht mit der Sozialarbeiterin mitgehen. Sie lieben ihre Mum und ihren Dad – und diese beschissene Umgebung ist einfach das, was sie kennen. Es ist das, was sie gewohnt sind. Es ist eine grauenhafte Situation. Sie lieben sich alle, aber als Familie sind sie eine einzige Katastrophe.«

»Oh, nein. Kann nicht jemand mit den Eltern zusammenarbeiten, ihnen helfen, ihre Sache besser zu machen?«

»Das hat man schon versucht. Besuche von Sozialarbeitern, eine Verpflichtung zur Teilnahme an einem Elternkurs – zu dem sie nie erschienen sind –, sogar eine vorübergehende Pflegestelle. Aber die Kinder werden tagtäglich Drogen und Gewalt – und weiß Gott was sonst noch – ausgesetzt.«

»Oh, wow«, hauchte Free. »Mir war nicht klar, dass es so schlimm ist. Die Kinder müssen in Sicherheit gebracht werden.«

»Genau.« Finn starrte auf seine Hände. »Aber es ist schlimm, dass sie getrennt werden. Die Kinder haben geschrien und geweint: ›Mummy, Mummy!‹ Die Probleme waren ihnen egal – sie wollten einfach nur bei ihrer Mum und ihrem Dad sein. Die Eltern haben auch geschrien. Es … es hat mich erschüttert.«

Sie rang mit sich. Ihr erster Instinkt wäre es gewesen, die Kinder in Sicherheit zu bringen – aber wie konnte irgendjemand eine Familie so auseinanderreißen?

»Ich weiß nicht, wie du das geschafft hast«, sagte sie. »Ich hätte es nicht gekonnt.«

Er schüttelte den Kopf. »Ich musste. Wir hatten eine gerichtliche Anordnung vom Jugendamt.«

Free saß still an Finns Seite, zutiefst aufgewühlt von der Geschichte. Sie spürte noch einen unhörbaren Seufzer von ihm, und die Schwere seiner Traurigkeit traf sie mit voller Wucht. Ihre Tränen tropften auf seinen Arm.

»Free?«

Finn berührte ihr Kinn mit einem Finger und hob ihr Gesicht an, um sie besser sehen zu können.

»Nah am Wasser gebaut«, beeilte sie sich zu sagen, während sie sich über die Wangen wischte.

Sein Schmerz schien nachzulassen, und er küsste sie sanft. »Ach du heilige Scheiße, du bist wirklich etwas ganz Besonderes.«

Beth würde tief beschämt sein, wenn sie begriff, wie sehr sie sich in Finn getäuscht hatte.

Beth kam am Samstagvormittag um Punkt elf zu Free nach Hause. Free schickte Finn eine Nachricht, er solle herüberkommen, aber noch bevor sie auf Senden gedrückt hatte, klopfte es schon wieder an ihrer Tür.

»Will! Dad!« Free starrte die beiden an. »Was tut ihr denn hier?«

Willow umarmte sie. »Dad und ich waren bei der Infoveranstaltung über die Auswirkungen des Staudamms auf die Tierwelt. Ich dachte, du wolltest auch kommen, Free?«

»War das heute Morgen?« Free schlug sich mit einer Hand an die Stirn. »Großer Gott, ich bin ein solcher Idiot! Das habe ich total vergessen.«

»Egal. Aber es war eine gute Veranstaltung. Es gibt demnächst wieder einen öffentlichen Protest – ich schicke dir die Details. Tom besucht heute Vormittag Briggsy, daher dachten Dad und ich, wir kommen vorbei und sehen uns dein Haus an, wenn wir schon mal hier sind.«

»Dachte, ich vergewissere mich besser, dass du nicht in irgendeinem Drecksloch haust, Schatz«, ergänzte ihr Vater.

Free trat einen Schritt zur Seite, um die beiden hereinzulassen, und Willow ging auf Beth zu, um sie auf die Wange zu küssen. »Ich habe das ›Biest‹ draußen vor dem Haus gesehen. Wie läuft's in der Arbeit?«

»Viel zu tun«, antwortete Beth. »Wie immer.«

»Na, na, na!« Barry sah sich um. »Da hast du aber ein ziemlich schickes Zuhause. Gute Klimaanlage, was?«

»Ja! Sie ist toll«, bestätigte Free.

»Und wie sind die Sicherheitsvorkehrungen?« Inzwischen hatte er ebenfalls Beth geküsst und inspizierte die Fliegentür. »Funktioniert dieses Schloss denn?«

»Ja.« *Wenn ich drandenke, abzuschließen!*, dachte sie schuldbewusst – auch wenn sie es seit dem Autoaufbruch nicht mehr vergessen hatte. »Komm und sieh dir mein Studio an, Dad.«

Ihr Vater war voller Lob für die Linoleummatte, die Finn ausgelegt hatte, und Willow bewunderte Frees neuestes Gemälde – das mit den Pferdehaaren – mehrere Minuten lang.

»Du wirst einfach immer besser, Free«, bemerkte sie, während Barry und Beth zurück in die Küche gingen. »Ich liebe dieses Bild. Selbst das Foto, nach dem du arbeitest, ist fantastisch. Hast du das aufgenommen?«

»Ja, am Wochenende auf der Farm.«

Willow warf ihr ein freches Grinsen zu. »Apropos dieses Wochenende – wird ein gewisser einsamer Constable uns heute Morgen auf ein Tässchen Gesellschaft leisten?«

Free verdrehte die Augen. »Gute Neuigkeiten sprechen sich in der Gegend hier wohl schnell herum. Hat Dad dir erzählt, dass Finn am Wochenende bei uns auf der Farm war?«

»Natürlich. Und Beth hat mir damit in den Ohren gelegen. Sie hat ein paar Bedenken, was ihn betrifft …«

Free seufzte. »Es war ein Fehler, ihr mein Herz auszuschütten, als Finn und ich dieses Missverständnis hatten.«

»Sie sorgt sich nur um dich.«

*Oh, ja.* Beth sorgte sich so um sie, wie ein Elternteil eines Kleinkindes mit einem Becher Saft, das nur darauf wartete, dass es ihn verschüttete.

»Du weißt, dass sie alles tun würde, um dich glücklich zu sehen«, ergänzte Willow.

Bei diesen Worten dachte Free wieder mit Unbehagen an Beths möglichen Einfluss auf ihren Stipendiumsvertrag. Sie verscheuchte den Gedanken und ging voran zur Küche.

»Wie war's auf Bali?«, erkundigte sie sich.

»Richtig toll. Faszinierender Ort. Die Landschaft war unglaublich.«

»Habt ihr Kintamani besucht?«

»Hast du keine Teebeutel mehr, Free?« Beth war dabei, die Regale in der Vorratskammer abzusuchen, als sie in die Küche kamen.

*Scheiße.* »Warte kurz.« Free schoss zur Haustür hinaus und traf Finn, der eben auf die Veranda trat. »Teebeutel?«, fragte sie atemlos.

Er nickte und ging noch einmal zurück. Einen Augenblick später kam er mit einer Schachtel Teebeutel und einer Packung Kekse wieder. Free zog ihn zu einem hastigen Kuss an sich.

»Ähm, Finn … Dad und Willow sind auch hier.«

Zu ihrem Erstaunen war Finn unbeeindruckt. »Cool«, sagte er, während er ihr hineinfolgte.

Barry begrüßte ihn freundlich. Schweigen trat ein, während ihre beiden Schwestern ihn nicht gerade verstohlen musterten.

Free wand sich. »Willow, du kennst Finn ja schon, und Beth, ich glaube, du hast ihn auf der Hochzeit kennengelernt.«

»Ja, kurz.« Beth lächelte gleichmütig. »Du wohnst nebenan, richtig?«

»Ja, genau, in 17B. Frees Haus stand ein paar Monate leer, aber als sie einzog, wusste ich, dass es entweder eine andere Polizistin, eine Lehrerin oder eine Krankenschwester sein musste.«

»Und stattdessen hast du Free bekommen«, sagte Willow.

»Nichts von dem oben Genannten«, witzelte Free.

Ihre Stimme klang in ihren eigenen Ohren angespannt. Sie warf einen Blick auf Beth, aber die höfliche Small-Talk-Miene ihrer Schwester war unergründlich. *Oh, Mann.* Sie hantierte mit dem Wasserkocher und den Tassen herum, als sie mit Entsetzen das ungespülte Geschirr in der Spüle sah. *Gott.* Sie musste wirklich erwachsen werden.

»Entschuldigt die Unordnung«, sagte sie, während sie für Beth und ihren Vater Tassen mit Tee auf den Tisch stellte. »Willow, du willst vermutlich einen Kaffee, oder?«

»Ja, aber ich kann ihn mir selbst machen.« Willow ging auf die Küche zu, sodass Free nichts anderes zu tun blieb, als sich zu den anderen an den Tisch zu setzen.

»Finn, du trinkst keinen Tee oder Kaffee?«, erkundigte sich Beth.

*Scheiße!* Vor lauter Nervosität hatte Free ganz vergessen, ihn zu fragen. Aber Finn schüttelte zum Glück den Kopf. »Im Moment nicht. Ich habe eben einen Kaffee getrunken. Aber einen Keks nehme ich vielleicht.« Er riss die Packung auf und bot Barry und Beth davon an.

»Wie lange bist du schon Polizist?«, fragte Beth.

»Ungefähr zweieinhalb Jahre. Ich habe meine Probezeit in Perth absolviert.« Er lächelte Free leise zu, und sie versuchte, sich zu entspannen. *Er ist perfekt imstande, meine Familie zu beeindrucken.* »Im letzten November bin ich dann nach Mount Clair gekommen.«

»Free sagt, dass deine Familie ins Ausland zieht«, warf Beth ein. »Das muss hart für dich sein.«

Free sah Beth stirnrunzelnd an, um ihr zu verstehen zu geben, dass das kein gutes Gesprächsthema war. Beth ignorierte sie.

»Ja.« Finn senkte den Blick. »Ja, das ist nicht sehr schön. Aber das Leben geht weiter.«

»Irland war das, nicht wahr, Schatz?«, wandte sich Barry an Free. Sie nickte. »Wandern sie aus?«, fragte er Finn.

»Sie gehen zurück.«

Barry grinste. »Dann bist du ein Paddy, Kumpel?«

Free sprang auf. »Willow, Beth, Dad, kommt und seht euch den Garten an. Ich habe ganz vergessen, ihn euch zu zeigen.«

Ihr Vater erhob sich gehorsam, aber Beth warf ihr nur einen Blick zu. »Ich habe ihn schon gesehen.«

»Ich trinke zuerst meinen Kaffee«, meinte Willow.

Barry fand, das sei eine gute Idee, und setzte sich wieder. Free ließ sich auf ihren Stuhl sinken. Schlimmer konnte es gar nicht kommen. Beth stellte Finn quälende Fragen, und ihr Vater zog ihn damit auf, dass er Ire war. Sie hätte nie gedacht, dass ihre eigene Familie sie vor ihrem Freund in Verlegenheit bringen würde, aber sie benahmen sich, als hätten sie es seit Jahren einstudiert. Die plötzlichen Schritte und Stimmen auf der Veranda waren eine willkommene Ablenkung.

»Wer ist das denn jetzt?«, fragte sie, während sie sich wieder erhob.

Es waren Tom und Briggsy.

»Hey, Free.« Tom umarmte sie. »Cooles Haus! Ich wollte eigentlich *diesen* Typen hier …« – er zeigte auf Briggsy – »… besuchen, aber Kate hatte ihre Freundinnen für irgendeine Partyplanung eingeladen, daher sind wir geflüchtet.«

»Wie geht's dir, Free?« Briggsy drückte ihr einen kratzigen, bärtigen Kuss auf die Wange.

»Gut! Kommt rein. Tee?«

»Morgen, Kelly«, wandte sich Briggsy an Finn. »Dass ich dich hier sehe.«

Finn nickte, und seine Wangen röteten sich leicht. »Sarge. Tom.«

»Hast du Kaffee da, Free?«, fragte Tom.

Am Tisch war kein Platz mehr frei, daher füllte sich die Couch, und die Stimmung wurde prompt weitaus entspannter. Tom hatte jede Menge Geschichten von Bali auf Lager, und Willow warf hin und wieder eine Berichtigung ein, wenn er zu Ausschmückungen neigte. Auch Briggsy war nicht auf den Mund gefallen, und Barry konnte es locker mit allen beiden aufnehmen.

»Oh.« Auf einmal richtete sich Tom auf und stellte seine Kaffeetasse auf den Tisch. »Das musst du dir ansehen, Free.« Er schob den Ärmel seines T-Shirts hoch und entblößte ein frisches Tattoo, das an den Rändern noch gerötet war.

»Oh, wow, du hast es wirklich machen lassen!« Free trat näher, um es sich genauer anzusehen. Es war ein kleines blaues Gebilde, nur ein paar Zentimeter lang. »Ist das …?« Sie blinzelte, versuchte es zu erkennen. »Ist das eine Sitar?«

»Eine *Sitar?*« Tom blickte empört, und Willow lachte schallend auf.

»Ich hab's dir ja gleich gesagt«, meinte sie.

»Keine Sorge, Tom«, rief Beth vom Tisch. »Ich kann sehen, was es sein soll. Eine Suppenkelle, stimmt's?«

Er sah sie finster an, aber seine Augen funkelten verschmitzt. »Sehr witzig. Ihr wisst alle genau, dass es ein Banjo ist.«

»Ohhh«, rief Free, als sie es erkannte. »Ja, jetzt sehe ich es! Das ist superniedlich!«

»Er hätte *dich* bitten sollen, das Design zu entwerfen«, sagte Willow zu ihr. »Ich habe ihm gesagt, es sei keine gute Idee, als der Tätowierer nicht einmal wusste, was ein Banjo ist, und Tom es googeln musste, um es ihm zu zeigen.«

Tom versuchte, über seine eigene Schulter zu äugen. »Ihr seid doch alle blind. Es sieht genauso aus wie das, was es ist.«

»Das ist so eine süße Geste«, bemerkte Free, aber sie konnte sich ein Kichern nicht verkneifen.

»Ich kenne einen guten Tätowierer in der Stadt«, sagte Briggsy zu Tom. »Gib mir Bescheid, wenn du bereit bist, es nachbessern zu lassen, damit es dem ähnelt, was es sein soll.«

Tom murmelte beschämt irgendetwas vor sich hin, während er sich seinen Kaffee holte. Free bemerkte, dass Briggsy ein Tattoo mit Kates Namen auf dem Unterarm hatte. *Hmm, nicht gut, bei dem Beziehungsstress, den die beiden haben. Vielleicht muss er es entfernen oder überdecken lassen, wenn sie sich trennen …*

Ein erneutes Klopfen an der Tür holte sie in die Gegenwart zurück.

»Mein Gott, Free«, rief ihr Vater. »Hier geht's ja zu wie am Hauptbahnhof.«

Diesmal waren es Cameron, Tia und Jorja. »Oh, hi, Leute«, begrüßte sie sie, als sie die Tür öffnete.

»Siehst du, sie hat Besuch«, murmelte Tia Cameron zu. Ihre Wangen waren gerötet.

»Sollen wir wieder verschwinden, Miss Patz?«, fragte Cameron.

»Natürlich nicht! Kommt rein. Cam, kannst du den Klapptisch im Studio aufbauen? Ihr wisst ja, wo alles ist, oder?«

Das wussten sie. Sie gingen durch das überfüllte Wohnzimmer, Tia noch immer mit geröteten Wangen, den Blick gesenkt.

»Wer ist das?«, fragte Beth Free leise.

»Schüler. Sie kommen am Wochenende manchmal zum Malen vorbei.«

»Warum?«

Free zuckte die Schultern, wusste keine einfache Antwort. »Warum nicht?«

»Das ist so typisch *du,* Free«, meinte Willow lächelnd, und Beth kicherte ebenfalls.

»Also, wann ist der Staudamm-Protest?«, fragte Free Willow.

»Donnerstagnachmittag.«

Briggsys Augenbrauen schossen hoch. »Ihr werdet euch doch nicht etwa *daran* beteiligen?« Er sah Tom an. »Das ist eine etwas heikle Angelegenheit.«

»Was meinst du damit?«, fragte Willow.

»Wir mussten ein paarmal Demonstranten der Baustelle verweisen«, antwortete er. »Sie wurden ein bisschen gewalttätig.«

»Ein paar von ihnen haben die Arbeiter angegriffen«, warf Finn ein. »Haben sie mit Flaschen und so beworfen.«

»Oh, nein«, stöhnte Free. »Das darf nicht wahr sein. Ich war bei dem letzten Protest, und da war alles absolut friedlich. Wir haben nur Sprechchöre angestimmt und gesungen und Schilder hochgehalten, und die verantwortliche Frau hat mit den Reportern von ABC News gesprochen. Es war toll.«

»Na ja, jetzt sind dort unten jeden Tag Demonstranten, und sie benehmen sich ungebührlich«, berichtete Briggsy.

»Scheiße«, meinte Willow. »Damit erweisen sie der Sache keinen guten Dienst.«

»Vielleicht meldet das Bauunternehmen solche Dinge der Polizei, weil man die Aktivisten loswerden will«, sagte Free mit plötzlichem Entsetzen. »Vielleicht denken sie sich Lügen aus, um sie des Geländes verweisen zu können!«

Briggsy war skeptisch. »Es sind ein paar bekannte Störenfriede darunter.«

Es fiel Free schwer, das zu glauben. Briggsy war so ein abgebrühter Cop, dachte sie, dass er vermutlich dazu neigte, das Schlimmste von den Leuten zu denken.

Ihre Gäste blieben noch eine Weile, bis Barry erklärte, er würde gern in einem Pub etwas essen. Außerdem wollte er zur Eisenwarenhandlung, um einen Gartenhäcksler zu kaufen, bevor sie zurück nach Patersons fuhren. Alle gingen, sogar Beth. Free winkte ihnen zum Abschied, während sie mit Finn auf der Veranda stand.

Beth war so verdammt schwer zu durchschauen. Mochte sie Finn oder nicht? War sie jetzt überzeugt?

»Deine Familie ist ein richtig guter Haufen«, meinte Finn, gegen das Verandageländer gelehnt, während der letzte Wagen wegfuhr. »Beth ist nett. Sie schien letztendlich doch kein Problem mit mir zu haben – meinst du nicht auch?«

»Ja, ich nehm's an. Ich meine, nein. Ich glaube nicht. Ich glaube nicht, dass sie ein Problem hatte.«

Finn legte den Kopf auf die Seite. »Okay. Also … vielleicht hatte sie doch eines?«

»Warum sollte sie?« Free schnippte einen toten Käfer vom Verandageländer. »Sie müsste verrückt sein, dich nicht zu mögen.«

Finn sah sie mit diesen aufrichtigen Augen an, die immer nur genau das gesagt hatten, was er dachte.

Free verscheuchte alle Zweifel aus ihrem Herzen. »Wie auch immer, wen kümmert es denn? Sie wird sich an dich gewöhnen müssen.« Sie stellte sich auf die Zehenspitzen, um ihn auf die Lippen zu küssen.

»Miss Patz.« Camerons Stimme unterbrach den Moment. »Haben Sie ein Handtuch oder so was? Wir, äh, haben irgendwie etwas verschüttet.«

Sie stürzte los, um ihnen beizustehen. Finn stieß einen Augenblick später mit ein paar Wischtüchern zu ihnen, um zu helfen, das

Terpentin aufzusaugen, das auf dem Tisch und der Linoleummatte verlaufen war.

Cameron starrte Finn an. »Sie sind doch Polizist, oder?«

»Ja, das bin ich.«

»Ich habe Sie neulich bei dem Vortrag im Jugendzentrum gehört.«

»Ach ja.« Finn lächelte ihn an. »Wie fandest du ihn?«

Cameron zuckte die Schultern. Seine Miene war misstrauisch. »Wir haben das alles schon mal gehört.«

Finn nickte. »Ich glaube, wir brauchen einen neuen Ansatz bei der Drogenaufklärung. Was meinst du, was funktionieren würde?«

Cameron war offensichtlich dazu erzogen worden, die Polizei als Feind anzusehen. Er zuckte wieder die Schultern, aber er wäre nicht Cameron, wenn er lange geschwiegen hätte, und kurz darauf redete er wieder.

»Sie müssen die Kinder erreichen, wenn sie jünger sind. Ich bin sechzehn. Mit zwölf hatte ich schon mehr gesehen, als Sie und Ihre Leute uns erzählt haben. Sie können uns nicht schockieren. Wenn Sie die Kinder aufklären wollen, bevor sie damit anfangen, müssen Sie mit den Sechs-, Sieben-, Achtjährigen reden.«

Finn hielt mit dem Aufwischen inne. »Wir diskutieren bereits über ein frühes Interventionsprogramm für Grundschulkinder, mit älteren Kindern als Mentoren. Wir suchen Jugendliche, die keinen Ärger machen, die mit den jüngeren Kindern arbeiten könnten. Kennst du so jemanden?«

Als Cameron nicht gleich antwortete, stieß Tia ihn in die Seite.

»Ich habe nie Ärger gemacht«, räumte er ein.

»Was meinst du? Verstehst du dich gut mit jüngeren Kindern?«

»Du wärst perfekt dafür, Cam«, meinte Tia.

Cameron zuckte wieder die Schultern, aber in seinen Augen lag ein Glanz, der Free verriet, dass er geschmeichelt war – und interessiert. Sie lächelte Finn an.

Sie ließen die Schüler allein und gingen zurück zu ihrem Kaffee, wo Free Finn leise über Camerons familiären Hintergrund informierte – die Probleme seiner Brüder und die Entschlossenheit seiner Mutter, dafür zu sorgen, dass er nicht auf die schiefe Bahn geriet. Finns Miene hellte sich auf.

»Er ist genau die Art Junge, die wir für dieses neue Programm brauchen. Ich werde Narelle von ihm erzählen – sie ist unser Community Officer und stellt das Programm auf die Beine. Sie wird begeistert sein.«

»Ich bin so froh, dass du hier in Mount Clair bist«, sagte Free zu ihm. »Ganz abgesehen davon, dass du heiß bist, bist du genau die Art Polizist, der hier etwas bewegen kann.«

Er grinste. »Aber hauptsächlich, weil ich heiß bin, oder?«

»Eindeutig.«

# Kapitel 17

Zu Frees Entsetzen hatte Briggsy doch recht. Die Staudamm-Aktivisten bekamen jeden Tag mehr Berichterstattung in den Medien – und das nicht wegen der Folgen, die das Projekt für das Ökosystem des Flusses hatte. Sie waren dabei erwischt worden, wie sie versuchten, über Zäune zu klettern, um in den Maschinenpark zu gelangen, Schilder zertrümmerten und sogar mit verdorbenem Essen nach den Arbeitern warfen. Jeden Morgen las sie vor der Arbeit auf ihrem Handy darüber. Warum verstanden die Demonstranten nicht, dass sie mit diesem Verhalten der Anti-Staudamm-Bewegung schaden könnten?

Sie fuhr für die Donnerstagsdemo zur Baustelle und entdeckte Toms Geländewagen, der am Straßenrand parkte. Free stellte ihren Wagen dahinter ab. Selbst aus der Ferne war klar, dass dieser Protest lauter war als der, bei dem sie zuvor gewesen war. Sie näherte sich dem Bauzaun, hinter dem Planierraupen und Bagger über Nacht in dem roten Schlamm parkten. Die aufgeheizte Menge schwenkte Schilder und rief Sprechgesänge.

*Rettet den Herne!*

*Bewässerung heute – Zerstörung morgen!*

*Denkt an die Zukunft, nicht an Dollars!*

*Buildplex – Landvergewaltiger*

*Hamilton RAUS!*

»Was wollen wir?«, brüllte eine Frau.

»Buildplex raus!«, schrie die Menge.

»Wann wollen wir es?«

»JETZT!«

*Wow*. Free suchte die Menge nach ihrer Schwester ab und entdeckte sie schließlich mit Tom am Zaun, etwas abseits des größten Gedränges. Free bahnte sich rasch einen Weg durch die Menge und umarmte die beiden zur Begrüßung.

»Hier geht's ja ganz schön wild zu«, rief sie über den Lärm hinweg.

»Ja, es werden immer mehr.« Toms Augen leuchteten interessiert. »Gut zu sehen, wie sich die Leute hinter die Sache stellen.«

»Aber sie sollten sich auf den Fluss konzentrieren.« Willow kaute an einem Fingernagel, und ihre dunklen Augen blickten besorgt. »Nicht gegen Buildplex wettern. Wenn Buildplex den Staudamm nicht bauen würde, dann würde es irgendein anderes Unternehmen tun. Wir sollten versuchen, zum Ministerium für Infrastruktur durchzudringen.«

»Letztendlich ist es wohl egal, gegen wen sie wettern«, meinte Tom. »Wenn es in den Nachrichten kommt, schärft es das allgemeine Bewusstsein.«

»Seht mal.« Free hatte Kameras und Mikrofone entdeckt. »Das ist die Frau von ABC Radio. Und da ist der Typ von der Lokalzeitung.«

Die Sprecherin des Protests hielt vor den Medien eine Ansprache über Korruption in der Planungsbehörde der Regierung, und dann holte sie zu einer Schmährede über die mangelnde Moral des Bauunternehmens Buildplex aus. Die Menge jubelte immer wieder und brüllte »Schande!«, sobald der Name Hamilton erwähnt wurde. Willow und Free tauschten einen Blick.

»Wogegen zum Teufel demonstrieren wir hier eigentlich?«, murmelte Willow.

Auch Tom hatte die Stirn gefurcht. »Der Schwerpunkt des Protests hat sich auf jeden Fall verschoben«, bemerkte er.

Zur Erleichterung der drei war in der Menge ein Umweltwissenschaftler, der ebenfalls von der ABC-Reporterin interviewt wurde. Das lenkte den Protest zurück auf die ökologischen Fragen. Aber es gab noch immer etliche Leute, die lautstark ihre Wut auf Buildplex und Amanda Hamilton zum Ausdruck brachten. Sobald die Reporter gegangen waren, zog Willow an Frees Hand.

»Lasst uns gehen«, meinte sie. »Ich will nicht noch länger zuhören, wie diese Frau gegen Buildplex keift. Ja, sie haben sich für einiges zu verantworten, aber sie sind nicht das Hauptproblem. Verschwinden wir von hier, bevor die Polizei kommt.«

»Okay«, pflichtete Free ihr bei.

Finn hatte gerade Dienst, erinnerte sie sich. Hoffentlich würde er nicht gerufen werden, um die eher gewaltbereiten Aktivisten in ihre Schranken zu weisen. Als Unterstützer der Anti-Staudamm-Bewegung war er mit Sicherheit hin- und hergerissen zwischen seinem Job und seinem Gewissen. Sie folgte ihrer Schwester und Tom zurück zu ihren Wagen, wo sie sich verabschiedeten.

»Ich werde heute Abend in der Rettet-den-Fluss-Gruppe einen Post schreiben«, erklärte Willow, den Mund zu einer flachen Linie zusammengepresst. »Wir müssen hier auf das eigentliche Thema konzentriert bleiben und dürfen uns nicht in einen Lynchmob verwandeln.«

»Ja!« Free starrte Willow mit tief empfundener Bewunderung an. »Du wirst das so brillant ausdrücken, Will.«

Sie winkte ihnen zum Abschied und fuhr nach Hause, während sie wünschte, sie könnte irgendwie helfen. Realistisch betrachtet, konnte sie nicht mehr tun, als Willows Post zu teilen. Überzeugende Argumente zu politischen Fragen zu formulieren war nicht gerade Frees Stärke.

*Oh – natürlich!* Sie könnte den Post auf ihrem Künstlerprofil teilen! Dort hatte sie über zweitausend Follower. Das wäre eine tolle Möglichkeit, das allgemeine Bewusstsein zu schärfen. Und dann war da ihr Herne-365-Projekt auf Instagram. Sie könnte die sozialen Medien nutzen, um den Herne in all seiner Pracht zu zeigen – das harte, rissige Flussbett in der Trockenzeit und die reißende Strömung während einer Flut. Sie könnte ihre Fotos zusammen mit Willows Worten teilen – und dann könnte sie sogar dafür bezahlen, um den Post zu bewerben, damit ihn noch mehr Leute sahen.

Free verbrachte den Abend damit, Fotos für ein eindrucksvolles Album zusammenzustellen, das die Schönheit des Herne River und seines Ökosystems zur Geltung brachte. Sobald sie Willows Post entdeckte, teilte Free ihre Fotos und die inspirierenden Worte ihrer Schwester darüber, dem Wesen der Bewegung treu zu bleiben – nämlich die Regierung für das Ökosystem des Herne River zur Verantwortung zu ziehen – und nicht das belanglose Unternehmen an den Pranger zu stellen, das die Rechte gewonnen hatte, das Staudammprojekt durchzuführen. Free bekam prompt eine Reihe Likes und Kommentare, daher bezahlte sie zwanzig Dollar, um den Post zu bewerben.

Während sie darauf wartete, dass Finn von der Arbeit nach Hause kam, beobachtete sie, wie die Sichtbarkeit ihres Posts durch die Decke schoss. Er wurde von einigen ihrer Schüler geliked und geteilt – sie sah Camerons Namen, dann Jorjas und dann Tias. Camerons Kommentar lautete: *Ich will zu dem nächsten Protest gehen!*

Free lächelte. Okay, sie war vielleicht nur ein kleines Rädchen im Getriebe, aber das hier war eine Möglichkeit, wie sie ihre Fähigkeiten einsetzen konnte, um etwas zu bewirken.

Free liebte das Engagement ihrer Schüler für Keramik als Kunstform. Sie führte sie an fortgeschrittenere Techniken heran als die, die sie bislang ausprobiert hatten, und sie stellten Übungsfliesen her, um mit dem Trocknen und Biskuitbrand zu experimentieren. Free wollte, dass sie aus ihren Fehlern und Erfolgen lernten.

»Erinnerst du dich, wie du sie immer wieder in die Hand genommen hast, während du daran gearbeitet hast?«, sagte sie zu Cameron, als seine Übungsfliese nach dem Trocknungsprozess verzogen war. »Du hast zu viel damit gemacht.«

Er beäugte die Fliese kritisch. »Aber die Art, wie sie geformt ist, ist irgendwie cool. Gekrümmt wie eine Scheibe Speck.«

»Es ist cool«, pflichtete sie ihm bei. »Wenn es eine Skulptur wäre, wäre es *so cool!* Aber es ist eine Fliese, und sie wird nicht richtig an der Wand kleben, wenn sie nicht flach ist, daher solltest du das nächste Mal vielleicht versuchen, sie nicht ständig in die Hand zu nehmen, okay?«

»Ja, okay«, seufzte er. »Es ist nur einfacher, wenn ich sie hin und her bewegen kann, während ich das Relief gestalte.«

»Glaub mir, ich weiß genau, was du meinst«, erwiderte sie mitfühlend. »Nimm dir das nächste Mal eine kleinere Rigipsplatte, auf der du arbeitest, dann kannst du sie leichter drehen.«

»Was ist mit meiner Fliese?«, fragte Petra. »Ich habe sie nicht oft angefasst, und sie ist trotzdem verbogen.«

»Ja, aber ich glaube mich zu erinnern, dass du viel Wasser verwendet hast, richtig?«

»Ja, damit der Ton schön glatt ist.«

»Wenn zu viel Wasser im Ton ist, wird er in bestimmten Teilen der Fliese nur langsam trocknen, und dann wird sie sich verziehen. Es ist wie bei Wassertropfen auf Papier – die nassen Stellen schrumpfen zusammen, während sie trocknen, und dadurch verzieht sich das ganze Papier zu einer seltsamen Form. Dein Ton muss ziemlich trocken sein, wenn du Fliesen herstellst.«

Petra starrte mit gequält verzogenem Mund auf ihre gekrümmte Fliese.

»Leute, es ist schon okay«, beschwichtigte Free ihre Schüler. »Das hier sind Übungsfliesen. Deswegen machen wir sie ja – damit unsere endgültigen Fliesen genau so werden, wie wir sie haben wollen.«

»Auf meiner klebt irgendein flaumiges Zeug«, beklagte sich Ethan.

Free untersuchte seine Fliese, die schön flach getrocknet war, aber, wie er gesagt hatte, tatsächlich irgendwelche Fasern im Ton hatte. »Ich glaube, das könnten Rigipsfasern von den Kanten deiner Arbeitsplatte sein. Weißt du noch, wie ich euch gesagt habe, dass ihr die Kanten abkleben sollt? Deshalb.«

»Hm. Ich habe gehört, wie Sie gesagt haben, wir sollten sie abkleben, aber ich dachte, Sie seien nur paranoid und wollten nicht, dass wir uns an den Kanten verletzen.« Er grinste.

Sie lächelte. »Nein, mein Wahnsinn hat Methode.«

Sie fertigten die nächste Charge Fliesen an und ließen sie trocknen. Diese wurden besser und nur noch minimal verbogen. Free ließ ihre Schüler noch eine Charge anfertigen, und als die ersten Fliesen fast so hart wie Leder waren, übten sie darauf Unterglasuren. Sie mussten auf den vorhandenen Bestand der Schule zurückgreifen, da die neuen noch nicht eingetroffen waren. Free zeigte ihnen, wie sie den Tonstaub mit einem feuchten Lappen abwischen und mit einem Nadelwerkzeug ein Muster vorzeichnen sollten. Dann malten sie ihre Designs aus und zogen die Linien mit Kratzmessern nach. An einem Montagmorgen schlug ihr auf einmal ein grauenhafter Schwefelgeruch entgegen, als sie mit den Glasuren arbeiteten.

»Wer hat denn hier einen fahren lassen?« Cameron hielt sich eine Hand vor die Nase.

Free lachte. »Verwendet irgendjemand die weiße Unterglasur?«

»Das ist ja ekelhaft.« Jorja hielt sich ebenfalls die Nase zu.

»Mach ein Fenster auf!«, rief Free Tia zu, der rosagesichtigen Schuldigen mit der Flasche des Anstoßes.

Tia gehorchte. »Entschuldigung! Ich brauche das Weiß wirklich!«

»Wie leiden wir doch für unsere Kunst«, bemerkte Free. »Ich kann es kaum noch erwarten, bis endlich die neuen Glasuren kommen.«

»Ich würde eher andere Farben verwenden, als *das* noch einmal riechen zu müssen«, murmelte Jorja.

Aber Aidan war eindeutig noch immer der Ansicht, die neuen Glasuren seien Verschwendung.

»Ich habe die Zehntklässler den vorhandenen Vorrat an Unterglasuren für unsere Übungsfliesen verwenden lassen«, bemerkte er eines Tages beim Mittagessen.

Er rührte seinen Chiapudding mit einem Teelöffel um, den Blick auf Free gerichtet, bis sie einknickte.

»Wie kommen sie damit zurecht?«, fragte sie.

»Hervorragend. Sie machen richtig gute Fortschritte. Es ist erstaunlich, was eine solide Ausbildung in Kunsttheorie bei einem Amateur bewirken kann.« Er tauchte seinen Teelöffel in den grauen Pudding. »Die Schule hat noch immer einen großen Vorrat an Glasuren übrig. Ich hoffe, diese neuen, die du bestellt hast, werden keine Verschwendung sein.«

»Sind dir keine Probleme bei der Verbindung von Glasur und Ton aufgefallen?«, fragte sie mit einem Anflug von Selbstzweifeln.

»Bis jetzt nicht«, antwortete er sorglos. »Wir haben natürlich noch keine Klarglasur gemacht. Aber bisher war alles in Ordnung.«

Free kaute an ihrem Daumennagel und starrte auf ihr Knäckebrot. *Verdammt.* Was, wenn er recht damit hatte, dass die alten Glasuren für den Ton geeignet waren? Hatte sie das Geld der Schule verschwendet?

»Keine Sorge.« Aidan schenkte ihr sein typisches angespanntes Lächeln, und seine blassen Augen leuchteten belustigt. Er dämpfte seine Stimme und berührte ihre Hand. *Igitt.* Seine Finger waren klamm und kalt. »Ich werde Jay nichts sagen. Es kann unser kleines Geheimnis bleiben.«

Der Knoten in ihrem Magen verfestigte sich. »Ich bin mir ziemlich sicher, dass wir die neuen Glasuren wirklich gebraucht haben.«

Er zog mit einer Wir-werden-sehen-Miene die Augenbrauen hoch und steckte sich den Löffel in den Mund. Er benutzte seine Oberlippe, um den Pudding auf dem Löffel glatt zu streichen. Es war, als würde man dabei zusehen, wie jemand ein riesiges, schlaksiges Baby fütterte, und Free wollte sich am liebsten übergeben.

»Hey, Free.« Eine junge Frau – die Rechnungswesenlehrerin – blieb an ihrem Tisch stehen. »Ich liebe den Post über den Fluss, den du auf deiner Facebook-Seite veröffentlicht hast. Das war wirklich inspirierend.«

»Oh! Danke. Ähm, der Text war von meiner Schwester.«

»Nein, ich meine die Fotos. Man sieht, wie sehr du den Fluss liebst. Es ging mir richtig nahe, die Fotos anzusehen, und ich lebe erst seit ein paar Monaten in Mount Clair. Ich finde es toll, dass du keine Angst davor hast, dich mit Buildplex anzulegen. *Fight the power!*«

Die Frau hob eine geballte Faust als Zeichen des Widerstands und grinste Free an. Sie nahm Aidan gar nicht zur Kenntnis. Offensichtlich hatte sie keine Ahnung, dass er der Kronprinz von Buildplex war.

»Ha. Ja«, antwortete Free, in der Hoffnung, dass Aidan nichts Grässliches sagen würde.

Die Rechnungswesenlehrerin ging weiter, und Free starrte auf ihr Mittagessen. Binnen weniger Augenblicke hatte Aidan mit dem Sportlehrer ein Gespräch über eine Fahrradtour begonnen. Sie sprachen und lachten laut über ihren Sport, wie es nur selbstgefällige Alphamännchen tun können. Erleichtert vertiefte sich Free in die Nachrichten auf ihrem Handy. Erst als sie fast aufgegessen hatte, schnappte sie das Wort »Öko-Nazis« auf, und sie begriff, dass sich Aidans Gespräch einem anderen Thema zugewandt hatte.

Kent, der Sportlehrer, bellte sein stakkatoartiges Lachen, das Free immer an eine Hyäne erinnerte.

»Den Ausdruck habe ich ja noch nie gehört!«, johlte er in diesem Kommandoton, den, da war sich Free sicher, alle Sportlehrer an sich hatten. »Ist das so etwas wie ein Feminazi?«

»Alle aus dem gleichen Stoff gemacht.« Aidan zuckte die Schultern. »Dem gleichen unhygienischen Biohanfstoff, würde ich sagen.« Er fiel in Kents Hyänenheulen mit ein, wie ein untergeordnetes Männchen, das versuchte, sich beim Rudel einzuschmeicheln.

Free verließ den Tisch, und kurzzeitig konnte sie verstehen, warum friedliche Demonstranten manchmal gewalttätig wurden.

An den Abenden, an denen Finn nicht arbeitete, schlief Free entweder bei ihm oder er bei ihr. Max döste zwischen ihren Beinen, offenbar rundum zufrieden, jetzt, wo seine beiden Besitzer herausgefunden hatten, dass sie zusammengehörten. Free vermisste es, bei Finn zu schlafen, wenn er Nachtschicht hatte, und sie tauschten ihre Ersatzschlüssel aus, damit er zu ihr ins Bett kommen konnte, wenn er nach Hause kam. Sie liebte es, aufzuwachen und ihn neben sich zu finden.

Wenn ihre freien Tage zusammenfielen, verbrachten sie sie gemeinsam – lange Stunden im Bett oder Ausflüge in einem geliehenen Geländewagen, um eine Schlucht zu erkunden oder nach verbliebenen Wasserfällen zu suchen, während die Trockenzeit allmählich Einzug hielt. Manchmal leisteten sie sich einfach zwischen ihren jeweiligen eigenen Beschäftigungen Gesellschaft – Free malte, chattete mit Freunden im Ausland oder bestellte Kunstutensilien für ihre Kunden, und Finn joggte, ging zum Footballtraining oder erledigte irgendwelche handwerklichen Arbeiten in einem ihrer Häuser. Er kochte oft für sie beide, da er es besser konnte, auch wenn er behauptete, Frees Pasta zu lieben.

Es fühlte sich so leicht an. Von Zeit zu Zeit erinnerte sich Free, dass ihr Vertrag in ein paar Monaten enden und sie dann zurück nach Patersons würde ziehen müssen. Sie würde neunzig Minuten fahren müssen, nur um eine Nacht mit Finn zu verbringen. Sie verdrängte den Gedanken. *Wir werden schon irgendeine Lösung finden*, sagte sie sich.

Die Ferien standen vor der Tür, bevor Free es sich versah. Ursprünglich hatte sie vorgehabt, für die ganzen zwei Wochen nach Hause nach Paterson Downs zu fahren, aber sie verschob ihren Besuch bis zum ersten Donnerstag der Ferien, und selbst dann blieb sie nur für ein paar Nächte. Sie vermisste Finn zu sehr. Sie sehnte sich danach, seine Augen, wie ein Fluss in Kimberley, aufleuchten zu sehen und seine großen, kräftigen Arme zu spüren, die sich um ihre Taille legten. An dem Samstagmorgen in der Mitte der Ferien fuhr sie zurück in die Stadt. Da sie wusste, dass Finn bis drei arbeiten musste, schickte Free Beth eine Nachricht, ob sie sich im Galileo's auf einen Kaffee treffen könnten. Am späten Vormittag trafen sie sich an ihrem üblichen Tisch.

Free hatte kaum ihr Getränk bekommen, als Beth schon loslegte.

»Meinst du, die Beziehung mit Finn wird über das Ende deines Mietvertrags hinaus bestehen?«, fragte sie, den Blick fest auf Frees Gesicht gerichtet. »Du wirst doch wieder auf Patersons leben, wenn dein Vertrag ausläuft, oder?«

»Ja, wahrscheinlich.«

»Und er ist nur vorübergehend hier in Mount Clair, oder?«, fuhr Beth fort. »Vermutlich wird er nicht allzu lange hierbleiben.«

»Er hat nicht vor, wegzugehen.« Free reagierte unwillkürlich abwehrend. »Er liebt es hier.«

»Das tut jeder am Anfang.«

Beths wissende Miene war zu viel für Free. »Du hast noch immer etwas gegen ihn, obwohl er nichts Falsches getan hat. Lass es gut sein, Beth.«

»Und er hat überhaupt nichts mehr von seiner Ex-Freundin gehört?«

»Nein!«, fauchte Free, aber dann musste sie zurückrudern. »Ich meine, ich glaube es zumindest. Ich habe ihn nicht gefragt.«

Beth zog die Augenbrauen hoch. »Vielleicht *solltest* du ihn fragen.«

Free stieß einen so tiefen und entnervten Seufzer aus, dass etwas von ihrem Chai Latte auf ihren Rock spritzte. »Er ist nicht an ihr interessiert. Sondern an *mir*. Warum fällt es dir so schwer, das zu begreifen?«

Beth besaß immerhin so viel Anstand, verblüfft zu blicken. »Es fällt mir überhaupt nicht schwer, das zu begreifen. Ich kann genau sehen, warum er an dir interessiert ist. Ich weiß nur nicht, wie viel Durchhaltevermögen er hat.«

»Niemand weiß irgendetwas über irgendjemands ›Durchhaltevermögen‹, bis er demjenigen genug vertraut, um es herauszufinden«, rief Free ihr in Erinnerung. Sie rieb mit einer Serviette an dem Fleck auf ihrem Rock. »Gib ihm einfach eine Chance, Beth.«

»Aber ich kenne dich, und du neigst dazu, dich in irgendwelche Dinge zu stürzen, ohne sie bis zum Ende durchzudenken. Ich will nicht, dass du Hals über Kopf mit Finn zusammenziehst oder so, nur damit er dann aufsteht und geht.«

»Das ist so unfair!« Free versuchte, sich ein vernünftiges Argument zurechtzulegen, aber ihre Empörung beeinflusste ihr logisches Denkvermögen.

»Ich kümmere mich nur um meine kleine Schwester«, erwiderte Beth sanft. Sie nippte an ihrem schwarzen Kaffee und drückte ihre schlanken Schultern ein klein wenig durch. »Wie läuft es an der Schule?«

*Nur ein Zufall,* dachte Free wütend. Es war nur ein dummer Zufall, dass Beth in einem Atemzug erwähnte, dass sie sich um ihre kleine Schwester kümmerte, und sich im nächsten nach dem Stipendium erkundigte. Sie versuchte, das Gesprächsthema auf ihre Arbeit in der Schule zu lenken, aber Beths Worte begleiteten sie noch mehrere Tage.

Als Free nach den Ferien wieder zur Schule kam, trafen die neue Klarglasur und die Auswahl farbiger Unterglasuren ein. Sie untersuchte sie voller Freude, auch wenn Aidan, als er vorbeischlenderte, so verächtlich blickte wie eh und je. Er murmelte sogar etwas, das wie »Verschwendung von Ressourcen« klang. Sie versuchte, sich davon nicht ärgern zu lassen.

»Okay, wir müssen die Ärmel hochkrempeln und unsere Entwürfe unter Dach und Fach bringen«, erklärte sie ihren Elftklässlern im Kurs. »Meint ihr, ihr könnt mir eure endgültigen Versionen bis Ende der Woche zukommen lassen? Ich will wirklich, dass wir am nächsten Montag ein bisschen Ton unter die Fingernägel kriegen. Wenn ihr mir eure Designs bis Freitagnachmittag versprechen könnt, dann kann ich *euch* versprechen, dass ihr am Montag eure ganzen anderen Kurse schwänzen dürft – denn Ms Lincoln hat mir die Erlaubnis gegeben, euch aus dem Unterricht zu holen und mit euch den ganzen Tag an der Fliesenherstellung zu arbeiten, sobald die Designs fertig sind!«

Alle waren einverstanden, auch wenn sich einige Schüler offenbar weniger sicher waren als andere. Free war fassungslos.

»Ist das euer Ernst?«, sagte sie. »Ich hätte für einen ganzen Tag im Kunstraum *getötet,* als ich in der elften Klasse war. Buchstäblich getötet.«

Vielleicht waren sie nervös, weil sie im Begriff waren, ihre endgültigen Fliesen in Angriff zu nehmen, überlegte sie. Vielleicht brauchten sie ein bisschen Ermutigung.

»Ich weiß, dass ihr das könnt. Ich werde euch eine Geschichte erzählen. Hört zu.« Sie stemmte sich auf einen hohen Arbeitstisch, sodass alle sie gut sehen konnten. »Es war einmal eine Keramiklehrerin, okay? Am ersten Unterrichtstag teilte sie ihre Schüler in zwei Gruppen ein. Die eine Hälfte würde nach *Quantität* bewertet werden. Sie sagte, sie würde am Ende des Semesters mit einer Waage ihre Töpfe wiegen. Sie würden eine Eins für zwanzig Kilo Töpfe bekommen, eine Zwei für zehn, eine Drei für fünf Kilo und so weiter.«

Die Schüler starrten sie staunend an, und Free kämpfte sich tapfer weiter, in dem Bewusstsein, dass das hier auch nach hinten losgehen konnte.

»Aber der anderen Gruppe sagte sie, sie würde sie nach Qualität benoten. Sie mussten nur einen einzigen Topf machen. Einen einzigen umwerfenden, perfekten, wunderschönen Topf. Und was ist passiert? Ich schwöre, das wird euch umhauen.« Ihr Blick kam auf

Tia zu ruhen. Das Mädchen beobachtete sie aus dunklen Augen voller Interesse und Bewunderung. Es bestärkte Free in ihrem Selbstvertrauen.

»Die Töpfe mit der besten Qualität? Sie wurden von der *Quantitäts*gruppe gemacht. Sie waren *atemberaubend*. Umwerfend. Innovativ! In der Gruppe, die danach benotet wurde, wie viele Töpfe sie herstellten, produzierte jeder stapelweise Töpfe und lernte aus seinen Fehlern und wurde immer besser, ohne überhaupt darüber nachzudenken. Sie haben geübt. Sie haben *gearbeitet*. Aber die arme alte Qualitätsgruppe saß einfach nur da und studierte die Theorie und versuchte, ein Stück Ton perfekt hinzukriegen. Und letztendlich war keine ihrer Arbeiten perfekt, weil sie keine praktischen Fähigkeiten hatten. Die Quantitätsgruppe war ein voller Erfolg, weil sie verdammt noch mal einfach loslegten und es versuchten. Sie haben es einfach immer wieder versucht, und letztendlich haben sie ein paar richtig tolle Kunstwerke geschaffen. Aber die Qualitätsgruppe saß einfach nur da und hat sich darüber den Kopf zerbrochen.«

Schweigen. Gefiel den Elftklässlern diese Geschichte? Waren sie inspiriert davon? Oder hielten sie sie für Schwachsinn? Free wartete, auf einmal starr vor Entsetzen. Was zum Teufel dachte sie sich eigentlich dabei, einem Haufen zynischer Teenager mit dieser albernen Anekdote zu kommen?

Cameron brach das Schweigen mit einem Grinsen. »Coole Geschichte, Miss Patz. Ich will auf meiner Fliese den Herne River zeigen. Den Kreislauf der Jahreszeiten, wissen Sie? Für den Fall, dass er von dem Staudamm ruiniert wird.«

»Kann ich mehr als nur eine endgültige Fliese machen?«, fragte Jorja. »Zusätzliche Fliesen, so wie es die Quantitätsgruppe gemacht hat? Ich weiß, wie ich *will,* dass meine aussieht, aber ich bin mir nicht sicher, ob ich sie genauso hinkriege, wie ich sie im Kopf habe.«

»Natürlich«, antwortete Free, während sie wieder zu atmen begann. »Natürlich.«

In dieser Stunde herrschte rege Betriebsamkeit unter den Schülern, und alle legten sich mächtig ins Zeug, um ihre Designs unter Dach und Fach zu bringen. Mehr Hände als sonst schnellten hoch, um Free um Hilfe zu bitten. Jay stieß etwa nach der Hälfte der Stunde dazu und murmelte, sie sei beeindruckt von der Art, wie die Schüler arbeiteten. Tia blieb nach Stundenende noch, nachdem Jay in die Mittagspause gegangen war und die anderen Schüler sich zerstreut hatten. Selbst Cameron, der immer auf Tia wartete, hatte aufgegeben.

Schließlich packte das Mädchen seine Bleistifte in ein Etui und ging zum Ausgang. Kurz vor dem Türrahmen blieb sie stehen und sah noch einmal zurück zu Free.

»Die Geschichte von der Keramiklehrerin. Waren Sie in der Quantitäts- oder in der Qualitätsgruppe?«

Free verzog entschuldigend das Gesicht. »Ich werde ganz offen zu dir sein. Ich habe die Geschichte eines Abends gehört, als ich in einem Hostel in London wohnte, und da war ein Amerikaner, der jeden Abend über Lautsprecher Motivations-Podcasts hörte. *Jeden* verdammten Abend. Kein Witz. Ich war drauf und dran, ihm seinen iPod zu klauen und mit einem Schraubenzieher in den Lautsprecher zu stechen. Aber eines Abends hat einer der Podcaster diese Geschichte erzählt. Ich weiß nicht einmal, ob sie wahr ist, aber sie ist bei mir hängen geblieben. Und letztes Jahr habe ich in Italien eine Keramikmeisterin besucht, Giacoma Pinelli. Sie war ein Genie. Und ich meine, ein *Genie,* Tia. Ich habe sie gefragt, was ihr Geheimnis sei, und meine Freundin musste meine Frage für mich übersetzen, aber Giacoma sah mich an und sagte: ›*esercizio*‹.«

Tia runzelte die Stirn.

»*Übung*. Praxis«, erklärte Free. »Ich habe immer geübt, weil … na ja, ich weiß nicht, warum. Ich muss einfach. Ich male und zeichne ständig. *Du* tust das auch, das kann ich an der Art sehen, wie du arbeitest. Ich bin keine große Künstlerin, aber ich glaube wirklich, dass *esercizio* für einen Künstler der einzige Weg zu Größe ist, und ich werde es einfach immer weiter tun, bis ich sie eines Tages hoffentlich annähernd erreiche.«

Tias Gesicht leuchtete. »Danke, Miss Paterson.«

Free schickte Tia in die Mittagspause und ging zum Lehrerzimmer, um sich zu ihren Kollegen zu gesellen. Sie wärmte sich ihren Behälter mit Curryresten auf und setzte sich auf ihren üblichen Platz an Jays Tisch. Sie hielt sich von Aidan fern, der mit Kent beisammensaß, seinem Sportlehrer-Freund, und mit ihm die Kosten ihrer Tourenräder verglich.

»Keine Cracker heute?«, fragte Jay Free.

»Nein, mein Freund kocht am besten thailändisch!« Free rührte ihr Essen mit der Gabel um, während sie den Duft einatmete. »Das ist rotes Hähnchencurry.«

»Du bist mit einem Polizisten zusammen, stimmt's?«

Free starrte sie an. »Woher weißt du das?«

»Kleinstadt.« Jay zwinkerte.

Irgendein Gemurmel darüber, dass »Frauen bei Männern in Uniform immer wild werden«, kam von Aidans Ende des Tisches und erregte Frees Aufmerksamkeit. *Gott, er ist ein solch berechenbarer Widerling*. Sie nahm sich vor, ihn zu ignorieren, aber jetzt hatte Aidans Mittagessen Jays Interesse geweckt.

»Das sieht ja köstlich aus.« Sie reckte den Hals, um es besser sehen zu können.

Aidan betrachtete seine Mahlzeit – Räucherlachs, Kapern und Frischkäse auf irgendeiner Art würzigem Eierfladen. »Es ist nicht so frisch, wie es sein sollte. Es ist von Marcel's Deli. Das ist immer ein bisschen Glückssache.«

Vor lauter Verblüffung vergaß Free, dass sie ein direktes Gespräch mit Aidan vermeiden wollte. »Bestellst du dir dort jeden Tag dein Mittagessen?«

»Meistens«, lautete seine knappe Antwort.

»Marcel's?«, warf Jay ein. »Wurde dieses Café nicht von dem Unternehmen deiner Familie gekauft?«

Aidan zuckte die Schultern. »Ja.«

Free dachte an den Nachmittag, an dem er mit ihr auf einen Kaffee zu Marcel's gegangen war. Der arme Barista, der versucht hatte, das Café zu schließen – Aidan musste ihn mit seiner Autorität unter Druck gesetzt haben, für sie beide länger geöffnet zu bleiben.

»Es geht nur darum, die Truppen satt zu kriegen«, sagte er. »Marcel's übernimmt für Buildplex das ganze Firmencatering vor Ort und beliefert das Projektbüro.«

»Ergibt Sinn«, meinte Kent.

Jay warf Free und Max einen Blick zu, dann stand sie auf und ging zur Kaffeemaschine – aber Aidan war es nicht entgangen.

»Warum nicht die Firmen unterstützen, die uns unterstützen«, bemerkte er deutlich. »Habe ich nicht recht, Free?«

Free blinzelte verwirrt.

»Du weißt schon«, fuhr Aidan fort, während er ein schlaffes Stück Lachs auf einen Eierfladen legte. »Deinen Handel für Künstlerbedarf mit einer hübsch großen Bestellung von Keramikglasuren für die Schule unterstützen.«

Sie brauchte einen Moment, um die Verunglimpfung zu verstehen. Frees Gesicht glühte, und ihr Herz hämmerte.

»Ich habe nicht auf neue Materialien gedrängt, weil ich dieses Bestellarrangement mit Bostons habe«, entgegnete sie leicht atemlos.

Er lächelte. »Natürlich nicht.«

»Nein, Aidan.« Free war lauter geworden, und ein verzweifeltes Gefühl von Ungerechtigkeit schwang in ihrer Stimme mit. Sie versuchte, sich zu beruhigen. »So etwas würde ich niemals tun. Das hier ist eine Schule. Jay hat mich *gebeten,* für die Schule zu bestellen.«

»Ich weiß.« Er sprach die Worte um einen Mundvoll seines Mittagessens herum. »Es ist nur ein Zufall, dass du Probleme bei Materialien erkannt hast, mit denen die Schule bereits gut ausgestattet war.«

Max hatte nicht von seinem Sandwich aufgesehen, aber Free wusste, dass er genau zuhörte.

»Ich habe nicht … ich würde nicht … würde niemals …«

Auf einmal war Free um Worte verlegen. Sie konnte kaum glauben, dass er ihr das tatsächlich vorwarf. War es ein Missverständnis? Sie schaute hilflos zu Max, aber der Biologielehrer hielt den Blick gesenkt. Free sah durch den Raum zu Jay, aber sie war in ein Gespräch am Heißwasserspender vertieft.

»Ich schwöre es«, sagte Free, aber ihre Stimme klang selbst in ihren eigenen Ohren unsicher.

»Sind deine Schüler bereit für die Fliesenherstellung?«, erkundigte sich Aidan ganz beiläufig.

Sie schluckte. »Ähm, fast.«

»Gut. Meine auch. Wir können nächste Woche mit den endgültigen Fliesen anfangen.«

# Kapitel 18

Sosehr sie es auch versuchte, Free konnte nicht ignorieren, was Aidan gesagt hatte. Der Rest des Tages zog seltsam verschwommen an ihr vorbei, während sie über seine Unterstellung nachgrübelte. War sie nur paranoid? Vielleicht waren seine Bemerkungen scherzhaft gemeint gewesen – oder vielleicht hatte sie sie auch völlig falsch verstanden. Es wäre nicht das erste Mal.

Aber immer wieder durchschnitt eine Klinge der Gewissheit ihre Zweifel. *Verdammt, natürlich hat er es ernst gemeint.* Er hatte eine völlig ungerechtfertigte Anschuldigung gegen sie erhoben. Auf dem Weg nach Hause brachen im Wagen ihre Emotionen aus ihr hervor. Wütende Tränen strömten ihr übers Gesicht, benetzten ihr Kleid und verstopften ihre Nase. Auf halbem Weg zur Marlu Street bog sie abrupt ab und fuhr die zerklüftete, gewundene Straße zur Kuppe des Mount Clair hoch. Sie stieg aus, setzte sich in die Aussichtshütte und starrte über die rot-grüne Landschaft mit dem majestätischen Herne River, der sich durch sie hindurchschlängelte. Ihr Blick fiel auf die rostbraune Narbe der Staudammbaustelle, und Free umklammerte den Rand der Sitzbank.

Aidans Bemerkungen waren abscheulich. Sie hasste aus tiefster Seele, was er gesagt hatte. Sie hatte keinen Prozentsatz draufgeschlagen, als sie die neuen Glasuren bestellte, da es ein Teil des Mosaikprojekts war und die Mittel knapp waren. Jay hatte sie dazu ermuntert, aber Free hatte sich geweigert. Doch jetzt stand ihr Wort gegen Aidans. Wenn sie nicht so erschüttert davon wäre, hätte sie über die Ironie lachen müssen. Aidan Hamilton, der vorgeschlagen hatte, ihr öffentliches Kunstwerk solle die ökologische Zerstörung feiern, die das Unternehmen seiner Familie anrichtete, beschuldigte *sie* mangelnder Integrität!

Dieser eine unfaire, entsetzliche Moment hatte alles beschmutzt. Den Job, den Vertrag, das Stipendium, ihre Rolle als Lehrerin, ihre Beteiligung an der Koordination eines öffentlichen Kunstwerks. Ein- oder zweimal stellte sie sogar sich selbst infrage. Hatte sie auf die Ersatzglasuren gedrängt, ohne die Finanzen der Schule ausreichend zu berücksichtigen? Hatte Jays Ermutigung sie allzu selbstbewusst gemacht – so sehr, dass sie zu weit gegangen war?

*Scheiß drauf,* dachte sie. *So jemand* war sie nicht. Sie kannte sich auf jeden Fall gut genug, um sich in dem Punkt sicher zu sein.

Sie brauchte eine ganze Stunde, bis sie sich so weit beruhigt hatte, dass sie wieder in ihren Wagen steigen und nach Hause fahren konnte. Max wartete auf der Veranda auf sie, aber Finn war offenbar nicht zu Hause. Free ging ins Haus und warf ihre Sachen aufs Bett. Sie war auf dem Weg zu ihrem Studio, um zu versuchen, ihren Tag zu vergessen, als Finns Haustür knallte. Free machte kehrt. Kurz bevor sie ihre Tür erreichte, hielt sie inne.

Finn sang wieder. Sie musste es hören.

Sie ging in ihr Schlafzimmer, kippte den letzten Rest Wasser aus dem Glas auf ihrem Nachttisch und hielt es an die Wand. Ihr wurde warm ums Herz, und ihr innerer Aufruhr legte sich. Was hatte Finns Gesang nur an sich, dass sich dabei alles gleich besser anfühlte? Er gab ihr einfach dieses Gefühl, nach Hause zu kommen, dasselbe Gefühl von Frieden, das sie jedes Mal verspürte, wenn sie beim Paterson-Downs-Schild von der Herne River Road abbog. Sie ließ sich auf den Boden sinken, das Ohr an die Unterseite des Glases gepresst.

Sie brauchte ein paar Minuten, bis sie begriff, dass er verstummt war. Es war das Klopfen an ihrer Haustür, das sie mit einem Ruck in die Gegenwart zurückholte. Free rappelte sich hoch und strich ihren Rock glatt, bevor sie zur Tür stürzte, um zu öffnen. Es war Finn, natürlich. Sie brachte ein Lächeln zustande und ließ sich in seine Arme fallen und entspannte sich erst, als ihr Gesicht an seine Brust gepresst war und sie seinen warmen, frischen Duft einatmete.

Finn ließ die Tür hinter sich zufallen und schob Free ein Stück zurück, sodass er ihr Gesicht sehen konnte. Sein Lächeln schwand. »Was ist los?«

Ihr schoss der Gedanke durch den Kopf, dass Finns schlechte Tage in der Arbeit aus Schlägereien, Verkehrstoten und misshandelten Kindern bestanden, die von ihren Eltern getrennt werden mussten. Ihre bestanden aus den grundlosen Gehässigkeiten irgendeines Idioten und einem schrecklichen Mittagessen im Lehrerzimmer.

Sie zwang sich zu noch einem Lächeln. »Nichts. Nur ein anstrengender Tag. Komm rein.«

»Bist du sicher, dass es dir gut geht?«

»Natürlich. Willst du etwas trinken? Ich dachte, ich nehme vielleicht ein Glas Wein.«

Aber Finn ließ nicht locker. »Ich kann doch sehen, dass etwas nicht stimmt. Sag mir, was passiert ist.«

Bevor sie es sich versah, hatte sich Free die Geschichte von Aidan Hamilton und seinen Unterstellungen von der Seele geredet. Als sie fertig war, schwieg Finn mit leicht gefurchter Stirn, und sie schämte sich dafür, wie kleinlich das alles war.

»Ich weiß, das ist ein Luxusproblem, aber es hat mich trotzdem geärgert.« Sie ging durchs Zimmer, um sich auf die Couch fallen zu lassen.

Er setzte sich neben sie und zog sie an sich. »Sag nicht, dass es ein Luxusproblem ist. Es ist etwas Ernstes. Was Hamilton gesagt hat, ist überhaupt nicht nett. Und – verdammt, es ist sogar verleumderisch, Free.« Er schüttelte den Kopf. »Unglaublich. Vermutlich ist er unsicher, weil er weiß, dass er selbst in einer kompromittierenden Situation ist, wenn seine Mutter Beziehungen hat spielen lassen, damit *er* den Job bekommt.«

»Woher weißt du denn davon?«

»Es ist im Pub ein-, zweimal zur Sprache gekommen.«

»Wow, wirklich?« Free dachte darüber nach. »Ist sonst noch irgendetwas zur Sprache gekommen? Dass Leute Beziehungen spielen lassen?«

Vielleicht war irgendetwas darüber angedeutet worden, dass Beth *ihr* geholfen hatte, den Job zu bekommen. Aber Finn schien nicht zu verstehen, worauf sie hinauswollte.

»Es wurde viel über Amanda Hamiltons Angewohnheit gesagt, jedes örtliche Unternehmen aufzukaufen, bei dem Buildplex vermutlich Geld ausgeben wird. Ganz zu schweigen davon, wie sie ihren Leuten wichtige Posten zuschiebt, so etwas. Und die Proteste bereiten Buildplex ziemlich starke Kopfschmerzen. Gestern wurde sogar eine ihrer Maschinen beschädigt.«

Frees Stimmung sank. »Oh, nein. Wirklich? Aber das waren doch nicht die Aktivisten, oder?«

»Es sieht so aus. Wir müssen immer mehr Zeit an der Baustelle verbringen, nach dem Rechten sehen, auf Notrufe der Arbeiter reagieren. Das Projektbüro installiert zusätzliche Videokameras und stellt mehr Wachleute ein.«

»Gott, warum müssen die Leute auch diesen Mist bauen?« Free seufzte und ließ sich in die Sofakissen zurückfallen. »Das zerstört die Integrität des Protests.«

Finn lachte. »Ich kenne niemanden sonst, der so redet wie du.«

»Das ist etwas Ernstes, Finn!« Ein plötzlicher Gedanke durchzuckte sie, und sie beäugte ihn entsetzt. »Ich dachte, du seist *gegen* den Staudamm …«

»Das bin ich ja auch, du freches Biest!« Er tat, als würde er ihr eins hinter die Ohren geben. »Und jetzt stellst du *meine* Integrität infrage?«

Free atmete erleichtert aus. »Entschuldige. Ich dachte nur eben, du seist vielleicht nicht dagegen, nach dem, was du über die Demonstranten gesagt hast.«

»Na ja, meiner Meinung nach packen sie ihren Protest falsch an.«

»Ja, da gebe ich dir recht.« Sie kaute an ihrem Daumennagel. »Willst du mit mir zu dem nächsten Protest gehen?«

Er schnitt eine Grimasse. »Ich werde vermutlich sowieso da sein.«

Free stockte der Atem. »Du meinst, als *Polizist?*« Finn nickte. »Oh, Finn! Oh, nein. Du wirst auf der falschen Seite sein!«

»Auf der falschen Seite? Ich werde auf gar keiner Seite sein, außer auf der Seite des Gesetzes.«

»Aber wie kannst du dort sein, in dem Wissen, was dieser Staudamm dem Fluss antut – und das Projekt vor den Protestierern *schützen?*«

Finns Augenbrauen furchten sich langsam. »Äh, weil es mein Job ist.«

»Aber …«

»Free, ich bin gegen den Staudamm. Er gefährdet vom Aussterben bedrohte Arten und verursacht mögliche Umweltprobleme, für die es noch keine Lösung gibt. Aber es passiert, und die Demonstranten begehen Sachbeschädigung an den Maschinen. Es ist mein Job, das zu unterbinden.«

Free verhakte die Finger ineinander. Max sprang auf den Couchtisch und miaute sie vorwurfsvoll an.

»Ist ja gut, Maxie. Wir streiten uns nicht.« Sie sah Finn an. »Aber … aber nicht *alle* Aktivisten tun so etwas.«

»Ich weiß. Aber wenn ein paar von ihnen damit anfangen, kann es einen Dominoeffekt haben, wenn die Emotionen hochkochen. Andere beteiligen sich, und die Lage gerät außer Kontrolle. Und dann sind wir gezwungen, das Gelände zu räumen. Das ist gestern zum Beispiel passiert.«

»Ihr habt es geräumt?« Free rutschte das Herz in die Kniekehlen. »*Alle* Demonstranten mussten gehen, nur weil ein paar von ihnen das Falsche getan haben?«

Finn nickte. »Das ist die beste Methode, um zu verhindern, dass die Lage außer Kontrolle gerät.«

Sie dachte darüber nach, während sie an einer Nagelhaut zupfte. »Ja … ja, vermutlich hast du recht. Ich nehme an, wenn den Leuten der Fluss so leidenschaftlich am Herzen liegt, tun sie vielleicht Dinge, die nicht typisch für sie sind. Aber wenn ihr die Leute wegschafft, die den Vandalismus begehen, würden sich alle anderen vermutlich beruhigen.«

Finn starrte sie an, dann brach er in Gelächter aus.

»Was denn?«, wollte sie wissen.

»Ich kann einfach nicht glauben, wie ... na ja, wie *rein* dein Herz ist. Du findest immer das Gute in den Menschen.«

»Nennst du mich etwa naiv?«

»Vielleicht ein klein wenig ... idealistisch. Ich möchte wetten, du denkst sogar, dass Aidan Hamilton nur fehlgeleitet und missverstanden wurde.«

»Natürlich nicht! Auch wenn er mit den Problemen auf der Baustelle seiner Mum vielleicht Stress hat ...«, begann sie, aber inzwischen lachte Finn so laut, dass sie noch einmal darüber nachdachte und begriff, dass sie diesmal tatsächlich zu nachsichtig war.

Ihre Wangen erwärmten sich, aber sie konnte Finn sein Lächeln nicht verdenken. Großer Gott, sie liebte diese Augen, mit ihren Farben und Sprenkeln, die sie völlig faszinierten. Er drückte sie an sich, und Free kuschelte sich an ihn, ihre Beine auf dem Couchtisch kreuz und quer übereinander.

»Es ist schon erstaunlich, wie das Universum funktioniert«, sagte sie. »Ich meine, vielleicht hat deine Familie dich nur nach Australien gebracht, damit wir uns kennenlernen konnten. Andernfalls hätten wir einander vielleicht nie gefunden.« Er lachte, und Free stieß ihn in die Seite. »Im Ernst. Wie hätte das denn sonst passieren können? Das mit *uns?*«

»Ich habe dich angehalten, weil du die Straße mit pimmelförmigen Trinkhalmen übersät hast, wenn ich mich recht erinnere.«

Free kicherte hilflos. »Ich bin ja so froh, dass du mich nicht nach diesem Moment beurteilt hast.«

»Aber das habe ich. Ich kam zu dem Schluss, dass du witzig, schön und vertrauensvoll warst, und ich wollte dich auf der Stelle besser kennenlernen.«

Sie sah ihn an. »Es ist einfach so erstaunlich, dass du hier wohnst, in dem Haus neben meinem, in Mount Clair. Meinen Kater mit mir teilst.«

»*Meinen* Kater«, entgegnete er, aber die Zuneigung war deutlich in seinen Augen zu sehen, die auf ihr Gesicht gerichtet waren.

Ihr Herz war so erfüllt, dass sie ihm am liebsten gebeichtet hätte, dass sie in ihn verliebt war, aber ihre Stimme ließ sie im Stich. Stattdessen lehnte sie den Kopf an seine Schulter und wartete, bis sie wieder sprechen konnte.

»Finn, wirst du mir ein Lied vorsingen?«

Er machte ein verblüfftes Geräusch. »Was?«

»Sing für mich. Eine Ballade oder einen Pubsong. ›Dirty Old Town‹ oder irgendeines deiner Lieder.«

Finn spannte sich unter ihr an. »Was …« Er hielt einen Moment inne. »Was meinst du damit, *meine* Lieder?«

»Ich kann dich hören, wenn du singst.«

»Oh, nein«, stöhnte er.

»Nein, ich liebe es! Ich habe dich am allerersten Tag gehört, als ich eingezogen bin. Warst du im Schulchor oder so? Du kennst so viele Lieder.«

»In meiner Familie wird viel gesungen«, antwortete er. »Wenn wir alle zusammenkommen. Das ist wohl etwas typisch Irisches.«

»Die meisten Lieder kenne ich nicht, aber ich habe das *Gefühl,* sie zu kennen, weißt du? Schon bevor ich dich tatsächlich kennenlernte, *kannte* ich dich – wegen deines Gesangs.« Er schwieg so lange, dass sie schließlich ein wenig ängstlich wieder zu ihm aufsah. »Finn? Wirst du mir vorsingen?«

Noch ein langes Schweigen folgte, aber schließlich verlagerte Finn ein wenig sein Gewicht und räusperte sich. Als er zu singen begann, war seine Stimme angespannt und unnatürlich, und Frees Stimmung sank ein wenig. Aber schon nach ein paar Zeilen klang er wieder wie Finn, tief und sanft, während er ihr in diesem warmen irischen Tonfall eine Ballade vorsang.

Free kuschelte sich wieder an ihn und seufzte, erfüllt von tiefem, friedlichem Glück, ihr ganzer Stress für einen Moment vergessen.

Am nächsten Tag in der Arbeit wollte Free das gestrige Gespräch Max erklären, aber der Biologielehrer schien ihr aus dem Weg zu gehen. Beim Mittagessen saß er sogar abseits ihres üblichen Tisches. Da es ein Dienstag war, war es einer von Aidans freien Tagen, daher konnte Free nur vermuten, dass *sie* der Grund war, weshalb Max beschlossen hatte, sich ans andere Ende des Lehrerzimmers zu setzen. Vermutlich wollte er nicht mit der zwielichtigen, sich bereichernden Betrügerin, als die Aidan Free hingestellt hatte, gesehen werden.

Selbst Jay verhielt sich seltsam distanziert. Sie nickte mit ihrem Lockenschopf, ins Gespräch vertieft mit der Gesundheitslehrerin – und schien Free zu ignorieren. War Jay bewusst, was geredet wurde? Hatte *sie* den Verdacht, dass Free auf die neuen Keramikmaterialien gedrängt hatte, um einen Gewinn zu machen? Vielleicht hatte Jay vergessen, dass Free nie eine Provision für die *Mit-dem-Land-verwurzelt*-Materialien genommen hatte. Free versuchte, Aidans Anschuldigung mit hoch erhobenem Kopf abzuschütteln. *Sie* wusste, dass sie das Richtige getan hatte, selbst wenn andere Leute an ihrer Integrität zweifelten.

Der Nachmittagskurs mit ihrer Klasse bewahrte sie davor, dass ihr Tag allzu elend wurde. Ihre Schüler sprudelten noch immer vor Motivation nach Frees Geschichte über Qualität und Quantität und stürzten sich voller Begeisterung in die Arbeit.

»Hey, Miss Patz«, sagte Cameron, während er in der Schattierung seines Designs innehielt. »Gehen Sie zu dem nächsten Protest gegen den Staudamm?«

»Vermutlich, ja«, antwortete sie. »Steht denn schon ein Termin fest?«

»In ein paar Wochen. Da soll es auch Musik geben, mit Auftritten von großen Namen.«

»Ja«, warf Jorja ein. »Sacred Days und ein paar Didgeridoo-Spieler, und eine Tanzgruppe. Ich werde hingehen.«

»Wow, das klingt toll«, meinte Free. »Da bin ich auf jeden Fall dabei. Das klingt richtig positiv.«

Cameron wirkte ein wenig geknickt. »Das finde ich auch. Nur dass Mum sagt, dass ich nicht hingehen darf.«

»Warum denn nicht?«

Er verdrehte die Augen. »Sie denkt, dass es bei den Protesten Ärger gegeben hat und dass ich da hineingeraten könnte. Aber das würde ich nicht. Sie macht sich nur ständig verrückt damit, dass ich Schwierigkeiten bekommen könnte, wissen Sie. Im Gefängnis landen.«

»Oh, natürlich.« Free betrachtete ihn voller Mitgefühl. Seine Mutter sollte Cameron nicht über einen Kamm mit seinen Brüdern scheren. Er war ein guter Junge. »Das ist wirklich schade.«

»Ich bin es leid, wie sich die Regierung einen Scheiß um …« Cameron bremste sich. »Wie die Regierung unser Land vermurkst. *Oh, seht mal, es gibt nicht genügend Wasser, weil wir alles verbraucht haben, und seht mal, wir haben das Klima so ruiniert, dass die Jahreszeiten völlig verrücktspielen – hey, ich weiß, lasst uns einen Staudamm zur Bewässerung bauen, dann können wir die Region bis zum Abwinken bewirtschaften und sie noch mehr vermurksen.*« Er hob eine Hand und klatschte sich zum Spaß selbst ab.

Free lachte schallend auf. »Du sagst es. Meine Schwester und ihr Mann sind dabei, ihre Rinderfarmen auf nachhaltige Farmwirtschaft umzustellen. Es ist beeindruckend, was sie dort draußen alles tun. Sie bringen den Rindern bei, einheimische Gräser zu fressen, damit sie nicht so viel Viehfutter bestellen müssen, sie lassen Weideflächen ruhen, um Erosion zu verhindern, all so etwas. Und sie verwenden keine Pestizide oder Antibiotika, sodass der Fluss sich erholen kann.«

»Das ist so cool«, warf Petra ein. »Ich wünschte, meine Familie würde das tun. Aber erst die jüngere Generation sorgt sich um die Umwelt.«

»Hey«, protestierte Free. »Ich sorge mich. Meine Schwestern auch. Ich war von Tag eins an mit an Bord, um den Herne River zu retten.«

»*Pfft*. Sie zählen als eine von uns«, erklärte Petra.

»Ein paar jüngeren Leuten ist es nicht egal, aber sie tun nicht immer etwas dagegen, aus welchen Gründen auch immer«, bemerkte Tia mit ihrer leisen Stimme.

»Man muss handeln, wenn einem etwas wichtig ist«, meinte Free.

»Hey, kannst du dich nicht von zu Hause wegschleichen, um zu dem Protest zu gehen, Cam?«, fragte Jorja.

Er dachte darüber nach. »Vielleicht.«

»Das solltest du besser nicht tun«, wandte Tia leise ein. »Deine Mum wird dich umbringen.«

»Er sollte zu dem Protest gehen dürfen, wenn er meint, dass der Staudamm falsch ist«, widersprach Jorja.

Free gab Jorja insgeheim recht, aber sie fand, dass sie Cameron besser nicht ermuntern sollte, sich den Anweisungen seiner Mutter zu widersetzen.

»Was, wenn dich dort jemand sieht und es deiner Mum sagt?«, gab Tia zu bedenken.

Cameron wandte sich an Free. »Das würden Sie doch nicht tun, oder, Miss Patz? Wenn Sie mich bei dem Protest sehen würden?«

Free gab sich ganz unschuldig. »Wen sollte ich dort sehen?«

Cameron grinste, und Jorja kicherte mit Petra. Tia beugte sich über ihre Arbeit, aber Free bemerkte eine leichte Falte auf der Stirn des Mädchens.

*Pech gehabt*. Free hatte nicht vor, ihre Worte zurückzunehmen. Sie konnte und würde ihren Wertvorstellungen treu bleiben, egal, was Aidan Hamilton oder irgendjemand anders sagte.

Am Freitag war die Stimmung deutlich besser als noch zu Beginn der Woche. Free kam gut gelaunt zur Schule, und selbst der Anblick von Aidans blasser, ernster Miene und scharfer Nase konnte ihr keinen Dämpfer verpassen. Jeder einzelne ihrer Schüler hatte ihre aufmunternden Worte beherzigt und mindestens ein Fliesendesign fertiggestellt. Mitten in der Stunde wurde Free bewusst, was das hieß. Tränen traten ihr in die Augen.

»Leute.« Sie versuchte gar nicht erst, ihre Ergriffenheit zu verbergen. »*Leute.* Ihr seid verdammt fantastisch. Wir sind so weit!«

»Haben Sie Heuschnupfen, Miss?«, fragte Cameron, während er sie stirnrunzelnd ansah.

»Nein! Ich bin nur superstolz!«

Ihre Reaktion löste ein Kichern bei den Schülern aus, und mehrere Mädchen sprangen von ihren Plätzen auf, um nach vorn zu kommen und sie zu umarmen. Sogar ein paar Jungen waren so einfühlsam, besorgt zu blicken. Tia war zu schüchtern, um nach vorn zu kommen, aber sie lächelte Free vom Rand des Klassenzimmers aus an.

Free wischte ihre Tränen weg. »Ich kann es kaum noch erwarten, nächste Woche die Fliesen herzustellen. Am Montag werden wir den ganzen Tag mit Ton arbeiten. Eure Töpferkünste sind umwerfend, und ich nehme nicht an, dass wir irgendwelche größeren Probleme haben werden. Und wenn doch, wenn wirklich etwas schiefgeht, können wir es nach der Schule oder wann auch immer nacharbeiten, okay? Panik ist nicht erlaubt. Das hier ist eine panikfreie Zone.«

Die Schüler gingen freudestrahlend, und Free machte sich auf den Weg zum Lehrerzimmer. Diesmal saß Max beim Mittagessen wieder bei ihr und Jay. Tatsächlich schien Max rundum entspannt – überhaupt nicht misstrauisch oder zweifelnd. War es möglich, dass sie am Dienstag in diese ganze Sache zu viel hineingelesen hatte? Vielleicht hatten sie sich Aidans Verunglimpfungen überhaupt nicht zu Herzen genommen.

Sie sprach nicht mit Aidan, aber da er am selben Tisch saß, musste Free seine Unterhaltung mitanhören. Das Gespräch wandte sich dem Vandalismus an den Maschinen auf der Staudammbaustelle zu, und Free horchte interessiert auf.

»Sie haben den Zaun schon ein paarmal wiederaufgebaut«, sagte Kent, der Sportlehrer mit dem Hyänenlachen. »Ich glaube, er wird von Woche zu Woche höher. Aber sie gelangen immer noch hinein.«

»Was ist mit den Überwachungskameras?«, fragte Max. »Haben sie nichts aufgezeichnet?«

Der Sportlehrer schüttelte den Kopf. »Die Demonstranten tragen tief ins Gesicht gezogene Masken und Kapuzen und warten, bis die Wachleute an einem anderen Teil der Baustelle sind, und dann klettern sie über den Zaun und zertrümmern, was immer sie können. Es hat Buildplex schon jetzt Zehntausende Dollar gekostet.«

»Schwierig«, meinte Jay. »Ich kann ihre Leidenschaft verstehen, aber sie sind zu weit gegangen.«

Aidan saß da und hörte in angewidertem Schweigen zu. Free war bekümmert von der Geschichte über die Aktivisten; außerdem versuchte sie, nicht allzu neidisch auf Aidans Spinat-Ricotta-Blätterteigdreiecke zu starren. *Oh, mein Gott.* War das etwa Pinienkern-Pesto? Sie sah auf ihr eigenes Mittagessen – schon wieder Erdnussbutter-Knäckebrot – und unterdrückte einen Seufzer.

Jays Augen waren ebenfalls auf Aidans Essen geheftet. »Ich denke, ich werde vielleicht auch anfangen, mir mein Mittagessen bei Marcel's zu holen«, meinte sie.

»Es sieht tatsächlich gut aus«, bemerkte Free.

Aidan zuckte die Schultern und nahm einen Bissen.

»Du bist doch gegen den Staudamm, oder, Free?«, wandte sich Kent an sie. »Was hältst du von dem Vandalismus?«

»Ich bin stocksauer, dass die Demonstranten Maschinen beim Staudamm von Aidans Mum beschädigen«, antwortete sie. »Sie sollten sich auf friedliche Formen des Protests beschränken. Immer.«

Aidan setzte eine Miene kühler Geringschätzung auf. »Es ist nicht der Staudamm meiner *Mum*. Es ist der Staudamm der *Region*. Meine Familie ist nur zufällig ein Aktionär des Bauunternehmens.«

»Oh!« Free war aufrichtig verblüfft. »Ich dachte, deiner Mum gehört das Buildplex-Unternehmen.«

Die anderen Lehrer am Tisch sahen interessiert zu. Jays Gesicht war leicht gerötet, und sie schien sich das Lachen zu verbeißen. Aidan warf Free einen Blick unverhohlenen Abscheus zu.

»Ganz so einfach ist das nicht. Hamilton Holdings ist ein Großaktionär. Amanda sitzt im Aufsichtsrat. Es ist nicht so, dass meine Mutter jeden Morgen mit einem Helm auf der Baustelle steht.«

Seine Bemerkung entlockte Kent ein belustigtes Johlen und Max ein unbehagliches Lächeln. Seltsam, wie er seine eigene Mutter beim Vornamen genannt hatte. Free machte den Mund auf, um zuzugeben, dass sie nicht viel davon verstand, wie Aktienbeteiligungen funktionierten, als Aidan in ihre Richtung sah und eines seiner Blätterteigdreiecke in die Hand nahm.

»Hier.« Er schnippte es so, dass es über den Tisch auf sie zutrudelte. »Ich will nicht, dass du verhungerst. Es ist bestimmt besser als das, was du da hast.«

Free erstarrte. Die Geste war so herablassend, so durch und durch verächtlich, dass sogar Max vor Schock der Mund offen stand. Es war, als hätte Aidan einem Hund einen Happen hingeworfen. Der letzte Rest von Frees Mitgefühl mit dem Typen schwand prompt. Sie drückte die Schultern durch und hielt das Blätterteigdreieck an, bevor sie es sanft über den Tisch zurückschob.

»Nein, danke. Ich bin zufrieden mit dem, was ich habe.«

Er zuckte wieder die Schultern, aber in seiner Miene lag hämische Freude. Er nahm das Dreieck und ließ es in seine Lunchbox fallen, bevor er eine Bananenschale darüberwarf. Mit glühendem Gesicht und zu wütend, um ihn auch nur anzusehen, starrte Free auf ihr Essen, während Aidan mit Kent über ihre nächste Fahrradtour sprach.

# Kapitel 19

An diesem Wochenende lackierte Free das Talbot-Gorge-Gemälde und gab es Finn. Sie war verlegen, als sie es ihm überreichte. Sie würde sich nie an dieses unangenehme Gefühl gewöhnen, dass sie sich aufdrängte, wenn sie jemandem eines ihrer Werke schenkte. Sie wollte nicht die Erwartung wecken, dass jemand ihre Kunst zur Schau stellte. Aber Finn verschwendete keine Zeit. Er nahm prompt das Foto seiner Familie von seinem Haken an der Wohnzimmerwand und ersetzte es durch die Leinwand.

»Das kannst du nicht machen«, protestierte Free. »Das ist deine *Familie.*«

Er warf ihr einen zynischen Blick zu. »Was werden sie denn tun, herkommen und es sehen und beleidigt sein? Sie sind in einem anderen Land, Free.«

»Aber das Bild hing an einem Ehrenplatz. Und jetzt hast du es einfach für das Gemälde ausgemustert.«

»Ich habe es nicht ausgemustert.« Finn stellte den Bilderrahmen auf den Fernsehschrank. »Ich habe es nur zurückgestuft.«

»Aber …«

Finn legte ihr einen Arm um die Taille und neigte den Kopf, um ihr in die Augen zu sehen. »Verdammt, ich liebe dieses Gemälde. Das Foto hing nur an diesem Platz, weil ich nichts Besseres hatte, was ich dort aufhängen konnte. Jetzt habe ich etwas Besseres.«

Er sagte es auf eine Art, die *keine Widerworte* bedeutete, und Free gab auf. Das Gemälde sah tatsächlich ziemlich gut aus dort oben. Die Farben schufen einen Kontrast zu seinem Wohnzimmer, wohingegen das Foto, so hübsch es auch war, einen nüchternen Rahmen und neutrale Farbtöne hatte. Irgendwie sorgte Finn dafür, dass sie sich gut damit fühlte, ihm dieses Kunstwerk geschenkt zu haben – als hätte sie ihm einen Gefallen getan anstatt umgekehrt.

In dieser Woche in der Schule sah Free voller Stolz, wie ihre Schüler mit ihren Keramikarbeiten atemberaubend gute Ergebnisse erzielten. Sie hatten ihre Fähigkeiten zu einem beeindruckenden Niveau ausgebaut, und alle stellten qualitativ hochwertige Tonfliesen her, bei denen sich Free sicher war, dass sie die Trocknungsphase und den Biskuitbrand gut überstehen würden. Sobald die rechteckigen Tonplatten ihrer endgültigen Fliesen teilweise getrocknet waren, widmeten sie sich den Reliefs, erweiterten die Oberflächen um Dimension und Struktur. Jorja arbeitete an einem von Zuckerrohr inspirierten Design, Ethan gestaltete ein hohes Schiff, und Cameron arbeitete in traditionellen Jamadji-Stilen an drei verschiedenen Fliesen, die alle den Herne River darstellten. Er sagte, er würde seine Lieblingsfliese zum Schluss auswählen und die anderen seiner Oma schenken. Tias Austernschale mit der halb geformten Perle sah phänomenal aus, und Petra, deren Familie ebenfalls eine Rinderfarm bewirtschaftete, arbeitete das große, sanfte Auge einer Kuh aus nächster Nähe heraus.

Die Zehntklässler in Aidans Kurs hatten weniger gute Ergebnisse erzielt. Seine Schüler waren jünger, rief Free sich in Erinnerung – und vielleicht war sie gegenüber ihren eigenen Schützlingen voreingenommen. Aber als sie die Fliesen der Zehntklässler betrachtete, die auf Metallgittern im Nassbereich trockneten, seufzte sie. Ihnen fehlte irgendetwas Ungreifbares – Kreativität, oder vielleicht Leidenschaft? Auch die praktischen Fähigkeiten waren nicht vorhanden. Einige der Fliesen sahen regelrecht amateurhaft aus, und ein oder zwei würden vielleicht nicht einmal den Brennvorgang überleben. Was zum Teufel hatte Aidan ihnen eigentlich beigebracht? Seine Schüler hatten sich über die vielen theorielastigen Präsentationen beklagt, die er ihnen aufgezwungen hatte, und sie hatte mehr als einmal gehört, wie seine Stimme im Klassenzimmer vor sich hin leierte. Es war gut möglich, dass Aidan zu viel Zeit mit Theorie und nicht genug mit Praxis verbracht hatte.

Free hatte angeboten, die restlichen für die Mosaikwand benötigten Fliesen herzustellen, die schlichte, einfarbige Rechtecke sein sollten. Sie blieb am Freitag nach der Arbeit etwas länger, um sie in Angriff zu nehmen, und hatte fünfzehn einheitliche Fliesen hergestellt, bevor sie bereit war, nach Hause zu fahren. Inga half Free, die Rigipsplatten mit den Fliesen auf einen Arbeitstisch zu legen und über Nacht mit Plastikfolie abzudecken. Free würde am Samstagnachmittag wiederkommen müssen, um sie auf die Metallgitter zu verlegen. Sie machte sauber, ging zu ihrem Wagen und winkte den Reinigungskräften zu, während sie losfuhr.

Zu Hause kam Finn auf die Veranda, noch bevor sie das Garagentor heruntergerollt hatte. Er grinste, und seine Augen leuchteten.

»Hallo«, rief sie. »Was ist los?«

»Donald und ich waren sehr beschäftigt«, antwortete er. Er kraulte Max, der auf dem Verandageländer saß, die Ohren. »Wir haben eine Überraschung für dich.«

*Grünes Curry,* dachte sie hoffnungsvoll. »Kann ich die Überraschung jetzt gleich haben?«

»Na klar.« Er kam seine Stufen herunter und traf sie auf ihrer Veranda.

»Was hast du vor?«

»Sie ist bei dir zu Hause.«

Sie zog die Augenbrauen hoch. »Du hast bei mir gekocht?«

Finn lachte. »Es ist kein Abendessen, auch wenn ich das wahrscheinlich auch hinkriegen könnte. Komm schon.« Er wies mit einem Nicken auf die Tür. »Mach auf.«

Sie schloss die Tür auf, stellte ihre Tasche auf dem Tisch ab und sah erwartungsvoll zu Finn hoch. Er nahm ihre Hand und zog sie den Flur hinunter zum Studio. Die Tür war geschlossen, anders, als sie sie hinterlassen hatte. Sie machte die Tür nie zu. Finn legte die Hand auf den Knauf und wandte sich zu ihr um.

»Bist du bereit?«

Sie starrte ihn nur verständnislos an. Er schwang die Tür auf.

Es war, als würde sie einen völlig anderen Raum betreten. Free klappte der Mund auf, während sie sich umsah. Die Linoleummatte lag noch immer auf dem Boden, aber in der Mitte des Raums, wo bislang der mit Krimskrams übersäte Klapptisch gestanden hatte, war jetzt eine große Freifläche. Lange Tische standen an zwei Wänden, mit Stühlen und Hockern, die daruntergeschoben waren, wie in einem Klassenzimmer. Zwei kleine Staffeleien waren auf den Tischen aufgebaut – ihre eigene und eine andere, die sie noch nie zuvor gesehen hatte. An der dritten Wand waren frei stehende Halterungen in einer Dreierreihe aufgestellt, an denen flache Wannen in einem zum Herumstöbern praktischen Winkel hingen.

Sie trat näher und sah der Reihe nach in jede der Wannen. Ihre Acrylfarben waren in einer, Ölfarben in einer anderen, diverse Farbtöpfe in der dritten. Dann waren da Tonwerkzeuge und Chemikalien; Pinsel und Schwämme; Paletten und Bleistifte; Lappen und Zeitungen; ihre Sammlung von Zeichenblöcken; Pastellfarben, Kreide und Buntstifte – alles fein säuberlich organisiert. Benommen wandte sie sich um und sah die letzte Wand, die mit dem Türrahmen. Ihre große Staffelei war dort aufgebaut, neben ihrem Schubladen-Rollschrank, an den eine Arbeitsleuchte mit einer Lupe geklemmt war. Sie war am Gelenk abgeknickt und auf die Leinwand an ihrer Staffelei gerichtet – ihre laufende Arbeit mit den Pferdehaaren im Stacheldraht. Und an der Wand war ein Holzbrett mit Schrauben und Nägeln befestigt, an denen Pinsel oder Werkzeuge hingen. Am unteren Ende des Bretts war sogar ein kleines Regal, wo ihre Gläser mit Terpentin in Löchern steckten, die in das Holz geschnitzt waren.

»Woher hast du denn das alles?« Frees Mund war trocken geworden.

»Das meiste habe ich von der Sperrmüllabfuhr geholt.«

»Was für einer Sperrmüllabfuhr?«

Finn lachte. »Die seit vierzehn Tagen stattfindet. Hast du das gar nicht gewusst? Wir hatten vor ungefähr einer Woche auch einen Flyer im Briefkasten.«

»Ich lese die Reklamezettel nie«, erwiderte sie. »Du kannst doch nicht alles umsonst bekommen haben. Wie viel hat das denn gekostet?«

»Ein paar Sachen habe ich gekauft«, räumte er ein. »Das Holz und die Schrauben für das Hängeregal, die Wannen. Aber alles andere war umsonst.«

»Und was ist mit dieser Staffelei?« Sie zeigte darauf.

»Sie war in einem Karton verpackt, in einem deiner Container. Er war noch gar nicht geöffnet worden.«

Konnte das wahr sein – dass sie noch eine andere Tischstaffelei hatte, von deren Existenz sie gar nichts wusste? Möglich war es. Sie hatte so viel Zeug in ihren Plastikcontainern. Na ja, früher zumindest. Free sah sich wieder all die neuen Möbel an – und zweifelte an seinen Worten. Er musste mehr Geld ausgegeben haben – musste die Wahrheit zurechtgebogen haben. Die Sachen sahen zu gut aus, als dass Leute sie wegwerfen würden. Sie sah ihn an.

»Finn, woher hast du das alles wirklich bekommen?«

»Ich schwöre es, Free. Ich habe es von dem Sperrmüll am Straßenrand abgeholt. Ich habe es die ganze Woche über gesammelt und bei mir zu Hause versteckt und bis heute gewartet, um es aufbauen zu können, während du in der Arbeit warst. Wie – dachtest du etwa, ich hätte Möbelgeschäfte ausgeraubt?« Er zeigte auf die Halterungen. »*Die* standen vor der Tierfutterhandlung. Sie hatten sie früher für Wurmbehandlungen von Pferden. Das hat mir der Typ erzählt, als ich gefragt habe, ob ich sie mitnehmen könnte. Die beiden Tapeziertische sind von den Pfadfinderinnen. Sie haben finanzielle Unterstützung von einer Lotterie bekommen, um die alten zu ersetzen. Die Lupenarbeitsleuchte ist von Briggsy. Kate hat ihm zu Weihnachten eine bessere geschenkt. Und die Stühle und Hocker sind aus der ganzen Stadt.«

Sie ließ den Blick wieder durch den Raum schweifen.

»Ich habe nichts von deinem Zeug weggeworfen«, fuhr Finn fort. »Die Container und Kartons sind alle in dem Schrank dort drüben. Aber die Container sind irgendwie kaputt.«

»Ich weiß.«

»Ich dachte, so würde es für dich leichter sein, mit den Schülern zu arbeiten.« Auf einmal klang Finn unsicher. »Jetzt hat jeder seinen eigenen Arbeitsplatz und Stuhl am Tisch. Du musst nicht mehr diesen wackeligen Klapptisch verwenden. Aber es gibt trotzdem immer noch jede Menge Platz für *dich,* und ich habe deine Staffelei so hingestellt, dass du durch die Fenster natürliches Licht bekommst. Ich habe nichts weggeworfen, ich schwöre es, Free. Ich habe es nur für dich organisiert. Ist das …« Er hielt einen Moment inne, um sie zu mustern. »Ist dir das recht?«

Sie versuchte erfolglos, ihre Tränen zurückzuhalten. »Warum hast du das getan?«

»Weil du mir von Ollys Werkstatt erzählt und gemeint hast, du hättest auch gern einen solchen Raum. Ich bin hingefahren und habe sie mir angesehen. Das hier habe ich seitdem geplant – aber ich war mir nicht sicher, wie ich es schaffen sollte, ohne Sachen an deine Wände zu nageln. Wir sollen ja keine Nägel in die Wände schlagen, daher habe ich mir das Gehirn zermartert, um mir eine Alternative einfallen zu lassen, um Regale und Arbeitstische aufzustellen, und etwas, wo du deine Werkzeuge und Pinsel aufhängen kannst. Als ich bei der Tierfutterhandlung auf diese frei stehenden Halterungen gestoßen bin, wusste ich endlich, wie es klappen könnte.« Er wühlte nach einem Taschentuch und reichte es ihr. »Ich habe es getan, weil du gesagt hast, du wünschst es dir.«

Finn wartete, bis sie sich die Nase geputzt hatte, dann trat er näher und strich ihr eine Haarsträhne hinters Ohr. »Free, wenn dir nicht gefällt, wie dein Studio jetzt aussieht, werde ich alles wieder rückgängig machen.«

»Rückgängig machen?« Free verschluckte sich fast. »Nein! Nein, auf gar keinen Fall.«

Sie löste sich von ihm und wischte sich die Augen, um den wundervollen Arbeitsbereich, den er für sie geschaffen hatte, zu bestaunen. Dann wischte sie sich die Augen noch einmal, da sie sich schneller mit Tränen füllten, als sie sie trocknen konnte. Sie sah sich selbst an der Staffelei, einen Haufen Schüler an den Arbeitstischen, mit reichlich Platz für jeden, ihre Utensilien griffbereit. Sie könnte sogar kleine Behälter in die Farbwannen stellen, um die verschiedenen Farben aufzuteilen. Das würde ihr die Arbeit erleichtern, wenn sie eine Palette zusammenstellte, und sie könnte schneller sehen, was nachbestellt werden musste.

Die verdammten Tränen wollten einfach nicht aufhören. Finn beobachtete sie noch immer besorgt.

»Es ist perfekt«, versicherte sie ihm. *Du bist perfekt*, ergänzte sie in Gedanken.

Finns Stirn glättete sich, und endlich kehrte sein Lächeln wieder.

Die Fliesen der Elftklässler waren trocken und sahen fantastisch aus, daher entschied Free, mit dem Färbeprozess zu beginnen. Sie ging mit ihren Schülern noch einmal die Anweisungen für die Unterglasuren durch: ein kurzer Crashkurs zu Rändern und Strukturen. Ihre Schüler arbeiteten während der ganzen Stunde fleißig, und danach erklärten nur drei von ihnen, sie seien fertig, und gingen in die Mittagspause. Die restlichen Elftklässler blieben, die Köpfe über ihre Fliesen geneigt, und arbeiteten schweigend die Mittagspause durch.

Als die Glocke für die Nachmittagskurse läutete, scheuchte Free sie hinaus. »Vergesst nicht, auf dem Weg zum Unterricht etwas zu essen«, ermahnte sie sie. »Ich werde auf eure Fliesen aufpassen. Ich bin nach der Schule hier, wenn ihr noch weiterarbeiten wollt.«

Alle bis auf eine kamen wieder. »Petra musste den Bus zu ihrer Farm erwischen«, sagte Leith. »Sie hat gefragt, ob Sie ihre Fliese für sie wegpacken könnten, damit sie sie morgen fertig machen kann.«

»Na klar«, antwortete Free.

Sie deckte Petras Arbeit ab und brachte sie in den Lagerraum. Die Schüler brauchten Free kaum, so konzentriert waren sie. Einer nach dem anderen wurde fertig und ging, bis schließlich nur noch Tia da war. Die Sonne stand bereits tief am Himmel, und die Reinigungskräfte beendeten ihre Arbeit.

»Ich glaube, wir müssen jetzt Schluss machen, Tia.« Free berührte sanft die Schulter des Mädchens.

»Oh, okay.« Tia starrte auf ihre Fliese und tupfte noch ein bisschen Unterglasur darauf. »Ich habe einfach das Gefühl, dass mir die Farben immer noch nicht richtig gelungen sind.«

»Du kannst ja morgen nach der Schule wiederkommen. Und ich glaube, du wirst feststellen, dass die Klarglasur ihr den glänzenden Effekt verleiht, den du haben willst.«

»Ich hoffe es. Ich will diese ganzen schillernden Perlfarben haben, und es ist schwer, mit diesen Unterglasuren zu arbeiten. Sie sind so matt.«

»Vielleicht könntest du es das nächste Mal mit Oxiden versuchen.« Free schob Tias Rigipsplatte vom Arbeitstisch und trug sie zum Lagerraum. »In mancher Hinsicht sind sie schwerer zu beherrschen, aber sie geben einem mehr Spielraum für das wunderschöne, strahlende Schimmern, das du suchst. Ich glaube, du wärst begeistert.«

»Verwenden Sie sie?«

»Oh, ja. Ich verwende beides. Unterglasuren, wenn ich einen weichen, natürlichen Effekt will – sie sind toll für botanische Designs oder traditionelle Muster. Und Oxide, wenn ich etwas Auffälligeres oder die Form gegenüber der Verzierung betonen will.«

Als sie aus dem Lagerraum wiederkam und sich gerade von Tia verabschieden wollte, stand das Mädchen plötzlich vor ihr und starrte Free mit ängstlicher Miene an.

»Ich wünschte, Sie müssten nicht gehen«, stieß Tia hastig hervor.

Free war zu verblüfft, um etwas zu erwidern. Tia schulterte ihre Tasche und stürzte aus dem Klassenzimmer, und Frees Herz krampfte sich zusammen. Was für ein wunderschönes Wesen Tia hatte – so still und in sich gekehrt und doch so talentiert und engagiert. Sie war unglaublich dankbar für diesen wundervollen Haufen Schüler, mit denen sie zusammenarbeiten durfte. Sie würde sie vermissen, wenn ihr Vertrag auslief. Vielleicht würde Jay sie im zweiten Quartal zurückkommen lassen, um ein paar Workshops zu leiten.

Zu Hause hatte Finn seine Tür angelehnt gelassen, und das Licht brannte. Er wartete auf sie. Durch seine Fliegentür konnte sie sehen, wie er in der Küche herumhantierte. Der Geruch von Knoblauch, Ingwer und Huhn wehte durch die Luft. Max miaute sie von Finns Veranda aus an, und Free ging gar nicht erst zu sich ins Haus, sondern sofort hinüber zu Finn. Sie warf ihre Tasche auf die Bank neben der Tür und ging zu ihm in die Küche.

»Endlich zu Hause«, sagte sie, während sie sich zu einem Kuss streckte.

Er zog die Augenbrauen hoch. *»Zu Hause?«*

Ihr stockte der Atem. »Ich meine, ich meinte nicht …«

»Mir gefällt, wie das klingt.« Seine Lippen verzogen sich zu einem Grinsen, seine Augen funkelten, und Free stieß ein halb nervöses, halb erfreutes Kichern aus.

Sie aßen zusammen Teriyaki-Hühnchen, redeten von ihrem Tag und planten ihren nächsten Geländeausflug fürs kommende Wochenende. Free fütterte Max, und nach dem Abendessen machten sie es sich auf der Couch bequem, um zusammen fernzusehen. Eine von Frees Lieblings-Reality-Serien lief wieder an – die neue Staffel einer Talentshow, die sie seit ihrem Beginn sechs Jahre zuvor sah. Finn spottete die ersten paar Minuten darüber, aber schon bald war er ebenfalls in das Drama eingetaucht. Sie lächelte im Stillen. Ja, sie würde für den Rest der Staffel einen Fernsehkumpel haben. Die Beine vor sich ausgestreckt, Frees Füße in seinem Schoß, starrte Finn auf die Show. Er rieb fast geistesabwesend Frees Füße. Könnte er überhaupt noch perfekter werden?

»Der Typ ist ein schwaches Glied«, sagte er mit einem Nicken zum Bildschirm. »Er wird in der nächsten Runde rausfliegen.« Finn musterte Free. »Was meinst du?«

Wenn Free zum Beten neigen würde, dann hätte sie in diesem Augenblick dem Himmel einen innigen Dank für Finn geschickt.

Free hatte die letzten Fliesen für den Biskuitbrand in den Brennofen gestellt. Sie hielt zusammen mit den Schülern den Atem an, als sie den Ofen öffnete, um die erste Charge zu begutachten, aber jede Fliese bis auf eine war perfekt gebrannt – und diese eine hatte nur leichten Schaden genommen. Ethan studierte seine Fliese und das Stück Takelage, das von seinem Segelboot-Relief abgebrochen war.

»Ich denke, es geht auch so«, lautete sein Urteil, und Free entspannte sich.

Diese Schüler waren wundervoll. So hart im Nehmen und gelassen. Sie war sich nicht sicher, ob sie so ruhig geblieben wäre, wenn eines *ihrer* Kunstwerke beim Brennen zerbrochen wäre, als sie in der elften Klasse war.

Die nächste Phase war ein Kinderspiel verglichen mit der Unterglasur, da die Schüler im Jahr zuvor gelernt hatten, klare Glasursuspension mit einer Spritzpistole aufzutragen.

»Der Staudamm-Protest ist diesen Sonntag, Miss«, rief Jorja Free zu, während sie Ethan half, die Glasur abzuseihen. »Kommen Sie auch?«

»Verdammt, ja!«, rief Free zurück. »Um wie viel Uhr?«

»Drei, glaube ich. Das wird fantastisch werden. Sacred Days kommen auf jeden Fall, und kennen Sie diesen Typen von der Gartensendung?«

Free stöhnte auf. *»Mein neuer Garten?«*

»Genau der.«

»Jared Collins. Oh, mein Gott. Das war so schön, wie er den Garten dieser einen Frau gerettet hat – der mit dem kleinen Jungen im Rollstuhl. Da habe ich so geweint.«

»Er ist ein überzeugter Umweltschützer«, sagte Jorja. »Er wird auch da sein.«

Free schüttelte das Sieb über der Abtropfschale aus und spülte es ab. »Das ist fantastisch. Er wird viel Medienaufmerksamkeit bekommen – von der richtigen Art.«

»Um drei?«, vergewisserte sich Cameron bei Jorja, und sie nickte.

»Hat deine Mum gesagt, dass du hingehen kannst?«, fragte Tia ihn.

Er zuckte die Schultern und wich ihrem Blick aus. Tia sah Cameron fest an.

»Kommst du auch, Tia?«, fragte Jorja.

»Eher nicht. Meine Eltern wären sicher nicht damit einverstanden.«

»Du musst für das eintreten, an das du glaubst«, entgegnete Cameron, und Free feuerte ihn insgeheim an.

Tia neigte den Kopf wieder über ihre Arbeit, während Cameron den Blick auf sie richtete. Ging das mit den beiden vielleicht tiefer? Free beobachtete sie. Tia musste, trotz ihres ganzen Engagements, noch lernen, dass jeder manchmal seine Stimme erheben musste.

»Ich bin fertig«, platzte Ethan in ihre Gedanken. »Sieht es gleichmäßig aus?«

Free überprüfte seine Arbeit. »Absolut«, antwortete sie. »Okay, wer ist als Nächster mit der Spritzpistole dran?«

Sie beaufsichtigte die restlichen Schüler während des Glasiervorgangs und legte die Fliesen auf Gitter, damit sie übers Wochenende trocknen konnten, bevor sie nach Hause fuhr. Sobald sie angekommen war, rief sie Willow an.

»Kommst du am Sonntag mit zu dem Protest?«, fragte sie, während sie Trockenfutter in Max' Futternapf schüttete.

»Ich denke noch darüber nach«, antwortete Willow. »Hast du die Kommentare in der Gruppe gelesen? Sie deuten an, dass irgendetwas Großes geplant ist.«

»Ja, das stimmt! Sacred Days und Jared Collins werden da sein!«

»Ja, das weiß ich schon«, erwiderte Willow. »Ich meinte etwas anderes.«

Als sie einen Wagen hörte, sah Free aus dem Fenster. Finn wurde von einem Kollegen abgesetzt und verschwand in seinem Haus.

»Etwas anderes? Was denn?« Free wand sich aus ihrer Hose und ihrem Top und schlüpfte in ein leichtes Kleid, wobei sie das Telefon unter den Trägern hindurchbugsierte.

»Ich bin mir nicht sicher. Ich habe nur so ein komisches Gefühl.«

»Willow, genau das will Buildplex doch. Sie wollen, dass wir Angst haben. Einschüchterungstaktik.«

»Vielleicht«, meinte Willow. »Ich bin mir einfach noch nicht sicher, ob ich hingehen werde.«

»Hey, ich muss Schluss machen. Finn ist eben nach Hause gekommen. Gib mir Bescheid, was du tun wirst, okay?«

»Mache ich. Bis bald.«

Free schnappte sich eine Flasche Wein und schloss ihre Tür ab, dann sprang sie mit Max über das Trenngeländer und ging in Finns Haus.

»Freitagsdrinks!«, rief sie, und Finn lachte aus seinem Schlafzimmer.

»Willst du ausgehen?«, rief er zurück.

»Nein, lass uns zu Hause bleiben. Ich hole dir eine Flasche Cider.«

»Danke.«

Finn tauchte in Shorts und einem T-Shirt aus seinem Schlafzimmer auf, und sie reichte ihm sein Getränk mit einem Kuss.

»Arbeitest du am Sonntagnachmittag?«, fragte sie. »Da ist der Protest gegen den Staudamm, und er hört sich fantastisch an. Willst du mit mir hingehen?«

Er schnitt eine Grimasse. »Ich arbeite. Wir sind *alle* eingeteilt, weil mit Ärger gerechnet wird.« Finn sah zu, wie sie ihre Weinflasche öffnete und ein Glas holte. Er drehte die Ciderflasche zwischen seinen Fingern. »Was würdest du davon halten, *nicht* hinzugehen?«

»Nicht hinzugehen?« Free hielt mitten im Einschenken inne. »Wovon redest du denn?«

»Ich bin besorgt. Ich will nicht, dass dir etwas passiert.«

*»Passiert?«* Sie knallte die Flasche auf den Tisch und wandte ihm ihre ganze Aufmerksamkeit zu. »Was hast du gehört?«

»Nichts Konkretes. Nur dass ein paar Unruhestifter mit dabei sein könnten, und sie haben schon früher Ärger gemacht. Schlägereien und Sachbeschädigung.«

»*Du* gehst hin«, meinte sie. »Warum sollte ich es dann nicht tun?«

»Ich gehe hin, weil ich eingeteilt bin«, antwortete er. »Du hast eine Wahl.«

Das hieß, Finn konnte hingehen, aber sie nicht? Obwohl ihr diese Sache leidenschaftlich am Herzen lag? Free schenkte sich schweigend zu Ende ein.

»Free?«, sagte er.

»Ich werde mich von allen ›Unruhestiftern‹ fernhalten«, erklärte sie. »Ein paar meiner Schüler gehen hin, und ich will auch gern dabei sein. Ein paar Leute haben gesagt, dass etwas geplant ist, aber warum muss das unbedingt etwas Schlechtes heißen? Es könnte auch irgendetwas Spektakuläres sein. Du weißt schon – eine Konfettikanone oder ein Flashmob.«

»Oder eine gewalttätige Auseinandersetzung.« Finn hatte die Augenbrauen hochgezogen. »Mit Tränengas und Tasern.«

Free schüttelte den Kopf, und ihre Wut kochte hoch. »Mein Gott, leben wir denn unter irgendeinem faschistischen Regime? Die Polizisten haben absolut keinen Grund, hart durchzugreifen – nur weil sie nicht wollen, dass die Leute für das, woran sie glauben, gegen die Regierung protestieren.«

Verblüffung flackerte in Finns Blick auf, aber er bewahrte die Fassung. »Das Problem ist, dass ein paar Leute das eigentliche Anliegen aus den Augen verloren haben. Ursprünglich ging es um die

Umwelt, aber jetzt geht es offenbar mehr um böses Blut zwischen Unternehmen und Leuten.«

»Den meisten Aktivisten geht es nur um den Fluss«, entgegnete sie. »Wir sind die Mehrheit.«

Er zuckte die Schultern. »Vielleicht.«

*Vielleicht?*

»Im Ernst«, fauchte Free, »ich verstehe nicht, wie du das tun kannst. Wie kannst du dort bei den Protesten stehen, gegen deine eigenen Überzeugungen, bereit, Demonstranten festzunehmen, während Buildplex und die Regierung einen lebenswichtigen natürlichen Wasserlauf zerstören?«

Finn holte scharf Luft. »Das ist nicht sehr fair.«

Irgendwo tief in sich wusste sie auch, dass es nicht fair war. Aber sie musste diese nagenden Bedenken bezüglich seiner Entscheidungen offen aussprechen, sonst würde sie ihm nie wieder in die Augen blicken können. Sie musste wissen, wer Finn war.

»Du hättest darum bitten können, von der Arbeit morgen Nachmittag freigestellt zu werden«, meinte sie. »Wenn du dich gegen den Protest stellst, sieht es so aus, als ob du auf der Seite des Staudamms stehst.«

Er sah sie fest an. »Free, ich habe dir doch schon mal erklärt, dass ich nicht auf der Seite des Staudamms stehe, sondern auf der des Gesetzes. Es ist mein Job, sicherzustellen, dass weder Personen noch Sachen zu Schaden kommen. Ich kann nicht um einen freien Tag bitten, nur weil ich mit dem Projekt, bei dem wir eingesetzt werden, zufällig nicht einverstanden bin. Die Entscheidung, ob der Staudamm gebaut wird oder nicht, lag nicht bei mir – sondern bei der Regierung. Und sobald diese die Genehmigung erteilt hatte …«

»Das heißt, wenn die Regierung die Genehmigung erteilen würde, dass jemand hingerichtet wird, würdest du sicherstellen, dass es passiert?«, rief sie. »Wenn sie die Genehmigung zu einem Atombombentest erteilen würde, würdest du die Leute davon abhalten zu protestieren?«

Finn verfiel in Schweigen.

»Denn was du sagst, klingt dogmatisch«, fuhr sie fort. »Wie kannst du für deine Überzeugungen eintreten – oder auch nur eigene Überzeugungen *haben* –, wenn du tun musst, was das Gesetz oder die Regierung vorschreiben?«

Er antwortete mit leiser Stimme. »Wir leben in einer Gesellschaft mit fairen – hauptsächlich fairen – Gesetzen. Wenn jemand gegen das Gesetz verstößt, sollte er angehört werden, bevor er eine Strafe verbüßt. Aber keines unserer Gerichtsverfahren wird funktionieren, wenn wir die Leute, die gegen Gesetze verstoßen, nicht zuerst festnehmen. Ich entscheide nicht, was Gesetz ist und was nicht, Free. Ich versuche nur zu verhindern, dass Leute gegen Gesetze verstoßen, oder sie abzuhalten, wenn sie es tun.«

»Ich verstehe einfach nicht, wie du mit Anstand leben kannst, wenn alles schwarz-weiß sein muss.«

Inzwischen wünschte ein Teil von Free, sie könnte die ganze Auseinandersetzung einfach zurücknehmen, denn sie hatte das Gefühl, nicht mehr logisch zu argumentieren. Tatsächlich konnte sie Finns Standpunkt zum Teil verstehen. Aber jetzt hatte sie es gesagt, und sie musste sich den Konsequenzen stellen. Sie wandte den Blick von der Verletztheit und Verwirrung in seiner Miene ab. Finn stand auf und ging vors Haus, um sich auf die Veranda zu setzen. Max warf ihr einen vorwurfsvollen Blick zu und folgte ihm. Tränen traten Free in die Augen. *Scheiße.*

Sie ging ihm nach. »Finn, es tut mir leid. Ich wollte nicht so grässlich klingen. Ich bin einfach frustriert.«

»Von mir?«

Sie zögerte. »Von dieser ganzen Geschichte. Der Staudamm, der Fluss. Nicht genug Leute nehmen diese Sache ernst.«

»Mich eingeschlossen, meinst du?«

Die Tränen drohten wieder, in ihr hochzusteigen. Finn sah auf, und sein Blick wurde etwas sanfter. Er streckte die Arme nach ihr aus, und Free ließ sich dankbar hineinfallen.

»Bitte hör mich an. Ich *bin* dafür, den Fluss zu retten«, sagte er. »Aber ich bin Polizist, und das ist mir auch wichtig.«

»Ich weiß. Es tut mir leid.«

Finn küsste ihr Haar. »Alles gut.«

Max miaute zustimmend vom Verandageländer, und ein paar von Frees Ängsten legten sich.

Nur ein kleines, unbehagliches Kribbeln blieb.

Vor Angst, wieder einen Streit zu entfachen, sprach Free mit Finn nicht mehr über den Protest. Aber nachdem er am Sonntag nach dem Mittagessen zur Arbeit gefahren war, holte sie sich ein Stück Pappe und malte ein Schild, das ihren Standpunkt unmissverständlich klarstellte:

RETTET UNSEREN FLUSS

Dann fotografierte sie es und postete es auf ihren Social-Media-Profilen. Während sie online war, bemerkte sie, dass auch andere Protestbekundungen und Plakate geteilt wurden.

*BUILDPLEX = GEWISSENLOS!*

Und:

*ZERSCHLAGT DIE KONZERNE!*

Ein anderes zeigte Amanda Hamilton als Ursula, die Meerhexe aus *Arielle, die Meerjungfrau,* auf Maschinengleisen. Free verspürte einen Anflug von Besorgnis. Vielleicht hatte Finn doch recht, und der Protest würde ausarten?

Sie straffte die Schultern. Wenn Leute wie sie nicht hingingen, dann würden die fehlgeleiteten Aktivisten unter sich sein. Sie zog sich an, nahm ihr Schild und fuhr hinaus zur Baustelle.

Free war völlig unvorbereitet auf den Anblick, der sich ihr bot. Autos verstopften die Straßen bis fast einen Kilometer vor der Baustelle, und ein paar Leute mit Geländewagen ignorierten die Straßen und fuhren quer durch Schlamm und Gestrüpp, um näher an dem Gelände zu parken. Sie konnte den Lärm der Band hören, die spielte, während sie auf die Baustelle zuging, und unter der Musik die Sprechgesänge und Rufe der Leute.

*Ach du heilige Scheiße!* Free war nicht einmal klar gewesen, dass so viele Leute in Mount Clair wohnten. Es war mehr los als bei einem Viehtrieb-Festival. Sie hielt überall nach Toms oder Willows Fahrzeugen Ausschau, konnte sie aber nirgends entdecken. Vielleicht hatten sie entschieden, doch nicht zu kommen. Free schickte Willow eine rasche Nachricht, um sie zu fragen, während sie sich durch die wogende Menge zur Bühne schlängelte, wo Sacred Days spielte. In der Ferne erhaschte sie einen Blick auf den berühmten Jared Collins, der sich angeregt mit der Frau unterhielt, die die Anti-Staudamm-Bewegung leitete.

Die Stimmung hier war positiv und strotzte vor Energie. Warme Erleichterung durchströmte sie. Das hier war unglaublich. Finn hatte sich getäuscht. So konnte es sein, wenn Leute, die sich sorgten, zusammenkamen, um gegen Unrecht zu protestieren. Vielleicht würde er sehen, wie wahrer Anstand aussah, und verstehen, warum sie an seinem gezweifelt hatte. Sie sah sich nach einer Polizeiuniform um und entdeckte ein paar Polizisten, die neben ihrem Streifenwagen standen und das Geschehen beobachteten, aber Finn konnte sie nirgends sehen.

Jemand in der Menge winkte ihr zu. Jorja – und Cameron. Sie bahnte sich mühsam einen Weg durch das Gedränge und gesellte sich in der Nähe der Bühne zu ihnen.

»Hey, Miss Patz!« Cameron stand grinsend in einem weißen T-Shirt da, auf dem mit schwarzem Markierstift die Worte *Jamadjis für den Fluss* prangten.

»Hi, Leute!«, begrüßte sie sie. »Ganz schön viel los, was?«

»Es ist unglaublich«, bestätigte Jorja. »Cam hat sich von zu Hause weggeschlichen, und meine große Schwester hat uns mit dem Auto mitgenommen.«

»La-la-la.« Free hielt sich die Hände über die Ohren. »Das habe ich nicht gehört.«

Cameron und Jorja lachten beide schallend auf.

»Sie sind so cool, Miss Patz«, meinte Cameron, was eine große Ehre für Free war. Sie war noch nie *cool* gewesen.

In einer Pause während des Konzerts betrat Jared Collins die Bühne und redete von den Auswirkungen der Überbewirtschaftung des Landes auf den Salzgehalt und die Erosion des Bodens, und die Anwesenden jubelten jedes Mal, wenn er einen Moment innehielt, um Luft zu holen. Er trug ein *Mein-neuer-Garten*-T-Shirt, was, wie Free fand, etwas unpassend war. Damit sah er aus, als würde er seine eigene Sendung promoten. Er machte sogar einen Witz darüber, das Staudammprojekt wie »einen neuen Garten« umzugestalten, um es nachhaltiger zu machen. Free stöhnte innerlich auf. *Schmieriger Schachzug, Jared,* dachte sie, aber alle anderen applaudierten und lachten. Die Band begann wieder zu spielen, und Free tanzte mit ihrem Schild und ihren Schülern, bis sie bemerkte, dass Cameron verschwunden war.

»Wo ist denn Cam?«, rief sie Jorja über den Lärm hinweg zu.

»Keine Ahnung.« Jorja ließ den Blick über die Menge schweifen, und ihre Augen leuchteten interessiert auf.

Free folgte ihrem Blick. Irgendein anderer Tumult war hinter ihnen ausgebrochen – Brüllen und Scheppern war zu hören. Leute wandten die Köpfe, um zu sehen, was los war, und die Polizisten zückten ihre Schlagstöcke und stürzten sich in das Getümmel. Auf einmal schwangen die Metallgatter des Bauzauns auf, und die Menge ergoss sich auf die Baustelle. Ein Bolzenschneider wurde triumphierend über den Köpfen der Leute in die Luft gereckt, die zu den abgestellten Baufahrzeugen strömten.

»Sie haben das Gatter aufgebrochen!«, rief Jorja aus.

Free sah entsetzt zu, wie Demonstranten über Fahrzeuge kletterten, Fenster mit Hämmern und Brechstangen einschlugen und Plastiktüten mit irgendeinem schleimigen Inhalt in Führerhäuser und Geräte entleerten.

*Oh, nein.*

Sie musste Jorja in Sicherheit bringen und Cameron finden. Kaum hatte dieser Gedanke sie durchzuckt, sah sie Cameron, der zusammen mit den anderen Randalierern zu den Baufahrzeugen gedrängt wurde. Noch mehr Polizei tauchte wie aus heiterem Himmel auf, packte wahllos Leute und schleuderte sie zur Seite, um zu den Randalierern durchzudringen.

»Bleib hier!«, rief Free Jorja zu, während sie Cameron hinterherrannte.

Es schien eine Ewigkeit zu dauern, das offene Gatter zu erreichen. Irgendjemand umklammerte ihre Taille, und sie kreischte auf und wehrte sich gegen den Arm, der sie festhielt. Als sie sich umwandte, sah sie Finn, der sie eindringlich anblickte.

»Verschwinde von hier, Free!«

»Ich kann nicht! Cameron steckt dort drin fest.«

»Was?« Über dem Lärm konnte er sie nicht hören.

»Ich brauche hier Hilfe!«, brüllte einer seiner Kollegen.

»Verschwinde von hier, sofort!«, befahl ihr Finn. Er ließ Free los und ging, um an der Front zu helfen.

In seiner Stimme lag so viel Autorität, dass sie gehorchte. Aber in dem Moment, in dem Free sich umwandte, um loszulaufen, erhaschte sie noch einen Blick auf Cameron. Er stand neben der eingeschlagenen Fensterscheibe eines Baufahrzeugs und starrte auf einen Hammer in seiner Hand.

*Was zum Teufel?*

»Cameron!«, brüllte sie in dem Moment, in dem Finn dem Jungen eine kräftige Hand auf die Schulter legte und ihn von dem Fahrzeug wegzerrte.

»Nein!«, schrie Free. »Nein, nein, nein!«

Irgendjemand drückte ihr etwas in die Hand, und als sie hinunterblickte, sah sie noch einen Hammer.

»Geh und mach etwas kaputt!«, forderte der Typ sie auf, während er in den Hof rannte.

Free starrte benommen an sich hinunter. Sie hielt einen Hammer in der Hand. Aus dem Augenwinkel sah sie, wie eine Metallstange an ihr vorbeiflog und eine Polizistin am Rücken traf. Die Frau schrie vor Schmerz auf. Free war wie gelähmt und starrte hilflos auf die Szene, die sich ihr bot.

Eine Hand packte ihren Arm. »Lassen Sie den Hammer fallen. Lassen Sie ihn sofort fallen!«

Sie gehorchte.

# Kapitel 20

Free erinnerte sich an nicht mehr viel von der Fahrt zur Polizeiwache, während derer sie mit vier anderen Demonstranten eingezwängt auf der Rückbank eines Streifenwagens saß. Sie redeten, rissen sogar Witze. Einer von ihnen scherzte über eine »Schweinejagd« mit Hämmern und klatschte alle im Wagen ab. Free ignorierte seine Hand, als sie an der Reihe war.

Ihre Gedanken galten allein Cameron. Das hier war ihre Schuld. Sie hätte ihn niemals ermuntern sollen, sich von zu Hause wegzuschleichen und zu dem Protest zu kommen. Bei der Erinnerung daran, wie er auf den Hammer in seiner Hand starrte, verkrampfte sich ihr Magen vor Entsetzen. Woher zum Teufel hatte er ihn? Bestand die Möglichkeit, dass er von der Hysterie des Protests mitgerissen worden war und tatsächlich das Baufahrzeug beschädigt hatte? Nein. *Ausgeschlossen*. Irgendjemand musste Cameron, genau wie ihr, einfach das Werkzeug in die Hand gedrückt und ihn gedrängt haben, »irgendetwas kaputt zu machen«.

Bei dem Gedanken daran, wie Finn Cameron gepackt und ihn abgeführt hatte, um ihn in Handschellen legen zu lassen, wollte sie sich am liebsten übergeben.

Sie wurde mit den anderen Aktivisten aus dem Wagen gezerrt und auf die Wache geführt, um ihre Angaben zur Person zu machen und auf ihre Vernehmung zu warten. Briggsy war da. Er runzelte die Stirn, als er sie sah, und Free senkte den Blick. Als sie eine Minute später noch einmal zu ihm hinübersah, hatte er sein Telefon in der Hand – zweifellos war er dabei, Tom oder Willow eine SMS zu schicken, um ihnen zu sagen, dass Free wegen Verdachts auf Sachbeschädigung in der Arrestzelle war. Ihr Magen verkrampfte sich wieder, und sie sah sich nach irgendetwas um, wohin sie sich übergeben könnte. Es gab nichts, daher holte sie nur ein paarmal tief Luft und beschwor ihren Mageninhalt, zu bleiben, wo er war.

Finn tauchte neben ihr auf und beugte sich hinunter, um ihr ins Ohr zu sprechen.

»Mach dir keinen Stress. Ich habe ihnen gesagt, dass du nicht beteiligt warst. Du wirst bald nach Hause gehen können.«

»Es geht mir gut«, murmelte sie.

Sie konnte ihm nicht in die Augen sehen.

Free saß mit mehreren anderen Aktivisten auf einer Bank in der Arrestzelle. Einer nach dem anderen wurde zur Vernehmung gebracht. Nach ungefähr zwei Stunden war Free an der Reihe. Sie wurde von der für sie zuständigen Beamtin abgeholt, die sich als Senior Constable Daphne Laverton vorstellte. Auf dem Weg zum Vernehmungsraum kamen sie am Eingangsbereich vorbei, und Free zuckte zusammen, als sie Beth dort sitzen sah, die etwas in ihr Handy tippte. Großer Gott, könnte es überhaupt noch schlimmer kommen? Briggsy wartete im Vernehmungsraum an einem runden Tisch. Die Frau wies Free zu einem Stuhl.

»Miss Freya Paterson.« Briggsys dunkle Augen waren unergründlich. »Wo sind Sie denn jetzt schon wieder hineingeraten?«

Sie wusste nicht, was sie antworten sollte.

»Senior Constable Laverton wird Ihnen ein paar Fragen stellen«, fuhr er fort. »Hoffentlich können wir herausfinden, was heute eigentlich passiert ist.«

Die Polizistin ging mit Free ein paar Formalitäten durch, stellte sicher, dass sie verstand, dass sie festgenommen war und dass die Vernehmung auf Video aufgezeichnet werden würde, dann überprüfte sie noch einmal ihre Adresse und ihre Angaben zur Person. Dann setzte sie sich, ihre scharfen Augen auf Free gerichtet.

»Nun, Sie sind heute Nachmittag zu dem Staudammprotest gegangen. Sagen Sie mir, was passiert ist, als Sie dort angekommen sind.«

»Bitte lassen Sie Cameron frei«, platzte Free heraus. »Er ist ein guter Junge, und er hat nie irgendwelchen Ärger gemacht! Finn hätte ihn nicht festnehmen sollen. Er wäre nicht einmal dort gewesen, wenn ich ihn nicht dazu ermuntert hätte. Seine Mum sagte, er dürfe nicht hingehen, weil sie dachte, dort könnte es Ärger geben, und seine Brüder … nur dass ich nicht dachte, dass wirklich etwas passieren würde, daher habe ich, als jemand vorgeschlagen hat, er solle sich von zu Hause wegschleichen, gesagt, ich würde ihn nicht verpfeifen. Ich hätte sagen sollen, ich würde seine Mum informieren, dann wäre er nicht hingegangen, aber ich hatte keine Ahnung, dass Leute zu randalieren anfangen würden und dass Finn ihn festnehmen würde!«

»Augenblick«, unterbrach Briggsy sie. »Wer ist Cameron?«

»Cameron Wirra. Er ist in meiner Kunstklasse auf der Highschool.«

»Ein Jugendlicher, der von Kelly festgenommen wurde«, murmelte Senior Constable Laverton.

»Er ist erst sechzehn, und er ist ein richtig netter Junge.« Free verhaspelte sich in ihrer Eile, die beiden zu überzeugen. »Ich schwöre, er würde niemals etwas beschädigen. Er hatte nie vor, irgendetwas zu tun. Er hatte diesen Hammer nur, weil … weil ich ihn ihm gegeben habe!«

Briggsy blinzelte, dann verkniff er sich ein Grinsen. »Stimmt das, Free? *Du*. Du hast einen Hammer mitgebracht, in deiner Handtasche, ja? Weil *du* ein paar Planierraupen eindellen wolltest. Und dann hast *du* ihn einem Jugendlichen gegeben und ihn ermuntert, Sachbeschädigung zu begehen. *Du* warst das alles. Ist das die Wahrheit?« Er sah ihr in die Augen, und obwohl Free versuchte, tapfer zurückzustarren, brach sie binnen weniger Augenblicke zusammen.

»Okay, nein – aber Cam hat ihn nicht mitgebracht. Ich weiß nicht, woher er kam. Irgendjemand hat *mir* auch einen in die Hand gedrückt. Cam hatte davor keinen, als ich mit ihm und einer anderen Schülerin zu der Band getanzt habe. Briggsy, bitte, bitte lass ihn gehen.«

»Wir müssen Cameron genauso behandeln wie alle anderen auch«, sagte er zu ihr. »Du, Free, musst im Moment nur Lavertons Fragen beantworten und uns erzählen, was passiert ist. *Wir* werden uns um Cameron kümmern.«

Ihre Panik wuchs, aber sie tat, was Briggsy ihr sagte, und versuchte, die Ereignisse des Nachmittags auf eine Weise zu erklären, die Sinn ergab. Währenddessen wurde sie immer nervöser wegen Cameron. War seine Mutter schon verständigt worden? Bestimmt. Er war unter achtzehn. Vermutlich war sie bereits hier auf der Wache, zu Tode betrübt wegen ihres jüngsten Sohns, den sie zu beschützen gehofft hatte. Free fiel nicht einmal auf, dass ihr die Tränen übers Gesicht liefen, bis die Polizistin ihr eine Schachtel Taschentücher hinschob.

Schließlich war es vorbei. Briggsy führte sie aus dem Vernehmungsraum und legte ihr eine Hand auf die Schulter.

»Du hast einen leichten Schock, würde ich sagen. Kelly hat mir erzählt, was passiert ist. Du warst einfach zur falschen Zeit am falschen Ort, Free. Wir werden keine Anzeige gegen dich erheben. Es dürfte nicht mehr lange dauern, dann kannst du gehen. Beth ist hier, um dich nach Hause zu bringen.«

»Aber Cam …«

»Wir werden sehen, was er zu seiner Verteidigung zu sagen hat, aber du würdest dich wundern, wozu selbst die besten Leute imstande sind, wenn sie unter Gruppendruck stehen.«

»Nein, Briggsy! Finn hat nicht gesehen, was passiert ist. Er ist einfach davon *ausgegangen,* dass Cam irgendetwas beschädigt hat. Ich habe Cam die ganze Zeit im Auge behalten, als ich auf ihn zugerannt bin, um ihn von dort wegzubringen.«

»Die *ganze* Zeit?«

Sie schwankte. »Fast.«

Er nickte. »Mach dich nicht verrückt. Wir werden der Sache auf den Grund gehen.«

Briggsy führte sie zurück in die Arrestzelle, ignorierte ihre Bitten, auf sie zu hören, und ließ sie bei der immer kleiner werdenden

Gruppe von Demonstranten zurück. Er hatte recht. Binnen einer halben Stunde kam die Polizistin wieder, um Free gehen zu lassen. Ihre Habseligkeiten wurden ihr zurückgegeben, und sie wurde zum Eingangsbereich gebracht, wo Beth auf sie wartete.

Free rechnete mit einer Flut von Fragen, aber Beth umarmte sie nur lange.

»Geht es dir gut?«, fragte sie leise.

Free nickte, wagte nicht zu sprechen. Finn war ebenfalls im Eingangsbereich, im Gespräch mit einer Frau, die, wie Free instinktiv wusste, Camerons Mutter sein musste. Sie riss sich von Beth los und stürzte hinüber.

»Mrs Wirra?« Die Frau nickte stirnrunzelnd, und Free sprach hastig weiter. »Es tut mir so leid! Cam ist nur meinetwegen hier. Ich wusste, Sie wollten nicht, dass er zu dem Protest geht, aber ich konnte nicht sehen, was dagegensprechen sollte, daher habe ich ihn ermuntert, als er sagte, er könnte sich vielleicht von zu Hause wegschleichen.« Die Augen der Frau weiteten sich. »Es tut mir so, so leid! Er wollte überhaupt nichts mit dem Vandalismus zu tun haben. Irgendjemand hat ihm den Hammer in die Hand gedrückt – davor hatte er ihn nicht.«

»Free.« Finn legte ihr eine Hand auf den Arm. »Ich versuche im Moment, Camerons Situation mit seiner Mum zu besprechen. Vielleicht können wir diese Diskussion ein andermal führen, okay?«

Free schüttelte ihn ab. »Wie *konntest* du das tun?«, zischte sie, bevor sie sich zurückhalten konnte. »Du *wusstest* doch von ihm!«

Finn blinzelte, als hätte sie ihn geohrfeigt. Beth hielt Free am Ellbogen fest und zog sie in Richtung Ausgang.

»Lass es gut sein«, sagte sie, als Free protestierte. »So wirst du alles nur noch schlimmer machen.«

Free gab den Versuch auf, ihre Fassung zu bewahren, sobald sie im »Biest« saß. Sie wimmerte und tobte, schluchzte und beklagte sich.

»Wie konnte er das tun? Er wusste von Cams Lebensumständen! Er wusste von seinen Brüdern, seinem Onkel – und warum es seiner Mum so wichtig war, dass Cam sich aus Ärger heraushält. Aber er hat ihn trotzdem festgenommen!«

»Von wem reden wir hier denn eigentlich?«, fragte Beth, während sie auf die Hauptstraße einbog.

»Finn! Er hat Cam festgenommen!«

»Und Cam ist dein Schüler?«

Free stöhnte auf und erklärte unter Tränen alles noch einmal von vorn. Beth hörte zu, während sie zur Marlu Street fuhren.

»Wow«, meinte sie schließlich. »Finn tut mir leid. Das muss eine schwierige Entscheidung für ihn gewesen sein.«

Free wollte am liebsten schreien. »*Nein*, Beth! Cams Mum hat sein Leben lang versucht, ihn aus der Art Ärger herauszuhalten, den ihre anderen Söhne sich eingehandelt haben. Ihr eigener Bruder ist im Polizeigewahrsam gestorben. Cam ist ein richtig guter Junge, aber jetzt hat Finn das alles kaputt gemacht! Er hat Cam festgenommen, obwohl er seine Situation und alles kannte. Er *wusste,* dass er ein guter Junge ist!« Sie holte Luft. »Im Moment bin ich einfach so verdammt wütend.«

Beth bog in Frees Auffahrt ein. »Finn hat nur getan, was er tun musste, und du gibst dem Typen die Schuld an allem, was schiefgegangen ist. Ist das fair? Was hätte er denn tun sollen – ignorieren, dass der Junge mit einem Hammer dort neben einer beschädigten Maschine stand?«

»Ich stand auch mit einem Hammer dort! Aber ich bin eine weiße Frau, die zufällig die Freundin eines Polizisten ist, daher bin ich davongekommen. Cameron ist ein Aborigine-Teenager, und er ist noch immer im Gefängnis. Wie fair ist *das* denn, Beth?«

Beth legte den Kopf auf die Seite. »Okay, ich verstehe, was du meinst. Aber nach dem, was du sagst, hat Finn gesehen, dass du nicht beteiligt warst, wohingegen er dasselbe bei deinem Schüler nicht bezeugt hat. Hoffentlich hat irgendjemand anders gesehen, was wirklich passiert ist.«

Frees Herz hämmerte in ihrer Brust. Was, wenn *niemand* gesehen hatte, was wirklich passiert war?

Oh, Gott. Hatte sie mit einer einzigen dummen Entscheidung Camerons ganze Zukunft ruiniert?

Beth blieb über zwei Stunden und machte eine Tasse Tee nach der anderen, aber Free konnte sich nicht beruhigen. Schließlich erklärte sie, müde zu sein, und bat Beth zu gehen. Sie konnte keinen klaren Gedanken fassen und machte sich Vorwürfe. Sie schrieb Jorja eine Nachricht, um sich zu vergewissern, dass es ihr gut ging – das war der Fall –, und versuchte dann, Cameron zu kontaktieren. Er antwortete nicht.

Sie versuchte es bei Briggsy.

Ist Cameron Wirra schon freigelassen worden?

Er antwortete binnen Minuten.

Noch nicht. Wir müssen noch ein paar Punkte überprüfen.

Briggsy, er hat nichts getan!

Hör auf, dich so zu stressen.

Wie kannst du das sagen? Geht es seiner Mum gut? Oh, mein Gott, das ist ein solcher Schlamassel. Briggsy, Cameron hat NICHTS getan.

Ich werde nicht mehr darüber reden. Trink ein Bier. Leg dich schlafen. Kelly wird bald zu Hause sein.

Sie schickte noch mehrere Nachrichten, aber Briggsy meinte es ernst und meldete sich nicht mehr. Er meinte auch das mit Finn ernst – Free hörte ihn keine zwanzig Minuten später nach Hause kommen. Als seine Haustür zuknallte, erstarrte Free an ihrem Tisch, wo sie saß und die Fotos auf der Seite der Rettet-den-Fluss-Gruppe nach irgendetwas durchforstete, was Cameron entlasten könnte. Sie lauschte angestrengt. Das Bild, wie Finn Cameron gepackt hatte, wollte ihr einfach nicht aus dem Kopf gehen. Finn war in sein Haus gegangen, aber schon wenige Minuten später kam er wieder heraus und ihre Verandastufen hoch. Er klopfte.

Free saß reglos da. Max sah sie erwartungsvoll an.

Finn klopfte noch einmal, dann versuchte er, die abgeschlossene Tür zu öffnen. »Free«, rief er.

Max' grüne Augen funkelten streng.

»Free. Ich weiß, dass du da drin bist. Können wir reden?«

Sie wollte aufstehen, die Tür aufreißen und sich in seine Arme fallen lassen, aber sie war wie gelähmt. Sie hatte keine Ahnung, was sie zu ihm sagen sollte. Sie ließ den Kopf sinken und verschränkte die Finger im Nacken, blendete das Geräusch seiner Stimme mit ihren Unterarmen aus. Max stand an der Tür und jaulte sein abgehacktes Miauen, entsetzt von ihrer Trägheit.

»Free, bitte. Du willst uns wegen *dieser Sache* aufgeben?«

*Diese Sache* ist wichtig, wollte sie zurückbrüllen. Schmerz und Enttäuschung brannten in ihrer Kehle, und aus ihren Augen und ihrer Nase tropfte es auf den Tisch. *Nein, nein, nein.* Das Wort ging ihr in einer Endlosschleife durch den Kopf. Nachdem er noch ungefähr eine Minute schweigend gewartet hatte, ging Finn schließlich zu sich hinüber. Seine Tür schloss sich, und dann herrschte Stille.

Free hinterließ eine Nachricht für Briggsy, sobald sie am Morgen aufwachte, um mehr über Cameron herauszufinden. Der Sergeant antwortete nicht. Sie fuhr zur Schule und stürzte sich in die Arbeit, um sich die Zeit zu vertreiben. Der Brennofen war so programmiert worden, dass er sich lange vor Unterrichtsbeginn einschaltete, da sich der Zeitplan für das Brennen der Fliesen über mehr als vierundzwanzig Stunden erstrecken würde. Fast alle Fliesen der Schüler passten hinein, und die wenigen noch verbliebenen konnten bei einer zweiten Runde zusammen mit Frees einfarbigen gebrannt werden.

In ihrem Postfach war ein Memo des Schulleiters, das an alle Lehrkräfte verschickt worden war.

> Liebe Kolleginnen und Kollegen,
> einige unserer Schüler waren gestern bei einem Protest gegen den geplanten Staudamm, und einer der Elftklässler, Cameron Wirra, wurde wegen Sachbeschädigung in Gewahrsam genommen. Bitte ermahnen Sie Ihre Schüler, keinen Klatsch und Tratsch zu verbreiten, damit Cameron ein faires Verfahren bekommt. Wenn einer Ihrer Schüler Ihnen etwas über den Vorfall erzählen möchte, fordern Sie ihn bitte eindringlich auf, sich an mich zu wenden oder die Polizei zu kontaktieren. In der Zwischenzeit hoffen wir, dass Cameron bald wieder hier bei uns sein wird, und gehen von seiner Unschuld aus, bis das Gegenteil bewiesen ist. Sollten Schüler psychologische Unterstützung benötigen, stehen die üblichen Angebote zur Verfügung.

Jorja sagte im Unterricht nichts, aber die Schüler wussten eindeutig, was bei dem Protest passiert war. Die Stimmung war gedämpft, und es wurde leise über Cameron geflüstert. Niemand fragte Free, wieso sie festgenommen und wieder freigelassen worden war. Sicher wussten alle, dass man sie hatte gehen lassen, weil sie mit einem Polizisten zusammen war, wohingegen der arme Cameron noch immer im Gefängnis schmorte. Free verscheuchte diese Gedanken.

»Die ersten Fliesen werden jetzt gebrannt«, sagte sie während der Mittagspause im Lehrerzimmer zu Jay.

»Fantastisch!«, erwiderte diese. »Ich bin so glücklich mit dem, was sie mit dir zusammen zustande gebracht haben, Free. Hey.« Sie beugte sich näher vor und dämpfte ihre Stimme. »Hast du die Ausschreibung gesehen, die hereingekommen ist, für ein Wandgemälde an der Grundschule in Broome? Auf der Internetseite des Bildungsministeriums?«

»Nein. Wann war das?«

»Gestern. Es ist fürs vierte Quartal. Du solltest dich bewerben. Ich kann dir eine Empfehlung schreiben.«

»Vielen Dank«, antwortete Free, aber es fühlte sich roboterartig an und klang offenbar auch so, denn Jay sah sie stirnrunzelnd an.

»Ich habe gehört, dass die Cops dich nach dem Protest gestern auch auf die Wache geschleift haben. Was ist denn eigentlich passiert?«

»Ich bin unter die falschen Leute geraten. Aber ich will eigentlich nicht darüber reden.«

Jay schnitt eine Grimasse. »Na schön. Aber du wirst dich auf jeden Fall in Broome bewerben, Free, okay? Ich werde dir die E-Mail weiterleiten. Aber sag bloß nichts zu dem arroganten Schnösel dort drüben.« Jay wies mit einem Nicken auf Aidan, der eben den Raum betreten hatte. »Hi, Aidan«, sagte sie, als er näher trat. »Free hat gerade gesagt, dass die erste Charge der Fliesen jetzt gebrannt wird.«

Er setzte sich und packte eine Reihe Arancinibällchen aus. »Freut mich zu hören.«

»Wir liegen sehr gut in der Zeit, was fantastisch ist.« Jay lächelte. »Gute Arbeit, Leute. Es wird toll für uns aussehen, dass wir das hier so erfolgreich über die Bühne gebracht haben. YouthArts und die Bezirksverwaltung werden bei Projekten dieser Art vermutlich wieder mit uns zusammenarbeiten wollen, was hervorragend für die Schule ist.«

»Sehr schön«, rief Max von seinem Platz weiter hinten am Tisch. »Ich freue mich schon darauf, die fertige Wand zu sehen.«

Free versuchte, sich an der Unterhaltung zu beteiligen. »Ich werde dafür sorgen, dass die restlichen Fliesen morgen glasiert und gebrannt werden. Wir dürften mehr als genug haben, um die Wand fertigzustellen. Wir werden Luftpolsterfolie brauchen, um alles zu transportieren – und zwar viel.«

»Ja. Und sobald die Bezirksverwaltung damit fertig ist, die Fliesen an der Wand anzubringen, werden wir die Eröffnungsfeier vorbereiten«, sagte Jay. »Ein paar Jamadji-Schüler würden gern eine traditionelle Zeremonie abhalten, und einer von ihnen hatte einen Geistesblitz – multikulturelle *hors d'œuvres,* einschließlich eines Buscheintopfs.«

Free nickte. »Tolle Idee.«

»Sehr *kultursensibel*«, bemerkte Aidan mit seinem hochnäsigen Lächeln.

Jay schien sich eine Retourkutsche zu verkneifen. »Wir werden alle kommunalen Würdenträger einladen.«

»Wie zum Beispiel die Bezirksräte und den Bürgermeister?«, fragte Free.

Jay nickte. »Jeden, der zu dem Projekt beigetragen hat. Den örtlichen YouthArts-Vertreter. Die Mitglieder des Projektkomitees. Die Familien der Schüler. Das Komitee der Handelskammer.«

»Und die anderen Lehrer«, ergänzte Free. »Und Olly – meinen Galeristenfreund, der den Schülern Aborigine-Kunsttechniken gezeigt hat.«

»Das Management und der Aufsichtsrat des Staudammprojekts sollten auch eingeladen werden.« Aidan schaffte es, das so beiläufig einzuwerfen, dass Jay fast nickte, bevor sie begriff, was er gesagt hatte.

Für Free war damit eine Grenze überschritten.

»Augenblick«, sagte sie. »Was haben die denn mit unserem Projekt zu tun?«

Er sah sie nicht einmal an. »Der Staudamm erneuert die Region – er bringt Jobs und Geld. Unterstützt die hiesige Wirtschaft. Es ist ein strategischer Schritt, sie einzuladen. Es könnte der Schule mehr Fördermittel einbringen.«

»Das ist nicht angebracht.« Frees Herz begann zu rasen. Bestimmt wussten alle von ihrer beschämenden Beteiligung an dem gestrigen Protest, aber das hier konnte sie ihm nicht durchgehen lassen. »Sie hatten schließlich nichts mit dem Projekt zu tun.«

Er zog die Augenbrauen hoch. »Du würdest dich wundern, was das Management des Staudamms alles still im Hintergrund getan hat, um für dieses öffentliche Kunstprojekt die Räder zu schmieren.«

»Du meinst, dass du das Stipendium bekommen hast?«

Die Worte kamen Free über die Lippen, bevor sie es verhindern konnte. Sobald ihr bewusst wurde, was sie gesagt hatte, fuhr sie sich mit einer Hand an den Mund – aber es war zu spät. Jay verschluckte sich fast an ihrem Tee, und Max ließ sein Telefon auf den Tisch fallen. Aidan schwieg einen Moment, und seine blassblauen Augen blickten eiskalt. Dann zuckte er betont die Schultern.

»Ich wüsste nicht, wieso das etwas anderes sein sollte, als die Handelskammer einzuladen. Ich glaube, deine Schwester, die Ärztin, hat viel *Einfluss* bei der Kammer – stimmt's, Free?«

Free konnte ein entsetztes Aufstöhnen nicht unterdrücken.

»Das reicht jetzt.« Jay hatte sich erholt, und ihr Ton war so autoritär, als würde sie einen Faustkampf zwischen ein paar Achtklässlern schlichten. »Das hier ist unprofessionell und unproduktiv. Ich bin ohnehin diejenige, die für die Einladungen zur Eröffnung zuständig ist. Ich will keine Verunglimpfungen oder Spekulationen mehr hören, von keinem von euch.«

Aidan blickte völlig unbekümmert und zuckte noch einmal lakonisch die Schultern, aber Frees Gesicht glühte. Sie starrte auf ihr nicht angerührtes Mittagessen, bevor sie zu dem Schluss kam, dass sie von hier verschwinden musste.

Und zwar sofort.

Sie klappte ihre Lunchbox zu und machte einen möglichst unauffälligen Abgang. Draußen schlenderte Free über das laute Schulgelände, während ihre Bestürzung mit jedem Schritt zunahm.

Dann stimmte es also doch. Beth *hatte* Beziehungen spielen lassen, um Free diesen Job an der Schule zu verschaffen. Aber wie hatte Aidan überhaupt davon wissen können? Für einen Moment verspürte sie Hoffnung – Aidan konnte unmöglich wissen, ob Beth die Entscheidung beeinflusst hatte oder nicht. Aber andererseits, rief sie sich in Erinnerung, verkehrte er in diesen Kreisen. Seine Mutter stand der Handelskammer nahe. Verdammt, Amanda Hamilton stand *jedem* in einer hohen Position nahe.

Free versuchte es mit Logik. Würde Beth allen Ernstes so weit gehen? Sie war beschützerisch, das wusste Free, und traute Free kaum zu, in der Welt zurechtzukommen. Ihre Stimmung sank. Sie konnte sich nur zu gut vorstellen, wie Beth so etwas tat – irgendetwas gut Gemeintes, das Frees Erfolgschancen verbessern würde. Beth hatte vermutlich keine Ahnung, wie deprimierend es war, wenn ein Moment des Triumphs von der Erkenntnis hinweggefegt wurde, dass sie es allein nicht so weit gebracht hätte. Das sähe Beth einfach so ähnlich. Ihre ältere Schwester, die immer recht hatte, immer alles schaffte, immer erfolgreich war, die ihre Geschäftskontakte genutzt hatte, um Free das Stipendium zuzuschieben.

Sie konnte nicht einmal weinen.

Erst Finn, der Beziehungen spielen ließ, um ihr aus der Patsche zu helfen, während er einen verletzlichen Jungen im Gefängnis schmoren ließ. Und jetzt Beth, die sich einmischte, um Free den Weg zu einem hochbegehrten Vertrag an der Schule zu ebnen. Glaubte denn keiner von ihnen, dass sie imstande war, selbst irgendetwas zu erreichen oder zu lösen? Oder war das einfach die Art, auf die die Welt funktionierte – mit Anbiederung, Privilegien und Vetternwirtschaft?

Sie griff nach ihrem Handy. Sie würde Beth anrufen und sie rundheraus fragen. Vielleicht redete Aidan nur Scheiße. Free war sich ziemlich sicher, dass sie würde heraushören können, ob Beth log. Sie setzte sich auf eine freie Bank in einer stillen Ecke des Schulhofs und drückte auf Beths Namen in der Kontaktliste.

Der Anruf ging auf die Mailbox. Free fluchte leise und legte auf. Dann rief sie in der Arztpraxis ihrer Schwester an.

»Mount Clair Medical, Dani am Apparat«, meldete sich die fröhliche Stimme von Beths Empfangsangestellter.

»Hi, Dani, hier ist Free.«

»Oh, hey, Free! Wie geht's?«

»Gut. Ist Beth zu sprechen?«

»Nein, tut mir leid. Sie hat einen Patienten. Brauchst du einen Arzt? Beth ist ausgebucht, aber heute Nachmittag hat Dr. Lavigne noch Zeit, oder morgen früh Dr. Shen.«

»Nein, schon gut.« Free seufzte. »Ich wollte nur mit Beth reden. Könntest du ihr sagen, dass sie mich anrufen soll?«

»Na klar, kein Problem. Bis bald, Free.«

Sie ging zurück zum Kunstraum. Zu ihrer Erleichterung war Aidan gegangen, sodass sie ihm nicht wieder gegenübertreten musste, aber Free sehnte sich danach, zu Hause zu sein und etwas Privatsphäre zu haben, um die Tränen fließen zu lassen, die jeden Augenblick hervorzuquellen drohten. Als der Schultag endlich zu Ende war, stürzte sie zu ihrem Wagen.

Zu Hause angekommen, wusste sie nicht, was sie tun sollte. Finn schien nicht da zu sein, sodass sie dieser Konfrontation mit ihm erst einmal entkommen war. Free holte sich ein paar Chips aus der Vorratskammer und knabberte sie vor sich hin. Dann Eiscreme. Sie sah immer wieder auf ihrem Handy nach, ob Beth ihren Anruf erwidert hatte.

Nichts.

Free machte ein mürrisches Gesicht. Beth war zweifellos damit beschäftigt, ein Kind von irgendeiner entsetzlichen Krankheit zu heilen. Die verdammt perfekte Beth und ihre Angewohnheit, auf der Welt Gutes zu tun. Na ja, diesmal war ihr *Gutes* nicht so verdammt gut gewesen.

Schließlich ging Free malen. Das war das Einzige, was sie länger als für ein paar Sekunden davon abhalten konnte, an Beths und Finns Tun zu denken. Um neun Uhr abends waren ihre Augen gerötet, die Sicht verschwommen. Sie sah auf ihr Handy. Noch immer nichts von Beth, aber Finn hatte ihr eine Nachricht geschickt.

Cameron hat eine Nacht im Gefängnis verbracht, aber jetzt ist er zu Hause. Können wir bitte reden?

Free wollte am liebsten schreien bei der Vorstellung, dass Cameron über Nacht in einer Zelle gewesen war. Großer Gott, was dachte Finn sich eigentlich dabei? Cameron war nur ein Kind! Seine arme Mutter – was musste sie in dieser ganzen langen Nacht durchgemacht haben. Free schrieb und löschte ungefähr sechs verschiedene Antworten, flehte Finn an, Reue zu zeigen, und verfluchte ihn gleich darauf dafür, dass er Cameron überhaupt festgenommen hatte. Keine ihrer Antworten traf ins Schwarze. Es dauerte eine halbe Stunde, bis sie sich für eine Nachricht entschied, die sie zurückschicken konnte.

Ich brauche etwas Zeit zum Nachdenken. Ich melde mich bald.

Free duschte und ging ins Bett. Sie rollte sich auf die Seite, um auf die Vertiefung im Kissen starren zu können, wo normalerweise Finns Kopf ruhte. Ihr Herz sehnte sich nach ihm, aber sie konnte die Wut nicht abschütteln, die wie eine glühende blaue Flamme in ihrer Magengegend loderte. Finn hatte alles ignoriert, was er über einen verletzlichen Jungen wusste – er hatte seine eigene freundliche und verständnisvolle Seele verkauft.

Er war nicht der Mann, den sie zu kennen glaubte.

Und Beth …

Max kuschelte sich mit einem tiefen Schnurren an ihre Schulterblätter, und die Erschöpfung durchbrach zum ersten Mal seit Aidans gehässiger Bemerkung ihre Sorgen. Free schloss die Augen.

# Kapitel 21

Um halb acht wachte Free auf, schleppte sich aus dem Bett und dachte übers Frühstück nach. Sie hatte nach ihrer Junkfood-Heißhungerattacke am Abend zuvor nichts mehr gegessen, aber ihr verkrampfter Magen sagte ihr, dass Essen an diesem Morgen vielleicht keine allzu gute Idee wäre. Die Wut auf Beth loderte noch immer in ihr, aber ihre Gefühle für Finn hatten sich über Nacht in tiefen Kummer verwandelt. Sie liebte ihn noch immer, wurde ihr bewusst. Obwohl er ihr gezeigt hatte, dass er genau das war, was sie nicht ertrug – ehrlos.

Und sie hatte keine Ahnung, was sie deswegen unternehmen sollte.

Sie zog sich an und machte sich eine Tasse Tee, dehnte die Zeit, die sie zu Hause blieb, in die Länge. Es würde ein entsetzlicher Tag werden, an dem sie erst Beth und dann Finn nach der Arbeit gegenübertreten musste. Während sie zur Schule fuhr, überlegte sie, was sie zu Beth sagen würde. Sie hatte sich noch nie zuvor mit ihrer Schwester angelegt – jedenfalls nicht so –, und der Gedanke erfüllte sie mit Angst. Aber diese Sache konnte sie nicht einfach auf sich beruhen lassen. Ihre Gedanken huschten zurück zu damals, als Beth so getan hatte, als sei ihr Vater nicht ernsthaft krank, während Free in Italien war. Nein. *Nicht cool.* Egal, wie gut Beth es meinte, wenn sie diese beschissenen Entscheidungen traf, es musste aufhören. Free durfte nicht zulassen, dass dieser Groll immer weiter in ihr gärte – oder dass Beth weiter versuchte, ihr Leben für sie in die Hand zu nehmen.

Sie konnte nicht einmal darüber nachdenken, wie sie Finn konfrontieren würde. Vielleicht würde er ihre Reaktion nicht verstehen.

Hieß das, dass es zwischen ihnen aus war?

*Oh, Gott – wie soll ich je über ihn hinwegkommen?*

Sie parkte und ging sofort auf den Kunsttrakt zu. Obwohl es Aidans freier Tag war, war Free besorgt, sie könnte ihm über den Weg laufen. Sie an seiner Stelle würde es sich nicht verkneifen können, vorbeizukommen, um zu sehen, wie die fertig gebrannten Fliesen aussahen. Ausgeschlossen, dass sie sein verkniffenes, hochnäsiges Gesicht ertragen könnte, nach dem, was sie gestern zueinander gesagt hatten. Aber Aidan war zum Glück nicht da. Free ging in den Nassbereich, um zu sehen, ob Jay schon die Fliesen der Schüler herausgeholt hatte.

Jay war mit ein paar Zehnt- und Elftklässlern da, die vorbeigekommen sein mussten, um sich die Ergebnisse ihrer Arbeit anzusehen. Ihre Fliesen waren aus dem Brennofen gekommen und lagen nun alle auf dem Arbeitstisch ausgebreitet unter der grellen Beleuchtung des Kunstraums. Aber irgendetwas stimmte nicht. Sie konnte Streitereien und Schuldzuweisungen hören. Free drängte nach vorn, um einen Blick auf die Fliesen zu werfen.

*Nein. Oh, nein.*

Etliche der Fliesen waren zerbrochen. Mehrere andere hatten hässliche Craquelérisse in der Glasurschicht. Jay hob den Kopf und sah Free an.

»Das Ergebnis ist nicht ganz ideal.« Ihre dunklen Augen waren voller Enttäuschung.

Frees Haut wurde erst heiß und dann kalt. Sie nahm eine der beschädigten Fliesen in die Hand und untersuchte sie eingehend. Sie hatte so etwas noch nie gesehen, noch nie ein solch grauenhaftes Ergebnis erzielt. Die Oberfläche der Fliese war wie ein ausgetrocknetes Flussbett, rissig und verfärbt. Ausgeschlossen, dass sie diese Fliesen für ein Freiluftkunstwerk verwenden könnten, selbst wenn sie es wollten. Sie würden nicht eine einzige Regenzeit in Mount Clair überleben.

»Was in aller Welt ist denn da passiert?« Frees Stimme schwankte. »Hat jemand die Ofentür geöffnet, nachdem ich gegangen war, oder was? Hat gestern jemand an den Einstellungen herumgepfuscht?«

»Der Brennofen wurde den ganzen Tag beaufsichtigt«, antwortete Jay. »Das ist Teil unserer Sicherheitsbestimmungen. Inga war hier.«

Inga war über jeden Vorwurf erhaben. Die fleißige Assistentin würde niemals etwas an den Einstellungen des Brennofens ändern. Sie fragte immer nach, wenn sie sich nicht sicher war – selbst wenn es nur darum ging, ein Kunstwerk an einen anderen Platz zu stellen. Frees Gedanken huschten zu der Glasur, die sie bestellt hatte, und ihre Brust schnürte sich zu.

»Ich nehme an, die Glasur hat nicht so zu dem Ton gepasst, wie du dachtest«, meinte Jay, als könnte sie Frees Gedanken lesen.

»Aber ich habe es recherchiert«, erwiderte Free. »Die Glasur *war* die richtige für den Ton.«

»Was ist mit den Unterglasuren?«, fragte Jay. »Waren das die richtigen für diese Fliesen?«

*Oh, Scheiße*. Hatte sie das überprüft? Sie nahm es an, aber vielleicht …

Jay sah Frees Zweifel und seufzte. »Na ja, jeder, dessen Fliese zerbrochen ist, wird seine noch einmal neu machen müssen. Tut mir leid, Leute. Nächstes Mal verwenden wir besser andere Glasuren. Ich werde beim Komitee zusätzliche Mittel beantragen. Vielleicht haben sie ja Mitleid mit uns. Ansonsten können wir immer noch eine Spendenaktion veranstalten.«

Tia beobachtete Free ängstlich.

»Ich werde dafür aufkommen«, beeilte sich Free zu sagen. »Ich habe es vermasselt. Ich werde es bezahlen.«

Tia machte den Mund auf, schloss ihn und öffnete ihn wieder. »Vielleicht war es nicht Ihre Schuld, Miss Paterson.« Ihre Stimme war kaum mehr als ein Flüstern.

»Die Glasur für den Ton wurde schlecht ausgewählt«, bemerkte Jay mit versteinerter Miene.

»Ich fürchte, es ist meine Schuld, Tia«, sagte Free mit bebenden Lippen.

»Aber es sind nur die Fliesen der Zehntklässler, die zerbrochen sind«, entgegnete das Mädchen.

Jay riss den Kopf herum, um die Fliesen noch einmal zu begutachten. Einen Moment lang herrschte Schweigen. »Hebt die Hand, wenn eure Fliese eine der beschädigten ist«, wandte sie sich an die Gruppe.

Alle Zehntklässler hoben die Hand, jedoch kein Elftklässler. Jay sah Free mit hochgezogenen Augenbrauen an.

»Das ist ja merkwürdig«, meinte sie.

»Es *ist* merkwürdig«, bestätigte Free. »Ich nehme an, es könnte einfach ein Zufall sein …«

»Vielleicht hat es etwas mit dem Herstellungsverfahren zu tun«, überlegte Jay. »Wir werden mit Aidan reden.«

Tia wollte noch etwas sagen, sah sich dann jedoch in der Gruppe um und schlich leise davon. Die Glocke läutete, und die Schüler zerstreuten sich, aber Free und Jay blieben und starrten auf die ruinierten Fliesen.

»Ich dachte wirklich, es sei die richtige Kombination.« Free betete, Jay möge sie nicht anschreien.

Jay stieß einen tiefen Seufzer aus und schob sich die Brille auf ihren Lockenkopf. »Ich weiß. Irgendetwas ist schiefgegangen, so viel steht fest. Aber es ist schon verdammt seltsam, dass es nur die Fliesen der Zehntklässler erwischt hat. Aidan hat mit seinen Schülern keine sehr guten Ergebnisse erzielt, aber ich fand, sie sahen strukturell solide aus, mehr oder weniger. Wenn wir sie in verschiedenen Chargen gebrannt hätten, würde ich sagen, dass irgendetwas mit dem Brennofen schiefgegangen ist, aber sie waren alle zusammen drin.«

»Soll ich Aidan anrufen?«, fragte Free.

»Gott, nein«, antwortete Jay. »Nicht nach dem Zusammenstoß mit ihm gestern. Ich werde ihn selbst anrufen. Jetzt gleich.«

Jay ging ins Kunstbüro, um den Anruf zu tätigen, und Free wartete mit rumorendem Magen. Das Telefonat dauerte fast zehn Minuten. Als Jay wiederkam, war sie genauso verwirrt wie zuvor.

Sie meinte zu Free: »Aidan kommt später vorbei, um sich die Fliesen anzusehen, aber er gibt der Glasur, die du haben wolltest, die Schuld.«

*War ja klar*. »Ich recherchiere noch ein bisschen mehr im Internet«, meinte Free. »Ich könnte versuchen, dem Hersteller eine Mail zu schicken, oder vielleicht werde ich mich in diesem Töpferforum umhören, in dem ich angemeldet bin.«

Jay nahm ihre Brille ab und kaute an einem der Bügel. »Zerbrich dir nicht den Kopf darüber, Free. Ich denke, ich werde mich ab jetzt selbst um die Recherche und die Produktauswahl kümmern.« Sie musste gesehen haben, wie Free die Röte in die Wangen stieg, denn sie verzog das Gesicht. »Entschuldige. Ich will deine Gefühle nicht verletzen, aber ich bin für das Projekt verantwortlich, und ich kann nicht zulassen, dass noch mehr Fehler passieren.«

Free wollte sich am liebsten unter dem nächstbesten Tisch verkriechen. »Okay, das verstehe ich. Es tut mir leid.«

»Vielleicht könntest du die Fliesen für mich sortieren«, meinte Jay. »Leg die intakten an einen sicheren Ort und die zerbrochenen Teile in einen Karton oder so.«

»Na klar.«

Free tat, worum Jay sie gebeten hatte, dann setzte sie sich in ein leeres Klassenzimmer, um an ihrer Unterrichtsplanung zu arbeiten. Der Verlust von Jays Vertrauen brannte wie eine Ohrfeige. Es war nur logisch angesichts dessen, was passiert war – und was Aidan über Frees angebliche Schummelei bei ihrer Auswahl für das Stipendium behauptet hatte. Was für eine Riesenkatastrophe. Sie wäre am liebsten nach Hause gefahren – vorzugsweise nach Paterson Downs –, um ihre Wunden zu lecken und ein paar Trostsnacks zu knabbern. Oder einfach nur, um zu malen, damit sie nicht über diesen Schlamassel nachdenken musste. Free seufzte und blieb, wo sie war, und plante die nächsten Unterrichtsstunden bis auf die letzte Minute. Und dann, Jays Worten zum Trotz, recherchierte sie heimlich noch ein bisschen mehr zu Glasuren und Ton. Es ergab keinen Sinn. Die Produkte, die sie ausgewählt hatte, hätten gut zusammenpassen sollen. Sie machte ein Foto von einer der beschädigten Fliesen und schickte dem Hersteller eine Mail mit der Frage, ob er dieses Problem je zuvor gesehen hätte.

Der Tag zog sich hin, bis es endlich Zeit für ihren Nachmittagskurs war. Alle waren da, genau wie sonst auch. Ermutigt von der Hartnäckigkeit ihrer Schüler, holte Free tief Luft und fing an – und dann tauchte Jay auf. Free verlor den Faden, als ihre Vorgesetzte den Raum betrat, sich in eine Ecke setzte und ihren Laptop aufklappte. Sie gab Free mit einem Nicken zu verstehen, dass sie fortfahren sollte.

*Was zum Teufel?*

Jay hatte sich seit der dritten Unterrichtswoche nicht mehr in Frees Klasse gesetzt – und jetzt vertraute sie Free so wenig, dass sie wieder anfing, sie zu beaufsichtigen? Free konnte den Satz nicht mehr wiederaufnehmen, den sie begonnen hatte. Sie wechselte das Thema, versuchte, Jays Anwesenheit zu ignorieren, und ließ die Schüler an einer einfachen Porträtübung arbeiten.

Die Schüler waren nicht auf den Kopf gefallen. Sie wussten, dass Ms Lincoln hier war, weil Miss Paterson Mist gebaut hatte, und sie sahen, wie nervös es Free machte. Sie waren besonders höflich zu ihr und gaben sich erst recht viel Mühe, was rührend war, aber nichts an Frees Beschämung änderte. Tia schien zutiefst verwirrt von der Situation. Ihr Blick huschte immer wieder zu Free und dann zu Jay, die in der Ecke still an ihrem Laptop arbeitete. Noch schlimmer war es, als auch noch Aidan eintraf. Free sah, wie er aus dem Nassbereich in ihr Klassenzimmer äugte, bevor er sich ins Büro zurückzog.

Normalerweise verging die Stunde wie im Flug, aber heute fühlte sie sich an wie eine Woche. Schließlich war es vier Uhr, und die Schüler packten zusammen, um nach Hause zu gehen. Es gab keinen der üblichen fröhlichen Abschiedsrufe, nur ein gedämpftes »Wiedersehen, Miss Patz« hier und da. Free räumte wortlos auf, nachdem sie gegangen waren, während Jay auf ihrem Laptop vor sich hin tippte. Dann schwang die Klassentür auf, und Tia kam leicht keuchend herein.

»Oh, hi«, sagte Free. »Hast du etwas vergessen?«

»Ich … ich muss Ms Lincoln etwas sagen.«

Jay wartete. Tias Wangen waren gerötet, während sie versuchte, zu Atem zu kommen.

»Ich will niemanden beschuldigen, aber ich habe etwas gesehen, was ein bisschen seltsam ist, und ich dachte, ich sollte es Ihnen sagen.«

»Was denn?«, fragte Jay.

»Ich war letzte Woche während der Mittagspause hier und habe an meinem Ölgemälde gearbeitet. Es war nach Mr Hamiltons Kurs. Ich habe die alte Glasur – den Behälter – draußen im Nassbereich gesehen. Die Fliesen der Zehntklässler waren eben bespritzt worden, und ich dachte, vielleicht haben sie aus Versehen die falsche Glasur verwendet.« Jays Miene veränderte sich. »Ich weiß, ich hätte etwas sagen sollen«, ergänzte Tia hastig. »Aber ich dachte, es geht mich nichts an.«

Jay klappte der Mund auf.

»Und meine Nachbarin, Callie …«

Tia brach ab, denn auf einmal tauchte Aidan selbst auf, in einer leuchtend bunten Fahrradkluft. Das Gesicht des Mädchens wurde blass, und sie wandte sich zum Gehen.

»Schon gut.« Free hielt sie am Arm fest. »Warte kurz.«

Aidan beobachtete die drei. »Also, wo sind die betroffenen Fliesen? Dann wollen wir mal sehen, ob sie noch gerettet werden können.«

Jay rutschte von ihrem Hocker und holte den Karton mit den beschädigten Fliesen. Sie hielt ihn Aidan unter die Nase.

»Was meinst du?«, fragte sie herausfordernd. »Können die hier noch gerettet werden?«

Tia schlüpfte hinter Free. Aidan sah in den Karton und warf Jay einen misstrauischen Blick zu.

»Vermutlich nicht.«

Als Nächstes ging Jay zum Lagerraum. Sie tauchte mit dem Behälter mit älterer Glasursuspension auf und knallte ihn auf den Arbeitstisch. Sie stemmte den Deckel auf. Free trat zögernd näher und stellte sich auf die Zehenspitzen, um aus einiger Entfernung einen Blick hineinzuwerfen.

»Oh, nein«, sagte sie, außerstande, den Mund zu halten. »Sie haben sie tatsächlich verwendet. Es ist kaum noch etwas da.«

Jays Mund hatte sich zu einer schmalen, wütenden Linie verzogen. »Du widerlicher Scheißkerl«, zischte sie Aidan zu.

Er blinzelte. »Was zum Teufel?«

»Du hast absichtlich die alte Glasur verwendet, selbst nachdem Free uns gewarnt hatte, was sie mit den Fliesen der Schüler anrichten könnte.«

Er schnaubte verächtlich und stritt es ab, aber die Beweislast gegen ihn war erdrückend. »Na schön«, räumte er ein. »*Vielleicht* habe ich *versehentlich* die falsche Glasur verwendet. Ein Fehler, der passieren kann.«

»Du hast gedacht, dass Free sich irrt«, fuhr Jay ihn an. »Du hast versucht, etwas zu beweisen.«

Ausnahmsweise einmal hatte Free keine Zweifel. Sobald Jay es laut ausgesprochen hatte, wusste sie, dass es stimmen musste. Genau das würde Aidan ähnlich sehen. Er würde sich diebisch freuen, Frees törichte Verschwendung, als sie auf den neuen Glasuren bestanden hatte, vorzuführen.

»Ich würde die Arbeiten der Schüler niemals so gefährden«, entgegnete Aidan, wobei er sich einen gekonnten Anschein von verletzter Unschuld gab.

Tia machte wieder einen Schritt in Richtung Tür, aber Jay gab ihr ein Zeichen, an den Tisch zurückzukehren.

»Was wolltest du eben über Callie sagen?«, fragte sie.

Tia starrte zu Boden. Free wartete mit angehaltenem Atem, während sich das Schweigen in die Länge zog. Sie hatte die Hoffnung fast schon aufgegeben, als Tia das Wort ergriff.

»Ähm, meine Nachbarin geht bei Mr Hamilton in die zehnte Klasse. Callie meint, dass er im Unterricht irgendetwas davon gesagt hat, dass die neue Glasur, die Miss Paterson bestellt hat, Geldverschwendung sei und dass sie einfach die alte verwenden sollten. Und deshalb ist es mir aufgefallen, als er tatsächlich die alte verwendet hat.«

»Blödsinn«, fauchte Aidan. »Was für ein absoluter Blödsinn. So etwas habe ich nie gesagt. Du hast ihr das eingeflüstert«, beschuldigte er Free.

»Du hattest Free auf dem Kieker, seit sie diesen Vorschlag gemacht hat«, gab Jay zurück. »Und du bist so verdammt überzeugt von deiner eigenen Überlegenheit, dass ich wetten möchte, du hast dir nicht ein einziges Mal überlegt, dass du dich irren könntest. Weißt du was? Verschwinde verdammt noch mal aus meinem Fachbereich, du Arschloch. Ich hätte wissen sollen, dass du schmierig bist«, ergänzte sie. »Der Apfel fällt nie weit vom Stamm.«

Sein angespanntes Gesicht war irgendwie noch angespannter geworden. Er warf einen hasserfüllten Blick auf Free und dann auf Tia. Free legte beschützerisch einen Arm um das Mädchen und starrte zu ihm zurück, forderte ihn schweigend heraus, noch ein Wort zu sagen. Er verdrehte nur hochmütig die Augen und wandte sich ab. Er entschied, durch den Nassbereich zu gehen anstatt an ihnen vorbei, um durch die Klassentür zu verschwinden.

Jay und Free tauschten einen langen Blick. Frees Herz hämmerte in ihrer Brust, während Jay den Blick auf das zitternde Mädchen richtete.

»Gut gemacht, Tia«, sagte sie. »Ich weiß, du redest nicht gern, wenn du nicht gefragt wirst, aber diesmal war es wichtig, dass du es getan hast, und das hast du erkannt. Danke.«

»Schon gut.« Tia war kaum zu hören.

»Er könnte es immer noch abstreiten«, warf Free ein.

»Das ist mir egal«, antwortete Jay. »Was mich betrifft, sollte er sich hier besser nicht mehr blicken lassen.«

»Ich hoffe, er versucht nicht, wegen ungerechtfertigter Entlassung gegen dich vorzugehen.« Free seufzte.

»Ich werde sagen, was ich gesehen habe«, bot Tia an. »Wenn jemand mich fragt.«

»Das ist so tapfer von dir!« Free umarmte Tia. »Du bist umwerfend!«

Ein winziges Lächeln zeigte sich auf Tias Lippen. »Ich gehe jetzt besser nach Hause.«

»Ja, los mit dir.« Jay sah zu, wie Tia ging. Sie sah zurück zu Free. »Nun ja. Drink?«

Sie zogen sich ins Kunstbüro zurück, um sich zu beruhigen.

»Was für ein verdammter Albtraum.« Jay seufzte. Sie zog ein dickes Lexikon moderner Kunst heraus, hinter dem eine kleine Flasche Whisky zum Vorschein kam, und goss ihnen beiden einen Schuss in ihre Kaffeebecher.

Free nahm zögernd einen Schluck, und dann kam ihr einer der Lieblingssprüche ihres Dads über die Lippen. »Das kannst du dir nicht ausdenken.«

Jay kicherte und stieß mit ihrer Tasse gegen Frees. Ihre Miene war warm. »Ich hätte wissen müssen, dass Aidan es vermasselt hat, nicht du. Du weißt, was du tust – das hast du immer getan.« Sie schüttelte ihre schwarzen Locken. »Ich bin froh, wenn ich ihn los bin. Ich werde gleich ein offizielles Telefonat führen, und wenn er versucht, zu seinem nächsten Kurs seine hässliche Fratze hier hereinzustecken, werde ich ihm zeigen, wo die Tür ist.«

»Das würde er sicher nicht wagen«, meinte Free.

Sie zuckte die Schultern. »Er ist die Arroganz in Person. Ich konnte den kleinen Widerling noch nie leiden.« Jay entspannte sich in ihrem Stuhl. »Na ja, ich nehme an, dann sind wir jetzt nur noch zu zweit. Wir werden eine Menge Arbeit damit haben, die Zehntklässler ihre ganzen Fliesen neu machen zu lassen. Bist du bereit für die Herausforderung?«

»Auf jeden Fall.«

»Gut so. Eine wie dich behält man besser, Free.«

*Eine wie dich behält man besser!* Free schwebte auf den Flügeln dieses Kompliments nach Hause. Sie parkte nahe der Brücke über den Herne, sprang aus dem Wagen und ging zurück zum Fußweg, um in den Fluss hinuntersehen zu können. Wasser rann an einer Betonmauer hinunter in das Hauptstaubecken, das als der Freshwater Lake bekannt war. Der See erstreckte sich vor ihr, still, grün und reglos im schwindenden Nachmittagslicht. Sie sollte ein Foto davon schießen. Aber stattdessen stand sie nur da, nahm ihn in sich auf und atmete den weichen, warmen Duft eines Nachmittags in der Trockenzeit ein, mit einem erdigen Hauch des Lebens im und am Fluss.

Eine Nachricht von Beth ging auf ihrem Handy ein.

Habe deinen entgangenen Anruf gestern gesehen und dachte mir, du würdest dich noch einmal melden, wenn es wichtig ist. Aber Dani hat mir eben gesagt, dass du in der Praxis angerufen und nach mir gefragt hast. Ist alles okay?

Nein. Wir müssen reden.

Beth schrieb zurück:

??

Einen Augenblick später fügte sie hinzu:

Ich bin für heute mit der Arbeit fertig. Kann ich vorbeikommen? Ich habe etwas für dich von Willow.

Free bejahte und stieg wieder in den Wagen.

# Kapitel 22

Als Free in ihre Garage fuhr, stand Beths »Biest« bereits am Straßenrand. Sie parkte und kam seitlich ums Haus, wo sie Beth auf ihrer Veranda antraf. Sie sahen einander einen langen Moment an.

»Ich weiß, was du getan hast«, sagte Free schließlich. Sie stieg die Stufen hoch, um ihre Tür aufzuschließen. »Um genau zu sein, weiß es jeder. Es hilft mir nicht, weißt du, wenn du solche Nummern bringst. Es untergräbt mich.«

»Wovon redest du denn?«, fragte Beth, während sie ihr ins Haus folgte.

Free schaltete den Wasserkocher ein. »Du und die Handelskammer.«

Sie hielt inne, um Beth betont anzusehen, aber Beth furchte nur die Augenbrauen, als sei sie völlig unschuldig, und warf ihre Tasche auf den Tisch.

»Ich verstehe nicht.«

Free stieß einen entnervten Seufzer aus. »Hör zu, ich kann damit umgehen, dass du mich für eine Riesenversagerin hältst. Ich nehme an, in gewisser Weise habe ich mir das selbst zuzuschreiben, weil ich jedes Mal, wenn ich ein Problem hatte, zu dir gelaufen bin. Ich hätte den Mund halten und versuchen sollen, meine Probleme selbst zu lösen. Aber das mit dem Stipendium, Beth, das war falsch. *Grund*falsch. Wenn ich es nicht aus eigenem Verdienst bekommen konnte, dann hätte ich es überhaupt nicht haben wollen.« Sie musterte Beth. »Vielleicht bin ich nicht so erfolgreich wie du. Vielleicht habe ich kein abgeschlossenes Medizinstudium und kein eigenes Unternehmen, und vielleicht bin ich nur eine Not leidende Künstlerin, die noch immer zu Hause bei ihrem Dad lebt, aber du könntest mir wenigstens den Respekt erweisen, mich meinen eigenen Weg finden zu lassen. Ich will nicht auf deiner Erfolgswelle mitschwimmen. Ich will mir meine gelegentlichen kleinen Erfolge *ehrlich* verdienen, nicht weil meine große Schwester mir den Weg geebnet hat.« Free nahm ihrer Schwester gegenüber Platz und streckte über den Tisch eine Hand nach ihrer aus. »Bitte. Versprich mir, dass du so etwas nie wieder tun wirst. Bitte, Beth.«

Beth war ein wenig blass geworden, und ihre dunklen Augen wurden mit jeder Minute runder. »*Ich?* Wovon zum Teufel redest du denn? Ich habe dir nie den Weg geebnet!«

Free blinzelte, versuchte zu ergründen, ob sie ihr glauben konnte. Beth riss ihre Hand zurück.

»Na schön, ich gebe zu, ich mache mir Sorgen um dich. Finn zum Beispiel. Er hat dich verletzt, als er mit Phoebe ausgegangen ist, und nach meiner Erfahrung heißt das, dass er dich wieder verletzen wird.« Free machte den Mund auf, um etwas einzuwenden, aber Beth fuhr unbeirrt fort. »Aber ich habe mich nie, aber auch nie in deine Karriere eingemischt, Freya Paterson. Ich weiß nicht einmal, wovon du redest. Bei *wem* soll ich dir überhaupt den Weg geebnet haben? Ich kenne niemanden, der bei dem Auswahlverfahren irgendwelchen Einfluss hatte. Wurde das alles nicht von irgendeiner staatlichen Behörde oder so entschieden?«

»YouthArts«, antwortete Free, während ihre Gedanken wild durcheinanderwirbelten. »Und der Bezirksverwaltung.«

»Der Bezirksverwaltung? Mit denen habe ich nichts zu tun!«

»Du bist in der Handelskammer«, murmelte Free.

Beth schnaubte. »Ich bin Mitglied, das ist alles – wie die meisten Unternehmen in Mount Clair. Und die Kammer ist sowieso nicht dasselbe wie die Bezirksverwaltung. Okay, es gibt ein paar Leute, die in beiden Mitglied sind, aber soweit ich mich erinnern kann, habe ich mit keinem von ihnen je über dich oder deine Karriere diskutiert. Free, mich trifft hier absolut keine Schuld. Ich habe mich nicht in deine Anstellung eingemischt!« Beths Stimme war vor Empörung ein wenig schrill geworden, und Free konnte nicht länger an ihrer Aufrichtigkeit zweifeln.

Sie hob die Hände, als wollte sie sich ergeben. »Okay! Es tut mir leid. Das habe ich wohl falsch verstanden. Aidan Hamilton hat angedeutet, ich hätte den Job auf diese Weise bekommen, und ich bin paranoid geworden.«

»Dieser Typ, mit dem du zusammenarbeitest?« Beth rümpfte die Nase. »Wie könnte er das denn wissen? Vermutlich hatte er aus irgendeinem eigenen Grund eine Rechnung mit dir offen. Lass mich raten – er hat dich um ein Date gebeten, und du hast ihn abblitzen lassen?« Die Antwort musste sich auf Frees Miene abgezeichnet haben, denn Beth nickte. »Na klar. Beleidigt, weil er abgewiesen wurde, und deshalb untergräbt er deine Arbeit. Klassischer Fall von sexueller Belästigung am Arbeitsplatz.«

»Was?« Free schwieg einen Moment. »Ja, da könntest du, ehrlich gesagt, recht haben. Aber bist du sicher, dass du nicht, du weißt schon, irgendwie unabsichtlich ein gutes Wort für mich eingelegt hast?«

Irgendetwas zwischen Entnervtheit und Belustigung huschte über Beths Gesicht. »Warum zum Teufel hätte ich das überhaupt tun müssen? Du bist perfekt imstande, Leute zu beeindrucken. Du hast jede Menge Talent und eine natürliche Art, Leute zu beruhigen. Ich habe mich überhaupt nicht gewundert, als du ausgewählt wurdest.«

»Oh!«

Beth senkte den Blick zu dem zerkratzten Tisch, und ein langes Schweigen trat ein.

»Okay«, meinte sie schließlich. »Es tut mir leid, wenn ich respektlos war. Ich werde mich mehr bemühen. Ich wollte dir nie das Gefühl geben, klein oder unzulänglich zu sein. Ich liebe dich und Willow mehr als alles andere auf der Welt, und ich bin so stolz auf euch – euch beide. Ich wollte nie, dass du dich so fühlst, absolut nicht.« Sie stieß einen zitternden Seufzer aus. »Ich wollte immer nur, dass ihr zwei euch glücklich und geborgen fühlt. Vielleicht hat das einen Kontrollfreak aus mir gemacht.«

Free war sprachlos. Sie musterte das Gesicht ihrer Schwester nach Anzeichen von Unaufrichtigkeit, aber da waren keine. Beth meinte es ernst. Sie sah noch immer auf den Tisch, als könnte sie Frees Blick nicht erwidern.

»Als Mum starb, da haben alle gesagt, was für ein Glück es sei, dass ihr zwei, du und Willow, eine große Schwester hättet, die sich um euch kümmern würde. Aber ich hatte keine Ahnung, wie ich mich um euch kümmern sollte. Ich habe es versucht, aber ich war erbärmlich schlecht darin. Ich war so besorgt um euch beide – vor allem um dich, Free. Aber nichts, was ich zu dir sagte, schien bei dir hängen zu bleiben. Du hast mich nie gebraucht – du bist einfach deinen eigenen Weg gegangen, bist wie ein Stern durch den Kosmos geschossen, talentiert und leidenschaftlich und *echt*. Ich habe nur versucht, mitzuhalten.«

Beths Wangen waren jetzt nass von Tränen, und Frees eigene Augen wurden ebenfalls feucht. Sie betrachtete ihre schöne Schwester, die den Kopf gesenkt hatte, sodass ihre dunklen Haare den Tisch berührten. Sie hatte Beth noch nie so gesehen. Free sprang auf und stürzte um den Tisch, um ihre Schwester zu umarmen.

»Oh, Gott, Beth – es tut mir so leid! Danke, dass du versucht hast, dich um mich zu kümmern. Ich habe es dir bestimmt superschwer gemacht. Ich wusste nicht, dass du versucht hast, mich zu beschützen – ich hatte keine Ahnung. Ich dachte einfach, du seist eine Nervensäge.«

Beth lachte schluchzend auf. »Danke, Free.« Sie drückte sie zur Antwort fest an sich. »Ich liebe dich so sehr«, murmelte sie in die Haare ihrer Schwester.

Sie hielten einander noch ein bisschen länger, bevor sie schließlich ihre Augen trockneten, und dann schaltete Free den Wasserkocher noch einmal ein, um Tee zu machen. Die Becher in den Händen, Seite an Seite auf der Couch, erzählte Free ihr die ganze Geschichte von Aidan Hamiltons Unterstellungen und der Katastrophe mit den Fliesen seiner Schüler. Dann berichtete Beth ihr von einem behinderten Kind, das in einer entlegenen Jamadji-Gemeinde lebte, die sie jeden Monat aufsuchte. Beth war so besorgt um das kleine Mädchen, dass Free sich schämte. Es war selbstbezogen von ihr gewesen, begriff sie, davon auszugehen, dass Beth ihre ganze Zeit damit verbrachte, sich um Frees Angelegenheiten zu sorgen und sich einzumischen, während Beth ihre ganz eigenen Probleme und Leidenschaften hatte.

»Also«, wagte Beth sich vor, als sie sich ihre Geschichten erzählt hatten. »Wie geht es jetzt mit Finn weiter?«

»Ich bin mir nicht sicher. Ich bin noch immer richtig enttäuscht von dem, was er getan hat, aber ich bin bereit, mit ihm zu reden.«

Beth betrachtete sie mit einer seltsamen Miene, und ihr Blick glitt über Frees Gesicht.

»Was denn?«, fragte Free.

»Du hast dich verändert.«

»Was meinst du?«

»Du. Du hast dich wirklich verändert. Ich habe es schon seit einer Weile kommen sehen, aber das hier – das hier zeigt mir, wie sehr.« Beth musterte sie noch einen langen Moment. »Bitte versteh mich nicht falsch, Free, aber noch vor zwei Jahren hätte ich das hier nicht von dir gedacht. Du wärst in die andere Richtung davongelaufen, sobald irgendetwas schiefläuft.« Beth musste gesehen haben, wie sich Frees Miene veränderte, denn sie nahm ihre Hand und drückte sie. »Entschuldige! Aber es ist die Wahrheit. Wenn es schwierig wurde, bist du jedes Mal davongelaufen. Erinnerst du dich noch, wie du mit Dad diesen Riesenstreit wegen Flüchtlingen hattest und du einen Flug nach Kambodscha gebucht hast und am nächsten Tag abgereist bist? Und weißt du noch, wie du es mit diesem Gemälde, auf das du so stolz warst, nicht in die Royal Show Art Exhibition geschafft hast? Das Aquarell? Und wie du danach nie wieder in Aquarell gemalt hast?«

Free musste einräumen, dass diese Erinnerungen zutreffend waren. Sie hatte sie nie so gesehen, aber Beths Worte kitzelten an ihrem Gewissen.

»Oh, verdammt, du hast recht«, gab sie zu. »Das habe ich wirklich getan. Ich bin immer weggelaufen.«

»Aber sieh dich jetzt an. Wie du dieses Stipendium an Land gezogen hast und allein hier lebst. Wie du gegen den Staudamm kämpfst. Diese Geschichte mit Finn – und sogar die Schwierigkeiten heute mit dem Mosaikprojekt. Das sind ein paar echte Probleme, und du kümmerst dich darum, stellst dich allem wie eine verdammte Kriegerin!«

Beths Stolz war absolut aufrichtig, und Free schmolz dahin. »Danke, Bethie. Ich tue mein Bestes. Ich will so handeln, dass ich stolz darauf sein kann – immer. Ich werde mich mit nichts Geringerem zufriedengeben.« Sie nahm einen großen Schluck Tee, um den Gedanken an Finn zu verscheuchen, was ihr jedoch nicht gelang.

Ihre Schwester las ihre Gedanken. »Du bist noch immer aufgewühlt wegen dieses Schülers, der festgenommen wurde, stimmt's?«

Free nickte, schluckte gegen den Schmerz in ihrer Kehle.

Beth zupfte an der Couch. »Ich frage mich, ob …«

»Ob was?«

Beth schüttelte den Kopf. »Ach nichts. Wir sollten ein Glas Wein trinken. Nach dem Tag, den du hattest!«

»Augenblick – was wolltest du sagen?« Free hielt Beth am Handgelenk fest, als sie aufstehen wollte.

Beth setzte sich wieder. »Ich wollte nur sagen, ich frage mich, ob deine Definition davon, so zu handeln, dass du *stolz* darauf sein kannst, sich von Finns unterscheidet.«

Der Schmerz in ihr verdoppelte sich prompt. »Das ist doch ziemlich offensichtlich.«

»Nein, das habe ich nicht gemeint. Ich meine, ich weiß, wie viel dir Integrität bedeutet, aber vielleicht ist Finns Integrität nur anders als deine – nicht *geringer*. Du billigst nicht, wie er gehandelt hat, aber ich glaube, dass er das Einzige getan hat, was er tun konnte. Er ist Polizist. Polizisten stehen zwischen Kriminellen und gesetzestreuen Bürgern.«

»Cam ist *kein* Krimineller …«

»Augenblick.« Beth hob eine Hand. »Ich war noch nicht fertig. Polizisten nehmen diese Rolle ein, weil sie diejenigen sein wollen, die andere davon abhalten, gegen ein Gesetz zu verstoßen, egal, was sie selbst dabei fühlen. Wenn du mit Drogen dealen oder eine Bank überfallen würdest, würdest du wollen, dass Finn dann wegsieht?«

»Beth, das ist doch etwas völlig anderes!«

»Inwiefern?«

Free machte den Mund auf und wieder zu. Sie dachte angestrengt nach. »Weil Cam unschuldig ist – das muss er sein. Finn wusste, wie sehr Cams Mum zu verhindern versucht hat, ihn vor dem Gefängnis zu bewahren, und er hat ihn sich nur geschnappt, weil der arme Junge zufällig mit einem Hammer in der Hand neben einer beschädigten Maschine stand!«

»Und wenn du unschuldig wärst und ich versuchen würde, dich vor dem Gefängnis zu bewahren, aber du mit einer Sturmhaube und einer Pistole in der Hand vor einer soeben überfallenen Bank stehst, würdest du wollen, dass Finn es ignoriert?«

»Beth«, stöhnte Free. »Das ist nicht fair! Diese Situation musst du doch viel differenzierter betrachten!«

»Da gebe ich dir recht. Sie ist nicht eindeutig. Warum gibst du dann Finn die Schuld, wenn er nichts anderes getan hat als das, was er versprochen hat? Er hat versprochen, Leute aufzuhalten, die gegen das Gesetz verstoßen – oder dagegen zu verstoßen scheinen. Er hat sein Versprechen gehalten, selbst unter Druck, es nicht zu tun – von einer Frau, die ihm viel bedeutet. *Das* ist Integrität.«

»Na ja …« Free brach ab. In Beths Worten lag mehr als ein Körnchen Wahrheit, und sie wusste nicht, wie sie darum herumkommen sollte. »Na ja, okay. Aber …« Sie brach wieder ab.

Beth stand auf. »Wein?«

Free gab den Versuch zu denken auf. »Ja. Wein.«

»Oh.« Beth hielt über ihrer Handtasche inne, die auf dem Tisch lag, und wühlte einen Moment darin herum. Sie fand einen kleinen rosa USB-Stick und warf ihn Free zu. »Willow hat mich gebeten, dir das hier zu geben.«

Free fing ihn auf. »Was ist da drauf?«

»Offenbar hat Dad Tom gebeten, seine ganzen VHS-Kassetten zu digitalisieren, und Willow hat eine gefunden, die dir gehört.«

Free überlegte, was für einen Film sie je auf einer Videokassette gehabt haben könnte. »Nicht sehr wahrscheinlich«, lautete ihre Schlussfolgerung.

Während Beth den Wein einschenkte, holte Free ihren Laptop. Sie stellte ihn auf den Couchtisch, zog die Kappe von dem kleinen Stick ab und stöpselte ihn ein. Er enthielt nur eine einzige Videodatei.

»Sie heißt *Ein Tag mit Freya* und ist sechsundvierzig Minuten lang«, rief Free. »Was in aller Welt könnte das sein?«

Beth kam mit zwei Gläsern Wein zurück. Sie machte es sich wieder auf der Couch bequem und sah Free schulterzuckend an. »Keine Ahnung. Lass es uns ansehen.«

Free nahm ein Glas von Beth entgegen. Sie öffnete die Datei in ihrem Media-Player und drückte auf Abspielen.

Robin Paterson runzelte die Stirn, während sie die Position der Kamera im Wohnzimmer auf Paterson Downs änderte, das dunkle Haar zu einem lockeren Pferdeschwanz gebunden.

»So«, sagte sie, während sich ihre Miene aufhellte. »Ich glaube, jetzt ist sie gut eingestellt. Und sieh mal, sie läuft schon. Sie läuft«, wiederholte sie etwas lauter mit einem Blick auf jemanden, der außerhalb der Kamera war.

»Kann ich tanzen?«, kam die schrille Stimme eines Kindes zur Antwort.

»Augenblick, ich mache nur noch rasch ein Intro für dich.« Robin wandte sich an die Kamera. »Vor ein paar Tagen ist mir bewusst geworden, dass das hier mein letztes Jahr ist, in dem ich eines meiner Babys jeden Tag bei mir zu Hause haben werde.«

»Ich bin kein Baby«, wandte die piepsende Stimme ein.

»Du wirst immer mein Baby sein«, antwortete Robin. »Genau wie Beth und Willow meine Babys sind.«

Offenbar beschwichtigt, schwieg das Kind.

»Freya wird im Februar sieben – in nur vier Monaten«, fuhr Robin fort. »Ich habe sie hier bei mir zu Hause behalten, solange ich konnte, aber jetzt ist sie so weit, mit ihren Schwestern mit dem Bus zur Schule zu fahren und im neuen Jahr mit der zweiten Klasse anzufangen. Da heute also einer der letzten Tage ist, die Free und ich allein zusammen auf Paterson Downs verbringen, dachte ich, wir sollten ein Video drehen, um zu zeigen, wie ein Tag zu Hause mit Free ist.«

»Kann ich jetzt tanzen?«

»Augenblick noch.« Robin kickte ein paar Spielsachen aus dem Weg, die auf dem grünen Teppich verstreut lagen. »Free möchte den Tag, wie so oft, mit einem Tanz beginnen. Willst du Musik?«, fragte sie.

»Nein, ich habe die Musik im Kopf.«

»Okay, dann los.«

Robin wich zurück, und die sechsjährige Free kam in Sicht, in einem abgetragenen, blau-violetten, selbst genähten Feenkleid. Sie tanzte theatralisch durchs Wohnzimmer – irgendetwas zwischen Ballett und Avantgarde – und ruderte mit den Armen durch die Luft, während sie umherstolperte und -hüpfte. Irgendwann kam sie nah an die Kamera heran und starrte genau ins Objektiv, ihre grünen Augen weit aufgerissen, während ihr wilde goldblonde Strähnen über die Schulter fielen.

»Was tust du da?«, fragte Robin.

»Ich zeige der Person, die mir zusieht, wer ich bin.«

»Vielleicht wirst du dir das hier eines Tages, wenn du viel älter bist, selbst ansehen.«

»Vielleicht. Hallo, alte Free«, rief sie in die Kamera. »Ich bin *du.*« Sie machte einen tiefen, schwankenden Knicks. »Das ist das Ende des Tanzes«, erklärte sie Robin.

»Was jetzt? Wollen wir einen Kuchen für die Mädchen machen, wenn sie nach Hause kommen?«

»Ja!«

Robin hatte die Kamera auf dem Küchentisch aufgebaut und auf den laminierten Tresen gerichtet. Free kniete auf einem Stuhl, der nah an den Tresen herangeschoben war, noch immer in ihrem Fenkleid, und schlug ganz vorsichtig ein Ei am Rand einer Mehlschüssel auf. Die Schale zerbrach, und die Hälfte des Eigelbs rann außen herunter. Free versuchte, es mit den Fingern aufzufangen, schmierte es an dem Glas wieder hoch und über den Rand in die Schüssel.

»Hoppla, jetzt ist mir Eierschale mit reingekommen«, jammerte sie.

»Ach herrje«, meinte Robin. Sie kam ihrer Tochter zu Hilfe und fischte Schalenstückchen aus der Teigmischung, während Free einen Holzlöffel in die Schüssel steckte und versuchte, um die Hände ihrer Mutter herumzurühren.

»Okay, Miss Ungeduldig, jetzt kannst du umrühren.« Robin trat einen Schritt zurück.

»Das Ei ist so orange«, bemerkte Free. »Können wir den Kuchen in verschiedenen Farben machen?«

»Einen Marmorkuchen?«, fragte ihre Mutter.

»Ja. Orange und rot und gelb. Einen Sonnenuntergangskuchen.«

»Das klingt machbar.« Robin fischte noch ein Stück Eierschale aus dem Teig.

Ihre Geduld war bewundernswert, während sie die Farben mischten. Die sechsjährige Free behandelte die Teigschüsseln wie eine Palette, während sie die Farben sorgfältig zusammenrührte. Sie bekam einen kleinen Wutanfall, als das Orange zu braun wurde, und marschierte in den Essbereich, stellte sich mit dem Gesicht zur Wand und verschränkte die Arme vor der Brust. Robin fegte verschüttetes Mehl zusammen, während sie darauf wartete, dass Free sich beruhigte.

»Freya, Schatz, du kannst dort drüben stehen bleiben, oder du kannst zurückkommen und noch einen Versuch unternehmen. Solange du dort stehen bleibst, wird die Farbe falsch bleiben. Aber wenn du zurückkommst und versuchst, es in Ordnung zu bringen, besteht die Chance, dass du es verbesserst.«

Robin wartete ein paar Minuten, sah von Zeit zu Zeit in die Kamera, und schließlich zahlte sich ihre Beharrlichkeit aus. Free kam wieder und ließ sich von ihrer Mutter helfen, die misslungene Mischung mit ein bisschen mehr Gelb zu retten. Dann begannen sie mit der Marmorierung. Free zog ein Bambusstäbchen durch die Teigmischung, um ausladende Schleifen und Wirbel aus Farbe zu schaffen.

»Er muss jetzt in den Ofen, Free«, sagte ihre Mutter schließlich. »Und wir müssen Hausaufgaben machen.«

Sie waren wieder im Wohnzimmer, Free auf der Kante der Couch, ein Schulheft aufgeschlagen auf dem Schoß. Mit einem Bleistift in der Hand übte sie konzentriert Buchstaben.

»Schreibt Beth in der Schule?«, fragte Free.

»Ja. Das kann sie schon sehr gut, daher macht sie jetzt andere Aufgaben, bei denen man schreiben muss.«

»Warum will Beth nicht mehr mit mir spielen?«

Robin schwieg einen Moment. »Beth wird erwachsen. Manchmal spielen Leute nicht mehr so viel, wenn sie anfangen, älter zu werden.«

»Ich werde immer spielen, selbst wenn ich hundertfünfzig bin.«

»Schön für dich.«

»Beth hat früher mit mir und Willow Krankenhaus gespielt.«

»Ich weiß, Schatz. Aber jetzt, wo sie auf der Highschool ist, hat sie viele Hausaufgaben. Das heißt nicht, dass sie dich weniger lieb hat, weißt du.«

»Wenn sie mich lieb hat, sollte sie mit mir spielen.« Frees Ton war entschieden. »Sie ist gemein.«

»Da bin ich mir nicht so sicher. Beth zeigt ihre Liebe auf andere Art. Das tun die Leute. Jeder ist anders, und sie sorgen sich um andere Dinge, aber das heißt nicht, dass sie besser oder schlechter sind als wir. Oft fühlen wir in uns drinnen alle dasselbe.«

Free gab keine Antwort, hielt den Blick auf die Seite geheftet.

»Ich kann jetzt schreiben«, verkündete sie kurz darauf und sah zu ihrer Mutter hoch.

»Ich weiß.«

»Richtige Wörter.«

»Was schreibst du denn?« Ein Stück Stoff flatterte seitlich von der Kamera ins Bild. Robin schüttelte frische Wäsche aus und legte sie zusammen, während sie Frees Hausaufgaben beaufsichtigte.

Free hielt ihr Schulheft hoch. Es waren keine Buchstaben, sondern schön geschnörkelte Bleistiftstriche auf der gepunkteten Linie, auf der sie den Buchstaben *h* üben sollte.

»Ich kann das nicht lesen«, meinte Robin.

Free setzte eine wissende Miene auf. »Das können nur Feen. Und Kobolde.«

»Kannst du es lesen?«, fragte Robin.

»Natürlich. Ich habe es doch geschrieben.«

»Sag mir, was es in der Menschensprache heißt«, forderte Robin sie auf.

Free studierte es, und ihre Augenbrauen furchten sich. »Ich mag Sonnenuntergangskuchen«, übersetzte sie. »Wir sollten mit dem Pick-up losfahren und Dad besuchen.« Free warf einen verstohlenen Blick zu ihrer Mutter, die lachte.

Der Pick-up holperte über den Feldweg, und die Kamera wackelte heftig, die durch die Windschutzscheibe auf das Weiß-Blau des Mittagshimmels gerichtet war.

»Ist sie zu schwer?«, fragte Robin.

»Nein, ich kann sie halten«, antwortete Free.

Die Kamera fiel herunter, fiel in den Schoß ihres Kleids, und Free hob sie rasch wieder auf. Sie überprüfte das Objektiv und begann dann, für den Rest der Fahrt verkehrt herum zu filmen. Als der Pick-up stehen blieb, reichte sie den Camcorder ihrer Mutter und kletterte hinaus. Robin drehte die Kamera richtig herum und folgte damit Free, die in ihren staubigen Farmstiefeln und ihrem Feenkleid zu dem Bohrloch rannte, wo ihr Vater arbeitete.

»Hallo, ihr zwei«, rief Barry und unterbrach seinen Versuch, den Griff einer Handpumpe anzukurbeln.

»Wie geht's, Schatz?«, rief Robin zurück, während sie aus dem Pick-up kletterte.

»Dieses verdammte Teil.« Er trat gegen das Bohrlochrohr und sah in die Kamera. »Was soll das denn alles?«

»Ich filme einen Tag mit Free.«

Er grinste. »Einen Tag im Feenland, ja?« Er kurbelte noch ein paarmal an dem Pumpengriff.

»Kann ich das machen?« Free hüpfte auf der Stelle auf und ab.

»Natürlich, Schatz. Nur zu.« Barry hob sie hoch, als würde sie nichts wiegen.

Sie versuchte es mit ihrem ganzen Gewicht, aber sie konnte den Pumpengriff nicht mehr als ein paar Zentimeter bewegen.

»Du musst an deinen Muskeln arbeiten«, meinte Barry, während er wieder übernahm.

Free begann, auf dem Rand eines Betontrogs zu balancieren. Robin richtete die Kamera auf ihre jüngste Tochter, zoomte ihre Stiefel heran, die unter Frees mageren braunen Knöcheln an der Kante entlangschwankten.

»Irgendeine Ahnung, warum es ständig verstopft ist?«, fragte Robin Barry.

»Eisenbakterien«, knurrte er. »Wie ich's mir gedacht habe. Verstopfen die Rohre und die Pumpe.« Er trat einen Schritt zurück, die Hände in die Hüften gestemmt, und betrachtete das Bohrloch. »Die hier hat mir schon immer einen Scheißärger gemacht. Die Pumpe ist zu hoch.«

»Keine Kraftausdrücke«, ermahnte Robin ihn sanft. »Vielleicht ist es an der Zeit, die Pumpe neu zu bauen. Noch einmal von vorn anfangen.«

»Bring das in Ordnung, Dad, verdammt noch mal«, meldete sich Free zu Wort.

Barry lachte schallend auf.

»Du bist ja so ein guter Einfluss«, sagte Robin. »Free, lass uns weiterfahren. Willst du zum Fluss hinunter?«

Die Stiefel hüpften von dem Trog. »Ja!«

»Hier ist dein Frühstück.« Robin hielt Barry eine Papiertüte hin.

Seine Augen leuchteten auf. »Du bist ein Schatz.«

Die Kamera war für einen Moment vergessen, während Robin Barry einen raschen Abschiedskuss gab, und dann stürzte sich Free zu einer engen Umarmung auf ihren Vater.

»Wiedersehen, Dad!«

Die Kamera schwenkte über den Herne River, der sich in der Ferne um sich selbst schlängelte wie ein träger Buchstabe *e*, bevor er sich dort, wo sie geparkt hatten, zu einem breiten blauen Strom begradigte. Robin richtete das Objektiv auf Free, die auf einem Felsen am Flussufer stand, die Hände in die Hüften gestemmt wie ihr Vater, und die Szene betrachtete.

»Free und ich kommen mindestens einmal die Woche hierher zum Fluss, wenn der Weg passierbar ist«, sagte Robin ins Mikrofon der Kamera. »Das ist unsere Tradition.«

»Gehört der Fluss uns oder den Westons?«, rief Free über die Schulter.

»Der Fluss gehört niemandem«, antwortete Robin mit absoluter Überzeugung.

»Aber ist er auf der Gundergin-Seite oder der Patersons-Seite?« Free sah blinzelnd zu dem Zaun am anderen Ufer. »Er muss uns gehören, weil der Zaun dort drüben ist.«

»Der Fluss gehört weder uns noch ihnen. Er verläuft zwischen den Grundstücken.«

Free sprang hinunter und schlenderte zum Rand des Wassers. Sie hockte sich hin und streckte die Arme aus, um eine Tonplatte aus sonnengetrocknetem Schlamm umzudrehen, und stocherte mit einem Finger in dem matschigen Schlamm darunter. Dann drückte sie die ganze Hand hinein, und dann auch noch die andere. Sie schaufelte eine Handvoll hoch und benutzte das umgedrehte getrocknete Stück als Arbeitsfläche. Stöckchen und Kieselsteine wurden ihre Werkzeuge. Robin filmte ein paar Minuten schweigend.

»Vielleicht wird sie später einmal eine Künstlerin«, bemerkte sie leise.

Sie trat näher. »Was ist das, was du da gemacht hast, Free?«

»Das ist ein Boabbaum. Siehst du? Unten dick und oben dünn.«

»Oh, ja, jetzt sehe ich es.«

Free stand auf, ließ ihre Skulptur liegen und betrachtete ihre schlammverschmierten Hände. Sie sah sich um, bis sie einen großen, flachen, blaugrauen Flussstein entdeckte. Eine leere Leinwand. Free grub ihre Hände wieder in den Schlamm und belud sie, dann rannte sie hinüber zu dem blauen Stein, um zwei perfekte Handabdrücke aus rotem Schlamm zu machen. Sie sah entzückt zu ihrer Mutter hoch. Robin lachte.

»Sehr schön.«

»Mach du es auch, Mum.«

»Vielleicht könnte ich eine meiner Hände zwischen deine beiden Abdrücke legen.«

Robin ging in die Hocke, sodass die Kamera schwankte, und drückte eine Hand flach in den Schlamm. Sie ging zu dem Stein und legte ihre Hand vorsichtig zwischen die beiden kleinen Abdrücke ihrer Tochter, die bereits trockneten.

»Hast du es gefilmt?«, fragte Free, während sie auf die Handabdrücke starrte. »Der Regen könnte sie wegspülen.«

»Ja. Für die Nachwelt festgehalten.«

»Für wen?«

»Für immer, meine ich.«

Free fand einen Stock und begann, am Rand des Wassers eine Linie in den Schlamm zu kratzen. Bei Steinen und anderen Ablagerungen hielt sie kurz inne und zeichnete Kreise darum, bevor sie ihre lange Linie fortsetzte und den Fluss mit jedem Teil von sich selbst verband und umrahmte. Sie sagte etwas, aber das Mikrofon zeichnete es nicht genau auf.

»Was war das eben, Schatz?«, rief ihre Mutter.

»Der Fluss gehört niemandem«, rief Free zurück.

Ein sanftes Holpern über einen Feldweg. Der Pick-up bewegte sich im Schneckentempo, da Robin die Kamera in Position brachte, während sie fuhr. Sie versuchte, Free zu zeigen, die auf dem Beifahrersitz saß, die Augen im Schlaf geschlossen. Streifen von getrocknetem Schlamm waren auf ihren Wangen und Händen, und Flecken auf ihrem Feenkleid. Das Fenster war offen, die Brise bewegte ihre Haare, und die Nachmittagssonne erhellte ihr Gesicht.

»Ich werde sie so vermissen«, ertönte Robins Stimme.

Die Kameralinse öffnete blinzelnd ihr Auge, und das Paterson-Downs-Schild aus Holz und Stein an der Herne River Road wurde sichtbar. Free war oben auf der Steinmauer und klammerte sich an das *D* von »Downs«. Sie sah die Straße hinunter.

»Ich glaube, ich kann ihn sehen«, rief sie zurück. Sie hielt still und blinzelte in die Ferne. »Ja!« Ihre Stimme schwoll zu einem lauten Rufen an. »Der Bus kommt!«

»Die tägliche Fahrt zum Schulbus«, bemerkte Robin leise von ihrer Position weiter hinten in der Auffahrt.

Free zappelte und wand sich ungeduldig, bis der große orangefarbene Bus vor der Auffahrt zum Stehen kam. Zwei dunkelhaarige Kinder kletterten heraus. Beth lief sofort über die Straße, aber Willow blieb stehen, um Tom zuzurufen, der seinen blonden Kopf aus dem Busfenster gesteckt hatte.

»Wir treffen uns in einer halben Stunde am Ostgatter.«

Er gab ihr ein Daumen-hoch-Zeichen. Robin winkte dem Busfahrer zu, als er weiterfuhr. Beth half Free von der Steinmauer herunter und hielt ihre Hand, während sie zurück zu Robin gingen, und Willow rannte hinter ihnen her, um sie einzuholen.

»Ich kann jetzt schon fast so gut schreiben wie du«, prahlte Free vor Beth.

»Das ist ja fantastisch.« Beth fing den Blick ihrer Mutter auf und lächelte leise.

»Und ich habe dir für den Nachmittagstee einen Sonnenuntergangskuchen gebacken!«

»Oh, lecker!«

»Was tust du denn da, Mum?«, fragte Willow, als sie hinzukam. Sie starrte in die Kamera.

»Ich halte nur ein paar besondere Momente fest.«

»Ich würde eineinhalb Stunden in dem stinkenden Schulbus keinen besonderen Moment nennen.« Beth war voller gesundem Teenager-Sarkasmus.

»Drehschluss, Free!«, rief Robin ihrer jüngsten Tochter zu. »Willst du dich verbeugen?«

Free riss sich von Beths Hand los, drehte sich dreimal im Kreis und machte abschließend einen tiefen Knicks. Aber davon wurde ihr schwindelig, und sie schwankte kurz, bevor sie umkippte. Ihre Schwestern lachten, und Free fiel mit ein. Sie streckte sich in der Kiesauffahrt auf dem Boden aus und starrte, noch immer kichernd, zu dem blauen Himmel hoch.

»Ja«, sagte Robin, ebenfalls mit einem Lachen in der Stimme. »Das ist Free.«

Das Video endete, und das Symbol für »Film abspielen« erschien auf dem Bildschirm. Beth hielt Frees Hand fest umklammert. Als Free sich zu ihr umwandte, sah sie, dass ihrer Schwester die Tränen über die Wangen strömten und ihre Schultern bebten. Free selbst weinte nicht. Noch nicht.

»Das war wundervoll.« Beth brachte die Worte nur mühsam heraus. »Ich wusste gar nicht, dass es dieses Video gibt.«

»Jede Woche«, meinte Free staunend. Ein harter Knoten schien sich in ihrer Brust zu bilden – es fühlte sich an wie Traurigkeit und Dankbarkeit zugleich. »Mindestens einmal die Woche ist Mum mit mir zum Fluss gefahren. *Das* ist der Grund, weshalb er mir so viel bedeutet.«

Beth drückte sie fest an sich. »Ich bin so froh, dass du diese besondere Zeit mit ihr hattest.«

Der Knoten in Frees Brust veränderte sich, während sich die Sekunden in die Länge zogen, bis er sich erwärmte und strahlend glänzte, wie ein Goldklumpen purer Wahrheit. Sie stieß einen langsamen Seufzer aus.

»Ich habe mich immer ungerecht behandelt gefühlt. Dass wir entsetzliches Pech hatten, unsere Mum so jung zu verlieren, und ich besonders großes Pech, weil ich am wenigsten Zeit mit ihr hatte. Aber wir hatten Glück – unglaubliches Glück –, sie zu haben, solange wir sie hatten. Meinst du nicht auch?«

Beth schluchzte wieder. »Free, du hast wirklich ein unglaubliches Talent dafür, die Wahrheit auszusprechen.«

# Kapitel 23

Nachdem Beth abgefahren war, blieb Free noch ein paar Minuten draußen stehen. Finns Haus war dunkel, als ob er noch immer nicht zu Hause wäre. Beths Worte über Integrität gingen ihr durch den Kopf. Max stieß sein abgehacktes Miauen aus, und Free ließ ihn hinaus. Dann ging sie wieder hinein. Müdigkeit übermannte sie. Sie zog sich aus und legte sich ins Bett, um still dazuliegen und nachzudenken.

Kein Aufschieben mehr. Sie wollte jetzt mit Finn reden – dringend. Sie nahm ihr Telefon und schickte ihm eine Nachricht mit der Frage, wann sie ihn sehen könnte.

Er antwortete nicht. Vielleicht hatte er tatsächlich Spätschicht. Vielleicht ging er ihr aus dem Weg. Free seufzte. Sie *musste* ihn sehen, selbst wenn er nicht mehr mit ihr reden wollte. Morgen würde sie sich vor sein Haus setzen und warten, bis er auftauchte. Es würde hart sein, aber sie würde sich dieser Sache frontal stellen.

Sie rollte sich im Dunkeln auf die Seite und starrte auf die Vertiefung in Finns Kissen. Obwohl ihr vor Sorgen der Kopf schwirrte, dachte sie klarer als je zuvor. Free presste entschlossen die Lippen zusammen.

Sie musste das in Ordnung bringen.

Free wachte von einem Hämmern an ihrer Haustür auf. Sie schlüpfte in ihren Kimono, taumelte zur Tür, um zu öffnen, und blinzelte in die Morgensonne.

»Hey, Miss Patz!«

*»Cam!«*

Er war es, neben Tia. Ihre Fahrräder lagen am Fuß von Frees Verandastufen auf dem Boden.

»Oh, mein Gott! Cameron, geht es dir gut?«

Cameron hatte sein übliches Grinsen aufgesetzt. »Natürlich geht es mir gut. Wir sind auf dem Weg zur Schule.«

»Kommt rein, kommt rein!« Sie hielt die Tür auf und bat sie ins Haus. »Habt ihr Zeit, einen Schluck zu trinken? Etwas zu essen?«

»Für mich nicht«, antwortete Cameron, und Tia schüttelte mit einem raschen Lächeln den Kopf.

»Was ist passiert, Cam? Warst du die ganze Zeit im Gefängnis?«

»Nein, nur eine Nacht. Die Cops haben sich die Aufzeichnungen der Videokameras von dem Protest angesehen, und sie haben gezeigt, dass ich nichts beschädigt habe. Ein Glück für mich, dass die Kameras da waren.«

Erleichterung durchströmte Free, und dann, einen Augenblick später, wallte Empörung in ihr auf. »Ich kann einfach nicht glauben, dass sie dich über Nacht im Gefängnis behalten haben! Das muss so schlimm gewesen sein. Warum haben sie dich nicht freigelassen, so wie mich? Das ist *so* unfair.«

»Nein, das war nur wegen Mum. Sie hat der Polizei gesagt, sie sollen mich über Nacht dabehalten, um mir eine Lektion zu erteilen, weil ich mich von zu Hause weggeschlichen habe.«

Free klappte der Mund auf. »Sie …«

»Meine Mum ist knallhart«, meinte er mit einem Anflug von Stolz.

Free versuchte es zu begreifen. »Ich hoffe, du hasst die Polizei jetzt nicht, nachdem du fälschlich beschuldigt wurdest.«

»Ihren Freund, meinen Sie?« Cameron schüttelte den Kopf. »Er ist schon okay. Er war es ja, der das Video gefunden hat, auf dem zu sehen war, dass ich nichts Falsches gemacht habe.«

Free war sprachlos.

»Tut uns leid, dass wir Sie geweckt haben«, fuhr er fort. »Tia wollte Sie sehen. Sie hat mir alles darüber erzählt, was Mr Hamilton getan hat. Was für ein Idiot.«

Schließlich kam Tia zu Wort. »Ich wollte es Ihnen nur sagen. Meine Mum arbeitet am Flughafen. Sie hat Mr Hamilton gestern Abend ein One-Way-Ticket nach Perth verkauft.«

Free starrte sie mit offenem Mund an. »Er ist schon abgereist?«

Tia nickte mit einem leichten Funkeln in den Augen. Cameron streckte die Arme über den Kopf aus, und sein Grinsen wurde noch breiter.

»Ich nehme an, er hatte keine Lust, zurückzukommen, um noch mehr zu hören zu kriegen«, sagte er. »Nicht nachdem Ms Lincoln sich den armen kleinen Aidy gründlich vorgeknöpft hatte.«

»Werden Sie jetzt den Zehntklässlern helfen, ihre Fliesen noch einmal neu zu machen, Miss Paterson?«, fragte Tia.

»Ja.« *Diese armen Kinder,* dachte sie. *Opfer von Aidan Hamiltons Ego.*

»Callie wird sich so freuen. Sie wollte schon die ganze Zeit in Ihrer Klasse sein.« Tia sah auf ihre Uhr. »Cam, wir müssen los, sonst kommen wir zu spät zur ersten Stunde.«

Free winkte ihren Schülern zum Abschied und sah zu Finns Veranda. Sie hielt sich ihren Kimono zu, um der Straße nicht ihren Schlüpfer und ihr Unterhemd zu zeigen, und kletterte über das Trenngeländer. Sie klopfte mit rasendem Herzen.

Keine Antwort.

Ihre Schultern sackten nach unten. Free kletterte wieder zurück und ging in ihr Haus. Wo war er? Sie sah auf ihrem Handy nach, ob er auf ihre Nachricht geantwortet hatte, während sie schlief, aber ein Klopfen hinter ihr ließ sie zusammenzucken. Sie stürzte zurück, um die Haustür zu öffnen.

Da stand Finn, diese Augen, wie ein Fluss in Kimberley, düster vor Erschöpfung. Hoffnung durchströmte sie, und auf einmal fühlte sie sich außerstande, ein zusammenhängendes Gespräch zu führen. Oh, großer Gott, wie hatte sie ihn vermisst. Sich nach ihm gesehnt. Das hier war ein Mann, dessen Seele zu ihrer sprach. Das hier war Schicksal, gottverdammt noch mal. Sie musste es versuchen.

Sie betete zu dem Gott der hastigen Worte, Finn möge bereit sein, sie anzuhören.

»Ich habe dein Klopfen gehört«, sagte Finn. »Ich habe geschlafen und war nicht rechtzeitig an der Tür. Ich bin erst um drei nach Hause gekommen.«

Free trat zur Seite, um ihn hereinzulassen. »Das heißt, du hattest nur ein paar Stunden Schlaf?«

»Ja.« Seine Stimme war leise. »Ich habe den Tag heute frei, um Schlaf nachzuholen. Ich konnte gestern den ganzen Tag nicht klar denken, daher hat Briggsy gesagt, ich solle mir heute freinehmen.«

»Oh …«

Finn hielt den Blick auf sie gerichtet, während sie angestrengt versuchte, die richtigen Worte zu finden. »Finn, ich muss mit dir reden.« Sie trat an den Tisch, um sich zu setzen, und vergewisserte sich, dass er ihr folgte. Er setzte sich zu ihr. »Die letzten paar Tage waren so seltsam«, begann sie. »Erst der Protest und die Festnahmen. Dann hatte ich Ärger in der Arbeit. Aidan hat etwas gesagt, das mich glauben ließ, Beth hätte hinter meinem Rücken Beziehungen spielen lassen, um mir das Stipendium zu verschaffen. Aber dann hat sich herausgestellt, dass sie das gar nicht getan hat. Dann gab es eine Katastrophe beim Brennen der Fliesen, und es sah so aus, als ob es meine Schuld wäre. Aber das war es nicht.«

Seine Augenbrauen schossen hoch. »Was ist passiert?«

»Ich erzähle es dir gleich. Aber zuerst will ich darüber reden, was am Sonntag passiert ist.«

Er nickte. Und wartete. Ein gequältes Jaulen ertönte irgendwo unter ihnen und ließ Free zusammenzucken.

Finn stand auf. »Was zum Teufel war das denn? War das Donald?«

Free stürzte zur Tür. Sie stolperte die Stufen hinunter, dicht gefolgt von Finn, und spähte in die Dunkelheit unter der Veranda. Da war Max, der sich mit halb geschlossenen Augen in der Erde zusammengerollt hatte. Er zuckte mit dem Kopf und beäugte sie beide, während er wieder einen dieser entsetzlichen langen Schreie ausstieß. Finn kauerte sich hin und versuchte, unter die Veranda zu kriechen und ihn zu holen, aber es war hoffnungslos. Er war viel zu groß. Free ließ sich auf die Knie fallen und robbte in die staubige, mit Spinnweben überzogene Nische unter dem Haus, wobei ihr Kimono sie behinderte. Sie raffte Max hoch. Er war schwach und schlaff, völlig außerstande, sich an sie zu klammern oder sein eigenes Gewicht zu halten, wie er es normalerweise tat. Sie hielt ihn an sich gedrückt, so gut sie konnte, während sie sich zwischen den Holzstümpfen wieder herauskämpfte.

»Was ist mit ihm passiert?«, fragte Finn.

»Keine Ahnung.« Free stolperte die Stufen hoch. Hatte sie eine Katzentragebox? Natürlich nicht. Einen Karton? Einen Korb – in ihrem Kleiderschrank hatte sie einen Plastikkorb. Mit Max in den Armen rannte sie ins Schlafzimmer und riss ihren Kleiderschrank auf. Alles war im Weg. Mit einer Hand zerrte sie einen Karton mit Fotos heraus, dann begriff Finn, was sie suchte, und übernahm. Er zog ihren Rollkoffer und ihre Sonnenhüte heraus, bis er schließlich den Korb fand. Er leerte seinen Inhalt – alte Unterlagen von der Universität – auf den Teppich und stopfte ein herumliegendes Handtuch hinein, um ein weiches Bett zu bauen. Free legte den schlaffen Kater sanft darauf.

»Hier.« Finn hielt ihr ein achtlos beiseitegelegtes Kleid hin, und sie schlüpfte mit den Armen aus ihrem Kimono, um sich das Kleid über den Kopf ziehen zu können.

Sie stürzten zum Wagen und stiegen ein. Finn balancierte den Korb auf seinem Schoß, während Free mit zitternden Fingern die Zündung anließ.

»Halt durch, Max, wir werden dir Hilfe besorgen«, sagte sie. »Die Tierärztin wird dir helfen, versprochen.«

Finn ließ Max nicht aus den Augen, eine Hand noch immer auf dem Kater, der still und reglos in seinem Korb lag. Free warf immer wieder einen Blick auf die beiden, bis sie es nicht länger aushielt.

»Ist er …«

»Nein, ich glaube, er ist noch bei uns«, antwortete Finn.

Sie hielt an der Tierarztpraxis und sah Max an. Seine Augen flackerten. *Gott sei Dank!* Sie stürzte um den Wagen, um Finn mit der Tür zu helfen. Er hielt den Korb umklammert und rannte damit zur Praxis, dicht gefolgt von Free. Die Empfangsangestellte sah sie kurz an, dann führte sie sie sofort durch zum Behandlungsraum.

Die grauhaarige Tierärztin untersuchte Max rasch. »Es könnte ein Köder sein, aber ich vermute, es ist ein Schlangenbiss«, sagte sie, während sie Max' Bauch abtastete. »Wir werden ein paar Blutuntersuchungen durchführen. Ich muss ihn mit nach hinten nehmen. Wollen Sie hier warten oder …?«

»Wir werden warten«, sagte Free.

Sie gingen zurück in das kleine Wartezimmer und setzten sich auf eine Bank.

»Schlangenbiss.« Finn schüttelte den Kopf, während er auf den Boden vor sich starrte.

»Entschuldigen Sie«, wandte sich die Empfangsangestellte an sie. »Während Sie warten, dürfte ich Sie rasch um ein paar Informationen zu Ihrer Katze bitten?«

»Natürlich«, antwortete Free.

»Männlich oder weiblich?«

»Männlich«, sagte Free.

»Sterilisiert«, ergänzte Finn.

»Wie ist sein Name?«

»Donald«, sagte Finn im selben Moment, in dem Free »Max« sagte.

Die Frau wartete. Finn sah Free an.

»Max«, sagte er zu Frees Verblüffung.

Die Frau tippte auf ihre Tastatur. »Nachname?«

»Paterson«, antwortete Finn, aber Free unterbrach ihn.

»Nein! *Kelly*. Max Kelly.«

Finn fing ihren Blick auf, und einer seiner Mundwinkel wanderte nach oben.

Die Empfangsangestellte nahm die restlichen Daten auf, und die beiden blieben noch eine weitere halbe Stunde schweigend im Wartezimmer sitzen. Nach einer Weile wühlte Free in ihrer Handtasche nach etwas Kleingeld und kaufte am Tresen ein Päckchen Lions-Pfefferminzbonbons. Sie bot sie Finn an, der den Kopf schüttelte, dann knabberte sie vor lauter Nervosität die ganze Packung auf. Schließlich erschien die Tierärztin wieder und winkte sie zu sich. Sie folgten ihr nach hinten, wo Max in einem Käfig lag und an einem Tropf hing. Er starrte sie mit leerem Blick an, seine Augen teilweise bedeckt von den inneren Lidmembranen.

»Es ist aller Wahrscheinlichkeit nach ein Schlangenbiss, aber im Moment können wir noch nicht mit Sicherheit sagen, was für eine Art Schlange.« Die Tierärztin öffnete die Käfigtür, sodass sie ihn streicheln konnten. »Ich will nicht unsensibel erscheinen, aber das Gegengift ist teuer. Haben Sie eine Obergrenze, wie viel Sie für ihn ausgeben können?«

Free streichelte Max' weichen kleinen Kopf. »Wie bitte?«

»Ich meine, wenn die Behandlungskosten einen gewissen Betrag erreichen, können wir Sie anrufen, um uns zu vergewissern, was Sie tun wollen, bevor wir fortfahren.«

Free wollte schon sagen, dass es keine Obergrenze gebe, aber dann fiel ihr ein, dass sie nur noch wenig Geld auf der Bank hatte. Mit Sicherheit nicht genug, um zu sagen, dass die Mittel unbegrenzt waren. Sie sah Finn an.

»Zweitausend könnte ich vermutlich aufbringen, wenn ich meine Kreditkarte benutze«, sagte sie.

Er nickte. »Ich habe versucht, ein bisschen Geld auf die Seite zu legen. Ich kann ungefähr dasselbe aufbringen. Geben Sie uns Bescheid, wenn es mehr als das kosten wird«, wandte er sich an die Tierärztin.

»Lassen Sie ihn bei uns, und ich rufe Sie an, sobald wir irgendetwas wissen.«

»Meinen Sie, er wird überleben?«, fragte Finn.

Die Tierärztin presste die Lippen zusammen. »Es ist ziemlich ernst. Aber Katzen sind durchaus widerstandsfähig gegen Gift und Vergiftungen, daher können wir nur hoffen. Sie haben ihn unter dem Haus gefunden, haben Sie gesagt? Vielleicht sollten Sie einen Schlangenfänger hinzuziehen, der sich in Ihrem Garten umsieht, wenn das der Fall ist. Ich kenne einen guten Schlangenmann. Er unterrichtet hier an der Highschool. Max Drummond.«

Free entfuhr ein ersticktes Lachen, und Finn machte ein ähnliches Geräusch. Free beugte sich vor, um Max einen Abschiedskuss zu geben, während ihre Tränen auf sein Fell tropften, und Finn streckte seine große Hand in den Käfig, um die Ohren des Katers zu kraulen.

»Schon gut, Dona... Max. Halt durch, kleiner Mann, und dann holen wir dich nach Hause, und du bekommst eine Extraportion Sardellenbrot, versprochen.«

Sie ließen den Kater bei der Tierärztin und gingen zurück zu ihrem Wagen.

»Armer Max«, meinte Finn, während sie durch die belebten Straßen eines Mittwochmorgens in Mount Clair fuhren.

Free schwieg, während sich ihre Augen erneut mit Tränen füllten.

»Die letzten paar Tage waren wirklich die Hölle«, fuhr Finn fort.

Sie spürte, dass er sie beobachtete, aber keiner von ihnen sprach. Free parkte nahe der Brücke über den Herne River und stieg aus. Sie mussten reden, und in der Nähe des Flusses würde sie den Mut dafür aufbringen. Finn stieg ebenfalls aus, aber als sie zurücksah, stellte sie fest, dass er in der Nähe des Wagens verharrte.

»Geh ein paar Schritte mit mir«, forderte sie ihn auf. »Bitte.«

Er gesellte sich zu ihr. Sie gingen mit knirschenden Schritten über das vergilbende Gras des Küstenvorlands hinunter zur Flussböschung. Der Herne war ein träger, friedlicher Strom unter dem strahlend blauen Himmel, mit Streifen aus streng riechendem rotem Schlamm zu beiden Seiten. Free blieb stehen und wandte sich zu Finn um. Ihr war flau im Magen vor Nervosität. Er blieb ebenfalls stehen, und seine Miene spiegelte ihre Gefühle.

Er rieb sich mit einer Hand den Nacken. »Free, sind wir …?«

Sie schnitt ihm das Wort ab. »Ja. *Ja.* Es tut mir so leid, dass ich dich verurteilt habe.« Das Licht kehrte prompt in Finns Augen zurück, und Frees Herz hüpfte. »Beth hat etwas gesagt, das mir klargemacht hat, wie tapfer und aufrichtig du bist. Ich bin froh, dass du mir die Stirn geboten hast, Finn.«

Er lachte schallend auf. »Du bist die seltsamste, hinreißendste Frau, der ich je begegnet bin.«

Aber Free meinte es völlig ernst. »Es war falsch von mir, davon auszugehen, dass du dich nicht um Cameron sorgst. Ich hätte es besser wissen sollen. Cam hat mir erzählt, dass es seine *Mum* war, die dafür gesorgt hat, dass du ihn über Nacht im Gefängnis behalten hast. Und dass du ihm geholfen hast, indem du ein Video gefunden hast, das seine Unschuld beweist.«

Er schnitt eine Grimasse. »Ja. Ich bin acht Stunden Filmmaterial von vier verschiedenen Kameras durchgegangen, um diese zehn Sekunden Videoaufzeichnung zu finden. Nichts von dir. Aber die Überwachungskamera hat ein paar andere interessante Momente festgehalten – darunter Cameron, wie er gegen seinen Willen durch das Tor geschubst wird und irgendein Idiot ihm einen Hammer in die Hände drückt. Er stand einfach nur da und hielt ihn in der Hand, als ich ihn mir geschnappt habe.«

»Er hatte nie vor, irgendetwas kaputt zu machen.«

»Ich weiß«, sagte Finn. »Ich musste nur einen Beweis finden.«

Sie blinzelte. »Woher hast du das gewusst?«

»Es hätte ihm nicht ähnlich gesehen.« Er fing ihren Blick auf. »Und ich vertraue deinem Urteilsvermögen.«

»*Meinem* Urteilsvermögen?«

Er grinste. »Meistens.«

Free stockte der Atem. Hatten … hatten sie es getan? Hatten sie es geschafft, das mit ihnen zu klären? Finn lächelte, und das war für sie Bestätigung genug. Sie stürzte auf ihn zu, legte die Hände um sein Gesicht und zog ihn zu sich herunter, um ihn auf die Lippen küssen zu können. *Oh, Gott,* das tat gut. Sein Geruch, seine Wärme – seine *Kraft*. Er schlang die Arme um sie und zog sie fest an sich.

»Ich liebe dich«, sagte sie, als ihre Lippen sich von seinen lösten.

Finns Gesicht strahlte vor absoluter Freude im hellen Licht des Tages. Er zog sie noch näher an sich.

»Verdammt, ich liebe dich einfach so sehr, Free. Ich habe noch nie jemanden so geliebt, und ich werde es auch nie wieder tun. Das wollte ich dir schon seit einer Ewigkeit sagen, aber ich wollte dich nicht verscheuchen.«

»Mich verscheuchen? Ausgeschlossen. Du bist der Mann, von dem ich das hören will.«

Er vergrub das Gesicht in ihren Haaren, und Free stieß den gewaltigen Schluchzer aus, der ihr schon die ganze Zeit entweichen wollte.

»Finn, was, wenn Max stirbt?«

Er hielt sie fest an sich gedrückt. »Wir dürfen die Hoffnung nicht aufgeben. Er ist ein Kämpfer.«

Finn fuhr sie nach Hause und ließ Free Platz nehmen, während er ihnen ein Omelett zum Frühstück machte. Obwohl sie schwor, sie hätte keinen Hunger, aß sie es, und danach fühlte sie sich besser. Sie sah auf die Uhr. Es war über eine Stunde her, seit sie Max bei der Tierärztin gelassen hatten, daher nahm sie ihren Mut zusammen und griff zum Telefon, um sie anzurufen.

»Tierarztpraxis Alle Geschöpfe, Lesley am Apparat.«

»Hi, hier ist Freya Paterson. Ich wollte mich nur nach Max erkundigen.«

»Augenblick«, antwortete die Empfangsangestellte. »Ich werde bei der Ärztin nachfragen.«

Free wartete mit hämmerndem Herzen, den Blick auf Finn neben ihr auf der Couch gerichtet.

Die Tierärztin antwortete. »Freya?«

»Ja?«

»Max lebt, aber es geht ihm nicht sehr gut. Wir haben den Biss gefunden – er ist in seinem Mund. Wir glauben, dass es ein Taipan gewesen sein könnte.«

»Er hat ihn in den Mund gebissen?«

»Vielleicht hat er ihn gejagt, oder er hat sich verteidigt. Wie auch immer, er ist genau unter seine Oberlippe geraten. Ich bin leider sehr besorgt um Max. Ich bin mir nicht sicher, ob er durchkommen wird. Sein Sehvermögen scheint hinüber zu sein – er reagiert nicht auf leichte Reize, und seine Blutergebnisse weisen auf starke innere Blutungen hin. Taipangift ist hämotoxisch, das heißt, es verhindert die Blutgerinnung. Max scheidet mit seinem Urin Blut aus. Das deutet darauf hin, dass sein Organismus von dem Gift ernsthaft geschädigt ist.«

Finns Blick wurde immer besorgter, während er Frees Reaktion auf die Worte der Tierärztin beobachtete. Sie drückte auf die Lautsprechertaste, damit er das Gespräch mit anhören konnte.

»Leidet er Schmerzen?«, fragte Free beklommen. Die Vorstellung, dass Max Schmerzen litt, war noch schlimmer als der Gedanke, dass er sterben könnte.

»Er zeigt keine Anzeichen von Schmerzen, aber ich nehme an, er hat seinen Körper ein wenig heruntergefahren, damit er versuchen kann zu genesen.« Die Tierärztin hielt einen Moment inne. »Hören Sie, ich weiß nicht, wie dieser Fall verlaufen wird. Max hat die ersten paar Stunden überlebt, was gut ist, aber wenn ein Tier von einer Schlange gebissen wird, kommt das Schlimmste manchmal erst später. Wenn er die anfängliche Verletzung überlebt, können die Giftstoffe immer noch einen ernsten dauerhaften Schaden verursachen, der seine Lebensqualität stark beeinträchtigen wird. Es ist okay, die Hoffnung nicht aufzugeben, aber ich empfehle Ihnen dringend, realistisch zu sein. Wenn er überlebt, aber letztendlich einen langfristigen Schaden davonträgt, könnte es trotzdem gnädiger sein, ihn einzuschläfern.«

Bei den sanften Worten der Frau schnürte sich Frees Kehle zu. »Verstehe.«

Nachdem sie aufgelegt hatte, räumten sie die Küche auf und setzten sich dann zusammen auf die Couch. Free rollte sich zusammen, den Kopf an Finns Brust gelegt, während sie halb die Morgennachrichten ansah und halb ihren Gedanken nachhing. Sie verspürte Trauer um Max, anhaltende Sorge wegen des Flusses und der Fliesen der Zehntklässler, aber auch Freude – überwältigende Freude – darüber, dass sie und Finn von ihrer Liebe zusammengehalten wurden. Er beugte sich hinunter, um sie auf den Kopf zu küssen, und sie schlang den Arm noch fester um seine Taille.

Es war nicht alles perfekt, aber es fühlte sich auf jeden Fall besser an, während sie neben diesem großen, wundervollen Menschen saß.

Free konnte sehen, dass Finn dringend Schlaf brauchte, daher befahl sie ihm, sich in ihr Bett zu legen, und setzte sich dann hin, um einen Plan auszuarbeiten, wie die Zehntklässler ihre Fliesen noch einmal neu machen könnten. Am Nachmittag hörte sie, wie Finn aufwachte, und legte sich zu ihm. Sie lagen Seite an Seite da und warteten darauf, dass die Tierarztpraxis für die Abendsprechstunde wieder öffnete, um zu erfahren, ob Max den Tag überlebt hatte. Free nutzte die Gelegenheit, um Finn alles von dem Missverständnis mit Beth und Aidans angeblichem Missgeschick mit der falschen Glasur zu erzählen.

»Du musstest in den letzten Tagen mit einer Menge fertigwerden«, bemerkte er. »Ein Glück, dass du so einfallsreich bist.«

Sie starrten für ein paar Minuten in einvernehmlichem Schweigen an die Decke. Sie würde ihn gern singen hören. Würde er, in Anbetracht der Umstände, bereit sein, für sie zu singen? Vielleicht war er zu traurig wegen Max.

Sie drückte seine Hand. »Hey, ich habe darüber nachgedacht, wie es weitergeht, wenn mein Vertrag zu Ende ist.«

Finn spannte sich ein wenig an. »Ach ja?«

»Ich glaube, ich will nicht mehr nach Patersons zurückkehren, um dort zu leben. Ich brauche ein anderes Abenteuer, auf das ich mich freuen kann.«

Er lachte, aber es klang wehmütig. »Pass auf, Welt, hier kommt Free. Wohin wirst du denn gehen?«

»Ich werde aus 17 A ausziehen müssen. Ich werde keinen festen Job haben, aber vielleicht könnte ich das Vertriebsgeschäft für Künstlerbedarf mit Bostons ausbauen und Privatstunden geben. Was sagen die Vorschriften darüber, dass Paare in diesen staatlich subventionierten Häusern zusammenleben?«

Finn lag still neben ihr. »Du willst mit mir zusammenleben?«

»Ja.« Ihre Nerven flatterten, aber ihr Ton war entschieden. »Ja, ich will mit dir zusammenleben – sehr sogar. Und vielleicht könnten wir am Ende des Jahres, wenn wir unser Geld sparen und du genug Urlaub bekommst, für ein paar Wochen deine Eltern in Irland besuchen. Und deine Schwester und ihren irgendwie durchschnittlichen Ehemann. Und deinen kleinen Neffen, Henry.« Sie hielt einen Moment inne. »*Unseren* Neffen.«

Ein langes Schweigen trat ein. »Ist das dein Ernst?«, brachte er schließlich heraus.

Sie wandte den Kopf, und bei der Freude in Finns Augen hätte sie fast vor Glück geweint. Wieder einmal. Sie holte tief Luft, um ihre Emotionen zu zügeln.

»Ja.«

Finn warf sich auf sie und küsste sie fest. *Ach du heilige Scheiße.* Free schlang die Hände um seinen großen, kräftigen Nacken und vergaß völlig, dass sie ihn singen hören wollte – bis sie vom Piepsen einer SMS unterbrochen wurden. Sie schnappte sich ihr Telefon, um es von sich wegzuschleudern, doch dabei sah sie die Worte »Tierarztpraxis Alle Geschöpfe«.

Sie las die Nachricht, lachte und zeigte sie Finn.

# Kapitel 24

Juli war eine wundervolle Zeit, um ein Wochenende auf Patersons zu verbringen. Der Himmel war jeden Tag strahlend klar und blau und die Hitze weitaus milder als in der Regenzeit. Free schnitt Cherrytomaten für einen Salat und hielt inne, um aus dem Küchenfenster zu starren. Sie versuchte, sich das verblassende Gold einzuprägen, wo das Blau auf den Sonnenuntergang traf, mit dem Fluss als dunklem Band in der Ferne.

*Unglaublich.*

Eines Tages, irgendwie, würde sie dieses Blau einfangen.

»Was tust du denn da, Beth?« Free wurde von Willows Stimme hinter ihr abgelenkt.

»Ich mache ein Salatdressing«, antwortete Beth.

»Wir haben mehrere schöne Dressings im Kühlschrank.«

»Aber das hier ist besser. Glaub mir.«

»Ist das etwa dein Caesar-Avocado-Dressing, Beth?«, fragte Free, während sie sich vom Küchenfenster umwandte.

»Ja.«

»Oh, großer Gott, Willow, lass sie es machen. Das ist verdammt köstlich.«

Willow gab sich geschlagen. »Bis du fertig mit den Tomaten, Free?«

»Ja, hier, bitte sehr.«

Sie mischten den Salat, und Barry kam herein, um ihnen etwas zu trinken einzuschenken. »Machst du einen Kartoffel- und einen grünen Salat, Schatz?«, fragte er Willow.

»Ja, Dad. Die Kartoffeln sind schon gekocht und bereit.« Sie warf Free einen Blick zu, und Free grinste zurück. Barry hasste grünen Salat.

»Vergiss das Ei nicht«, ermahnte er sie. »Deine Mum hat immer ein Ei dazugetan.«

Er verschwand, während er weitere Anweisungen rief. Willow knurrte missmutig. »Ich schwöre …«

»Ich mache den Kartoffelsalat«, bot Beth an.

Willow seufzte erleichtert auf und ließ sich auf einen Hocker sinken. Sie nahm ihr Glas mit Rotwein und stieß mit Frees weißem an. »Auf ein tolles Ergebnis mit dem Staudamm. Ich kann noch immer nicht glauben, dass du dafür festgenommen werden musstest, aber letztendlich war es das wert, oder, Free?«

»Auf jeden Fall«, antwortete Free entschieden. »Hoffentlich wird diese Untersuchung genügend Beweise zusammentragen, um das Projekt insgesamt zu stoppen.«

»Noch ein Whistleblower von der Planungsbehörde hat sich zu Wort gemeldet, habt ihr das gehört?«, sagte Willow. »Noch mehr Beweise für ein korruptes Genehmigungsverfahren.«

»Gott. Dann werden sie den ganzen Antrag wohl noch einmal von vorn durchgehen müssen«, meinte Beth.

Willow zuckte die Schultern. »Wer weiß? Ich hoffe es. Es muss eine gründlichere Untersuchung der Probleme geben, wenn sie es tun. Wie auch immer, Buildplex sieht sich einer riesigen Geldstrafe gegenüber.«

»Schön zu sehen, dass sie Amanda Hamilton dort treffen werden, wo es wehtut«, meinte Beth.

Free gab ihr recht, während sie mit grimmiger Befriedigung dachte, dass Aidan auf absehbare Zeit vermutlich keine Kunstaufträge von Buildplex mehr bekommen würde. Sie versuchte, den unfreundlichen Gedanken zu verscheuchen.

Karma war einfach etwas Wunderbares!

»Und was ist mit deinem Schulstipendium, Free?«, erkundigte sich Beth. »Bist du damit jetzt fertig?«

»Nein, ich habe eine kurze Verlängerung bekommen«, antwortete sie. Sie nahm den Schnittlauch von der Arbeitsplatte, um ihn abzuwaschen. »Weil Aidan die Zehntklässler so miserabel unterrichtet hat, haben wir entschieden, die praktischen Fähigkeiten und die Designs mit ihnen noch einmal durchzugehen. Ich werde vermutlich noch einen Monat länger dort sein.«

»Wirst du dafür bezahlt?«, fragte Willow.

»Ja. YouthArts hat noch ein bisschen mehr Geld lockergemacht. Sie konnten den Verlust wohl auffangen, als Aidan sich aus seinem Vertrag herausgewunden hat.«

Willow zog die Augenbrauen hoch. »Das heißt, er hat nie versucht, sich wieder hineinzuschleichen?«

Free schüttelte den Kopf, während sie sich wieder dem Schnittlauch auf Beths Hackbrett zuwandte. »Wir haben den Typen nie wiedergesehen. Er ist sofort nach Perth zurück. Und Jay hätte ihn sowieso nicht mehr genommen.«

Free sah nach Max. Er schlief in seinem Körbchen in einer Ecke der Küche. In letzter Zeit schlief er meistens, aber er wurde allmählich mutiger – er wagte sich hin und wieder hinaus, um sein Katzenklo aufzusuchen oder an seinem Futternapf zu schnuppern. Max bekam ein spezielles, mit Medikamenten versetztes Futter, von dem er nicht allzu begeistert war, aber es hatte ihm geholfen, kein Gewicht zu verlieren. Katzen waren so verdammt hart im Nehmen, dachte sie. Er schnurrte noch immer den ganzen Abend zwischen ihr und Finn auf dem Bett, als sei es ihm egal, dass er fast blind war. Die Tierärztin hatte Free versichert, dass er sich wohlfühlte, auch wenn sein Leben durch den Schlangenbiss vermutlich verkürzt werden würde. Finn hatte spöttisch geschnaubt, als Free es ihm erzählt hatte.

»Du weißt doch, wie Max ist – er liebt es, Leute zu überraschen. Er wird bei uns sein, bis er zwanzig ist, wart's nur ab.«

Free hoffte es auf jeden Fall.

»Kannst du dein Haus für den zusätzlichen Monat noch behalten?«, erkundigte sich Willow.

»Theoretisch hätte ich es behalten können, aber ich habe es aufgegeben. Ich bin bei Finn eingezogen – erst diese Woche, um genau zu sein.«

Beth hielt für einen kurzen Moment in ihrem effizienten Hacken inne, bevor sie weitermachte.

»Tom hat schon gehört, dass du jetzt bei Finn wohnst.« Auch Willow wich Beths Blick aus, als würde sie erwarten, dass ihre ältere Schwester irgendetwas Strenges sagte. »Ist Finn nicht besorgt, dass dein Einkommen ein bisschen schwankend sein könnte?«

»Nein, das scheint ihm nichts auszumachen. Aber ich habe inzwischen eine ganze Reihe Kunden für Bostons, außerdem stellt mir das Gemeindezentrum einen Raum zur Verfügung, in dem ich einen Ölmalereikurs abhalten kann, der im September anfängt. Ich habe schon jetzt ein paar Anmeldungen.« Sie sah Beth an, aber ihre Schwester hackte immer weiter. »Außerdem gebe ich ein paar Schülern private Kunststunden. Finn hat in unserem Wohnzimmer einen Bereich eingerichtet, in dem ich Einzelunterricht und einen Malkreis abhalten kann.«

»Oh, cool! Wie viele hast du denn? Die ganzen Schüler, die bei dir vorbeigekommen sind, als wir dich besucht haben? Sonst noch irgendjemand?«

»Ich habe Tia, und dann sind da Ethan und Jacqueline – Bruder und Schwester –, die alle Privatunterricht nehmen. Jorja und Leith kommen zum Malkreis, und Cameron manchmal. Cameron ist es nicht mehr so wichtig. Er hat mir gesagt, er sei immer nur mitgekommen, um Zeit mit Tia zu verbringen. Sie hat sich inzwischen bereit erklärt, mit ihm auszugehen, daher ist er nicht mehr so scharf darauf, jedes Wochenende zum Malen zu kommen.« Free grinste.

»Und wie läuft das so?«, erkundigte sich Willow. Sie warf einen hastigen Blick auf Beth, die jetzt die gekochten Kartoffeln in Scheiben schnitt. »Mit jemandem zusammenzuleben, meine ich.«

»Gut! Ich meine, wir haben ja praktisch sowieso schon zusammengelebt. Inzwischen habe ich auch seine Mum und seinen Dad kennengelernt – auf Skype. Sie sind so süß. Ich kann seinen Dad kaum verstehen, er klingt *so* irisch. Und seine Schwester ist genauso schlimm. Ich kann es kaum erwarten, sie persönlich kennenzulernen. Finn und ich überlegen uns, eine Tour durch Nordirland zu unternehmen, aber nur für ein paar Tage, weil wir möglichst viel Zeit mit Finns Familie verbringen wollen. Henry – das Baby – ist so süß! Ich male ihm einen Wandfries mit australischen Tieren. Es war Finns Idee. Er wird sich zum Verschicken schön klein zusammenrollen lassen, oder wir können ihn selbst mitbringen, wenn wir an Weihnachten hinfliegen …« Free hörte auf zu plappern. Was mochte Beth durch den Kopf gehen?

Schließlich sah Beth auf. »Hast du irgendwo Senfpulver, Willow?« Willow holte es, und Beth gab die gewürfelten Kartoffeln mit den Kräutern in eine Schüssel. »Ich möchte wetten, Finns Familie liebt dich, Free«, meinte sie. »Sie sind bestimmt erleichtert, dass er jemanden gefunden hat, der ihm Halt gibt, nachdem sie so plötzlich nach Irland zurückgegangen sind.«

Free entspannte sich. »Ja. Ich habe das Gefühl, seine Mum ist richtig froh, dass er mich kennengelernt hat.«

Nach ein paar Minuten waren sie mit den Salaten fertig, dann gingen sie hinaus auf die Terrasse, wo Tom damit beschäftigt war, den Grill zu reinigen. Willow brachte ihm ein Glas Wein, und Free setzte sich neben Finn auf die alte Korbcouch, die so positioniert war, dass das schwindende Sonnenlicht halb über sie beide fiel. Finn nahm ihre Hand und führte sie an seine Lippen, küsste sie fast geistesabwesend, während er der Unterhaltung zuhörte. Es war, als wäre seine Liebe so natürlich wie das Atmen. Free legte den Kopf in den Nacken und starrte nach oben.

*Dieser Himmel.*

Sein genauer Farbton entzog sich ihr noch immer, aber vielleicht sollte es so sein. Vielleicht würde es, wenn er ihr endlich gelang, für sie nichts mehr zu arbeiten geben. Nichts, dem sie nachjagen könnte – nichts, was sie antreiben würde, es weiterhin zu versuchen.

Ja, das ergab Sinn. Dieses verlockende Blau war wundervoll – perfekt – und doch unerreichbar.

Aber Perfektion war ohnehin nie Frees Ding gewesen.

# Danksagung

Wieder einmal gilt meine Dankbarkeit dem Team, das bei der Entstehung dieses Romans behilflich war: meiner Agentin, Alex Adsett (vor allem für ihre Vorschläge, als ich in einem Meer von Handlungsproblemen trieb), meiner Verlegerin bei Penguin Random House, Ali Watts, die mir die besten strukturellen Ratschläge gab, die ich mir hätte wünschen können; der Designerin Louisa Maggio, die ein Cover gestaltet hat, das ein wahres Kunstwerk ist; und dem fabelhaften Lektoratsteam, das an dem Roman gearbeitet hat – Fay Helfenbaum, Saskia Adams, Penelope Goodes und Elena Gomez. Danke auch den fantastischen Publicity-Leuten bei PRH, die solch tolle Arbeit dabei leisten, meine Bücher in die Welt zu bringen.

Mein Dank gilt außerdem Lizzi Phillips, der Fachlehrerin für Kunst und Medien an der Highschool meiner Tochter, die mir einen Einblick in die Kunst- und Unterrichtselemente des Romans gewährt hat; und meinem Partner, dem Künstler Trevor O'Sullivan, der mir ebenfalls bei künstlerischen Fragen geholfen hat (ganz zu schweigen von der üblichen Unterstützung bei Handlungsproblemen und Selbstzweifeln). Mein tiefer Dank gilt Senior Constable Jan Walker für ihre detaillierten Ratschläge zu der Polizeiarbeit, die in diesem Buch geschildert ist. Ich danke außerdem Georgia für ihre Ermutigung und ihr offenes Ohr und Kath dafür, dass sie mich dazu gebracht hat, Aidan gehässiger und die Free-und-Finn-Dynamik ein klein wenig gepfefferter zu machen!

Mein besonderer Dank gilt den Rezensentinnen und Leserinnen, vor allem den fortgeschrittenen Leserinnen von Band eins *(Outback Dreams. So weit die Liebe reicht)*. Eure freundlichen Worte haben mich motiviert, den bestmöglichen Nachfolgeroman zu schreiben, um den Erwartungen nach dem ersten Buch gerecht zu werden. Es war wundervoll, viele von euch auf den sozialen Medien oder sogar im wirklichen Leben kennenzulernen und einige von euch bei euren eigenen Schriftstellerkarrieren anspornen zu können. Es tut so gut, ein Teil des Schreib- und Lesedorfs hier in Australien zu sein.

Und zu guter Letzt danke ich dem echten Kater Max dafür, dass er mir gestattet hat, seinen Namen zu verwenden.

# Lauren Blakelys
# The-One-Reihe
rund um befreundete Liebespaare in Manhattan

## Band 1: **One Dream**

Verliebt in den Boss: Die Geschichte des alleinerziehenden Simon und seiner Nanny Abby.

## Band 2: **One Love**

Ein gebrochenes Herz vergisst nicht: Die Geschichte der jungen Tierheim-Leiterin Penny und des Starkochs Gabriel, die sich nach zehn Jahren unverhofft wieder gegenüberstehen.

## Band 3: **One Passion**

Um die Richtige lohnt es sich zu kämpfen: Die Geschichte von Delaney und Tyler, die während des Studiums ein Paar waren. Tyler weiß, dass er damals einen großen Fehler beging, und möchte alles tun, um Delaney für sich zurückzugewinnen …

*Erhältlich ab dem Frühjahr/Sommer 2019*

## Band 4: **One Kiss**

Ein Arrangement der etwas anderen Art: Nicole will ein Baby! Zum Glück gibt's ihren Kollegen Ryder, der ein echtes Commitment-Problem hat …

*Erhältlich ab dem Frühjahr/Sommer 2019*

KNAUR